Spuk auf dem Ponyhof

Eine interaktive Spukgeschichte

Christel Hasse

Spuk auf dem Ponyhof

Titelbild und Illustrationen von
Carsten Walper

Bildbearbeitung Titelbild von Claudia Seitz

Bibliographische Informationen der Deutschen Nationalbibliothek:
Die Deutsche Nationalbibliothek verzeichnet diese Publikation in der Deutschen Nationalbibliografie, detaillierte bibliografische Daten sind im Internet über dnb.dnb.de abrufbar.

TWENTYSIX – Der Self-Publishing-Verlag

Eine Kooperation zwischen der Verlagsgruppe Random House und BoD – Books on Demand

© 2017 Christel Hasse

Herstellung und Verlag

BoD – Books on Demand, Norderstedt

ISBN: 9783740734398

Die Geschichte kann gleich losgehen, aber vorher muss ich noch eine Kleinigkeit erklären. Dies ist kein normales Buch, das man von der ersten bis zur letzten Seite liest, sondern ein interaktives. Das heißt, du selbst entscheidest, wie es in so mancher Situation weitergehen soll, wobei manchmal schon Kleinigkeiten der Geschichte eine vollkommen andere Richtung geben. Wenn du also an den Punkt einer Entscheidung kommst, überlege gut, was du nun tun willst und lies dann auf der angegebenen Seite weiter.

Viel Glück beim Lösen der dunklen Geheimnisse!

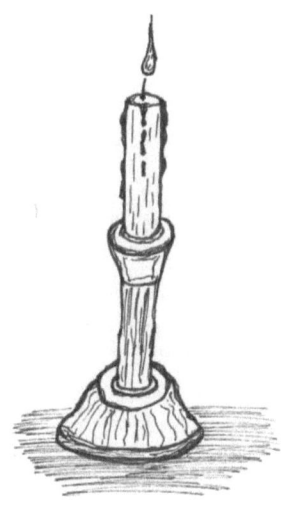

Dein Abenteuer beginnt damit, dass du den Briefkasten öffnest.

Es ist Post für dich da! Der Brief ist von deiner Tante Vera und deinem Onkel Robert, die dich herzlich einladen, sie in den Ferien zu besuchen. Sie haben endlich ihren langersehnten Wunsch erfüllt und sich einen Ponyhof gekauft. Der Besitzer hat ihnen ein großes, altes Haus und dazu Stallungen für einen wirklich günstigen Preis überlassen, so dass sie schon jetzt auch noch ein paar Ponys erstehen konnten. Nun bitten sie dich, ihren Ponyhof zu testen, zumal gerade die Ferienzeit begonnen hat, denn ihr Hof soll auch für andere Kinder ein beliebtes Ferienziel werden.

Du hast keine Lust, die Ferien auf einem Ponyhof zu verbringen!

⇒ Dann lies weiter auf Seite 8!

Du fährst gleich am nächsten Tag los!

⇒ Lies weiter auf Seite 9 und stürze dich ins Abenteuer!

Du versäumst leider das große Abenteuer!

Kurze Zeit später erreicht dich ein Brief von deiner Tante, in dem sie schreibt, dass sie den Ponyhof schon nach kurzer Zeit wieder aufgeben mussten, weil irgendwelche merkwürdigen Geschehnisse alle Besucher vertrieben haben.

Ende

„Wir sind gleich da!" Mit diesen Worten weckt dich der Taxifahrer. Müde blinzelst du, weil dich die Mittagssonne blendet, dann schaust du aus dem Fenster. Fast den halben Tag warst du unterwegs, erst per Bahn, dann per Taxi – kein Wunder, dass du nun eingenickt bist. Nun siehst du vor dir eine wunderschöne Allee, gesäumt von hohen Pappeln.

Nach einer Weile wird das Taxi langsamer, denn an der rechten Seite ist eine breite Auffahrt zu erkennen. Darüber ist ein Torbogen mit einem Holzschild wie in einem Wildwestfilm, worauf in großen Buchstaben „Ponyhof Gloria" eingebrannt ist. Du bist endlich angekommen!

Der Taxifahrer hält vor einem riesigen alten Gebäude mit zwei Stockwerken. An den Mauern rankt Efeu fast bis zum Dach hoch und verdeckt zum größten Teil den grauen, bröckelnden Putz der Fassade. Obwohl die Sonne strahlend vom Himmel scheint, fröstelst du plötzlich.

In diesem Moment öffnet sich die Eingangstür und deine Tante kommt heraus. Sie ist in Begleitung einer Frau mittleren Alters, die mit Koffern und Tüten beladen die ausgetretenen Stufen zum Parkplatz heruntergeht und direkt auf das Taxi zusteuert. Auch deine Tante schleppt zwei große Reisetaschen bis zum Taxi, aus dem du gerade aussteigen willst.

„Hallo, da bist du ja!", begrüßt sie dich erleichtert und lächelt dir zu. Dann spricht sie mit dem Taxifahrer und erklärt ihm, dass er auf dem Rückweg doch gleich die Frau mitnehmen möchte. So wird nun also das Gepäck umgeladen – deine Koffer aus dem Wagen, die Taschen, Koffer und Tüten der Frau hinein. Endlich kann das Taxi abfahren. Seufzend setzt sich deine Tante auf einen deiner Koffer. „Gut, dass du da bist!", meint sie dann. „Wir brauchen unbedingt deine Hilfe."

„Wieso, was ist denn?", fragst du neugierig.

„Wenn ich das wüsste", stöhnt deine Tante, „die Frau, die eben abgereist ist, war unsere Köchin – keine Angst, du sollst jetzt nicht etwa kochen! Angeblich hat sie eine Allergie gegen Pferde. Ich sage „angeblich", weil sie nicht die einzige ist, die so plötzlich wegwill. Gestern wurden insgesamt fünf Kinder von ihren Eltern abgeholt, zwei wegen Heimweh, eins wegen heftiger Zahnschmerzen, ja und dann noch zwei ohne eine Erklärung. Aber allen hat es hier eigentlich gefallen und alle hatten für mindestens noch eine Woche gebucht."

„Das klingt wirklich merkwürdig!", bestätigst du.

„Ja, nicht wahr? Das Verrückte ist, dass wir uns keinen Grund vorstellen können."

„Vielleicht ist ja alles nur Zufall?", überlegst du.

„Nein, dafür waren diese Abreisen einfach zu überstürzt! Na ja, vielleicht findest du heraus, was hier los ist. Nun komm mit rein, die anderen warten bestimmt schon. Außerdem hast du doch bestimmt Hunger."

Im gemütlich eingerichteten Esszimmer begrüßt dich dein Onkel Robert freudig, stellt sofort noch einen Teller auf den Tisch und bittet dich, tüchtig zuzugreifen. Während des Essens stellt er dir die anderen vier Gäste vor.

Dir schräg gegenüber sitzt Jonas, ein kräftiger Junge mit schulterlangen schwarzen Locken. Sein blauweißes Ringel-T-Shirt und seine abgeschnittene Jeans sehen ziemlich lädiert aus, genauso wie er selbst, denn die Schrammen und blauen Flecken an seinen Händen und Armen kannst du kaum zählen. Das kann seiner guten Laune aber offenbar nichts anhaben.

Fast die ganze Zeit erzählt er sich mit deinem Onkel Witze und seine fröhliche Art wirkt geradezu ansteckend auf alle anderen.
Neben ihm rutscht ungeduldig seine kleine Schwester Jessika auf ihrem Stuhl hin und her. Sie hat ebensolche Locken wie Jonas, nur dass ihre noch etwas wilder und widerborstiger sind. Ansonsten ist sie wohl eher das Gegenteil von Jonas: schmächtig, schüchtern und ihr buntkariertes, luftiges Kleid hat nicht einen Fleck.
Noch ein anderes Mädchen sitzt mit am Tisch. Sie heißt Kirsten, wird aber von allen nur Kiki genannt. Als echter Pferdefan trägt sie Reithose, Stiefel und ein T-Shirt mit kurzer Weste. Ihr braunes Haar ist ganz kurz geschnitten. Über der Nase hat sie mindestens zwei Dutzend Sommersprossen und ihre stahlblauen Augen strahlen jedesmal, wenn sie fröhlich lächelt.
Dagegen ist der letzte Gast eher ernst. Es ist ein Junge namens Bennet. Auch er hat braunes Haar, ungefähr in der gleichen Länge wie Kiki. Seine Kleidung sticht von Jonas Sachen am krassesten ab: schneeweißes Polo-T-Shirt, olivgrüne gebügelte Shorts und Edelturnschuhe, in denen ab und zu kleine Lichter blinken.
„Ich zeig' dir nach dem Essen alles", sagt dein Onkel zu dir, während er sich gerade einen kräftigen Nachschlag nimmt.
„Aber das Baumhaus ...", wendet Jonas ein – aha, daher also die ganzen Schrammen und Beulen.
„Das machen wir heute auch noch fertig", beruhigt ihn dein Onkel.
Wie versprochen zeigt dir dein Onkel den ganzen Ponyhof. Im alten Hauptgebäude erinnert sehr viel an vergangene Zeiten. Die meisten Wände sind holzgetäfelt, in vielen Zimmern stehen alte Möbel

und die große Treppe mit geschnitztem Geländer, die in den ersten Stock führt, endet oben auf einer offenen Galerie, von der aus man ins Erdgeschoss hinunterblicken kann. Von dieser Galerie gehen zwei Flure mit den Gästezimmern, Badezimmern und auch den Räumen deiner Tante und deines Onkels ab.

Im Erdgeschoss befinden sich die Zimmer, die von allen genutzt werden: ein großes Wohnzimmer mit Kamin, das Esszimmer, eine Bibliothek, die Küche, sowie einige Gemeinschaftsräume zum Spielen, Basteln oder Musik hören.

Hinter dem Haus kommt ihr zu den Stallungen, einem Gebäude, das wohl erst wenige Jahre alt ist. Dort ist Platz für ungefähr dreißig Ponys, aber so viele haben Onkel Robert und Tante Vera noch nicht. Es sind zehn kräftige Islandponys und vier kleinere Shetlandponys. Fast jede Färbung ist vertreten: pechschwarze Rappen, Braune bis hin zu einigen lustigen Apfelschimmeln. Kikis Lieblingspony scheint ein weißes Islandpony zu sein, denn sie striegelt es bereits zum zweiten Mal ausgiebig. Wenn die Ponys nicht gerade geritten werden, tollen sie auf den anliegenden Weiden herum.

„Es ist schön hier", sagst du zu deinem Onkel, „merkwürdig, dass alle so übereilt abgereist sind."

„Ach, ich glaube, Vera macht sich unnötig Sorgen. Das mit der Köchin ist natürlich Pech. Jetzt muss Vera erstmal selbst für alle kochen, aber wir werden schon eine neue kriegen."

„Aber die anderen Kinder, die alle abgeholt worden sind!", wendest du ein.

„Na ja, ist schon komisch!", meint Onkel Robert nachdenklich, dann lacht er unbekümmert. „Mach' dir mal keine Gedanken! Genieß' deine Ferien hier auf dem Ponyhof Gloria!"

„Wieso heißt der Ponyhof eigentlich Gloria?", fragst du.
„Oh, den Namen hatte das Haus schon, als wir es gekauft haben. Wir haben uns gedacht, das ist doch ein hübscher Name, und so haben wir beschlossen, ihn beizubehalten."
„Hey, wie sieht's aus? Bauen wir jetzt weiter?", ruft Jonas in diesem Moment von einer stämmigen Eiche herüber und winkt mit einer Säge.
„Willst du auch mit an dem Baumhaus bauen?", fragt dich dein Onkel.
„Nachher!", antwortest du, denn du willst erst die Koffer auspacken.
In deinem Zimmer trittst du als erstes an das Fenster und schaust hinaus. Draußen siehst du Jessika am Zaun einer Koppel, wie sie gerade die Shetlandponys mit Äpfeln füttert. Weiter hinten arbeiten dein Onkel und Jonas an dem Baumhaus und sind unentwegt am Sägen und Hämmern. Kiki kämmt gerade hingebungsvoll die Mähne ihres Lieblingsponys. Nur Bennet kannst du nirgends entdecken.

Dein Zimmer hat ebenso wie viele andere Räume holzgetäfelte Wände. Das Bett ist an den Pfosten und an den Seiten mit Schnitzereien verziert. Nur Nachttisch, Schrank und Kommode sind etwas schlichter und sicher nicht ganz so alt.
Deine Sachen sind schnell verstaut: Kleidung in den Schrank, Wecker auf den Nachttisch, die Ersatzschuhe unters Bett, deinen Krimi ... Da plötzlich weht dir ein kalter Windhauch in den Nacken. Du drehst dich auf der Stelle um, aber die Tür ist zu, so dass kein Durchzug entstehen kann. Seltsam, denkst du. Dann legst du das Buch auf den Nachttisch,

schaust dich noch einmal um und gehst hinunter zu Jonas und Onkel Robert.

Bis spät abends seid ihr mit dem Baumhaus beschäftigt, doch endlich ist es fertig. Stolz betrachtet ihr euer Werk. Beinahe hätten die Bretter nicht ausgereicht, weil es nun doch viel größer geworden ist, als ursprünglich geplant war. Sogar zwei kleine Fenster, die man öffnen kann, habt ihr eingesetzt. Die Tür ist eine kleine Bodenluke, durch die man per Leiter hineinkommt. Und drinnen ist genügend Platz für fünf Kinder. Jonas hat nun noch ein paar Kratzer mehr, dafür war er aber auch der fleißigste.
Beim Abendessen, das jetzt etwas verspätet stattfindet, erzählt ihr abwechselnd vom Bau. Ihr seid alle ziemlich geschafft aber sehr zufrieden. Als du dann zu Bett gehst, fallen dir, kaum dass du liegst, schon die Augen zu.

Mitten in der Nacht wachst du plötzlich auf. Irgendetwas hat dich geweckt, aber du weißt beim besten Willen nicht was. Verwundert schaust du dich um. Das fahle Mondlicht lässt dich gerade die Konturen der Möbel erkennen, ansonsten ist es absolut dunkel.
Du willst dich umdrehen und weiterschlafen, als du auf einmal das Gefühl hast, dass du nicht allein bist. Wieder blickst du im Zimmer umher. Da bemerkst du einen Schatten dir gegenüber an der Wand. Einen Schatten, der sich bewegt! Langsam scheint sich dieser Schatten zu formen, wird immer klarer und deutlicher.
Fasziniert und entsetzt zugleich starrst du dorthin. Vor deinen Augen entstehen die Umrisse einer Frau. Und dann ist sie da, in jeder Einzelheit! Ihr langes

schwarzes Kleid berührt fast den Boden. Das Oberteil hat vorn stoffüberzogene Knöpfe und liegt eng um die hagere Figur der Frau. Ihr graues Haar ist zu einem Knoten aufgesteckt. Am meisten erschreckt dich aber ihr Gesicht, denn sie verzerrt ihren Mund zu einem hämischen Grinsen und ihre stechenden, hellen Augen starren dich durchdringend an.
Unfähig, dich zu bewegen, starrst du zurück. Aber als ob das noch nicht genug wäre, jetzt kommt sie auch noch auf dich zu! Sie geht oder sie schwebt über den Boden – du weißt es nicht. Du siehst nur ihre Augen, von denen du den Blick nicht abwenden kannst, und ihr fürchterliches Grinsen. Immer näher und näher kommt sie dir! Irgendwie bist du automatisch auf das Bett zurückgesunken. Nun liegst du dort – wie erstarrt, als sie sich über dich beugt.
Ihr Gesicht ist vielleicht noch eine Handbreit von deinem entfernt, da fühlst du zwischen deinen Fingern die Bettdecke. Mit einem Ruck ziehst du die Decke über deinen Kopf und kannst endlich deine Augen schließen.

Wie lange du so daliegst, weißt du nicht, aber allmählich beginnt dein Verstand wieder zu arbeiten. Du begreifst, dass das, was du gesehen hast, ein Gespenst gewesen sein muss, noch dazu eines, das anscheinend nicht besonders freundlich ist. Trotzdem kannst du nicht den Rest der Nacht unter der Bettdecke verbringen, denn so langsam geht dir die Luft aus und die aufgestaute Hitze steigt dir zu Kopf.

Was tust du also?

Du traust dich, deinen Arm unter der Bettdecke hervorzuschieben, um den Lichtschalter der Nachttischlampe zu erreichen.

⇒ Nun lies weiter auf Seite 17!

Du schiebst vorsichtig ein wenig die Bettdecke hoch, damit ein kleines Luftloch entsteht.

⇒ Dann lies weiter auf Seite 19!

Ganz vorsichtig bohrst du deinen Arm unter der Bettdecke durch, und zwar in die Richtung, in der du den Nachttisch mit der kleinen Lampe vermutest. Irgendwann hast du mal in einem Buch gelesen oder irgendwie gehört, Geister scheuen das Licht. Vielleicht ist das ja deine Rettung? Schon stoßen deine Fingerspitzen gegen etwas. Erschreckt zuckst du zusammen, bis du begreifst, dass das die Ecke des Nachttisches gewesen sein muss. Wieder schiebst du deine Hand voran. Du spürst eisige Kälte und Panik erfasst dich, doch dann überlegst du dir, dass es natürlich außerhalb der aufgeheizten Bettdecke kalt sein muss.
Deine Hand berührt wieder den kleinen Tisch, schließlich die Tischplatte, auf der die Lampe steht. Um sie zu erreichen, musst du allerdings mit deinem ganzen Körper etwas vor rutschen. Es ist gar nicht so einfach, sich mit der Bettdecke zu bewegen, aber endlich schaffst du es. Deine Finger fühlen den Schalter und du drückst drauf. Licht schimmert durch die Decke. Noch einmal atmest du die stickige Luft tief ein, dann – mit einem Ruck – wirfst du die Bettdecke beiseite. Für einen kurzen Moment blendet dich das Licht. Du kneifst die Augen zusammen und kannst nichts sehen, trotzdem genießt du die frische Luft in deinen Lungen und auf deiner Haut. Das Gefühl ist so gut, selbst wenn das Gespenst jetzt genau vor dir stände, es ist dir egal.
Als du die Augen öffnest, ist jedoch nichts mehr da. Kein Gespenst und auch nicht mehr diese panische Angst! Und doch bist du absolut angespannt, beobachtest genau, ob sich nicht irgendetwas im Zimmer verändert. Dort auf dem Boden ist ein Schatten! Nein, dieser Schatten gehört zu deinem Bett. Du versuchst, einen klaren Gedanken zu fassen.

Die schlagen allerdings in deinem Kopf Purzelbäume: das Gespenst – du erinnerst dich an jede Einzelheit, die Hitze unter der Decke, Licht – das scheint das Wesen zu vertreiben ... oder ist da noch etwas? Irgendwann fällst du über diese Gedanken erschöpft in einen traumlosen tiefen Schlaf. So traumlos ist er aber wohl doch nicht, denn als du aufwachst, weißt du urplötzlich, was alle Gäste und sogar die Köchin von hier vertrieben hat: Auch sie hatten nächtlichen Besuch! Du sitzt hellwach im Bett, die Sonne strahlt ins Zimmer und erst jetzt bemerkst du, dass die Nachttischlampe immer noch brennt.

Während du dich wäschst, anziehst und anschließend im Zimmer noch etwas Ordnung machst, überlegst du, wie du dich gleich beim Frühstück verhalten sollst. Was machst du jetzt überhaupt?

Du beschließt, deiner Tante von dem Spuk zu erzählen, und dann abzureisen, weil du nicht noch eine Nacht hier verbringen willst.

⇒ In diesem Fall lies weiter auf Seite 21!

Du willst nicht einfach so wegfahren, aber trotzdem mit deiner Tante sprechen.

⇒ Dann lies weiter auf Seite 23!

Du beschließt, erst einmal niemandem von dem Gespenst zu erzählen, sondern lieber vorsichtig Nachforschungen anzustellen, um mehr über die Ereignisse zu erfahren.

⇒ Weiterlesen auf Seite 26!

Luft! Das ist dein einziger Gedanke. Du brauchst ein kleines Luftloch, nur ein ganz kleines. Ganz vorsichtig hebst du ein bisschen die Bettdecke, so dass frische Luft und angenehme Kühle zu dir gelangt. Ein paarmal atmest du tief durch. Es ist immer noch unerträglich heiß. Du wagst es, das Loch bis zur Faustgröße zu erweitern. Jetzt ist es besser!

Nachdem du eine Weile den Luftstrom genossen hast, erwacht wieder deine Neugier. Ob das Gespenst wohl noch da ist? Du hebst die Bettdecke noch ein wenig mehr, nur so viel, dass du dich im Zimmer umsehen kannst, aber jederzeit bereit bist, die Decke wieder herunterzureißen. Du erkennst den Schrank, die Zimmertür, die Kommode, sonst ist da nichts mehr. Beruhigt wendest du dich ab. Ob du es wohl riskieren kannst, die heiße Decke abzustreifen? Du schaust lieber noch einmal!

Wieder siehst du die Möbelstücke und die Tür, aber diesmal – es durchzuckt dich wie ein Blitz – bemerkst du, dass du nicht allein bist. Neben der Tür auf dem Fußboden hockt eine Gestalt! Schnell ziehst du die Decke herunter. Doch im nächsten Moment wird dir klar, dass diese Gestalt nicht das Gespenst war, das du vorher gesehen hast. Irgendetwas war anders. Noch bevor du weißt, was es war, hörst du ein leises Wimmern, fast ein Schluchzen.
Du musst einfach wissen was los ist. Genauso vorsichtig wie eben hebst du die Decke. Dein Blick fällt auf ein zusammengekauertes Wesen neben der Tür. Es ist ein Mädchen von ungefähr sechs oder sieben Jahren. Das halblange helle Haar fällt locker auf die schmalen Schultern. Der Kopf liegt auf den Knien, so dass du das Gesicht nicht sehen kannst,

aber du hörst, wie es weint. Die zierlichen Arme umschlingen die angezogenen Beine. Es trägt ein Kleid oder ein Nachthemd – du bist dir nicht sicher – jedenfalls meinst du, ein Blümchenmuster zu erkennen. Gleichzeitig siehst du jedoch undeutlich die Wand und die Fußleiste hinter dem Mädchen! Dieses Wesen ist fast durchsichtig! Noch ein Gespenst!
Du bist hin- und hergerissen zwischen Neugier einerseits und Vorsicht andererseits.

Wagst du es, das Gespenstermädchen anzusprechen?

⇒ Dann lies weiter auf Seite 28!

Oder beobachtest du das Mädchen erst einmal weiter?

⇒ In diesem Fall lies weiter auf Seite 30!

Noch vor dem Frühstück suchst du deine Tante. Du findest sie in der Küche bei den Vorbereitungen. Sie stellt gerade einen großen Korb mit Brötchen auf einen Servierwagen, als sie dich bemerkt.

„Oh, hallo, schon so früh auf?", fragt sie erstaunt.
„Ja, ähm, Tante Vera, ich muss mit dir sprechen", sagst du verlegen.
„Was ist denn?"
„Ich weiß, warum so viele Leute abgereist sind", antwortest du, schluckst einmal und schaust deiner Tante fest in die Augen, erst dann fährst du fort: „Hier auf eurem Ponyhof spukt es!"
„Wie? Ich versteh' nicht, was du meinst." Ungläubig schaut dich deine Tante an.
„Ich meine Gespenster, zumindest ein Gespenst, noch dazu ein furchtbares. Ich hab' es gesehen, begreifst du? Es ist grauenhaft! Ich weiß nicht, ob du es verstehst, aber nach dieser Nacht möchte ich gern nach Hause fahren."
Tante Vera schaut dich mitleidig lächelnd an und schüttelt den Kopf.
„Na ja, wenn du meinst", sagt sie nur und wendet sich wieder dem Servierwagen zu.

Bevor der Frühstückstisch gedeckt ist, hast du deine Sachen gepackt. Auch das Taxi zum Bahnhof ist sehr schnell da. Wortlos verabschiedest du dich von Tante Vera und Onkel Robert, nur ein Händedruck, dann steigst du ein und das Taxi fährt vom Hof. Du wirfst noch einen letzten bedauernden Blick aus dem Fenster und weißt, dass du dieses alte Gemäuer und das Gespenst nie vergessen wirst.

Einige Monate später bekommst du einen Brief von deiner Tante. Darin steht, dass sie den Ponyhof aufgeben mussten, weil immer wieder die Gäste abgereist sind, und sie so langsam aber sicher in die Pleite steuerten. Bis heute kann sie sich nicht erklären, warum das alles so gekommen ist.

Ende

Auf dem Weg zum Esszimmer zögerst du. Vielleicht solltest du gleich mit deiner Tante sprechen, noch vor dem Frühstück. Unten an der Treppe triffst du Jonas.
„Morgen", nuschelt er, weil er mit vollen Backen kaut. Als er heruntergeschluckt hat, sagt er: „Das Frühstück dauert noch ein bisschen, aber deine Tante hat mir schon mal ein Brötchen gegeben, damit ich nicht verhungere."
„Wo ist sie denn?", fragst du.
„In der Küche! Sie kümmert sich um den Futterkram."
„Um den ..."
„Klar doch! Frühstück! Leckerschmecker-Frühstück, so wie ich das sehe!" Jonas rollt genießerisch mit den Augen.

Vor der Küchentür überlegst du dir noch einmal, wie du deiner Tante die Spukgeschichte beibringen willst. Ganz vorsichtig, bloß keine Panik!
„Guten Morgen, Tante Vera!", begrüßt du sie lächelnd.
„Oh, auch guten Morgen", antwortet sie überrascht, „irgendwie seid ihr alle früher auf als sonst. Das Frühstück ist in einer halben Stunde fertig."
„Ich weiß, das heißt ich hab' eben Jonas getroffen und er hat gesagt, dass es bald – wie er meinte – Leckerschmecker-Frühstück gibt. Eigentlich wollte ich mich ein bisschen mit dir unterhalten."
„Typisch Jonas!", lächelt Tante Vera, dann schaut sie dich eher besorgt an. „Ist irgendetwas? Du siehst müde aus."
„So gut hab' ich auch nicht geschlafen. Da war etwas letzte Nacht ..."
„Ja? Was denn?" Tante Vera blickt dich neugierig an.
„Ich weiß nicht, wie ich dir das erklären soll", druckst du herum.

„Raus mit der Sprache!", meint sie freundlich. „Am besten ganz direkt!"

„Also gut ...", du zögerst einen Moment, dann musst du es irgendwie loswerden: „Glaubst du, dass es Gespenster gibt?"

„Wie?" Mehr scheint sie nicht sagen zu können. Offenbar verschlägt es ihr die Sprache. Jedenfalls schaut sie dich mit offenstehendem Mund an.

„Ich denke, ich hab' eins gesehen ..."

„Das ist nicht dein Ernst!"

„Ich fürchte, doch!", antwortest du, dann fügst du schnell hinzu: „Überleg' doch mal, die überstürzten Abreisen! Vielleicht haben die auch das gesehen, was ich ..."

„Nun beruhig' dich erstmal!", unterbricht sie dich und schiebt dir einen Stuhl hin. Sie selbst setzt sich nicht, sondern geht zum Fenster. Gedankenverloren schaut sie hinaus. In ihrem Gesicht erkennst du keine Regung. Die Zeit scheint dir wie eine Ewigkeit, das Schweigen wirkt bedrückend. Dann dreht sie sich wieder zu dir.

„Egal, ob ich dir das glaube oder nicht, nur mal angenommen, es ist so, wie du sagst, dann ... ja, ich fürchte, dann haben wir ein Problem. Ein Problem, das man nicht lösen kann ..." Deine Tante spricht stockend und klingt irgendwie sehr traurig.

„Doch, auch so ein Problem kann man lösen!", sagst du, denn du weißt, dass der Ponyhof deiner Tante und deinem Onkel sehr viel bedeutet.

Nach einer kurzen Pause, wieder voller Schweigen, fügst du hinzu: „Es muss doch einen Grund geben für diesen Spuk, etwas aus der Vergangenheit vielleicht."

„Ich weiß es nicht", seufzt Tante Vera.

„Wie könnte man denn etwas herauskriegen?", fragst du.

„Das einzige, was mir jetzt einfällt, sind die alten Sachen, die auf dem Dachboden herumliegen. Die stammen noch aus grauer Vorzeit!", überlegt deine Tante.
„Gut, dann gehe ich jetzt nach oben und stöbere mal herum!"
„Wer geht stöbern?", fragt auf einmal Jonas, der unbemerkt in die Küche gekommen ist. Anscheinend hat er aber sonst nichts von dem Gespräch gehört.
„Ich gehe auf den Dachboden", antwortest du.
„Ohne Frühstück?" Jonas runzelt die Stirn.
„Er kann sich gern schon was nehmen", beeilt sich Tante Vera zu sagen.
„Und dann willst du auf den Dachboden und dort herumstöbern? Das klingt irre spannend! Kann ich mit?", fragt Jonas.

Willst du mit Jonas zusammen auf den Dachboden?

⇒ Weiterlesen auf Seite 32!

Oder willst du lieber allein nach oben gehen?

⇒ Dann lies weiter auf Seite 43!

Noch vor dem Frühstück bummelst du im Haus herum. Im Esszimmer stehen schon Teller und Tassen auf dem Tisch. In der Küche stapelt deine Tante Besteck, Marmeladengläser und allerlei andere Dinge auf einen Servierwagen. Du fragst sie, ob du ihr helfen kannst, aber sie winkt lachend ab.
Dann steuerst du auf die Bibliothek zu. Neugierig schaust du dich dort um. Der ganze Raum – er ist allerdings nicht sehr groß – ist fast bis zur Decke mit Regalen und Büchern vollgestopft. Die meisten dieser Bücher sind ziemlich neu, bestimmt zur Hälfte nur Kinderbücher – klar, es ist ja ein Ponyhof für Kinder. Genau in der Mitte, gegenüber der Tür, stehen in einer Vitrine allerdings einige offenbar sehr alte Bücher. Leider ist die Glastür davor abgeschlossen, trotzdem kannst du zwei Titel lesen: „Über Landfrauen" und „Kleidung der letzten Jahrhunderte". Sehr interessant, denkst du dir, vielleicht solltest du mal nach dem Schlüssel fragen?
In diesem Augenblick ruft jedoch deine Tante zum Frühstück. Auf dem Weg zum Esszimmer rennt dich beinahe Kiki über den Haufen, die von draußen hereingestürmt kommt.
„Oh, Tschuldigung! Frühstück! Ähm, guten Morgen!", stammelt sie zerstreut.
Am Tisch dann merkst du, dass Kiki anscheinend immer noch mit ihren Gedanken ganz woanders ist. Erst tut sie fünf Löffel Zucker in ihren Apfelsaft, danach trinkt sie das Gebräu auch noch, ohne eine Miene zu verziehen. Während sie geistesabwesend in die Gegend schaut, streicht sie schließlich auf ihr belegtes Wurstbrötchen Kirschmarmelade. Das fällt nicht nur dir auf!
„Kiki! Was zum Henker wird das?", fragt Jonas entsetzt und schüttelt sich.

„Was, äh, meinst du?" Kiki blickt ihn irritiert an.
„Kiki, ist dir nicht gut?", fragt nun auch deine Tante besorgt. Da erst merkt Kiki, welche seltsame Zusammenstellung auf ihrem Brötchen ist.
„Oh, äh, ich ... ich hab' keinen Hunger, glaub' ich. Kann ich wieder zu den Ponys? Ich wollte Schneeflocke noch striegeln."
„Du wirkst ein bisschen blass. Bist du krank?", fragt Tante Vera.
„Mir ist ein wenig schlecht. Und ich hab' nicht so gut geschlafen!", antwortet Kiki.
„Schlecht wär' mir bei Wurst und Kirschen auch", flachst Jonas.
„Lass doch, Jonas!", unterbricht dein Onkel. „Wenn du möchtest, kannst du natürlich zu Schneeflocke, Kiki, aber wenn es dir nachher nicht bessergeht, sagst du Bescheid, ja?"
Kiki nickt stumm, dann lässt sie ihr Frühstück stehen und rennt schon wieder hinaus.
Dein Onkel schüttelt nur den Kopf. „Seltsam!", findet er. Seltsam findest du das auch. Wie sagte Kiki? Sie hat nicht gut geschlafen? Sollte auch sie etwas von dem Spuk mitbekommen haben? Vielleicht wäre es nicht schlecht, mit ihr zu reden? Was willst du nun als nächstes unternehmen?

Willst du erstmal mit Kiki sprechen?

$\Rightarrow$ In dem Fall lies weiter auf Seite 46!

Oder fragst du deinen Onkel nach dem Schlüssel für die Vitrine und gehst wieder in die Bibliothek, um dir die alten Bücher anzusehen?

$\Rightarrow$ Dann musst du auf Seite 52 weiterlesen!

Das traurige Mädchen tut dir furchtbar leid – egal ob es nun ein Mädchen aus Fleisch und Blut ist oder eben ein Gespenst. Was kann dir denn in dieser Nacht noch schlimmeres passieren als die Geisterfrau?
Kurz entschlossen ziehst du dir die Decke vom Kopf. Das Mädchen scheint jedoch nichts davon zu merken. Du räusperst dich laut hörbar, aber immer noch kauert die Kleine da, ohne den Kopf zu heben. Noch einmal räusperst du dich und diesmal noch lauter. Da schaut sie endlich hoch! Ihr Blick trifft deinen, doch ihrer ist nicht so entsetzlich wie der der Frau, sondern eher unendlich müde und hoffnungslos.

Du schluckst, schließlich wagst du es eine Frage zu stellen. „Wer bist du?", flüsterst du behutsam.
„Gloria", antwortet das Mädchen ebenso leise.
„Warum weinst du?", fragst du als nächstes.
Gloria antwortet mit einer Gegenfrage: „Hast du keine Angst?"
„Nicht vor dir!", sagst du und meinst es auch absolut ehrlich, denn dieses kleine Mädchen erschreckt dich nicht.
„Aber vor meiner Großmutter ...", seufzt Gloria.
„Die Frau ... sie ist deine Großmutter?"
„Ja! Und sie hat dich in Angst und Schrecken versetzt. Das macht sie immer ..." Verzweifelt vergräbt Gloria ihr Gesicht in ihren Händen.
„Du meinst die anderen Gäste! Sie war es, die alle von hier vertrieben hat!"
Gloria nickt nur stumm.
„Warum tut sie das?", fragst du.
„Weil ..., ach, ich weiß es doch auch nicht. Ich glaube, sie mag keine Fremden in diesem Haus. Großmutter ist immer so wütend und ärgerlich über einfach alles.

Ich glaube, sie mag noch nicht einmal mich."
Verlegen knetet Gloria den Stoff ihres Kleides – oder ist es doch ein Nachthemd?

„Und warum bist du hier?", fragst du Gloria.

„Ich?" Gloria schaut dich verwundert an, dann zuckt sie mit den Schultern. „Ich weiß nicht, ich verstehe nicht ...", stammelt sie.

Plötzlich richtet sie sich kerzengerade auf und geht zur Tür.
„Folge mir nicht!", haucht sie dir zu, und schon ist sie einfach durch die Tür hindurchgeglitten.

Wie versteinert sitzt du im Bett. Sollte das eben eine Warnung sein? Warum ist Gloria so plötzlich verschwunden?

Folgst du Gloria trotz ihrer Worte?

⇒ Wenn du es tun willst, dann lies auf Seite 59 weiter!

Oder bleibst du lieber in deinem sicheren Bett, weil du ihre Worte als Warnung ernst nimmst?

⇒ Weiterlesen auf Seite 64!

Du liegst ganz still im Bett und versuchst, dir jede Einzelheit des Mädchens einzuprägen. Das helle, leicht gewellte Haar fällt der Kleinen quer über das Gesicht auf die Knie. Ihre Füße werden von dem Kleid nur halb verdeckt, so dass dir auffällt, dass sie barfuß ist. Sollte das Kleid doch ein Nachthemd sein?
Noch immer weint sie. Dann beruhigt sie sich langsam. Ihr Schluchzen wird leiser, bis es auf einmal mit einem tiefen Seufzer endet. Stille! Das Mädchen hockt da und gibt nicht den kleinsten Laut von sich.
Du wagst kaum zu atmen, weil du befürchtest, sie könnte dich bemerken. Dein Herz klopft, pocht, hämmert geradezu. Jeder Herzschlag scheint in deinen Ohren zu dröhnen. Eigentlich müsste sie es auch hören, denkst du und musst unwillkürlich schlucken.
In diesem Moment hebt das Mädchen den Kopf und blickt in deine Richtung. Sie muss es gehört haben! Dir stockt der Atem.
Wie in Zeitlupe – so kommt es dir jedenfalls vor – siehst du, wie die Kleine aufsteht. Sie kommt einen Schritt näher, zögert, geht dann einen weiteren Schritt auf dich zu.
Plötzlich zuckt sie zusammen, als hätte sie etwas erschreckt. Ihr Blick wird starr. Ohne dich weiter zu beachten, wendet sie sich zur Tür und geht einfach hindurch.

Du streifst die Bettdecke ab, holst tief Luft und machst erstmal das Licht an, und zwar die Deckenbeleuchtung, denn du findest, dass es nicht hell genug sein kann. Unzählige Gedanken wirbeln dir durch den Kopf. Was um alles in der Welt ist hier los? Erst taucht diese grausige Geisterfrau auf und erschreckt dich fast zu Tode, dann sitzt in deinem

Zimmer ein Gespenstermädchen, das fürchterlich weint, aber wohl nicht gefährlich ist. Eins ist dir jetzt jedenfalls sonnenklar: Dieser Spuk muss der Grund für die überstürzten Abreisen sein. Wer weiß, was die alles gesehen haben?

Was nun? Du wirst etwas unternehmen müssen. Aber nicht jetzt! Oder doch? Du könntest versuchen, das Mädchen zu finden. Vielleicht ist sie noch nicht weit.

Andererseits hast du diese Nacht wirklich schon genug seltsame Dinge erlebt. Da wäre es nicht schlecht, den Rest der Nacht im hellen Zimmer zu verbringen und einfach nachzudenken.
Was willst du jetzt tun?

Willst du die Kleine suchen gehen?

⇒ Dann lies weiter auf Seite 68!

Oder bleibst du in deinem Zimmer und denkst nach?

⇒ In dem Fall lies weiter auf Seite 77!

Eigentlich könnte es nicht schaden, mit Jonas zusammen nach oben zu gehen, überlegst du. Er braucht ja nicht zu wissen, warum du da stöbern willst.

„Okay, Jonas! Woll'n wir?", forderst du ihn auf, deiner Tante nickst du beruhigend zu. Sie lächelt erleichtert. Für einen kurzen Augenblick schien sie zu fürchten, du könntest Jonas etwas von dem Geist erzählen, aber jetzt ist ihr wohl bewusst, dass das Geheimnis erstmal unter euch bleibt.

Jonas schnappt sich noch ein Brötchen, dann drängt er: „Nun komm!"

„Wo ...?", willst du fragen.

„Der Eingang zum Dachboden ist oben auf dem Flur, dicht bei deinem Zimmer", erklärt Tante Vera, „in der Decke ist eine Klappe mit einem Griff. Wenn du daran ziehst, kommt die Klappe herunter und mit ihr eine kleine Leiter."

„Alles klar!", rufst du und siehst zu, dass du hinter Jonas herkommst. Der ist nämlich schon losgewetzt.

Er klettert auch als erster die Leiter hoch. Kaum hat er seinen Kopf durch die Luke gesteckt, da hörst du, wie er durch die Zähne pfeift.

„Mensch, ist ja irre!", meint er.

Neugierig kletterst du hinterher. Der Anblick ist wirklich „irre".

Der Dachboden ist riesig. Von oben fällt dämmriges Licht durch ein paar verstaubte Dachfenster auf eine Unmenge von alten Sachen. Drei große Truhen mit Eisenbeschlägen stehen mitten im Raum, daneben ein mannshoher Spiegel mit einem verschnörkelten Rahmen. In einer Ecke ist allerhand Gerümpel aufgestapelt: alte Lampenschirme, ein Hocker mit nur zwei Beinen, ein leerer Bilderrahmen, ein zerbeulter

Eimer, ein Sessel mit zerrissener Polsterung, ein paar verstaubte Kissen, eine total zerscheuerte Tischplatte und viele andere Dinge, wie alte morsche Bretter und kaputte Körbe, liegen noch darunter und sind nur halb zu sehen.
Rechts von euch wippt ein Schaukelpferd langsam vor und zurück. Es wippt tatsächlich! Ganz gemächlich vor und zurück, vor und zurück! Dir verschlägt es glatt die Sprache aber nicht Jonas. Der hat es nämlich auch bemerkt.
„Was geht denn hier ab?", stößt er hervor.
Genau in dem Moment bleibt das Schaukelpferd stehen. Nichts regt sich mehr. Es steht da, als ob es dort schon seit Urzeiten nicht mehr bewegt worden wäre.
„Is' ja heiß!", ächzt Jonas und starrt verblüfft auf das Pferd. „Das hat sich doch eben noch bewegt!", ruft er dann und schaut dich fragend an.
„Äh, ich weiß nicht, kann sein", stotterst du, „ist doch egal, lass uns mal in die Truhen schauen, ja?"
Jonas zuckt mit den Schultern und wendet sich den Truhen zu.
„Was suchen wir eigentlich?", will er wissen.
Tja, wenn du das wüsstest!
„Ich wollte nur mal so gucken", sagst du schnell, „vielleicht ist hier ja irgendwas Interessantes."
Wieder zuckt Jonas mit den Schultern.
„Welche nehmen wir denn zuerst?", fragt er dich.
„Ist egal, wir wollen doch sowieso überall mal gucken."
„Okay, dann zuerst die!" Jonas deutet auf die mittlere. „Ich finde, die sieht am coolsten aus!"
Du kannst keinen besonderen Unterschied zu den anderen erkennen. Sie ist aus hellerem Holz und die

Beschläge sind etwas schlichter, das ist aber auch alles. Diesmal zuckst du mit den Schultern.
„Ist ja alles voller Dreck!", schimpft Jonas, während er versucht, den Deckel anzuheben. „Hilf mir mal!"
Es ist wirklich nicht leicht, den Deckel zu bewegen. Als ihr ihn einen oder zwei Zentimeter hochgehoben habt, hört ihr auch, warum. Die Scharniere quietschen fürchterlich.
„Scheint mächtig eingerostet!", meint Jonas fachmännisch.
Endlich klappt der Deckel mit einem Schwung auf. Keiner von euch bringt ein Wort heraus, als euer Blick auf den Inhalt der Truhe fällt. Vor euch liegen die Sachen eines Kindes. Ganz vorsichtig ziehst du ein Kleid aus der Truhe und hältst es hoch.
„Sie muss ungefähr sechs oder sieben gewesen sein", haucht Jonas.
„Ja, aber warum ist die Truhe nur halb voll?", flüsterst du.
Jedes laute Wort scheint falsch zu sein. Ehrfürchtig nehmt ihr ein Kleidungsstück nach dem nächsten aus der Truhe, streicht bewundernd über die edlen Stoffe und legt sie dann vorsichtig in den aufgeklappten Deckel, denn dies ist der einzige Platz, wo ihr sie hinlegen könnt, ohne sie schmutzig zu machen.
„Schau!", raunt Jonas dir zu, als er eine Schürze hochnimmt.
Sorgsam auf einen Kindermantel gebettet liegen dort eine kleine weiße Dose aus Porzellan, bemalt mit blauen Blumen, und ein schwarzes Buch, auf dem in goldenen Buchstaben „Die Heilige Schrift" steht.
„Eine Bibel", sagst du im Flüsterton und nimmst sie heraus.
Ganz behutsam schlägst du sie auf. Das dünne Papier der Seiten ist schon leicht brüchig.

„Schau ganz vorn", meint Jonas, „manchmal steht eine Widmung drin."
Ihr findet tatsächlich eine halb verblasste, aber immer noch lesbare Widmung:
„Für Gloria. Zu Deinem siebten Geburtstag von Deinen Eltern Johanna und Ernst Hofendahl. Anno 1856."
Ein Krachen hinter euch lässt euch zusammenfahren. Jonas schaut dich an und du ihn. Gleichzeitig dreht ihr euch um. Der alte Bilderrahmen aus dem Gerümpelstapel ist umgekippt und liegt jetzt davor. Um ihn herum steigt aufgewirbelter Staub hoch und verteilt sich. Das dämmrige Licht malt merkwürdige Formen in die Staubwolke. Oder spielt euch eure Phantasie einen Streich? Für einen Moment glaubtest du tatsächlich das Gesicht eines kleinen Mädchens zu sehen.
„Ganz schön unheimlich hier", schluckst Jonas.
„Ja!", gibst du zurück. „Lass uns trotzdem weiter stöbern, oder willst du nicht mehr?"
„Doch, doch!", versichert Jonas und nimmt sogleich die Porzellandose in die Hand.
Als er sie öffnet, erklingt plötzlich eine dir unbekannte Melodie. Jonas lässt vor Schreck beinahe die Dose fallen.
„Eine Spieldose!", bemerkt er dann mit übertrieben fester Stimme.
In der Dose liegt auf rotem Samt eine kleine silberne Halskette mit einem Kreuz als Anhänger.
„Sie muss wohl Gloria gehört haben", sagst du und versuchst ebenfalls das leichte Zittern in deiner Stimme zu unterdrücken.
„Warum hat sie sie dann nicht mitgenommen?", fragt Jonas.
„Wie, was meinst du?"

„Ich meine, dass solche Dinge wie die Bibel oder die Kette normalerweise nicht auf einem Dachboden in einer Truhe liegen. Jeder würde sowas doch mitnehmen, wenn er woanders hingeht, oder sie den eigenen Kindern vererben oder so ..."
Du unterbrichst Jonas' Redeschwall: „Moment! Nun mal ganz langsam! Willst du damit sagen, dass Gloria sehr früh gestorben sein könnte?"
Jonas nickt. „Ja, ich denk' schon."
Eine Weile schaut ihr nur auf die kleine Kette. Schließlich brichst du das Schweigen: „Deswegen sind auch keine größeren Kleider in der Truhe. Ich glaube, du hast recht." Nach einer kurzen Pause fügst du hinzu: „Mein Onkel hat mir erzählt, dass das Haus schon den Namen „Gloria" hatte, als sie es gekauft haben. Vielleicht ..."
„... hat es seinen Namen nach diesem kleinen Mädchen", beendet Jonas deine Überlegung.
„Aber warum?"
„Zur Erinnerung, vielleicht!", meint Jonas. „Lass uns die Bibel und die Dose doch deiner Tante zeigen!"
„Gut!", stimmst du zu. „Und nun lass uns weiter gucken!"
Auch die anderen Sachen, die ihr noch in der Truhe findet, bestätigen euren Verdacht. Unter den letzten Kleidern entdeckt ihr eine alte Stoffpuppe mit Wollhaaren und aufgesticktem Gesicht, dazu ein paar Puppenkleider, ein Taschentuch mit angefangener Blumenstickerei, die aber nie fertiggestellt wurde, und sechs geschnitzte Holztiere, zwei Pferde, eine Kuh, ein Schwein und zwei Hühner.

„Ich finde, wir sollten die Puppe und die Tiere auch mit 'runternehmen", sagst du zu Jonas, während ihr

die Kleidungsstücke wieder sorgfältig zusammengelegt in die Truhe packt.
„Stimmt!", pflichtet er dir bei. „Wär' doch schade drum, es hier oben liegenzulassen. Die Holztiere sind so genau gemacht. Die sehen richtig echt aus. Deine Tante könnte sie doch unten in die Vitrine vom Esszimmerschrank stellen."
„Wollen wir noch die anderen Truhen untersuchen?", fragst du Jonas.
„Klar! Wenn wir schon mal hier oben sind. Das Frühstück ist eh schon vorbei", antwortet er mit einem prüfenden Blick auf seine Armbanduhr.

Die nächste Truhe – ihr entscheidet euch für die rechte – lässt sich wesentlich leichter öffnen. Darin liegen weiße Laken, bis zum Rand ordentlich aufgestapelt.
„Das sind bestimmt Tücher zum Abdecken von Möbeln", vermutest du.
„Ja, hab' ich schon mal in so ´nem alten Film gesehen, damit die Möbel nicht einstauben."
Vorsichtshalber schaut ihr die Truhe noch genau durch, damit ihr nichts übersehrt, aber es sind wirklich nur diese Tücher darin. Während du alles wieder einpackst, geht Jonas schon zur letzten Truhe.
„Und nun Nummer drei!", verkündet er entschlossen und packt den Deckel der Truhe. Die Scharniere knarren und knirschen, als Jonas mit aller Kraft versucht, den Deckel zu bewegen. Nur ganz langsam gelingt es ihm, ihn ein kleines Stück anzuheben.

„Warte, ich helf' dir!", rufst du ihm zu, doch im gleichen Augenblick knallt der Deckel, den Jonas schon fast eine Handbreit offen hatte, herunter. Blitzschnell zieht er seine Finger aus dem Spalt.

Wie versteinert steht Jonas da und betrachtet seine Finger, als ob er nicht glauben könnte, dass sie noch da sind.
„Alles in Ordnung?", erkundigst du dich.
Jonas starrt feindselig auf die Truhe, dann meint er: „Dieser blöde Kasten hat versucht, mir die Finger abzuschlagen!"
Ihr versucht noch einmal zusammen, die Truhe zu öffnen. Wieder ächzen die Scharniere. Zentimeter um Zentimeter drückt, schiebt und zieht ihr den Deckel auf.
Jonas schnauft wie eine Dampflok, dir laufen Schweißperlen die Stirn herunter. Das kann schon nicht mehr nur an den Scharnieren liegen!
Kaum hast du das gedacht, da weht ein eiskalter Luftzug durch den Raum. Der Truhendeckel klappt mit einem Ruck auf, so heftig, dass Jonas fast mit dem Schwung in der Truhe landet. Entsetzt schaust du auf den Inhalt: schwarze, lange Frauenkleider mit stoffüberzogenen Knöpfen!

Du hast das Gefühl, als ob sich deine Nackenhaare aufrichten. Sie ist da! Du weißt, dass sie ganz in deiner Nähe ist, auch wenn du sie nicht sehen kannst, zumindest noch nicht. Ganz ruhig bleiben, sagst du dir, und atmest tief ein und aus.

„Ganz schön kalt hier!", bemerkt Jonas nur und wühlt in der Truhe.
Du willst etwas zu ihm sagen, aber deine Stimme gehorcht dir nicht.
„Hey, schau mal, seh' ich nicht süß aus?", ruft Jonas dir zu. Er steht vor dem großen Spiegel, hat gerade eine Ecke mit seinem Ärmel saubergewischt und probiert eine altmodische Kappe auf.

„Nein! Nicht!", ist das einzige, was du herausbringst.
„Wieso? Was hast du denn?" Jonas schaut dich verwundert an.
Plötzlich verändert sich sein Gesichtsausdruck. Er reißt seine Augen auf und der Kiefer klappt ihm herunter.
„Da ... das ...", stammelt er und deutet mit seinem Arm auf die Truhe, der du den Rücken zugewandt hast.
Mit einem Hechtsprung landest du neben Jonas auf dem Boden. Im Augenwinkel siehst du, was er gemeint hat: Aus der Truhe ist ein Kleid hochgeschwebt und wollte nach dir greifen. Jetzt fällt es einfach in sich zusammen.
„Was ...?" Mehr kann er nicht sagen.
„Die Kappe! Nimm sie ab! Schnell!", zischst du ihm zu.
Mit einer einzigen Handbewegung reißt sich Jonas die Kappe vom Kopf und wirft sie in die Truhe.
Dort bleibt sie allerdings nicht lange liegen. Auf einmal wirbelt sie hoch, dreht sich zu euch, als wenn ein Gesicht darunter euch anblicken wollte, doch da ist keines, und bindet sich selbständig eine Schleife in die Bänder. Auch das Kleid schwebt wieder langsam in die Höhe.
Du verständigst dich mit einem Blick mit Jonas, rappelst dich vom Boden hoch und gemeinsam springt ihr zur Truhe, packt den Deckel und werft euch selbst noch mit eurem Gewicht obendrauf. Mit einem lauten Knall schließt ihr so die Truhe. Das Kleid und die Kappe habt ihr gerade noch erwischt und miteingeschlossen. Keuchend liegst du neben Jonas quer auf der Truhe.

Eure Verschnaufpause ist jedoch recht kurz. Plötzlich bewegt sich die ganze Truhe, wackelt hin und her, als ob sie sich wehren wollte. Dazu klopft und hämmert es hohl daraus hervor. Man könnte meinen, jemand wäre darin gefangen. Kurz entschlossen klettert Jonas auf die Truhe und setzt sich im Reitersitz darauf. Der Deckel hebt sich ganz leicht.
„Komm schnell mit rauf!", brüllt Jonas voller Panik.
Zuerst wirfst du dich allerdings noch einmal mit einem Schwung auf den Deckel, damit er wieder zuklappt. Dann machst du es Jonas nach.

Nun sitzt ihr beide oben, euch genau gegenüber. Du erkennst Angst in Jonas' Augen. Alle nur möglichen Gedanken schießen in deinem Kopf herum, aber Zeit zum Nachdenken bleibt nicht, denn jetzt kippelt die Truhe leicht nach vorn, dann zur Seite. Ihr krallt euch mit den Fingerspitzen an den Eisenbeschlägen fest. Da bäumt sich die Truhe wie ein hochsteigendes Pferd auf. Du kippst nach vorn, Jonas rutscht nach hinten. Trotzdem könnt ihr euch noch gegenseitig festhalten, so dass keiner von euch fällt.
Doch dann geht Jonas' Seite hoch. Mit voller Wucht wird er gegen dich geschleudert. Du ruderst mit den Armen, greifst nach Jonas, aber er kann dich nicht mehr fassen. Dein Aufschrei hallt wie mit einem Echo durch den Raum. Oder ist es Jonas, der schreit? Du spürst wie du hart aufschlägst, dann ist alles dunkel.

Als du wieder zu dir kommst, hörst du immer noch deinen Aufschrei in den Ohren. Nein, es ist Jonas, der schreit! Du öffnest die Augen. Über dir erkennst du verschwommen das Dach. Jonas! Was ist mit Jonas? Dein Kopf dröhnt wie eine ausklingende Glocke. Nachdem du dich halbwegs hochgerappelt hast, kneifst du ein paarmal deine Augen zusammen, um wieder klarer sehen zu können.

Du schaust in die Richtung, aus der Jonas' Schreie kommen, aber du kannst nicht glauben, was du siehst. Passiert das wirklich? Jonas klammert sich noch immer verzweifelt an der Truhe fest, während sich diese rasend schnell um sich selber dreht. Dir wird schwindelig vom Zugucken. Du musst aufstehen und ihm irgendwie helfen!
Bevor du überhaupt auf die Knie kommst, stoppt die Truhe ihr Kreiselspiel urplötzlich. Jonas verstummt. Er hebt seinen Kopf und schaut zu dir herüber. Sein Gesicht ist kreidebleich. Da rast die Truhe von Neuem los, direkt auf dich zu!

Dann geschieht alles in Sekundenbruchteilen: Jonas japst nach Luft, du weichst unwillkürlich zurück – zum Ausweichen ist es zu spät – und eine hübsche Melodie erklingt. Es ist die Melodie der Spieldose! Augenblicklich bleibt die Truhe stehen.

Du kannst deinen Blick nicht von der Stirnseite der Truhe abwenden, die höchstens noch 10 cm von dir entfernt ist. Wie gebannt starrst du darauf. Dieses kurze Stück, dann wäre ...
„Das war knapp!", keucht Jonas und lässt sich von der Truhe herabrutschen.
„Ja", antwortest du.
„Komm schon!", fordert Jonas dich auf. „Oder willst du noch hierbleiben?"
Nein, das willst du wirklich nicht. Ohne weiter zu zögern, stehst du auf und ihr beide stolpert zur Luke.
„Die Sachen von Gloria!", fällt dir ein.

Jonas nickt dir zu. Ihr hetzt zu Glorias Truhe, rafft Puppe, Holztiere, Bibel und Spieldose zusammen und flüchtet vom Dachboden.

Unten angekommen knallt ihr gleichzeitig die Klappe zu. Dann lasst ihr euch erschöpft auf den Boden sinken. Um euch verstreut liegen Glorias Sachen.
„Was zum Henker ist hier eigentlich los?", fragt Jonas. Er schaut dich an und will eine Erklärung. Was sagst du Jonas?

Erzählst du ihm von der Geisterfrau, die dich letzte Nacht besucht hat?

⇒ Wenn ja, lies weiter auf Seite 83!

Oder versuchst du, dich herauszureden, du wüsstest es auch nicht?

⇒ Dann musst du auf Seite 89 weiterlesen!

Du möchtest nicht, dass Jonas mitkommt und dir womöglich auf die Finger guckt. Deshalb antwortest du ihm: „Da oben ist wirklich nichts Interessantes. Ich soll für meine Tante eine alte Wäschewanne als Tränke für die Ponys holen, sonst nichts."
Etwas Besseres fällt dir gerade nicht ein.
„Aber auf Dachböden liegen meist noch andere Dinge herum", wendet Jonas ein.
„Nur 'ne Menge Gerümpel!", winkst du ab.
„Hab' schon verstanden!", sagt Jonas beleidigt. „Du willst allein stöbern." Bevor du einlenken kannst, verzieht er sich schmollend aus der Küche.
Du schaust deine Tante hilflos an.
„Lass ihn!", meint sie. Dann erklärt sie dir, wo du oben auf dem Flur den Eingang zum Dachboden findest.
Tatsächlich entdeckst du dort sehr schnell einen Griff in einer Deckenplatte. Du springst hoch und ziehst daran. Eine Luke mit einer kleinen Leiter klappt auf. Flink kletterst du hinauf, denn du kannst es kaum noch erwarten.
Der Dachboden ist größer, als du dir vorgestellt hast. Tageslicht fällt gedämpft durch ein paar total verstaubte Dachfenster. Es ist sehr still hier oben, ist dein erster Gedanke, beinahe zu still. Rechts an der Seite steht ein altes Schaukelpferd, ganz hinten liegen eine Menge alte Sachen herum und in der Mitte des Raumes sind drei eisenbeschlagene große Truhen.
Zuerst wirfst du einen flüchtigen Blick auf die hintere Ecke. Da sind alte Lampenschirme, ein Eimer, ein Sessel, eine Tischplatte und viele andere wahrscheinlich ziemlich nutzlose Dinge. Du gehst zur linken Truhe, die dir am nächsten steht.
Als du sie öffnen willst, fröstelst du leicht. Es ist auf einmal wesentlich kühler geworden. Du stemmst dich

gegen den schweren Truhendeckel und versuchst, ihn hochzudrücken, aber das ist schwieriger als du dachtest. Die Scharniere quietschen grässlich. Vielleicht solltest du ein bisschen Öl holen? Doch plötzlich schwingt der Deckel wie von selbst auf! Dir stockt der Atem. In der Truhe liegen altmodische, schwarze Frauenkleider. Genau solche hat das Gespenst getragen.

Die nächsten Momente sind für dich die wahre Hölle. Eins der Kleider schwebt ganz gemächlich vor deinen Augen aus der Truhe. Grausiges, hämisches Gelächter dröhnt in deinen Ohren. Du kannst dich nicht von der Stelle bewegen, nicht einmal schreien.

Das Kleid tanzt um dich herum, andere Gegenstände gesellen sich dazu. Der Eimer, den du eben noch zwischen dem Gerümpel gesehen hast, dreht Kreise um deinen Kopf. Alte Bretter stellen sich wie eine Armee um dich herum auf. Einige Körbe wirbeln quer durch die Luft. Ein Hocker schleudert mit solcher Wucht gegen die Truhe, dass er in viele Einzelteile zerschellt.

Das Krachen reißt dich aus dieser vollkommenen Starre. Weg! Du musst hier weg! Du willst zur Luke rennen, aber deine Flucht wird schon nach wenigen Schritten von den Brettern gestoppt, die wie wahnsinnig auf dich einprügeln. Notdürftig schützt du deinen Kopf mit den Armen und schaffst zwei weitere Schritte.

Da fliegt dir eine Tischplatte genau in die Beine. Du fühlst einen furchtbaren Schmerz, als deine Knie wegknicken. Kriechend versuchst du weiter zur Luke zu gelangen. Unsichtbare Hände zerren an dir. Mit letzter Kraft erreichst du die Klappe und krallst deine Finger in die Kante der Luke. Verzweifelt ziehst du dich dichter und dichter an den rettenden Ausgang

heran. Endlich ist die Öffnung genau unter dir. Du lässt dich fallen. Der Aufschlag ist dumpf, dann ist absolute Dunkelheit um dich herum.
Was ist das? Du gehst durch Nebelschwaden. Plötzlich stehst du mitten in einem Zimmer voller Särge. Alle sind tiefschwarz. Du rennst aus einer Tür und bist auf einmal auf einem Friedhof. Träumst du? Die Frau im schwarzen Kleid versperrt dir den Weg. Sie grinst dich hämisch an und kommt immer näher.

Du schlägst die Augen auf und schreist. Erschrocken fährt die Krankenschwester, die sich gerade über dich gebeugt hat, zurück.
„Ist ja gut!", beruhigt sie dich.
Du liegst in einem weißbezogenen Bett im Krankenhaus. Tante Vera sitzt mit besorgtem Blick neben dir auf einem Stuhl.
„Wie geht es dir?", fragt sie.
Der Arzt, der hereinkommt, erzählt dir, wie es dir geht: Beide Beine sind gebrochen, eine schwere Schädelprellung, drei angebrochene Rippen, sowie zahlreiche weitere Beulen und Schürfwunden. Es ist ihm schleierhaft, wie man sich bei einem Sturz aus einer Höhe von ungefähr zwei bis drei Metern derart schwere Verletzungen zuziehen kann.
Alle gehen nur von einem Sturz aus der Luke aus. Du lässt sie in dem Glauben, denn das, was dir wirklich passiert ist, klingt einfach zu verrückt.

Eins weißt du allerdings sicher: Nie wieder wirst du dieses Horrorhaus betreten.

Ende

Nach dem Frühstück schlenderst du zu den Ställen hinüber. Kiki kämmt gerade Schneeflockes Schweif und Mähne. Dem Pony scheint das zu gefallen, denn es steht ganz still.
„Es sieht wirklich toll aus", sagst du und streichelst Schneeflockes Flanke.
„Sie!", verbessert Kiki. „Schneeflocke ist eine Stute."
Du musst lächeln. Kiki ist nun einmal eine absolute Pferdenärrin.
„Würdest du mir zeigen, wie man das macht?", fragst du.
„Was?"
„Na ja, Ponys striegeln und so. Ich kenn' mich nicht so gut mit Ponys aus, würde aber gerne helfen."
Kiki ist in ihrem Element. „Bella muss unbedingt noch gestriegelt werden. Hol' sie doch schon mal. Ich bin gleich mit Schneeflocke fertig."
„Bella?"
„Bella ist die kleine schwarze Shetti-Stute", erklärt Kiki.
Du holst also das Shetlandpony Bella aus dem Stall. Es lässt sich ganz brav am Halfter führen. Dann zeigt Kiki dir, wie man mit Striegel und Kardätsche umgeht.
„Also, du streichst mit der Kardätsche über das Fell, nicht mit dem Striegel. Der Striegel ist dazu da, die Kardätsche – die Bürste – immer wieder zu säubern. Nach jedem Strich über das Fell, gehst du mit der Bürste über den Striegel. Dadurch wird der feine Staub herausgeholt."
Gemeinsam striegelt ihr Bella, Kiki die rechte, du die linke Seite. Nun könnte der richtige Zeitpunkt sein, Kiki nach letzter Nacht zu fragen, denkst du dir.
Vorsichtig beginnst du: „Du sag' mal, Kiki, was war vorhin eigentlich los mit dir?"

„Was meinst du? – Nein, nicht gegen den Strich bürsten. Schau, so!" Kiki nimmt deine Hand und führt sie mit der Kardätsche. „Ja, so ist es richtig!", lobt sie und striegelt ihre Seite weiter.
„Na, ich meine vorhin beim Frühstück", lenkst du wieder auf das Thema. „Irgendwie warst du mit deinen Gedanken ganz woanders."
„Ja, schon möglich. Wieso?" Hörst du leichtes Misstrauen in Kikis Tonfall?
„Weil du erwähnt hast, dass du nicht so gut geschlafen hast", sagst du ganz direkt.
Kiki senkt ihren Blick und klopft Bellas Hals. „Brave kleine Bella! Wir sind gleich fertig mit dir", beruhigt sie das Pony, obwohl es ganz ruhig ist.
„Ich hab' letzte Nacht auch nicht gut geschlafen", fügst du hinzu.
Kiki schaut dich für einen kurzen Moment überrascht an, wendet sich aber gleich wieder dem Pony zu.
„Manchmal gibt es Dinge, die wir nicht verstehen", versuchst du zu erklären, „oder, die wir nie für möglich gehalten haben."
Nun blickt Kiki dich interessiert an.

Wie sollst du das bloß sagen, fragst du dich. „Also, ich meine, ich hab' immer gedacht, sowas gibt es nicht", fährst du fort und hast dabei das Gefühl, du redest dich gerade um Kopf und Kragen. „Und dann letzte Nacht ..." Jetzt weißt du wirklich nicht mehr weiter.
„Du hast sie auch gesehen?", fragt Kiki plötzlich.
In diesem Augenblick bist du überrascht und sprachlos dazu.
„Ja!", antwortest du schließlich.
„Ich dachte schon, ich hätte mir das eingebildet. Aber andererseits war sie so echt", sprudelt Kiki hervor.

„Das kann man wohl sagen", stimmst du ihr zu, „ich hab' mich ganz schön verjagt."
Kiki runzelt nachdenklich die Stirn.
„Ja? So schlimm finde ich das gar nicht", meint sie. Nach einer kurzen Pause sagt sie: „Irgendwie fand ich sie niedlich."
Niedlich?! Du japst nach Luft.
„Und verspielt!", fällt Kiki noch ein.
Verspielt?! Du verschluckst dich und musst fürchterlich husten.
Unbeirrt fährt Kiki fort: „Ich fand es goldig, als sie sich meine Pferdefiguren genommen und damit gespielt hat. Weißt du, bei den Figuren kann man die Beine und teilweise auch die Köpfe bewegen. Das schien sie zu interessieren. Und dann verschwand sie auf einmal vor meinen Augen, als hätte sie sich in Luft aufgelöst. Ich muss dann irgendwann eingeschlafen sein. Heute Morgen beim Aufwachen dachte ich zuerst, ich hätte alles nur geträumt, aber dann habe ich die Pferde auf dem Boden liegen sehen, so wie sie sie dort gelassen hatte."
Inzwischen hast du dich von deinem Hustenanfall erholt. Mit offenem Mund stehst du da und hörst Kiki zu. Irgendwas stimmt nicht! Das passt nicht zusammen. Du kannst dir beim besten Willen nicht vorstellen, wie diese grausige Erscheinung, die du gesehen hast, sich gemütlich hinsetzt, um mit Pferdefiguren zu spielen.
„Moment!", sagst du zu Kiki, bevor sie zu einem neuen Redeschwall ansetzen kann.
„Ja? Ist was?" Kiki schaut dich mit großen Augen an.
„Da kann was nicht stimmen!", wendest du ein.
Kikis Blick verfinstert sich. „Du glaubst mir nicht!"
„Doch ich glaub' das, was du erzählst!", versicherst du ihr.

Kiki atmet auf.
„Was stimmt denn nicht?", will sie nun eher neugierig wissen.
„Anscheinend hab' ich was anderes gesehen ...", beginnst du. Deine Augen schweifen ruhelos umher. Wie willst du ihr das erklären?
Da bleibt dein Blick am Haus hängen. An einem Fenster im ersten Stock hat sich etwas bewegt. Es muss eines der leeren Gästezimmer sein. Du schaust genauer hin. Hinter der Gardine ist eine Gestalt, von der Größe her müsste sie erwachsen sein.
Kiki folgt deinem Blick. „Wer ist das?", flüstert sie dir zu.
„Ich weiß nicht. Ich fürchte ..."
„Das ist eine Frau!", ruft Kiki aufgeregt. „Aber nicht deine Tante. Ich habe sehr gute Augen, weißt du. Sie trägt ein schwarzes Kleid ... und sie ist alt! Wer ist sie?"
„Ich fürchte, das ist das Wesen, das ich gesehen habe ... letzte Nacht."
„Was?" Kiki schaut dich für einen Augenblick entsetzt an, dann wieder zum Fenster, aber die Frau ist verschwunden.
Schweigend steht ihr da. Selbst Kiki hat es die Sprache verschlagen. Bella wiehert unruhig. Ganz automatisch striegelt Kiki sie weiter.
Schließlich fragt sie: „Ist sie auch ein ...", sie zögert, bevor sie das Wort ausspricht,
„... Gespenst?"
Du nickst, dann willst du endlich wissen, was Kiki gesehen hat: „Wie sah dein Gespenst aus?"
„Ein kleines Mädchen, sechs, höchstens sieben Jahre alt. Sie hatte schulterlanges Haar, blond, würde ich sagen. Ich schätze, es war ein Nachthemd, was sie

trug, jedenfalls hatte es Rüschen und Blümchen. Außerdem war sie barfuß."

„Gut. Die würd' ich auch als niedlich bezeichnen", meinst du lächelnd, wirst aber gleich wieder ernst: „Was machen wir denn jetzt? Wirst du ..., ich meine, hast du vor abzureisen?"
„Nein, bestimmt nicht!", antwortet Kiki entschlossen.
„Glaubst du, ich geb' meine süße Schneeflocke einfach so auf und haue ab?"
Bella schnaubt, Kiki krault ihr die Mähne und beruhigt sie: „Nein, und dich auch nicht, meine Kleine!"

Ihr führt Schneeflocke und Bella auf die Koppel, setzt euch dann auf den Zaun und schaut den Ponys zu, die friedlich grasen.
„Was machen wir denn jetzt?", greift Kiki deine Frage von vorhin wieder auf.
„Erstmal solltest du wissen, was mir letzte Nacht passiert ist", antwortest du, weil du es besser findest, wenn Kiki weiß, worauf sie sich womöglich einlässt. Und du erzählst ihr alles in jeder Einzelheit.

Ein paarmal schluckt sie schwer, schweigt aber. Erst als du fertig bist, meint sie: „Kann ich verstehen, dass du dich verjagt hast."
„Und?"
„Und nun werden wir kämpfen!", sagt sie energisch.
„Fassen wir zusammen: Wir haben zwei Gespenster, ein kleines Mädchen und eine alte Frau. Das Mädchen müssen wir erlösen – so nennt man das, glaube ich –, die Frau vernichten – oder auch erlösen?"
„Vielleicht gibt es eine Verbindung zwischen beiden, und wir sollten herausfinden, welche", schlägst du vor.

„Ich schätze, wir könnten Hilfe brauchen. Wollen wir nicht Jonas einweihen? Der hat immer so gute Ideen."

Was hältst du von Kikis Vorschlag? Soll Jonas erfahren, was los ist? Oder lieber nicht?

Du bist dafür, dass ihr mit Jonas sprecht. Vielleicht kann er helfen.

⇒ Lies weiter auf Seite 92!

Du findest es besser, nicht mit Jonas zu sprechen. Vielleicht fährt er sonst nach Hause.

⇒ In diesem Fall lies weiter auf Seite 96!

Als ihr soweit alle fertig gefrühstückt habt, sprichst du gleich deinen Onkel an und fragst ihn nach dem Schlüssel für den Vitrinenschrank in der Bibliothek.
Überrascht meint Onkel Robert: „Seit wann interessierst du dich denn so für Bücher, noch dazu für so alte Schinken?"
„Gerade solche alten Bücher sind doch spannend!", konterst du.
Dein Onkel guckt dich etwas seltsam an, wühlt dann in seinen Hosentaschen und zieht ein recht umfangreiches Schlüsselbund hervor.
„Dies müsste er sein", sagt er dann, während er dir einen kleinen, silbernen Schlüssel überreicht, „aber sei vorsichtig mit den Büchern. Teilweise sind sie schon ganz schön mitgenommen."
„Klar!", versicherst du und läufst schnurstracks in die Bibliothek.

Als du die Schranktür öffnest, schlägt dir ein muffiger Geruch entgegen. Offenbar sind diese Bücher wirklich ziemlich abgestanden. Vorsichtig nimmst du den Band „Über Landfrauen" heraus, den du vorher schon durch die Glasscheibe sehen konntest. Du blätterst das Buch langsam durch und überfliegst mal hier einen Absatz, mal dort. Anscheinend handelt es von der Arbeit, die die Bäuerinnen von früh bis spät zu leisten hatten, und auch von typischen Festen wie Erntedank. Sogar ein paar Koch- und Backrezepte sind ganz hinten zu finden. Nichts Interessantes, zumindest nichts, was dir irgendeinen Hinweis geben könnte!
Du legst es beiseite und holst dir das Buch „Kleidung der letzten Jahrhunderte". Hierin wird sehr langatmig über die verschiedenen Trachten, aber auch über Alltagskleidung berichtet.

Wenigstens sind ein paar Zeichnungen drin, stellst du erleichtert fest und verzichtest auf diese langweiligen Texte. Auf einem der Bilder entdeckst du ein Kleid, das dem der Frau sehr ähnlich sieht, aber auch das bringt dich nicht viel weiter, außer dass du jetzt weißt, dass viele Frauen solche Kleider getragen haben, und zwar bis ins späte 19. Jahrhundert. Seufzend legst du auch dieses Buch weg.
Was ist denn da noch? Da stehen noch vier Bücher: zwei Gesangbücher, wohl für den sonntäglichen Gottesdienst, und zwei wesentlich ältere Bände von den Gebrüdern Grimm.
Die Gesangbücher schaust du nur kurz durch, findest aber nichts. Da sind die beiden anderen schon viel bemerkenswerter: „Kinder- und Hausmärchen", Band 1 und 2. Ganz vorsichtig schlägst du den ersten Band auf. Da steht tatsächlich eine Jahreszahl: 1815! Das dürfte schon eine antike Kostbarkeit sein!

Deine Hände zittern leicht vor Aufregung, als du Seite um Seite umblätterst. Auf einmal stutzt du! Zwischen den Seiten, ungefähr in der Mitte, liegt etwas. Als du es dort aufschlägst, rutscht ein zusammengefalteter Zettel heraus und fällt zu Boden.
Du bückst dich, um ihn aufzuheben, aber kaum berühren deine Fingerspitzen das Papier, da gleitet der Zettel unter einen der Sessel der gemütlichen Sitzecke zum Lesen – dem größten und schwersten natürlich. Was war das? War irgendwo ein Windzug? Wie auch immer, denkst du dir, der Zettel könnte wichtig sein.
Also legst du das Buch weg und machst dich daran, den schweren Sessel beiseite zu schieben. Da liegt er ja! Genau vor deinen Füßen! Wieder willst du das

Papier nehmen, doch wieder verschwindet es eiligst unter dem Sessel, als ob es ein Eigenleben hätte.
Wie vom Donner gerührt stehst du da. Das geht jetzt aber wirklich nicht mehr mit rechten Dingen zu! Irgendwie bist du vollkommen angespannt, denn du hast auf einmal das Gefühl, nicht allein zu sein. Dir ist, als wenn etwas Bedrohliches im Raum wäre. Und doch ist da nichts. Zuerst beobachtest du deine Umgebung nur aus den Augenwinkeln, dann schaust du dich offen um. Nichts! Nun gut, egal, ob etwas da ist oder nicht, du willst den Zettel!
Diesmal versuchst du es anders. Du kniest dich hin, beugst dich weit hinunter und greifst unter den Sessel. Viel Platz hat dein Arm allerdings nicht. Er passt gerade mal darunter. Du tastest mit der Hand nach dem Zettel. Wo ist das Ding bloß? Warum nur kannst du ihn nirgends finden?

Du legst dich ganz flach auf den Boden, um mit der Hand weiter nach hinten zu kommen und um auch mal unter den Sessel zu gucken. Sehen kannst du aber nicht sehr viel, und schon gar nicht den Zettel.
„Was machst du denn da?", ertönt plötzlich eine Stimme hinter dir.
Du zuckst hoch und stößt dir dabei die Schulter am Sessel.
„Aua!", stöhnst du auf, drehst dich halb um und siehst Bennet in der Tür stehen.
„Musst du mich so erschrecken?", seufzt du, dann erklärst du: „Mir ist ein Zettel unter den Sessel gerutscht." Und schon beschäftigst du dich weiter mit dieser nervigen Suche.
Du hast deinen Arm schon so weit unter den Sessel geschoben, wie es nur geht, als Bennet interessiert näherkommt und meint: „Ein Zettel, ach so!"

Sein Tonfall klingt merkwürdig. Du schaust hoch. Auf Bennets Stirn zeigen sich nachdenkliche Falten, dann fragt er dich grinsend: „Du meinst nicht zufällig den Zettel, der hinter dem Sessel liegt?"

„Wie?" Mühsam rappelst du dich hoch.

Währenddessen schlendert Bennet lässig zur anderen Seite des Sessels und bückt sich nach dem Zettel. Doch gerade als er ihn aufheben will, wirbelt das Stück Papier hoch bis fast an die Decke, so als ob ein kräftiger Windstoß es erfasst hätte. Verblüfft starrt Bennet ihm hinterher.

„Zieht es hier irgendwo?", fragt er dich verdattert.

„Das frag' ich mich langsam auch", murmelst du, laut sagst du allerdings: „Ich hab' keine Ahnung!"

Der Zettel segelt inzwischen gemächlich über euren Köpfen in der Luft. Dann schwebt er allmählich abwärts in eure Reichweite. Du springst hoch und versuchst, ihn zu fangen, aber in diesem Augenblick wird er wieder hochgetrieben - wie ein Blatt im Herbstwind.

„Das ist eindeutig nicht normal!", bemerkt Bennet und rauft sich die Haare, so dass seine Frisur reichlich durcheinandergerät.

Du sagst lieber gar nichts, weil du weißt, dass er Recht hat. Bennet scheint auch keine Antwort zu erwarten.

Er beobachtet den Zettel mit halb zusammengekniffenen Augen. Auf seiner Stirn haben sich steile Falten gebildet. Kurzum: Bennet sieht aus, als ob sein Gehirn gerade auf Hochtouren läuft.

„Ist der Zettel wichtig?", fragt er dich knapp, ohne das immer noch fliegende Papier aus den Augen zu lassen.

„Ja!", antwortest du ihm genauso knapp.

„Offenbar ist er ungeheuer wichtig!", meint er mit einem merkwürdigen Lächeln auf den Lippen, wird aber schnell wieder ernst und sagt: „Behalte den Zettel im Auge, ja?"
Es ist nicht weiter schwierig, dem Papier mit den Augen zu folgen und gleichzeitig zu beobachten, was Bennet vorhat. Der zieht kurzerhand sein Hemd aus – weiß, langärmlig und, so wie es aussieht, frisch aus dem Kleiderschrank. Darunter trägt er ein ebenso weißes T-Shirt. Was wird das?
Er nimmt die beiden Ärmel und knotet sie fest zusammen. Dann knüllt er das ganze Hemd zu einer Kugel. – Welch' ein Jammer! Dieses Hemd war absolut perfekt gebügelt!
Mit einem kurzen Blick fixiert er sein Ziel und wirft. Sein selbstkonstruiertes Fangnetz verfehlt den Zettel nur haarscharf. Wieder kommt dieser eigenartige Wind auf, dessen Auswirkungen ihr zwar sehen, ihn selbst aber nicht fühlen könnt, und wirbelt das Papier herum.
„He, das war gut! Versuch's nochmal!", rufst du Bennet aufmunternd zu.
„Das werde ich!", antwortet Bennet grimmig und schaut dabei dem Zettel hinterher, als wäre er sein ärgster Feind.
Doch kaum holt Bennet aus, da folgt sofort der Wirbelwind.
„Das hat so keinen Zweck!", stellt er sachlich fest.
„Und wenn du nicht ausholst, nicht hinschaust, ja, dir nicht mal was anmerken lässt?", schlägst du vor.
„Gute Idee!", lobt Bennet und setzt den Plan gleich in die Tat um.
Mit gesenktem Kopf stellt er sich nun in die Mitte des Raumes, das Hemd lose zusammengerollt in seinen Händen.

„Sag' mir, wo er ist!", raunt er dir zu.
Du senkst auch leicht deinen Blick, ohne jedoch den Zettel aus den Augen zu lassen.
„Er ist noch ein bisschen zu schnell", flüsterst du zurück.
Der merkwürdige Windzug treibt den Zettel allmählich in die hintere Ecke des Zimmers. Langsam Kreise in der Luft beschreibend schwebt er nur einen halben Meter unter der Decke.
„Jetzt ist er hinter dir, fast in der Ecke, ganz oben", beschreibst du leise Bennet sein Ziel.
Vollkommen unerwartet, sowohl für dich, wie auch anscheinend für den Zettel, schleudert Bennet sein Hemd. Wie in Zeitlupe siehst du es durch die Luft fliegen, den Knoten voran, einen Salto über den Zettel schlagend und ... Volltreffer!
„Ja!", jubelt Bennet. „Wir haben ihn."
Und das Hemd landet mit seinem Inhalt oben auf einem der Bücherregale.
„Blöde Landung!", schimpft Bennet. „Jetzt müssen wir auch noch klettern."
„Machen wir doch 'ne Räuberleiter", schlägst du vor.
„Ist gut, aber du kletterst", stimmt Bennet zu und verschränkt seine Hände, so dass du deinen Fuß bequem hineinsetzen kannst.

Mit einem kurzen Schwung stehst du in Bennets Händen, doch das Regal ist zu hoch, als dass du ganz an das Hemd heranreichen könntest. So musst du noch eine Stufe höher: auf seine Schultern. Bennet gerät leicht ins Wanken, du klammerst dich ans Regal, aber endlich erwischst du das Hemd und damit auch den geheimnisvollen Zettel.

Wieder sicher unten angekommen, hältst du nun den Zettel in deinen Händen.

Du überlegst, ob du ihn gleich mit Bennet zusammen oder lieber allein oben in deinem Zimmer lesen willst.

Willst du den Zettel zusammen mit Bennet lesen?

⇒ Dann lies auf Seite 100 weiter!

Oder willst du ihn allein lesen?

⇒ Weiter geht es auf Seite 104!

„Folge mir nicht!", waren Glorias Worte. Und doch ... du bist schrecklich neugierig. Wo geht sie hin und warum?
Du beschließt, es herauszufinden. Entschlossen springst du aus dem Bett. Es ist kalt, findest du. Du fröstelst leicht, aber das ist ja auch nicht weiter verwunderlich. Schließlich bist du barfuß und trägst nur einen dünnen Schlafanzug. Für einen Moment überlegst du, ob du dir etwas überziehen willst. Nein, besser nicht, das dauert zu lange.
Also gehst du so, wie du bist, zur Tür und öffnest sie leise. Im Flur vor dir ist es stockfinster. Gloria ist nirgendwo auszumachen. Nun ja, du wirst sie schon finden, denkst du dir, und schleichst in den Flur hinaus. Die Tür lässt du angelehnt. Man weiß ja nie. Vielleicht musst du schnell flüchten.
Auf Zehenspitzen tappst du den dunklen Gang längs. Bloß kein Geräusch machen! Ein komisches Gefühl breitet sich in deiner Magengegend aus. Irgendwie ist es furchtbar unheimlich. Viel zu still! Du hörst nur deinen eigenen Atem und dein Herz, das dir bis zum Halse klopft. Was ist, wenn die Geisterfrau ...
Du willst diesen Gedanken nicht zu Ende denken. Gloria muss doch irgendwo sein.

Endlich wird es etwas heller, als du auf die Galerie trittst, denn der Mond scheint durch die Fenster der Halle und taucht alles in ein blasses Licht. Die Galerie, die Treppe, die Holzvertäfelungen, alles erscheint unwirklich, wie aus einer anderen Zeit. Eine Wolke zieht vor den Mond. Du fröstelst wieder.
Vielleicht ist Gloria nach unten gegangen? Du willst zur Treppe, doch nach den ersten Schritten darauf zu bist du dir nicht sicher, ob du gehst oder schwebst. Warum fühlst du den Boden unter deinen Füßen

nicht? Instinktiv schaust du hinunter, aber der Boden ist da. Trotzdem spürst du ihn nicht. Gänsehaut kriecht deinen Körper hoch.
Da entdeckst du auf einmal Gloria! Sie kommt vom anderen Flur in deine Richtung. Die Treppe zum Erdgeschoss ist rechts von euch, genau in der Mitte.
„Gloria! Da bist du ja!", rufst du ihr zu und erstarrst! Du hast gerufen und doch konntest du keines deiner Worte hören.
Offenbar hat Gloria auch nichts gehört, denn sie steuert unbeirrt auf die Treppe zu, obwohl ihr nur wenige Meter voneinander getrennt seid. Sieht sie dich denn nicht?
„Gloria!", versuchst du es noch einmal und fuchtelst wild mit den Armen.
Gloria blickt sich um. Dich bemerkt sie jedoch nicht. Sie guckt durch dich hindurch!
Du erschauderst! Was passiert hier?
Als Gloria zur Täfelung der Galerie schaut, huscht plötzlich ein Lächeln über ihr Gesicht. Sie ist da! Die Geisterfrau, Glorias Großmutter! Wo ist sie hergekommen? Aus dem Nichts?
Sie erwidert Glorias Lächeln, doch ihres erscheint dir hinterhältig, sogar bösartig.
Wie gelähmt stehst du da, nur wenige Schritte entfernt – unfähig auch nur an Flucht zu denken. Diesmal schenkt die Geisterfrau dir jedoch keinerlei Beachtung.
Gloria schaut sie erwartungsvoll an, als ob sie sich auf eine Überraschung freut. Ruhig und gelassen tritt ihre Großmutter auf sie zu. Auf einmal verwandelt sich ihr Lächeln in ein hämisches Grinsen und sie packt Gloria an den Schultern. Entsetzt reißt die Kleine die Augen auf.

Was hat diese Frau mit Gloria vor? Langsam schiebt sie das Mädchen zur Treppe. Sie wird doch nicht ...? Es durchzuckt dich wie ein Blitz. Sie wird Gloria hinunterstoßen! Glorias Tod! Deshalb ist sie ein Geist!

Tatenlos zusehen? Nein! Du musst es einfach verhindern. Deine Angst ist wie weggeblasen. Du bist wütend und entschlossen! Mit einem Kampfschrei stürmst du vorwärts. Aber was ist das? Dein Schrei ist stumm, und du stehst immer noch an derselben Stelle! Nein! Das darf nicht sein. Du musst diesen Bann – oder was immer das ist – brechen.
Die Frau hält Gloria jetzt direkt über der obersten Stufe. Voller Verzweiflung kämpfst du gegen die unsichtbare Barriere vor dir, nur ein einziger Gedanke in deinem Kopf: Gloria!

Genau in diesem Moment passiert alles gleichzeitig. Glorias Großmutter stößt die Kleine hinunter, der Bann löst sich und du stürzt nach vorn. Im Fallen greifst du nach Gloria. Irgendwie hattest du erwartet, durch sie hindurchzugreifen, doch du kannst sie fassen und reißt sie an dich. Ihren Blick wirst du niemals vergessen: voller Staunen, beinahe glücklich. Du spürst die harten Aufschläge auf die Treppenstufen kaum, als ihr aneinander festgeklammert hinunterrollt. Auch als dein Kopf am Treppenende dumpf aufprallt, macht es dir nicht viel aus.
Ein gleißend helles Licht ist um euch. Gloria lächelt dich strahlend an.
„Danke!", haucht sie. „Jetzt weiß ich wieder, was passiert ist. Ich glaube, ich bin jede Nacht noch einmal gestorben. Aber jetzt – endlich – kann ich

gehen, denn du hast es diesmal verhindert." Das Licht verschwindet und mit ihm Gloria.

Du siehst deinen Onkel die Treppe herunterlaufen, dann zieht tiefe Dunkelheit wie ein Vorhang vor deine Augen.

Als du aufwachst, ist heller Tag. Du liegst in einem Krankenhausbett, neben dir sitzt dein Onkel auf einem Stuhl. Sein Kopf liegt vornüber gekippt auf deinem Bett, seine Arme baumeln herunter. Er schläft tief und fest. Merkwürdig, in welcher Haltung einige Leute schlafen können, denkst du. Die Müdigkeit muss ihn total übermannt haben.

Eine Krankenschwester kommt herein.
„Na, du! Wie geht's dir denn?", fragt sie dich.
„Gut!", antwortest du. „Nur mein Schädel brummt etwas."
Schlaftrunken schaut dein Onkel hoch. „Was ...? Oh, du bist wach!"
„Wie bin ich hierhergekommen?", willst du nun endlich wissen.
„Ich hab' ein fürchterliches Poltern gehört. Und dann hab' ich dich unten an der Treppe gefunden. Es ist ein Wunder, dass du dir nicht sämtliche Knochen gebrochen hast", erzählt dein Onkel.
„Mir geht es gut!", versicherst du ihm. „Bloß ein bisschen Kopfschmerzen!"
„Das wird nur eine leichte Gehirnerschütterung sein", erklärt die Schwester. „Du bist sowieso nur zur Beobachtung hier. Ich sage dem Arzt Bescheid, dass du wach bist. Wahrscheinlich kannst du nachher schon nach Hause."

„Warum bist du eigentlich mitten in der Nacht durchs Haus gelaufen, noch dazu ohne Licht anzumachen?", fragt dich dein Onkel nach einer Weile.

Du zögerst. Kannst du deinem Onkel erzählen, was wirklich passiert ist? Es klingt so unglaublich. Womöglich würde dein Onkel dich für verrückt halten, oder noch viel schlimmer: Er würde die ganze Geschichte nicht ernst nehmen und ins Lächerliche ziehen. Das hätte Gloria nicht verdient!

„Ich hatte Durst und wollte in die Küche. An das Licht hab' ich gar nicht gedacht. Da bin ich wohl gestolpert", antwortest du ihm.

Gloria würde dir diese Notlüge verzeihen, das weißt du. Die Wahrheit ist viel zu traurig und doch irgendwie mit einem schönen Ende, als dass man sie durch den Schmutz ziehen sollte.

Du wirst diese Nacht jedenfalls niemals vergessen und ganz bestimmt auch nicht die kleine Gloria.

Ende

Nach all dem, was diese Nacht schon passiert ist, nimmst du Glorias Warnung sehr ernst. Deshalb ziehst du es vor, hier im Bett zu bleiben. Das dürfte sicherer sein.
Etwas ist allerdings sehr seltsam, findest du. Warum musste Gloria so plötzlich gehen? Es war, als ob sie unter einem Zwang stünde. Und warum wollte sie nicht, dass du ihr folgst? Das klingt irgendwie nach einem schrecklichen Geheimnis.

Deine Hand greift fast automatisch nach dem Lichtschalter. Bevor du jedoch auf den Schalter drückst, zögerst du. Könnte es nicht sein, dass Gloria wiederkommt? Wenn das Licht brennt, erscheint sie womöglich nicht. Und du hast noch viele Fragen, die du Gloria stellen möchtest. Also lässt du das Licht aus!
Angestrengt starrst du in die Dunkelheit. Bewegt sich hinten in der Ecke nicht etwas? Nein, du hast dich getäuscht! Verändert sich irgendeiner der Schatten, die das Mondlicht wirft? Manchmal scheint es so, dann doch wieder nicht. Trotz der kuschelig warmen Bettdecke, die du um dich geschlungen hast, spürst du langsam eine Gänsehaut in dir hochkriechen. Was ist, wenn nicht Gloria erscheint, sondern diese Frau? Du schüttelst dich. Wenn Glorias Großmutter tatsächlich wiederkommen sollte, was dann? So wie du hier im Dunkeln sitzt, bist du ihr vollkommen ausgeliefert. Du musst dir dringend etwas einfallen lassen. Licht könnte dich vielleicht schützen, aber dann verscheuchst du Gloria.
Eine Taschenlampe! Das ist es! Leider fällt dir ein, dass du keine hast. Die Batterien waren leer, so dass du sie gar nicht erst eingepackt hast.
„Mist!", schimpfst du leise vor dich hin.

Da fällt dein Blick auf die kleine Nachttischlampe. Sie hat einen Strahler. Das könnte doch gehen! Du nimmst die Lampe und steckst sie unter deine Bettdecke. Glücklicherweise ist das Kabel lang genug. Jetzt kannst du im Notfall sehr schnell Licht anmachen, und zwar ohne lange nach dem Schalter zu tasten.

Dieser Einfall kommt dir gerade im richtigen Augenblick, denn kaum, dass du es dir gemütlich machen willst, um auf Gloria zu warten, fährt plötzlich ein eisiger Windzug durch den Raum. Du erschauderst! Die Fenster und auch die Tür sind geschlossen. Das kann nichts Gutes bedeuten.

Während du angespannt jeden Winkel des Raumes mit den Augen absuchst, umklammerst du ganz fest die Lampe.

Nur einen Atemzug später schlägt die Schranktür mit einem Ruck auf. Du zuckst zusammen, aber noch willst du abwarten.

Mit der linken Hand richtest du den Strahler nach vorn, deine rechte Hand legst du sacht auf den Schalter.

Auf einmal bewegt sich dein Bett ein wenig, als wenn es jemand am Fußende anheben würde. Deine Hand auf dem Schalter beginnt zu zittern.

„Ruhig bleiben!", flüsterst du dir selber leise zu.

Wann wird sie sich sehen lassen?

Das Bett wird wieder heruntergelassen, dann etwas kräftiger hochgehoben. Und wieder hinunter! Hoch und runter! Immer heftiger geht es auf und ab. Dein Bett benimmt sich wie ein wild gewordener Hengst. Jetzt reicht's!

Du willst endlich Licht, aber in diesem Moment bockt das Bett nach vorn und du stürzt vornüber. Instinktiv stützt du dich ab, damit du nicht aus dem Bett

segelst. Trotzdem hältst du mit deiner rechten Hand die Lampe. Gerade willst du dich hochrappeln, da siehst du im Augenwinkel eine hagere Hand, die von rechts nach dir greift. Sie ist es!
Sofort lässt du dich auf deine linke Seite fallen. Nur weg von ihr! Es ist alles so nah: ihre Hand, ihr Gesicht, das Grinsen und diese Augen, dessen Blick du dich nicht entziehen kannst.
Die Lampe! Du hältst sie immer noch in der rechten Hand. Deine linke tastet nach dem Lichtschalter. Wo ist dieser verflixte Schalter? Ihre Hand ist fast an deiner Schulter. Wo ist ... Du drückst drauf!

Das Licht blendet dich. Du kneifst die Augen zusammen und rutschst zurück, soweit es geht. Als du die Augen wieder öffnen kannst, ist nichts mehr von ihr da. Du leuchtest den gesamten Raum aus. Nichts! Nur die Schranktür steht offen. Eine Träne der Erleichterung rollt deine Wange herunter. Ist sie jetzt ganz weg? Wohl nicht. Aber vielleicht hast du für den Rest der Nacht Ruhe. Das war knapp! Noch einmal willst du es nicht riskieren, dass sie dich womöglich erwischt, was auch immer sie vorhat.
Du setzt dich in die hinterste Ecke am Kopfende des Bettes, wickelst dich in die Decke und leuchtest mit dem Strahler mitten in das Zimmer. Schlafen kannst du sowieso nicht mehr. So beschließt du, Wache zu halten.

Irgendwann musst du wohl doch eingenickt sein. Jedenfalls schreckst du aus dem Schlaf, als es an der Zimmertür klopft.
„Was, wie?", murmelst du schlaftrunken und umklammerst die Lampe.

Gerade bemerkst du, dass die Sonne ins Zimmer scheint, da kommt auch schon Jonas hereinspaziert.
„Ich soll dich fragen, ob du noch Frühstück willst, bevor deine Tante abräumt", verkündet er. Dann stutzt er. Er schaut dich verwundert an, sein Blick ruht auf der Lampe in deiner Hand, die immer noch brennt, obwohl es helllichter Tag ist.
„Ist alles in Ordnung?", fragt er vorsichtig.
„Ich ... ähm ... ja ...", stotterst du. Was sollst du auch sagen?
„Du siehst aus, als ob du ein Gespenst gesehen hättest!", meint Jonas trocken.

Willst du Jonas etwas erklären, ihm vielleicht sogar von Gloria und ihrer Großmutter
erzählen? Oder lässt du es lieber bleiben?
Jonas schaut dich erwartungsvoll an.
„Was ist los?", fragt er. Sein übliches Grinsen ist verschwunden, und er sieht beinahe besorgt aus.

Erzählst du ihm von den Schrecken der letzten Nacht?

⇒ Dann musst du auf Seite 111 weiterlesen!

Oder erfindest du eine Ausrede, um ihn schnell loszuwerden?

⇒ In dem Fall lies weiter auf Seite 117!

Du ärgerst dich ein bisschen, dass du die Kleine nicht doch angesprochen hast. Andererseits: Sie ist ein Geist! Der Gedanke verursacht dir eine Gänsehaut. Schnell rubbelst du dir kräftig über deine Arme, um das Frösteln und Gruseln zu verscheuchen.
Es ist an der Zeit, diesen merkwürdigen Dingen auf den Grund zu gehen. Selbst wenn du dir immer noch nicht sicher bist, ob du sie ansprechen würdest, wenn du sie noch einmal treffen solltest, vielleicht wäre es ja schon hilfreich zu sehen, wo sie hingeht oder was sie macht.
Du streifst dir einen Pullover über und ziehst dir dicke Socken an, denn diese Kälte ist furchtbar. Seltsam! Tagsüber war es heute doch richtig warm.
Los geht's! Entschlossen öffnest du die Tür zum Flur. Eine unheimliche Stille schlägt dir entgegen. Alle scheinen tief und fest zu schlafen. Offenbar hast nur du etwas von dem Spuk mitbekommen.
Leise tappst du auf den Flur. Als du die Tür hinter dir zuziehen willst, merkst du, dass es stockfinster ist. Was nun? Etwas Licht hättest du doch gern. Also lässt du die Tür einen Spaltbreit offen, damit du wenigstens so viel erkennen kannst, dass du nicht auf einmal gegen eine Wand läufst.
Angestrengt starrst du in die Dunkelheit vor dir. Da ist nichts Ungewöhnliches. Aber irgendwie beruhigt dich das überhaupt nicht – im Gegenteil: Es scheint eher an deinen Nerven zu zerren. Jeden Moment könnte die Frau im schwarzen Kleid vor dir stehen oder das kleine Mädchen, aber du siehst nichts dergleichen.

Das einzige, was dir auffällt, ist diese Kälte. Trotz des Pullovers frierst du. Deine Füße werden klamm, als wenn du barfuß durch Schnee stapfst. Du versuchst, sie notdürftig zu wärmen, indem du sie übereinander

reibst, doch auch das bringt nichts. Vielleicht ist es ja nur hier oben auf dem Flur so kalt, hoffst du. So marschierst du tapfer weiter bis zur Galerie.
Von hier oben hat man einen wundervollen Blick auf die Treppe und die Eingangshalle, denn das Mondlicht, das durch eines der Fenster strahlt, lässt alles in einem silbernen Glanz erscheinen. Für einen Moment bleibst du stehen und genießt diesen Anblick. Dann gehst du langsam zur Treppe. Hier oben scheint nichts zu sein, vielleicht findest du das Mädchen unten.
Plötzlich hast du das Gefühl, beobachtet zu werden. Du drehst dich um, aber niemand ist da. Deine Nackenhaare sträuben sich. Wenn hier jemand ist, dann sicher nicht die Kleine, sondern eher diese Frau. Und gerade der möchtest du nicht unbedingt begegnen!
Du schluckst, dann atmest du betont ruhig ein und aus. Falls sie da ist, muss sie nicht merken, dass du Angst hast, findest du. Genauso ruhig schreitest du eine Stufe nach der anderen die Treppe hinunter.

Hinter dir ist jemand! Du spürst es ganz genau. Schritt um Schritt gehst du weiter, während du in deinem Rücken eine Eiseskälte fühlst. Es muss die Geisterfrau sein!
Zwei Stufen schaffst du es noch, gelassen hinunterzugehen, dann wird die Kälte so unerträglich, dass du nur noch wegwillst. Du rennst den Rest der Treppe in einem derart waghalsigen Tempo herunter, als wäre der Teufel persönlich hinter dir her – für dich ist diese Frau absolut teuflisch.
Unten angekommen wendest du dich entschlossen nach links in Richtung Küche und Esszimmer. Im Augenwinkel siehst du einen Schatten auf der

Treppe. Dieser Schatten ist allerdings nicht deiner! Du japst nach Luft. Ohne zu zögern, stürmst du zur Küche. Dir ist egal, wohin, nur weg!
Unter der Tür scheint Licht durch! Im selben Augenblick, in dem du die Tür aufreißt, klirrt es. Vor dir steht Bennet! Ihm ist vor lauter Schreck eine Tasse aus der Hand gefallen und in unzählige Scherben zersprungen. Nun steht er mit offenem Mund in einer Pfütze aus Milch, vermischt mit vielen kleinen Splittern, und schaut dich mit großen Augen an.
Du stolperst in die Küche. Ohne auch nur einen Blick zurück zu wagen, klappst du die Küchentür hinter dir zu. Aufatmend lehnst du dich dagegen und seufzt erleichtert. Gerettet!
Ein paar Atemzüge lang genießt du das Licht und die Wärme. Da fällt dir auf, dass Bennet noch immer genauso dasteht und dich anstarrt.
„Ähm ... hallo", sagst du verlegen. Was wird Bennet wohl denken? Er muss dich für verrückt halten.
Doch Bennet räuspert sich nur kurz, dann nimmt er sich einen Lappen und wischt seelenruhig die Bescherung auf. Als er mit seinem Werk zufrieden ist, fragt er dich freundlich lächelnd: „Möchtest du auch eine Tasse Milch?"
Du nickst nur stumm, denn Bennets Art verschlägt dir glatt die Sprache. Ist er wirklich so abgebrüht oder tut er nur so? Sollte er tatsächlich nicht begriffen haben, dass du geradezu in die Küche geflüchtet bist? Denkt er vielleicht, du warst nur in Eile? Du hast mit allen nur möglichen Fragen gerechnet, aber nicht mit dieser.
„Willst du die Milch so kalt aus dem Kühlschrank oder lieber als Bennet-Spezial?", reißt Bennet dich aus deinen Überlegungen.

„Was ist ein Bennet-Spezial?", kommt von dir die Gegenfrage.

„Lass dich überraschen!", meint Bennet mit einem Augenzwinkern. „Ach, übrigens, nicht dass du dich wunderst, deine Tante hat mir erlaubt, hier nachts in der Küche zu werkeln. Manchmal kann ich nun mal schlecht schlafen."

„Ist gut, deinen Spezial!", sagst du knapp und schaust zu, wie Bennet zwei große Keramikbecher mit Milch in die Mikrowelle stellt.

Während die Milch heiß wird, holt Bennet ein Glas Honig, eine Packung Kakao und ein Tütchen Vanillezucker aus einem Küchenschrank.

Du setzt dich auf einen der Stühle, bevor er dir womöglich doch noch irgendeine unangenehme Frage stellt, weil du dastehst wie ein begossener Pudel.

Als die Mikrowelle ihr „Pling" hören lässt, nimmt Bennet vorsichtig die beiden Becher heraus und stellt sie auf den Tisch. Dann rührt er jeweils einen Teelöffel Honig, einen großen Löffel Kakao und zuletzt ein wenig von dem Vanillezucker hinein.

„So fertig!" Er schiebt deinen Becher zu dir und setzt sich auch. „Na, probier' schon! Aber vorsichtig, es ist sehr heiß!"

Du nippst ein klein wenig. Es ist wirklich so heiß, dass du dir fast Lippen und Zunge verbrennst, doch es scheint ganz gut zu schmecken. Erstmal wärmst du dir deine klammen Finger am Becher.

„Es ist ganz schön kalt da", sagt Bennet. Mit einer Kopfbewegung deutet er zum Flur. Und auch er wärmt seine Hände am Becher.

„Mhm!", stimmst du ihm zu und nippst ein zweites Mal. „Nicht schlecht, dein Spezialrezept!", lobst du ihn.

„Du magst es?", fragt Bennet erfreut und sein Gesicht strahlt, doch schon im nächsten Moment scheint er wieder die Ruhe selbst zu sein.

„Ja, es schmeckt wirklich lecker! Und es wärmt gut durch!", bestätigst du, nachdem du endlich einen größeren Schluck trinken kannst.

Tatsächlich fühlst du dich schon viel besser, denn die Wärme zieht durch deinen Körper und vertreibt das Frösteln.

„Und es beruhigt die Nerven!", fügt Bennet noch hinzu. Bei diesen Worten schaut er dir direkt in die Augen.

Er weiß etwas! Sein offener, interessierter Blick macht dich ganz nervös. Du wirst aus Bennet einfach nicht schlau. Was will er und was weiß er? Oder bildest du dir nur etwas ein?

„Man braucht manchmal sehr gute Nerven ...", setzt Bennet noch obendrauf, dich immer noch anstarrend, jetzt aber mit einem eindringlichen Unterton.

Unruhig schaust du umher, um ihn nicht anzusehen, denn du weißt nicht, was du ihm sagen sollst. Da entdeckst du eine große Taschenlampe neben seinem Arm auf dem Küchentisch, die dir vorher noch gar nicht aufgefallen ist.

„Ist das deine?", fragst du ihn und nickst zur Lampe. Jetzt endlich löst Bennet seinen Blick von dir.

„Ja!", antwortet er. „Das Ding hat eine Reichweite von ungefähr 200 Metern, leider sind die Batterien schon ein bisschen schwach, aber noch geht es einigermaßen."

Du willst ihn gerade fragen, wozu er hier eine Taschenlampe braucht, als plötzlich das Licht ausgeht. Stocksteif sitzt du da.

„Was ...", versuchst du zu fragen, doch Bennet sagt nur: „Bleib' ganz ruhig!"

Du hörst, wie er seine Taschenlampe vom Tisch nimmt. Bevor er sie jedoch anknipsen kann, fliegt hinter dir die Küchentür mit einem kräftigen Windstoß auf. Eisige Kälte zieht in den Raum.
„Runter!", brüllt Bennet.
Geistesgegenwärtig wirfst du dich auf den Boden. Gleichzeitig hörst du vor dir Bennets Stuhl poltern. Offenbar ist auch er auf Tauchstation gegangen. Da zischt auch schon etwas durch die Luft, dicht über deinem Kopf, und fliegt anscheinend gegen einen der Schränke, prallt aber nicht ab, sondern ein kurzes, hohes Sirren verrät, dass dieses Etwas steckengeblieben ist.
In diesem Moment flammt Bennets Lampe auf. Er hat sie auf die Tür gerichtet. Niemand ist zu sehen, aber für einen Augenblick ist dir, als ob die Kälte zurückweicht. Dann schwenkt Bennet mit dem Lichtstrahl einmal quer durch die Küche, bis er das findet, was durch die Luft geschwirrt ist: Es ist ein alter, verschnörkelter Brieföffner – scharf wie ein Messer –, der in einem Schrank steckt!

Bennet zieht ihn heraus, betrachtet ihn von allen Seiten und meint grimmig: „Jetzt reicht es! Los, komm! Vielleicht erwischen wir sie noch!"
Wen will Bennet erwischen? Doch nicht etwa ...
Schon stürmt er an dir vorbei. Du kannst ihn gerade noch am Ärmel packen.
„Wen?", fragst du nur und diesmal schaust du ihm eindringlich direkt in die Augen.
„Du weißt, wen ich meine", antwortet Bennet mit einem leichten Zittern in der Stimme, „so, wie du vorhin geschlottert hast, nehme ich an, dass auch du sie gesehen hast."
„Die Frau ...?"

„... mit dem schwarzen Kleid", vollendet Bennet.
Nun ist alles klar! Ihr lauft beide in die Eingangshalle, Bennet zwei Schritte vor dir, bewaffnet mit seiner Lampe in der einen und dem Brieföffner in der anderen Hand. Während Bennet nun beginnt, Winkel für Winkel auszuleuchten, schaust du hoch zur Galerie. Da war doch etwas! Am oberen Ende der Treppe hat sich irgendwas bewegt. Ein Schatten schwebt gerade die letzten Stufen hoch!
„Da oben!", rufst du Bennet zu und wetzt auch schon die Treppe hinauf.
Jetzt oder nie! Bennets Entschlossenheit hat dich geradezu angesteckt!
Er ist dicht hinter dir. Das Licht seiner Taschenlampe tanzt auf den Stufen, weil er die Treppe eher hochspringt als rennt, um dich einzuholen. Vor dir siehst du den Schatten durch die Wand gleiten. Die Frau ist verschwunden! Sie war es! Du bist dir absolut sicher.
Fassungslos und vollkommen außer Atem stehst du vor der Holztäfelung der Galerie, hinter dir die Treppe. Hier ist sie einfach so durch die Wand geschwebt.
„Fast hätten wir sie gehabt!", keucht Bennet, der gerade die letzte Stufe hochstolpert.
„Ja, es war so knapp!", bestätigst du enttäuscht, aber irgendwie auch sehr erleichtert, zumal du dich fragst, was ihr denn hättet gegen sie ausrichten können. Wie schnappt man einen Geist? Kann man einen Geist überhaupt vernichten? Oder nennt man das nicht vielmehr ‚erlösen'? Doch wie?
Während du vor dich hin grübelst, bemerkst du, dass Bennet ebenfalls recht nachdenklich wirkt.
„Wieso hier?", murmelt er und starrt auf die Wand.

„Was meinst du?", fragst du ihn verständnislos.
„Ich verstehe nicht, warum sie genau hier verschwunden ist", erklärt Bennet. „Schau!" Er leuchtet den linken, dann den rechten Gang ab, die jeweils von der Galerie in die beiden Gebäudeflügel führen. „Die Zimmer sind alle weiter hinten. Hier ist nichts außer einer Wand. Wäre sie verschwunden, indem sie sich in Luft auflöst, könnte ich es verstehen, aber sie ist dadurch gegangen."
„Als wenn dahinter ein Raum wäre", fügst du hinzu.
„Das ist es!", stößt er überrascht hervor.
Sofort beginnt ihr, euch die Wandtäfelung genauer anzusehen. Jede Verzierung und jedes noch so kleine Astloch tastet ihr im Licht von Bennets Lampe ab. Ihr wollt schon fast aufgeben, weil ihr mittlerweile bei der Fußleiste angekommen seid, als du eine Ritze unter deinen Fingerspitzen fühlst.
„Leuchte mal genau hier!", flüsterst du aufgeregt.
Auch Bennet untersucht diesen kaum erkennbaren Spalt, aber dann meint er: „Dort ist nur die nächste Leiste angesetzt worden."
Trotzdem lässt du deine Finger weiter über die Leiste gleiten. Da ist noch eine Ritze!
„Hier! Sieh dir das an!", raunst du ihm triumphierend zu. „Nur ungefähr fünf Zentimeter weiter ist die nächste Ritze. So eine kurze Fußleiste gibt es ja wohl nicht. Da ist anscheinend ein Stück extra eingesetzt worden."
Du drückst drauf, doch nichts passiert. Als du jedoch versuchst, daran zu wackeln, stellst du fest, dass man dieses Holzstück nach oben schieben kann. Nur wenige Millimeter reichen, dann hörst du ein „Klick". Ein Teil der Täfelung öffnet sich und schwingt nach hinten, wie eine Tür, die aufgestoßen wird. Muffige Luft schlägt euch entgegen.

Wie vom Donner gerührt hockt ihr beide da. Was geschieht jetzt? Keiner von euch wagt es, sich zu bewegen oder einen Ton von sich zu geben.
Endlich bricht Bennet das erdrückende Schweigen: „Lass uns nachschauen, was hier versteckt ist!" Und der Strahl seiner Taschenlampe wandert in den Raum.
Das erste, was du siehst, sind Spinnweben, und zwar jede Menge davon direkt vor deiner Nase. Hinter diesem nicht gerade sehr einladenden Vorhang, kannst du ein paar Möbelstücke erkennen, aber die sind auch total eingewebt.
„Willst du da jetzt wirklich rein?", fragst du Bennet, während ihr euch aufrappelt.
„Eigentlich schon ...", antwortet er unsicher.
Plötzlich reißt er die Augen auf.
„Da ... das ... das darf doch nicht wahr sein!", stammelt er.
Entsetzt schaust du auf das, worauf Bennet den Lichtkegel gerichtet hat. Aus einem Bett, das an der rechten Wand steht, hängt eine Knochenhand.

Willst du wirklich jetzt zusammen mit Bennet in diesen Geheimraum, um alles zu untersuchen?

⇒ Lies weiter auf Seite 121!

Oder willst du Bennet überreden, diesen Raum wieder zu schließen und erst am nächsten Morgen bei Tageslicht genau zu erforschen?

⇒ Dann lies weiter auf Seite 126!

Du willst erst einmal in aller Ruhe nachdenken, denn irgendwie bist du vollkommen durcheinander. Und so setzt du dich auf die Bettkante, schlingst die Decke um die Schultern und versuchst, Ordnung in deine Gedanken zu bekommen.
Jetzt – bei Licht – sieht alles nicht mehr so bedrohlich aus. Trotzdem hätte es sehr gefährlich werden können, das Mädchen zu suchen. Wer weiß, was womöglich noch alles passiert wäre? Was ist hier bloß los? Du hast tatsächlich zwei Gespenster gesehen. Nicht nur eines, sondern gleich zwei! Gibt es vielleicht noch mehr in diesem Haus?
Wie auch immer – es ist sehr wahrscheinlich, dass dies der Grund für die ganzen übereilten Abreisen ist. Sicher haben die Gäste und auch die Köchin Ähnliches erlebt. Dann wäre es doch kein Wunder, dass sie geradezu geflüchtet sind. Auch die merkwürdigen Ausreden scheinen dann verständlich, denn wer gibt schon zu, ein Gespenst gesehen zu haben? Ja, so muss es sein!
Andererseits ...
In deinem Kopf spürst du ein unangenehmes Pochen, das immer stärker wird. Wieso kriegst du nun Kopfschmerzen? Warum ausgerechnet jetzt?
Während du deine Schläfen und die Stirn mit den Fingerspitzen massierst, denkst du über dieses „Andererseits" nach. Vielleicht hast du nur ein paar ganz normale Schatten gesehen und deine Phantasie hat dir einen Streich gespielt. Aber es war alles so wirklich – und schrecklich dazu! Wirst du langsam wahnsinnig? Sind das die ersten Anzeichen?
Du wirfst die Decke weg und beginnst, unruhig im Zimmer auf und ab zu gehen. Ist es so? Bist du verrückt?

Zögernd bleibst du am Fenster stehen und schaust hinaus. Die Sterne am Himmel glitzern dir freundlich zu. Nur ab und zu zieht ein dunkler Wolkenfetzen davor und verdeckt sie für kurze Zeit. Du öffnest den Fensterflügel weit und atmest die frische Luft tief ein.

Nein, du bist nicht wahnsinnig! Alles, was du gesehen und erlebt hast, ist genauso gewesen. Aber wer wird dir glauben? Bisher hast du immer nur „Es gibt keine Gespenster!" gehört, schon in der ersten Klasse der Grundschule, sogar im Kindergarten. Jeder scheint davon absolut überzeugt zu sein. Doch warum eigentlich?

Ein kalter Windzug bläst dir in den Nacken. In den Nacken? Die frische Brise von draußen kommt doch von vorn! Noch während du dich umdrehst, verlöscht plötzlich das Licht. Finsternis umgibt dich. Trotzdem siehst du noch genug, um die Gestalt, die jetzt genau vor dir steht, wahrzunehmen. Und ihr hämisches Grinsen verrät dir sofort, wer es ist!

Entsetzt weichst du zurück zum Fenster. Ohne weiter zu überlegen, greifst du nach den Efeuranken an der Außenmauer und schwingst dich hinaus. Nur weg hier!

Für einen Moment glaubst du, sehr tief zu fallen, aber die Ranken halten dein Gewicht, so dass du irgendwo zwischen Erdgeschoss und erstem Stock baumelst. Du wagst keinen Blick nach oben zum Fenster. Stattdessen kletterst du so schnell wie möglich Richtung Erdboden. Dabei stört dich weder das hässliche Ratschen, als der Ärmel deines Pyjamas zerreißt, noch die Kälte an deinen nackten Füßen. Die letzten Meter springst du einfach hinunter.

Du landest weich in feuchtem Gras, rappelst dich hoch und läufst. Wohin ist dir egal, nur weg von diesem verfluchten Haus. Unter deinen Füßen spürst du harten, steinigen Kies. Links von dir erkennst du den Zaun einer Koppel, rechts ein paar Büsche und vor dir einen Weg, wahrscheinlich den Zufahrtsweg zur Hauptstraße. Sehr viel weiter vor dir entdeckst du zwei schwache Lichter. Das dürfte die Notbeleuchtung der Einfahrt zur Straße sein. Dein Onkel hat sie dort anbringen lassen, falls mal spätabends der Tierarzt kommen muss.

Jetzt könnte das deine Rettung sein, denn dein Gefühl sagt dir, dass sie immer noch in deiner Nähe ist, obwohl du schon etliche Meter vom Haus entfernt bist. Sie verfolgt dich. Du weißt, dass es so ist, auch wenn du dich noch nicht einmal umgesehen hast.

Deshalb steuerst du direkt auf die Lampen zu. Wenn dich etwas vor ihr schützen kann, dann ist es Licht.

Du rennst, stolperst und rennst weiter. Deine Beine drohen zu versagen, deine Lungen brennen bei jedem Atemzug und dir wird übel, aber nichts wird dich aufhalten. Erst als du deine Hände auf eine der Lampen legen kannst, lässt du dich erschöpft auf die Knie sinken.

Es dauert eine Ewigkeit – jedenfalls kommt es dir so vor –, bis du dich von diesem Sprint wieder einigermaßen erholt hast. Dein Pyjama klebt an deiner Haut, weil es inzwischen angefangen hat zu regnen, ohne dass du vorher etwas davon bemerkt hast. Allmählich bilden sich Pfützen um dich herum und du fängst an zu frieren. Trotzdem willst du nicht zurück zum Haus, denn du bist dir sicher, dass die Geisterfrau dort auf dich wartet. Hier beim Licht kann dir nichts passieren.

Darum schaust du dich in der Hoffnung um, gleich in der Nähe einen Unterschlupf oder etwas Ähnliches zu finden, aber das einzige, was du entdeckst, ist der Straßengraben neben dir. Der bietet allerdings kaum Schutz, höchstens ein wenig auf der dem Wind abgewandten Seite. Todmüde krabbelst du hinein. Das ist schließlich besser als nichts!
Obwohl das Gras im Graben feucht ist, findest du es hier unten besser, zumal dich Wind und Regen nur noch leicht streifen. Und hell genug ist es auch. Du hockst dich hin und umschlingst fest deine Beine – wie ein Igel, der sich zusammenrollt. Es ist so kalt! Dein Kopf ist furchtbar schwer. Da sind deine Knie doch eine willkommene Stütze!
Ab und zu schreckst du hoch, weil du merkst, dass dir die Augenlider zugefallen sind. Du willst nicht schlafen! Nein, du darfst jetzt nicht einschlafen! Du musst Wache halten! Aber deine Augen brennen so sehr. Nur einen ganz kleinen Moment ausruhen ...
Die Lampen – Nebelschwaden – Schatten, die sich in ihrer Form verändern – grinsende Gesichter – du läufst immer weiter und weiter – und trotzdem kommst du nicht von der Stelle.

„Das darf ja wohl nicht wahr sein! Wie kommst du denn hierher?" Ist das nicht die Stimme deiner Tante?
Hast du doch noch geschlafen? Bist du jetzt wach? Alles erscheint dir verschwommen und unwirklich. Jemand trägt dich ins Haus. Es ist dein Onkel. Seine kräftigen Arme halten dich sicher und behutsam fest. Dann sind auf einmal wieder die Nebelschwaden da. Die Gesichter tanzen um dich herum. Sie sind überall, wohin du dich auch wendest. Verzweifelt schlägst du um dich.

„Ist ja gut! Bleib ruhig!", redet deine Tante auf dich ein.
Du liegst dick eingepackt im Bett. Mindestens zwei zusätzliche Decken wurden noch obendrauf gestapelt. Ja, jetzt bist du wirklich wach!
Ein Mann, den du nicht kennst, steht neben deiner Tante und sagt zu ihr: „Es ist eindeutig eine Lungenentzündung. Ich empfehle absolute Bettruhe. Von dem Medikament, das ich aufgeschrieben habe, verabreichen Sie bitte dreimal täglich zwei große Löffel."
Der Mann ist Arzt! Du bist krank – kein Wunder, dass du dich so schlecht fühlst. Und du sollst im Bett bleiben.
Plötzlich siehst du am Fußende des Bettes die Geisterfrau stehen, zwar schemenhaft, aber doch so deutlich, dass du dir sicher bist, dich nicht zu täuschen. Deine Tante und der Arzt scheinen sie allerdings nicht zu bemerken. Die Frau schaut dich an und grinst. Und dieses Grinsen kann man bestimmt nicht als freundlich verstehen. Vielmehr verzieht sie ihr Gesicht zu einer abscheulichen Fratze.
Wie war das? Meinte der Arzt nicht, du solltest im Bett bleiben? Dann wärst du ihr auf Gedeih und Verderb ausgeliefert! Nur das nicht! Dein Kampfgeist erwacht! Als erstes musst du jedoch mit dem Deckenstapel auf dir kämpfen. Entschlossen wühlst du dich aus dem Bett, während deine Tante mit dem Arzt schon fast an der Tür ist.
Als sie sieht, wie du versuchst aufzustehen, fragt sie dich entsetzt: „Was machst du da?"
„Nach Hause!", krächzt du. Eigentlich wolltest du noch „bitte" sagen, aber das geht in dem nun folgenden Hustenanfall unter.

Der Arzt beobachtet dich eine Weile besorgt, dann sagt er schließlich: „Es wäre sicher besser, wenn du hier im Bett bleibst, aber gut eingepackt in einem Auto müsste es gehen ..."
Noch am selben Tag fährt dich dein Onkel nach Hause. An die Fahrt erinnerst du dich später kaum noch. Das Gefühl der Erleichterung, wieder zu Hause und in Sicherheit zu sein, bleibt dir jedoch im Gedächtnis, selbst als du schon längst wieder gesund bist. Und eins steht fest: Die nächste Reise wirst du dir wirklich gründlich überlegen.

Ende

„Ich werd' versuchen, es dir zu erklären", antwortest du ihm.
„Wie, ,versuchen'? Hältst du mich für blöd?"
„So war das nicht gemeint", lenkst du schnell ein. Das fehlte gerade noch, dass Jonas jetzt etwas Falsches dachte! „Ich weiß nur nicht, wo und wie ich anfangen soll. Das klingt alles so unglaublich!"
„Na, also, weißt du! Verrückter als das, was eben passiert ist, kann es wohl kaum sein", meint Jonas trocken.
„Da hast du auch wieder Recht!", stimmst du zu.
„Lass uns lieber in meinem Zimmer darüber sprechen. Dort können wir in Ruhe reden."
Ihr schnappt euch Glorias Sachen und geht die paar Schritte hinüber. Sorgfältig schließt du die Tür hinter dir.
„Okay, dann schieß mal los!", fordert Jonas dich auf, nachdem er seine Schuhe in eine Ecke geschleudert, sich bequem auf dein Bett gesetzt und ein Kissen hinter den Kopf gestopft hat. Offenbar erwartet er einen etwas längeren Bericht.
„Ähm, tja, ... also ..., wie ich schon gesagt habe, ich weiß nicht wo ich anfangen soll." Hilflos zuckst du mit den Schultern.
„Vielleicht solltest du beim Anfang anfangen", schlägt Jonas grinsend vor. Er scheint dein Gestotter sehr komisch zu finden.
Eigentlich wolltest du ihm ja vorsichtig und eher schonend beibringen, was hier los ist, aber nun kriegt er die Wahrheit verpasst, und zwar ohne Umschweife, findest du. So beginnst du bei Tante Veras Brief, erzählst von den vielen plötzlichen Abreisen und bist gerade bei der Horrornacht angelangt, als es heftig an der Zimmertür klopft.

„He, Jonas, bist du da drin?", hört ihr eine Kinderstimme, die eindeutig zu Jessika gehört.
„Meine Schwester! Wer auch sonst?!" Jonas verdreht die Augen, dann ruft er zurück: „Ja, nun komm schon rein, du Nervkeks!"
Die Tür öffnet sich und Jessika schaut neugierig herein.
„Was macht ihr hier?"
„Was willst du?", kommt prompt Jonas' Gegenfrage.
„Ich wollte dich fragen, ob du mein Springseil gesehen hast ...", antwortet Jessika, zögert einen Moment, weil ihr Blick auf die Sachen vom Dachboden fällt, und meint: „Was ist das denn alles?" Bevor ihr irgendetwas sagen könnt, sitzt sie schon dazwischen und greift mit einem entzückten „Oh!" nach der Spieldose.
„Lass das!", faucht Jonas, so dass sie mitten in der Bewegung innehält und verwundert aufschaut.
„Hast du irgendwas? Warum soll ich nicht ...?"
„Weil sie dir nicht gehört!", unterbricht Jonas sie sofort.
Jessika zieht ihre Stirn in Falten und schiebt schmollend die Unterlippe vor. Dabei streift ihr Blick über die übrigen Dinge.
„Darf ich wenigstens mal die Tiere ansehen?", fragt sie diesmal dich.
„Ja, mach' nur", erlaubst du ihr.
Interessiert betrachtet sie die beiden Pferdefiguren, nimmt das Schwein und die Kuh, dreht sie zwischen ihren Fingern und entdeckt schließlich die Hühner, die halb unter der Puppe liegen. Dann stellt sie alle Tiere in eine Reihe und schaut sich ihr Werk zufrieden an.

„Bist du bald fertig?" Diese Frage kommt von Jonas, der sichtlich genervt das Spiel seiner Schwester beobachtet.

„Wieso?"

Jonas Finger krallen sich ins Kissen. Betont ruhig erwidert er: „Weil wir hier noch etwas zu besprechen haben."

„Ja? Lasst euch nicht stören!", sagt Jessika und stellt die Figuren nun im Kreis auf.

Jonas beißt ins Kissen. Das sieht so witzig aus, dass du Mühe hast, nicht lauthals loszulachen.

„Du, Jessika, wenn du möchtest, kannst du die Holztiere auch erstmal mitnehmen", schlägst du schmunzelnd vor. „Draußen kannst du damit bestimmt viel besser spielen als hier drinnen."

„Ist gut!", meint sie knapp, wirft ihrem Bruder ein triumphierendes Lächeln zu und verlässt mit ihrer Beute das Zimmer.

„Manchmal ist sie wirklich furchtbar", seufzt der und schüttelt den Kopf. „Wo waren wir stehen geblieben?"

Während du nun endlich von dem Erscheinen der Geisterfrau erzählen kannst, werden Jonas' Augen immer größer und sein Kiefer klappt Stückchen um Stückchen weiter herunter. Schließlich beendest du deinen Bericht mit den Worten „... Tante Vera hatte zwar die Idee mit dem Dachboden, aber irgendwie habe ich das Gefühl, sie glaubt mir nicht wirklich."

Jonas starrt dich stumm an. Es hat ihm eindeutig die Sprache verschlagen.

Was mag er jetzt wohl denken? Hält er dich womöglich für verrückt? Du wartest nervös auf eine Bemerkung von ihm, aber er schweigt. Warum sagt er nichts? Es ist dir beinahe egal, was, nur diese Stille macht dich wahnsinnig.

Deshalb räusperst du dich hörbar, dann fragst du vorsichtig: „Jonas?"
„Moment! Ich muss erst mein Gehirn sortieren." Geistesabwesend schaut er glatt durch dich hindurch. Jetzt willst du es jedoch endlich wissen: „Jonas, glaubst du mir?"
„Was?", meint er zerstreut, scheint zu begreifen, was du eigentlich gefragt hast, und antwortet nun: „Sicher glaub' ich dir. Wieso sollte ich auch nicht? Vergiss nicht, ich war bei dem Spuk oben auf dem Dachboden dabei. Ich selbst hab' die Frau zwar noch nicht gesehen, aber das heißt gar nichts. Ich schlaf' nachts nämlich wie ein Bär. Die könnte neben mir Samba tanzen und ich würd' nicht aufwachen."
Bei dieser Vorstellung musst du kichern, zumal du wirklich erleichtert bist, weil Jonas dir glaubt. Dir ist soeben ein riesiger Felsbrocken vom Herzen gerollt.
Auch Jonas muss grinsen und setzt noch einen obendrauf: „Oder wenn sie neben meinem Bett Schlagzeug spielen würde ..."
Ihr lacht um die Wette. Immer neue Einfälle von Jonas oder von dir lassen die Stimmung immer ausgelassener werden.
„... und stell' dir vor, sie würde wie Tarzan an der Lampe schwingen", keuchst du zwischen zwei Lachanfällen.
Jonas trommelt schon mit den Fäusten auf die Matratze ein, und du krümmst dich mittlerweile am Boden, bis ihr nach Luft japsend, erschöpft liegen bleibt.
Nach einer Weile fragt Jonas dich zwar noch atemlos, aber wieder in ruhigem, ernstem Ton: „Hast du 'ne Ahnung, was wir machen können, um den Spuk zu beenden?"
„Wenn ich das wüsste!"

Ratlos sitzt ihr da und du beginnst, in der Bibel zu blättern.
„Zeig' mir noch mal die Seite mit der Widmung", bittet dich Jonas.
Nachdem er sie eingehend betrachtet hat, meint er: „Kann es sein, dass Glorias Mutter, diese Johanna Hofendahl, die Frau ist, die du gesehen hast?"
„Eigentlich glaube ich das nicht", überlegst du, „dann wäre sie für eine Mutter ziemlich alt."
„Vielleicht hat sie lange gelebt. Jedenfalls liegen ihre Sachen oben in der Truhe neben der von Gloria."
Bevor ihr diese Gedanken zu Ende führen könnt, klopft es wieder heftig an der Tür.
„Jessika!", stöhnt Jonas, zieht eine Grimasse und ruft laut: „Kannst ´reinkommen, Nervkeks!"
„Du sollst mich nicht immer so nennen!", protestiert Jessika, während sie sogleich um die Ecke guckt.
„Was willst du diesmal?", seufzt Jonas.
„Ich wollte fragen, ob ich Emmi haben darf."
„Wer ist Emmi?", willst du wissen.
„Emmi ist die Puppe da, die von Gloria", erklärt Jessika, als ob es das Natürlichste von der ganzen Welt sei.
Für dich ist das allerdings überhaupt nicht selbstverständlich. Woher weiß Jessika, wie die Puppe heißt? Hat sie sich vielleicht nur einen Namen ausgedacht? Schon möglich! Aber wieso weiß sie, dass die Puppe einem Mädchen namens Gloria gehört hat? Kann sie das aufgeschnappt haben? Vielleicht hat sie an der Tür gelauscht. Nein, darüber habt ihr gar nicht gesprochen! Da bist du dir ganz sicher!
Was willst du jetzt tun? Du könntest versuchen, Jessika auszufragen. Möglicherweise erzählt sie dir etwas Interessantes über diese Gloria und wo sie

diesen Namen gehört hat. Du könntest ihr aber auch einfach die Puppe geben und dann beobachten, was sie damit vorhat.

Willst du versuchen, Jessika auszufragen?

⇒ Dann musst du auf Seite 133 weiterlesen!

Oder willst du ihr die Puppe geben und schauen, was sie macht?

⇒ In dem Fall lies weiter auf Seite 144!

Du weißt, dass deine Tante es gar nicht gut fände, wenn du Jonas etwas von der Geisterfrau erzählst. Deshalb tust du ahnungslos.

„Ich weiß es nicht!", antwortest du ihm.

Jonas schnauft wütend, dann schaut er dich fest an und fragt: „Was wolltest du genau auf dem Dachboden?"

„Wieso?", fragst du zurück.

„Jetzt tu' nicht so. Hier spukt es doch. Und erzähl mir jetzt nicht, du wüsstest davon nichts."

„Du meinst, es spukt hier?" Du versuchst, erschrocken auszusehen.

„Ja, das meine ich!" Jonas wird sauer. „Warum sonst hast du einen Schreck gekriegt, als ich die Kappe aufgesetzt hab'? Das mit dem Kleid konntest du da nämlich noch gar nicht sehen."

„Ich weiß nicht, wie du darauf kommst, dass ich irgendwas wüsste", beharrst du auf deiner Version.

„Okay, alles klar! Vielleicht sollten wir mal mit deiner Tante darüber sprechen?!", faucht Jonas.

„Wozu? Ich schätze, sie hat im Moment ganz andere Probleme. Wir sollten sie nicht damit belästigen." Dir wird heiß und kalt abwechselnd. Schwindeln ist nicht gerade deine Stärke.

„Du hattest deine Chance! Ich hasse es, wenn mich jemand für dumm verkaufen will", sagt Jonas, steht auf und geht.

Es ist noch nicht einmal Mittag, als das nächste Taxi vor der Tür steht. Jonas hat kurzerhand zu Hause angerufen, Jessikas und seine Sachen gepackt und läuft jetzt mit seiner kleinen Schwester im Schlepptau die Stufen zum Parkplatz hinunter.

Tief seufzend stehst du am Fenster in deinem Zimmer und siehst, wie das Taxi davonfährt. Vielleicht hättest du Jonas doch die Wahrheit sagen sollen?

Auf dem Flur begegnest du Kiki, die eilig an dir vorbeihetzt. Kurze Zeit später triffst du sie mit ihren Koffern in der Eingangshalle. Das darf doch nicht wahr sein!
„Kiki, was ...", sprichst du sie an.
„Spar dir das! Ich weiß Bescheid. Oder glaubst du, Jonas hat mir nichts erzählt?" Sie verschränkt abweisend die Arme und dreht sich einfach weg.
„Aber, Kiki ...", startest du einen erneuten Versuch.
„Lass mich in Ruhe!", brüllt sie dich an.
Es hat keinen Zweck. Sie will nicht mit dir reden.

Beim Mittagessen herrscht eisiges Schweigen. Deine Tante und dein Onkel würdigen dich keines Blickes. Nur Bennet ist noch da. Er isst sehr schnell, schaut dann deinen Onkel fragend an und der nickt ihm zu. Wortlos läuft Bennet aus dem Esszimmer.
Du räusperst dich, um den Kloß aus deiner Kehle zu kriegen, dann wagst du eine Frage: „Was ist mit Bennet?"
„Bennet wird gleich abgeholt", antwortet Onkel Robert knapp.
„Wieso? Ich verstehe nicht ..."
„Dank deiner reizenden Spukgeschichten!", fügt Tante Vera hinzu.
Du bist sprachlos!
„Ich weiß nicht, was du Jonas erzählt hast, kann es mir aber ungefähr vorstellen. Jonas kam vorhin – kurz nachdem ihr zusammen auf dem Dachboden wart – und wollte nach Hause. Wenn du ihm und den anderen einen ähnlichen Unsinn aufgetischt hast wie mir heute Morgen, wundert mich nichts mehr." Mit diesen Worten steht auch sie auf und verlässt das Zimmer.

Dein Onkel schaut dich noch einmal strafend an und geht auch.
Das war's! Du bist wütend auf deine Tante und deinen Onkel. Sie haben dir nicht mal eine Chance gegeben, irgendetwas zu erklären. Alle sind sauer auf dich und du kannst überhaupt nichts dafür! Dieses verfluchte Gespenst! Sollen sie sich doch selbst damit herumplagen.
Du gehst nach oben in dein Zimmer und packst. Hier bleibst du nicht länger! Dein Blick fällt auf die Sachen von Gloria. Du überlegst kurz, was du damit machst. Dann entschließt du dich, sie oben auf die Kommode zu legen. Sie gehören dir ja nicht.
Als du soweit bist, rufst du dir ein Taxi. Willst du dich von deiner Tante und deinem Onkel verabschieden? Sie sind draußen auf den Koppeln, soweit du vom Fenster aus gesehen hast. Nein! Du willst nicht!

Du fährst per Taxi vom Hof, ohne dich noch einmal umzusehen. Am Bahnhof nimmst du den nächsten Zug in Richtung nach Hause. Im Abteil – du bist dort ganz allein – kommst du endlich zur Ruhe. Es ist vorbei! Du bist wütend, traurig und enttäuscht.

Plötzlich hörst du ganz leise eine hübsche Melodie. Die kennst du doch! Sie kommt aus deinem Koffer. Du reißt den Koffer aus dem Gepäcknetz und öffnest ihn.
Oben auf deinen Sachen steht Glorias Spieldose, die dir auf dem Dachboden das Leben gerettet hat. Und sie spielt ihre Melodie nur für dich!

Ende

Also gut, du findest auch, dass ein bisschen Unterstützung nicht schaden könnte und ihr Jonas einweihen solltet. Vielleicht hat er ja die Idee, die diesen Spuk beendet.
„Und wie wollen wir das Jonas beibringen?", fragst du Kiki.
„Du bist einverstanden?"
„Sicher. Ich weiß nur nicht, wie wir ihm das erklären wollen."
„Ach, das lass mal meine Sorge sein", meint Kiki. „Wir werden ihm das ganz einfach so sagen, wie es ist. Dann werden wir ja sehen, was er davon hält. Ich hole ihn, und dann treffen wir uns im Baumhaus. Da können wir ungestört reden."
„Ist gut!", stimmst du zu. „Und ich besorge ein paar Kekse als Nervennahrung."

Wenig später hockt ihr zu dritt im Baumhaus, knabbert Kekse und trinkt Cola.
„Nun, Jonas, es ist sehr schwierig. Das, was du jetzt hören wirst, klingt unglaublich. Trotzdem ist es wahr – so wahr wie wir hier sitzen", beginnt Kiki, während du hoffend und gleichzeitig zweifelnd Jonas beobachtest. Wird er euch glauben?
Zuerst erzählt Kiki von dem Mädchen, das sie nachts besucht hat, wobei sie – wie es ihre Art ist – alles genauestens ausschmückt. Die meiste Zeit hört Jonas mit sehr ernstem Gesicht zu, hin und wieder spielt allerdings ein leichtes Lächeln um seinen Mund. Liegt es nur daran, dass Kiki sich so manches Mal viel zu kompliziert ausdrückt? Oder findet er die ganze Geschichte lächerlich?
Als Kiki nun von deinem Spukerlebnis berichtet, wird sein Gesichtsausdruck nachdenklicher. Statt eines Lächelns zieht er immer wieder die Stirn in steile

Falten oder reißt überrascht die Augenbrauen hoch. Trotzdem kannst du dir keinen Reim darauf machen, was er denkt. Hält er alles nur für eine interessante Erzählung oder glaubt er euch?

„… und jetzt brauchen wir eine gute Idee, jedenfalls irgendwas, wie wir denn nun alles beenden können", schließt Kiki ihren langen Vortrag endlich.

Jonas sitzt schweigend da und starrt auf den Holzfußboden. Nervös schaut Kiki dich an, doch du weißt ja auch nicht, was er wohl denken mag. Und so zuckst du nur hilflos mit den Schultern.

Nach einer Weile räuspert sich Kiki laut und will etwas sagen: „Ähm, Jonas, …", wird aber sofort von ihm unterbrochen.

„Moment! Meine Gehirnzellen arbeiten gerade auf Hochtouren." Dann verfällt er wieder in Schweigen. Kiki seufzt tief und knetet ungeduldig ihre Hände, wobei der Blick, den sie dir zuwirft, ihre ganze Anspannung verrät.

„Tja", meint Jonas auf einmal – so plötzlich, dass ihr beide zusammenfahrt, „dann werden wir uns die Lady wohl mal vorknöpfen müssen!" Kampfeslustig schaut er in eure kleine Runde. Kiki strahlt dich erleichtert an. Er glaubt euch!

„Was wollen wir denn nun unternehmen?", fragst du.

„Ich würd' sagen, wir bereiten ihr einen Empfang, den sie so schnell nicht vergessen wird", antwortet Jonas und ballt grinsend die Fäuste.

„Aber wie?", will Kiki wissen.

„Na ganz einfach: Wir erwarten sie heute Nacht in deinem Zimmer!" – Dabei deutet Jonas auf dich. – „Natürlich werden wir uns vorher bewaffnen …"

„Bewaffnen?!", ruft Kiki entsetzt.

„Natürlich nicht mit Waffen wie Pistolen oder sowas! Überleg' doch mal! Das würde ja wohl kaum was bringen. Stell' dir vor, du würdest auf sie schießen. Die Kugel würd' doch glatt durch sie durchpfeifen. Nein, da gibt's was viel Besseres. Ich schätze, die Lady mag kein Licht! Jedenfalls ist sie verschwunden und nicht wieder aufgetaucht, als das Zimmer hell war. Wenn wir uns jetzt also alle mit Taschenlampen bewaffnen, und wenn sie dann kommt, kriegt sie 'ne volle Breitseite."

„Guter Plan! Nur leider hab' ich meine Taschenlampe zu Hause liegen lassen", wendest du ein.

„Also ich hab' eine mit", sagt Kiki.

„Ich auch! Wie kann man nur sowas vergessen?" Jonas runzelt vorwurfsvoll die Stirn, grinst aber gleich wieder. „Dann nimmst du eben die Nachttischlampe", schlägt er vor.

Du nickst. Eigentlich findest du Jonas' Idee gar nicht schlecht. Der Gedanke, der „Lady" – wie Jonas sie nennt – eins auszuwischen, gefällt dir. Trotzdem bleibt ein mulmiges Gefühl. Was ist, wenn irgendwas schiefgehen sollte?

Auch Kiki scheint nicht ganz wohl bei der Sache zu sein, denn obwohl sie tapfer lächelt, knetet sie noch immer unruhig ihre Hände, und ihr Blick wirkt sehr unsicher.

Auf einmal räuspert sie sich und meint: „Ich hätte da noch eine Frage: Was ist mit dem Mädchen? Ich mein', sie ist schließlich auch ein Gespenst, wenn auch wohl nicht gefährlich. Vielleicht sollten wir erstmal mit der Kleinen sprechen – falls das überhaupt geht, heißt das."

„Ich weiß zwar nicht, was das bringen soll, aber deine Idee ist auch nicht schlecht." Jonas überlegt kurz,

dann fügt er hinzu: „Wieso hast du sie eigentlich nicht schon letzte Nacht angesprochen?"
„Na, hör mal! Sie ist schließlich ein Geist. Ich möchte dich mal sehen!", kontert Kiki. „Allein würde ich mich das nie trauen."
„Ja, ja, schon gut!", lenkt Jonas ein. „Also was machen wir jetzt zuerst? Erst das Mädchen anquatschen oder die Lady erschrecken?" Erwartungsvoll schaut Jonas dich an und sagt: „Ich finde, du solltest entscheiden."
„Find ich auch!", schließt Kiki sich an.

Die Entscheidung liegt bei dir! Was willst du tun?

Jonas' Idee gefällt dir. Sie gefällt dir sogar außerordentlich gut, so dass du dich für diese Möglichkeit entscheidest. Kikis Vorschlag läuft ja nicht weg.

⇒ Weiterlesen auf Seite 153!

Du möchtest wie Kiki erstmal das Mädchen ansprechen. Später könnt ihr ja immer noch „der Lady eine Breitseite verpassen".

⇒ Dann musst du auf Seite 159 weiterlesen!

Du hältst es für schlecht, mit Jonas über die Geister zu sprechen. Schließlich klingt das alles doch ziemlich verrückt. Welcher normale Mensch würde das schon glauben?

„Ich finde, wir sollten nicht mit Jonas darüber reden", sagst du deshalb zu Kiki, „Ich kann mir nicht vorstellen, dass das irgendwas bringen könnte, außer vielleicht, dass er denkt, wir spinnen ein bisschen."

„Kann sein!", seufzt Kiki und zuckt mit den Schultern. „Aber was wollen wir dann machen?"

„Ich weiß auch nicht!", gibst du zu. Allerdings hast du das Gefühl, etwas übersehen zu haben. Wolltest du nicht irgendwohin? Stimmt ja! Der Vitrinenschrank in der Bibliothek!

„Da fällt mir gerade ein: In der Bibliothek ist ein verschlossener Schrank mit Glastür. Ich glaub', da sind alte Bücher drin, die uns weiterhelfen könnten. Ich frag' mal meinen Onkel, ob er mir den Schlüssel gibt. Kommst du mit?" Noch während du fragst, willst du schon zum Haus laufen, denn jetzt hast du's eilig, aber Kiki hält dich am Arm fest. Überrascht schaust du sie an.

„Nun warte doch erstmal!" Sie lässt dich los, stemmt die Fäuste in die Hüften und runzelt die Stirn. „Mit meiner Idee, Jonas einzuweihen, warst du nicht einverstanden. Okay, kann ich gut verstehen! Aber jetzt könntest du mir ja wohl auch mal in Ruhe erklären, was du hoffst, in alten Büchern zu finden."

Irgendwie hat sie ja Recht, kommt es dir in den Sinn, und doch nerven die ewig langen Erklärungen. Nun wäre endlich die Möglichkeit da nachzuforschen, auch wenn die Chance, einen Hinweis zu finden, wohl eher gering ist. Trotzdem nimmst du dir die Zeit, setzt dich auf den Zaun und erzählst ihr geduldig von den

Büchern, die du durch die Glasscheibe der Vitrine gesehen hast.
„Na ja, so toll ist die Idee aber auch nicht. Stell' ich mir ziemlich langweilig vor, in der Bibliothek 'rumzuwühlen", meint Kiki, als du schließlich fertig berichtet hast – sie wirkt etwas beleidigt. „Weißt du, ich muss noch Serafina und Claudio striegeln. Du kannst ja schon mal anfangen."
Jetzt bist du ärgerlich! Warum sagt sie nicht gleich, dass sie dazu keine Lust hat? So eine dumme Ausrede! Allerdings hast du keine Lust mehr, sie weiter von deinem Vorschlag zu überzeugen. Also nickst du nur und rennst zum Haus, um deinen Onkel zu suchen.
In der Eingangshalle triffst du deine Tante, die gerade stapelweise frische Handtücher nach oben bringen will.
„Du, Tante Vera", sprichst du sie gleich an, „in der Bibliothek ist ein Vitrinenschrank, und der ist abgeschlossen. Darf ich mir die Bücher darin mal ansehen?"
„Ja sicher", antwortet sie, „aber den Schlüssel dafür hat dein Onkel. Es gibt für den Schrank nur einen einzigen. Und Robert ist nicht da. Er ist in die Stadt gefahren. Vorhin gerade."
„Wie, vorhin?", fragst du nach und setzt gleich noch hinzu: „Und wann kommt er wieder?"
„Also: Losgefahren ist er vor ungefähr 'ner Viertelstunde und wiederkommen ... das kann dauern. Es ist so viel zu erledigen ... ich schätze, frühestens zum Abendessen." Anscheinend machst du gerade ein ziemlich bedröppeltes Gesicht, jedenfalls versucht sie, dich mit extra liebem Tonfall zu trösten: „Du kannst ja morgen stöbern oder einen anderen Tag. Schließlich bleibst du ja noch 'ne Weile,

oder?" Tante Vera lächelt dir aufmunternd zu, dann geht sie die Treppe hinauf.

Jetzt bist du nicht nur ärgerlich, sondern richtig sauer. Hätte Kiki dich nicht so lange aufgehalten, hättest du deinen Onkel noch vor seiner Abfahrt erwischt! Für einen Moment bist du drauf und dran, zu ihr zu laufen und Dampf abzulassen, doch dein kühler Kopf siegt. Natürlich weißt du, dass Kiki ja eigentlich gar keine Schuld an diesem Pech hat. Trotzdem musst du sie jetzt nicht gerade sehen. So verziehst du dich erstmal in dein Zimmer. Du schnappst dir dein Buch und machst es dir gemütlich. Die Zeit scheint wie im Flug zu vergehen, denn schon bald ruft deine Tante zum Essen.

Als du ins Esszimmer trittst, sitzen die anderen Kinder schon am Tisch – auch Kiki. Sie wirkt sehr ruhig, und dir kommt es vor, als ob sie deinem Blick immer wieder ausweicht und etwas betreten auf ihren Teller schaut. Eine eher schweigsame Kiki? Na, mal sehen, was das wird, denkst du dir.

Nach dem Essen helft ihr alle deiner Tante beim Abräumen. Während du die schmutzigen Teller, Messer und Gabeln in die Küche bringst, zupft Kiki dich auf einmal am T-Shirt-Ärmel. Sie selbst ist auch schwer beladen mit leeren Schüsseln.

„He, bist du sauer?", fragt sie ganz direkt. „Tut mir leid, wenn du deinen Onkel nicht mehr erwischt hast. Hab' schon von deiner Tante gehört, wie knapp ihr euch verpasst hattet. Ich meine, also, wenn du willst, können wir ja heute Abend noch in die Bibliothek gehen und uns den Schrank anschauen. Ich helf' dir dann auch. Versprochen! Oder willst du lieber erst morgen gucken?"

Was antwortest du Kiki?

Du sagst ihr, dass du noch am gleichen Abend mit ihr zusammen in die Bibliothek willst und hoffst, dass die kleine Meinungsverschiedenheit damit erledigt ist.

⇒ In dem Fall lies weiter auf Seite 168!

Du sagst, dass du erst am nächsten Tag den Vitrinenschrank untersuchen möchtest, weil du eigentlich noch immer ärgerlich bist.

⇒ Dann lies weiter auf Seite 173!

Nachdem Bennet dir beim Zetteleinfangen geholfen hat, ja sogar die tolle Idee mit dem Hemd hatte, hat er einfach ein Recht darauf, ebenfalls zu sehen, was auf diesem Stück Papier denn nun geschrieben steht – findest du jedenfalls.

Er schaut dich gespannt an. Du nickst ihm schweigend zu und deutest dann mit einem weiteren Nicken zu den Sesseln der kleinen Sitzecke, weil du merkst wie dir die Knie weich werden.

Als ihr euch dort hingesetzt und mit einem Blick zur Tür vergewissert habt, dass wirklich niemand kommt, faltest du ganz langsam und vorsichtig das Papier auseinander. Es scheint schon ziemlich alt zu sein und sehr lange so im Buch gelegen zu haben, zumal es an den Knickstellen sehr brüchig ist. Trotzdem bleibt es einigermaßen heil, und die leicht verblichene Tinte ist tatsächlich noch recht gut lesbar. In einer zierlichen, ein wenig geschwungenen Schrift steht dort geschrieben:

Amanda Hofendahl, meine Schwiegermutter.

Ernst und ich werden fort sein, wenn Du diese Zeilen liest, denn jetzt nach dem Tode meiner über alles geliebten Tochter kann ich es nicht mehr ertragen, hier zu sein, wo es geschah.

Eingeprägt in mir ist das Wissen, daß Du sie niemals mochtest, wahrscheinlich weil sie nicht mit Dir blutsverwandt war. Dein Sohn Ernst hat sie behandelt, als wäre sie sein leibliches Kind. Er war immer wie ein Vater für sie, und er hat mich geheiratet, obgleich es bedeutete, auch

sie, meine Gloria, als sein Kind anzunehmen. Dieser Umstand schien Dir kaum erträglich. So war dies wohl der Grund, warum Du es getan hast.
Meine kleine Gloria ist nicht zufällig des Nachts die Treppe heruntergestürzt. Du hast ihren Tod auf Dein Gewissen geladen. Wie schwer es doch auf mir lastet, Dir diese schändliche Tat nicht beweisen zu können, so bin ich mir trotzdem gewiß, daß diese schwere Sünde nicht ungesühnt bleiben mag.
Möge Deine Seele niemals die Ruhe finden, nach der Du Dich verzweifelt sehnen wirst. Niemals, auch nicht nach Deinem Tode, sollst Du erlöst sein, außer Du wagst zu gestehen, daß Du Gloria das Leben genommen hast.
So sei es.
Johanna Hofendahl.

Noch während du dies liest, spürst du einen Kloß im Hals. So wie diese Johanna Hofendahl geschrieben hat, ist ihre Tochter ermordet worden – offenbar in diesem Haus! Es kann kein Zufall sein, dass dieser Hof ausgerechnet „Gloria" heißt.
Schweigend starrst du auf das Papier. Selbst wenn du jetzt etwas sagen wolltest, du würdest keinen Ton herausbekommen.
Bennet geht es wohl genauso. Im Augenwinkel siehst du, wie auch er gebannt dasitzt, seinen Blick auf den

Brief geheftet. Anscheinend ist er fertig mit Lesen, denn seine Augen wandern nicht mehr über die Zeilen. Und doch sagt er kein Wort.

Nach endlos langer Zeit – so kommt es dir vor – hältst du diese Stille nicht mehr aus.

„Was denkst du?", krächzt du heiser, weil deine Stimme irgendwie ganz belegt ist.

Aber Bennet antwortet nicht. Unbeweglich wie eine Statue, immer noch in derselben Haltung, die Augen fest auf das Papier gerichtet, sitzt er neben dir. Wenn du nicht seine leisen Atemzüge hören würdest, wärst du wirklich beunruhigt.

Du wiederholst deine Frage, und endlich, als wenn er aufwachen würde, schaut er auf und sieht dich gedankenverloren an.

„Ich wollte mit deinem Onkel in die Stadt fahren", sagt er geistesabwesend. Anscheinend hat er gar nicht kapiert, was du ihn eigentlich gefragt hast. Was ist bloß mit ihm? Will er vielleicht gar nicht über den Brief mit dir reden?

Seine hellen Augen blicken irgendwie durch dich durch. Grün! Seine Augenfarbe ist tatsächlich von einem selten klaren Grün, wie du es vorher noch nicht gesehen hast. Fasziniert und gleichzeitig verwundert über Bennet starrst du ihm direkt in die Augen, wobei du den Eindruck hast, dass er es nicht bemerkt.

Plötzlich steht er auf, wendet sich zur Tür und geht ein paar Schritte darauf zu, während du ihn nur verblüfft beobachten kannst. Sein merkwürdiges Verhalten hat dir eindeutig die Sprache verschlagen. Einen kurzen Moment zögert er. Dann dreht er sich zu dir um und fragt dich: „Kommst du mit in die Stadt?"

Was antwortest du Bennet?

Willst du mit ihm in die Stadt fahren, in der Hoffnung das Gespräch vielleicht doch noch einmal auf den Brief bringen zu können? Oder willst du lieber allein für dich über alles nachdenken und hier auf dem Ponyhof weitere Nachforschungen anstellen?

Wie entscheidest du dich?

Du sagst Bennet, dass du mitkommst.

⇒ Lies weiter auf Seite 181!

Du willst auf dem Ponyhof bleiben.

⇒ Dann musst du auf Seite 191 weiterlesen!

Endlich hältst du diesen verrückten Zettel in deinen Händen. Bennet schaut dich erwartungsvoll an, aber du möchtest lieber allein lesen, was darauf steht. Es muss ungeheuer wichtig sein, zumal offenbar jemand nicht wollte, dass du ihn bekommst. Dazu fällt dir nur eine Person ein, die auch vielleicht dementsprechende Fähigkeiten haben könnte: die Geisterfrau.
Doch wie entgehst du jetzt Bennets neugierigen Blicken? Am besten, du machst gar nicht viel Aufhebens von dem, was eben passiert ist!
„Danke, Bennet, war nett, dass du geholfen hast", sagst du deshalb einfach und schlenderst lässig Richtung Tür.
„Moment!", ruft Bennet dir hinterher.
Wie vom Donner gerührt bleibst du stocksteif stehen. Was kommt jetzt? Bitte keine unangenehmen Fragen! Du hast nämlich nicht den blassesten Schimmer, wie du ihm irgendetwas erklären solltest.
Langsam drehst du dich zu ihm um und fragst vorsichtig: „Ja? Was ist denn?"
„Du willst das hier doch nicht alles so liegen lassen?!", meint Bennet vorwurfsvoll und deutet auf die offene Vitrine und die herumliegenden Bücher.
Das hattest du ja wohl vollkommen vergessen!
„Ähm, nein natürlich nicht", antwortest du schnell. Nervös fährst du dir mit den Fingern durch die Haare und machst dich eilig daran einzuräumen. Aber wohin mit dem Zettel? Leider hast du keine Hosentasche, die groß genug wäre, um ihn dort sicher zu verwahren. Also steckst du ihn unter den Bücherstapel, damit er nicht wieder davonfliegen kann.
Während du nun Buch um Buch einsortierst, wirfst du heimlich einen Blick zu Bennet. Ob er überhaupt

gemerkt hat, dass hier etwas nicht stimmt? Vorhin hattest du noch den Eindruck, er wüsste etwas, jetzt scheint es eher so, als ob er nichts von all dem begriffen hätte, denn er sitzt auf dem Boden, knotet sein Hemd auseinander und sagt nichts. Vielleicht ist er ja auch beleidigt. Das lässt sich wohl nicht ändern! Du wendest dich wieder den Büchern zu, insbesondere dem einen, das du gerade in der Hand hältst: der erste Märchenbuchband der Gebrüder Grimm. Hierin war der seltsame Zettel. Ansonsten hast du es gar nicht genau angeschaut, sondern nur durchgeblättert. Es ist allerdings nichts Auffälliges zu finden – bis auf ein paar Tintenflecken vorn im Buchdeckel. Als du genauer hinschaust, bemerkst du, dass es sich um die Überreste einer Widmung handeln muss. Zwischen der verschmierten Tinte kannst du noch einen Namen entziffern: A. Hofendahl. Das ist leider alles!
Möglicherweise steht im zweiten Band eine vollständige Widmung?! Gespannt schlägst du ihn auf. Diesmal hast du jedoch Pech. Auch hier stand etwas geschrieben, aber was kannst du aus den Flecken nicht mehr erkennen. Beide Bücher scheinen irgendwann einmal feucht geworden zu sein. Schade! Enttäuscht stellst du sie zurück in den Schrank.
Jetzt bist du fast fertig. Du schiebst das letzte Buch zwischen die anderen und betrachtest zufrieden dein Werk. Das sieht alles viel ordentlicher aus als vorher. Trotzdem hast du das Gefühl, dass etwas nicht stimmt. Und nur einen Moment später weißt du auch, was es ist: Der Zettel ist weg! Er hätte eigentlich auf dem Tisch liegen müssen, als du das letzte Buch genommen hast. Da lag aber nichts!

„Bennet, weißt du, wo ...?" Mitten in der Frage stockst du, denn Bennet ist ebenfalls nicht mehr da. Ein Gedanke, der dir nicht besonders gefällt, kommt dir in den Sinn: Sollte Bennet den Zettel genommen haben? Dir fällt leider keine andere Erklärung ein. Jedenfalls möchtest du das doch gern genau wissen, und zwar von Bennet selbst.
Du rennst im Eiltempo hinauf zu Bennets Zimmer. Ohne dich lange mit Anklopfen aufzuhalten, reißt du die Tür auf, stürmst hinein und stutzt. Bennet ist nicht da!
Wo steckt der verdammte Kerl bloß? Leise vor dich hin fluchend machst du auf dem Absatz kehrt und beginnst, systematisch Raum für Raum nach ihm zu durchsuchen. Du fängst unten im Erdgeschoss mit dem Esszimmer an, schaust in den Gemeinschaftsraum und läufst weiter zur Küche
Dort triffst du deine Tante, die gerade Geschirr aus der Spülmaschine räumt.
„Was ist denn mit dir?", fragt sie dich, als sie sieht, wie abgehetzt du bist.
„Hast du Bennet gesehen?", keuchst du.
„Ja, warum?"
„Wo?"
„Ist irgendwas Besonderes los?", kommt die Gegenfrage von ihr. „Bennet schien auch sehr in Eile zu sein. Er wollte noch deinen Onkel erwischen. Dafür bist du allerdings zu spät dran."
„Was wollte er von Onkel Robert?"
„Mitfahren! Was sonst?"
Offenbar machst du jetzt gerade kein besonders intelligentes Gesicht, so dass deine Tante amüsiert lächelt. Dann erklärt sie dir alles ausführlich: „Also, pass auf, Robert musste in die Stadt fahren, wegen Einkäufen, der Post und anderen kleineren

Besorgungen, wie zum Beispiel einer Zeitungsanzeige, weil wir schließlich eine neue Köchin brauchen. Er war schon am Auto, als Bennet angeflitzt kam und gefragt hat, ob er nicht mitkann. Ich glaube, er sagte, er hätte irgendwas Dringendes zu erledigen."
Verärgert beißt du dir auf die Lippen. Da hat dieser Zettel-Dieb ja den rettenden Einfall gehabt, damit du ihn nicht kriegst. Deine Tante braucht davon aber nichts zu wissen, findest du. Also fragst du sie nur noch: „Wann kommen sie denn wieder?"
„Oh, das kann spät werden. Vermutlich sind sie erst zum Abendessen zurück."

Das sind noch viele Stunden − viel zu viele! Bis zum Mittag mistest du zusammen mit Kiki sämtliche Ställe aus, um die Zeit totzuschlagen. Danach duschst du ausgiebig. Nach dem Essen hilfst du deiner Tante in der Küche, dann übst du mit Jessika reiten, indem du sie auf dem Hof mit ihrem Pony herumführst.
Trotz allem scheint die Zeit dahinzuschleichen, wie Kaugummi zieht sie sich in die Länge.
Schließlich hat Jessika keine Lust mehr, dafür hat Jonas die nächste Aufgabe für dich. Er will das Baumhaus innen noch an einigen Stellen ausbessern und braucht dabei deine Hilfe. Im Moment ist dir jede Arbeit recht. So werkelt ihr oben im Häuschen bestimmt zwei Stunden herum.
Als ihr fertig seid, bringt Jonas die letzten Bretter und das Werkzeug weg, während du endlich eine langverdiente Pause einlegst. Es ist ruhig und friedlich − und richtig gemütlich ...
„He, wach auf! Es gibt Abendessen!" Jonas schüttelt dich.
„Wie, was?", stotterst du verwirrt.

Du bist tatsächlich im Baumhaus eingeschlafen. Benommen rappelst du dich hoch und folgst Jonas ins Haus. Alle sitzen schon am Esszimmertisch, auch Onkel Robert, nur Bennet fehlt.
„Wo ist denn Bennet?", fragst du und deutest auf den leeren Platz.
„Bennet geht es nicht gut. Er hatte fürchterliche Kopfschmerzen. Deswegen ist er schon nach oben in sein Zimmer gegangen und wollte sich gleich hinlegen", erklärt deine Tante.
„Soll ich ihm nicht etwas zu essen hochbringen oder nach ihm sehen?", schlägst du vor.
„Lass ihn bitte in Ruhe! Er sah vorhin gar nicht gesund aus. Essen habe ich ihm übrigens schon gebracht."
„Aber ich wollte ihn noch was fragen ..."
„Vergiss es! Morgen kannst du ihn fragen, was immer du willst. Hast du verstanden?"
Du nickst, denn deine Tante scheint keinen Widerspruch zu dulden. So energisch hast du sie selten erlebt. Dann muss es Bennet wirklich schlecht gehen. Vielleicht ist es sein schlechtes Gewissen? Wie auch immer, du wirst erst am nächsten Tag Gelegenheit haben, Bennet auf den Zettel anzusprechen.

Diese Nacht schläfst du sehr unruhig, obwohl du das Licht brennen lässt – sicher ist sicher! Merkwürdige Träume quälen dich, an die du dich später aber kaum erinnern kannst. Das einzige, das du noch weißt, ist, dass die Geisterfrau darin vorkam.
In den frühen Morgenstunden wachst du auf. Irgendein Geräusch hat dich geweckt. Oder war es ein Schrei?
Sofort springst du aus dem Bett und rennst aus deinem Zimmer zur Galerie hin. Von hier kam der

Schrei. Du bist dir beinahe sicher, dass es wirklich ein Schrei war. Draußen dämmert es bereits, und du kannst genug erkennen, auch ohne extra eine Lampe anzumachen. Doch hier oben ist nichts Ungewöhnliches.
Plötzlich wird auf dem Flur dir gegenüber eine Tür aufgerissen und dein Onkel stürmt heraus. Als er dich sieht, fragt er: „Wer hat geschrien?" Er hat es also auch gehört.
„Ich weiß es nicht", antwortest du.
Gemeinsam schaut ihr hinunter in die Halle. Dort unten am Ende der großen Treppe liegt jemand regungslos. Es ist Bennet!
Er kommt erst wieder halbwegs zu Bewusstsein, als ihr bei ihm seid. Mit fiebrig glänzenden Augen sieht er dich an, und ein flüchtiges Lächeln huscht über sein Gesicht. Auf einmal packt er dich am Ärmel, um dich dicht heranzuziehen. Anscheinend will er dir irgendetwas Wichtiges sagen.
„Der Zettel ... tut mir leid ...", stammelt er mit schwacher Stimme, „die Frau ... sie ist weg."
Dein Onkel versucht ihn zu beruhigen: „Ist ja gut, mein Junge." Dann hebt er ihn vorsichtig hoch.
Mittlerweile erscheinen oben auf der Galerie auch deine Tante und Jonas. Während sie beide eiligst zu euch hinunterlaufen, trägt dein Onkel Bennet zur nächstbesten Liege in den Gemeinschaftsraum. Trotzdem lässt Bennet dich nicht los. Seine Finger krallen sich in den Stoff deines Pyjamas. Will er dir noch etwas erzählen?
Kaum hat dein Onkel ihn hingelegt, da flüstert Bennet aufgeregt: „Sie ist fort ... hast du verstanden?"
„Was meint er denn?", fragt nun Jonas neben dir.
„Hast du verstanden? Sie wird nicht wiederkommen. Nie wieder!", drängt Bennet auf eine Antwort von dir,

ohne auf Jonas zu achten. Seine Augen werden glasig und er erschaudert.
„Ja, ich verstehe!", bestätigst du ihm ernst.
Du bemerkst Jonas' fragenden Blick, doch er sagt nichts. Mit einem Seufzer sinkt Bennet zurück und wird erneut ohnmächtig.
Er hat es geschafft! Der Spuk ist vorbei, aber um welchen Preis?

Es dauert viele Wochen, bis Bennet wieder gesund ist. An das, was in dieser Nacht passiert ist, kann er sich nicht mehr erinnern, oder er will es nicht. So erfährt keine Menschenseele von ihm, was geschehen ist.
Und kein Arzt kann erklären, um welche Krankheit es sich eigentlich gehandelt hat. Einige meinen, es könnte ein unbekannter Virus gewesen sein, einige halten diesen Zustand eher für einen schweren Schock.
Du weißt, was es ist: Bennet hat sich mit einem Gespenst angelegt, noch dazu mit einem sehr mächtigen, aber er hat gesiegt!

Ende

Du denkst dir, dass es am besten ist, Jonas die Wahrheit zu sagen, egal ob er dir glauben wird.

„Ja, hab' ich!", antwortest du ihm.

„Hä? Was?" Jonas macht ein ziemlich bescheuertes Gesicht.

„Na, du meintest doch eben, ich würd' aussehen, als ob ich ein Gespenst gesehen hätte. Und ich hab' ja gesagt."

Ein unsicheres Lächeln huscht über Jonas' Gesicht. „Das ist nicht dein Ernst, oder?"

„Doch, leider!", erwiderst du knapp und wuselst dich halbwegs aus der Bettdecke. Dann knipst du die Lampe aus und stellst sie auf den Nachttisch. Dabei versuchst du, Jonas möglichst nicht anzugucken. Irgendwie ist es dir unangenehm, von letzter Nacht zu berichten. Wie auch? Jonas müsste ja glauben, dass du nicht alle Tassen im Schrank hast. Das ist viel zu verrückt – und doch wahr, dessen bist du dir absolut sicher.

„He, na komm schon, erzähl!", fordert Jonas dich auf, setzt sich auf die Bettkante und schlägt lässig ein Bein über.

Mühsam nach den passenden Worten suchend beginnst du, von der Erscheinung der alten Frau zu berichten. Jonas hört dir schweigend zu. Nur einmal kommt ein überraschtes Keuchen über seine Lippen, als du ihm beschreibst, wie sie auf dich zugeschwebt ist. Dann erzählst du von dem Gespenstermädchen Gloria, und Jonas reißt seine braunen Augen weit auf, während ihm der Kiefer einfach hinunterklappt. Als du schließlich auch noch von den Angriffsversuchen der Frau berichtest, schielt Jonas verstohlen zu der immer noch offenstehenden Schranktür und schluckt hörbar. Danach entsteht eine lange Pause. Du bist fertig.

Jonas sitzt nun nicht mehr so cool und lässig da. Seine Schultern wirken sehr angespannt, und sein Blick ist starr auf den Boden vor ihm gerichtet.
Mit jedem Atemzug wirst du nervöser. Was er jetzt wohl denken mag? Minute um Minute verstreicht, bis du es endlich wagst, ihn anzusprechen: „Und?"
„Ich weiß nicht", antwortet er unsicher und seufzt tief. Plötzlich schlägt er sich mit der flachen Hand vor die Stirn. „Ich Esel! Deine Tante steht da unten bestimmt schon wie auf Kohlen. Ich sollte ihr doch Bescheid sagen, ob du noch frühstücken willst."

Während er aufspringt und zur Tür rennt, dreht er sich um und fragt dich: „Äh, wolltest du jetzt noch was zum Frühstück?"
„Ja, ... ja sicher, ... ich komme gleich", stotterst du zerstreut und setzt gleich hinterher: „Jonas, was meinst du denn nun zu dem ..., na ja, du weißt schon, dem, was ich dir erzählt hab'?"
„Lass uns später darüber reden, ja?", wimmelt Jonas dich ab. „Ich brauch' erstmal 'ne Nachdenkpause."
Und schon ist er halb auf dem Flur.
„Moment!", hältst du ihn gerade noch auf. „Was meinst du damit?"
„'Ne Nachdenkpause eben! Eine Pause vom Nachdenken und zum Nachdenken. Kapiert? Ich muss erstmal meine Gehirnzellen sortieren und ein bisschen nachforschen. Okay?"
„Fast okay!", wendest du ein, denn bei dem Wort „nachforschen" klingeln bei dir irgendwie die Alarmglocken. „Du wirst doch mit niemandem darüber sprechen, oder?"
Jonas schaut dich fest an, dann nach kurzem Zögern beruhigt er dich: „Nein, hatte ich nicht unbedingt vor!"

„Nicht unbedingt?", hakst du nach.
„Okay, also nicht, versprochen!", erklärt Jonas ungeduldig und hat es nun sehr eilig, endlich in die Küche zu kommen.
Trotzdem bleibt bei dir ein mulmiges Gefühl zurück, als du dich anziehst und schließlich zum verspäteten Frühstück hinuntergehst. War es richtig, Jonas alles zu erzählen? Einerseits tat es gut, sich diese Horrornacht von der Seele zu reden, andererseits bist du dir nicht so sicher, ob Jonas dafür gerade der Richtige gewesen ist.
„Na, du Schlafmütze!", begrüßt dich deine Tante verschmitzt zwinkernd. „Gut geschlafen?"
„Mhm!", murmelst du nur und bist froh, dass sie nicht weiter nachfragt, zumal sie sehr viel zu tun hat.
Mit einer Handbewegung deutet sie auf deinen Platz am Esstisch, nimmt dann einen großen Stapel schmutziger Teller in den einen Arm, greift mit der freien Hand nach einer leeren Kaffeekanne und verschwindet in die Küche.
Von Jonas ist nichts zu sehen. Auch für den Rest des Vormittags ist er wie vom Erdboden verschluckt.
Erst zum Mittagessen taucht er wieder auf. Ziemlich abgehetzt, mit hochrotem Gesicht kommt er gerade noch rechtzeitig ins Esszimmer gestürmt, dicht gefolgt von Kiki. Beide setzen sich schweigend hin, wobei dir auffällt, dass Jonas versucht, Blickkontakt mit dir zu vermeiden. Dir schwant nichts Gutes! Er wird doch wohl nicht geredet haben?
Jedenfalls sind sie beide mit ihrem Gedanken nicht ganz beim Essen, denn Kiki ertränkt gerade Kartoffeln, Gemüse und Fleisch in Soße, so dass diese beinahe über den Tellerrand schwappt, während Jonas erst versucht, sein Schnitzel zu musen, und dann die stumpfe Messerseite zum Schneiden

benutzt, wobei er sich natürlich wundert, warum das nicht klappt.

„Jonas! Das kann ich ja sogar besser!", kommt auch gleich eine Bemerkung von seiner kleinen Schwester Jessika. „Vielleicht solltest du die andere Seite nehmen. So könnt' ich das nämlich auch nicht."

„Oh!", meint Jonas nur und starrt das Messer an, als ob er es hypnotisieren will. Dann grinst er verlegen.

Beim Nachtisch, Schokoladenpudding mit Vanillesoße, rührt Jonas verträumt in seinem vollen Schälchen herum, und Jessika beobachtet interessiert, was er tut, allerdings ohne dass er es bemerkt. Ein fieses Lächeln huscht über ihr Gesicht, während sie nach einem Salzstreuer greift.

„Bitteschön!", sagt sie höflich mit treuem Augenaufschlag und reicht ihn Jonas.

Der will tatsächlich seinen Pudding salzen, stoppt jedoch im letzten Moment, weil Jessika ihr Kichern nicht ganz unterdrücken kann. Ärgerlich starrt er erst den Salzstreuer und danach seine Schwester an, sagt aber nichts weiter, sondern stellt ihn nur wieder auf den Tisch.

Gleich nachdem er seinen Pudding ausgelöffelt hat, fragt er deine Tante, ob er wieder loskann, worauf sie lächelnd nickt. Aber offenbar hat er dich doch nicht ganz vergessen, denn im Vorbeigehen raunt er dir zu: „Komm nachher ins Baumhaus, so in 'ner Stunde. Hab' Neuigkeiten."

Und bevor du noch nachfragen kannst, ist er schon weg.

Kiki springt nicht gleich auf, sondern hilft in aller Seelenruhe deiner Tante beim Abräumen, so wie der Rest der Mannschaft einschließlich dir.

Danach überlegst du dir, wie du diese blöde Stunde 'rumkriegen sollst. In dein Zimmer hochgehen und aufräumen? Der Gedanke gefällt dir nicht sonderlich, zumal du nach der letzten Nacht irgendwie nicht ganz allein sein möchtest – und schon gar nicht in dem Zimmer.

So hilfst du lieber deiner Tante, indem du die Geschirrspülmaschine einräumst, den Tisch abwischst, Salatgurke und Paprika fürs Abendessen schneidest und den Müll zur Tonne bringst. Deine Tante wundert sich zwar über deinen Arbeitseifer, versucht aber gar nicht erst, dich auszufragen, als ob sie es an deiner Nasenspitze sehen würde, dass du nicht in der Laune für ein nettes Geplauder bist.

Nebenbei schielst du immer wieder verstohlen auf deine Armbanduhr – und endlich ist es soweit.

„Brauchst du mich noch?", fragst du deine Tante höflich.

„Nein ..., danke für deine Hilfe!", antwortet sie. „Nun lauf schon!"

Alle möglichen Fragen schießen dir durch den Kopf, als du nun zum Baumhaus gehst. Glaubt Jonas dir? Oder doch nicht? Hat er mit jemandem, vielleicht Kiki, über das geredet, was du ihm erzählt hast? Welche Neuigkeiten hat er? Und wo hat er die ganze Zeit gesteckt?

Mit wackligen Knien kletterst du die schmale Leiter zum Baumhaus hoch, du steckst deinen Kopf durch die Luke, und drei Augenpaare richten sich auf dich. Jonas, Kiki und Bennet haben es sich dort mit Kissen und Knabberkram gemütlich gemacht. Sie scheinen schon auf dich gewartet zu haben, denn Kiki deutet wortlos auf den letzten leeren Platz.

„Ähm, hallo!", begrüßt Jonas dich verlegen und senkt den Blick.

Kiki und Bennet schauen dich allerdings mit unverhohlener Neugier an. Jonas hat also doch geredet! Leider ist das passiert, was du befürchtet hattest. Jetzt wundert es dich nicht mehr, dass Jonas dir die ganze Zeit aus dem Weg gegangen ist. Anscheinend mag er dich nicht mal ansehen. Das muss wohl sein schlechtes Gewissen sein, denn schließlich hatte er dir versprochen, mit niemandem darüber zu reden.

Was willst du nun machen?

Willst du dich zu Jonas, Kiki und Bennet setzen, um zu hören, was sie dir zu sagen haben?

⇒ Lies weiter auf Seite 196!

Oder verzichtest du auf irgendwelche Erklärungen und machst auf dem Absatz kehrt?

⇒ Dann musst du auf Seite 206 weiterlesen!

„Nichts ist!", antwortest du. Trotzdem schaut er sehr misstrauisch. Deshalb fügst du ganz einfach hinzu: „Ich hab' mies geschlafen und auch noch schlecht geträumt."

„Ah, ja ...!" Jonas runzelt die Stirn und legt den Kopf schief, während er dich neugierig betrachtet. „Und wenn du schlecht träumst, schläfst du mit 'ner Lampe im Arm?"

„Tja, ich hab' meinen Teddy zu Hause gelassen!", konterst du.

„Wenn du die Lampe als Ersatz nimmst, muss das wohl ein Leuchtteddy sein, so einer mit 'nem Nachtlicht drin zum Einschlafen. Echt cool!", meint Jonas grinsend.

Dazu fällt dir erstmal keine passende Antwort ein, und so grinst du einfach zurück. Dann wuselst du dich aus der Bettdecke und stellst die Lampe wieder an ihren Platz.

„Sagst du meiner Tante, dass ich gleich da bin?", fragst du Jonas.

Der nickt und wendet sich zur Tür. Beim Hinausgehen dreht er sich noch einmal zu dir um. Nachdenklich schaut er dich an.

„Kann es ein, dass du letzte Nacht ziemlich gewühlt hast?", meint er.

„Wieso?"

„Na ja, wenn du 'rumwühlst, dann anscheinend richtig. Dein ganzes Bett ist verrutscht." Mit diesen Worten und einem Kopfschütteln geht er.

Du stellst mit einem einzigen Blick fest, dass er Recht hat: Das Bett steht total schief. Glorias Großmutter muss es bei ihrem Angriff so verschoben haben. Die Frau hat ganz schön Kraft, aber das ist dir ja letzte Nacht schon aufgefallen, als sie das Bett derart durchgerüttelt hat, dass du beinahe in hohem Bogen hinausgeflogen wärst. Du fröstelst bei dem Gedanken und hast es nun sehr eilig, nach unten zum Frühstück zu kommen.

Nach einer kurzen Katzenwäsche schlüpfst du in deine Klamotten, fährst dir einmal mit der Bürste durch die Haare, und schon wenige Minuten später sitzt du unten im Esszimmer. Nur deine Tante ist dort – sie räumt Geschirr zusammen –, die anderen sind also alle schon fertig.

„Hallo, da bist du ja!", begrüßt sie dich freundlich, schiebt den Brötchenkorb zu deinem Platz und meint: „Nun iss erstmal! Jonas sagte, du hättest nicht gut geschlafen?"

Musste er das petzen? Sowas Blödes! Jetzt darfst du dir die nächste Ausrede einfallen lassen. Doch bevor du irgendwie antworten kannst, kommt dein Onkel herein.

„So, Vera, ich wollte los!" Als er dich bemerkt, nickt er dir zu und sagt: „Hallo Langschläfer!" Dann setzt er sich an den Tisch und bespricht mit deiner Tante, was er alles in der Stadt erledigen muss.

Während die beiden eine recht lange Liste zusammenstellen, isst du in Ruhe zwei Brötchen und denkst nach. Jonas hat deiner Tante also erzählt, dass du nicht so gut geschlafen hast. Hoffentlich sonst nichts! Denn dass Jonas gemerkt hat, dass etwas nicht stimmt, war eindeutig, findest du. Sogar das verschobene Bett ist ihm aufgefallen!

Was du jetzt allerdings tun sollst, ist dir schleierhaft. Diese Geisterfrau, Glorias Großmutter, ist gefährlich. Das ist klar! Aber die kleine Gloria tut dir leid. Du würdest ihr gern helfen. Nur wie?

Da kommt dir noch ein ganz anderer Gedanke: Dieser Ponyhof hat ihren Namen. Dein Onkel sagte, das

Haus hätte diesen Namen schon gehabt, als sie es gekauft haben. Das kann doch kaum eine zufällige Namensgleichheit sein!
Vielleicht solltest du ihn nochmal danach fragen? Schätzungsweise ist es aber besser, damit zu warten, bis du mit ihm allein bist. Sonst denkt deine Tante noch, etwas sei nicht in Ordnung. Das stimmt zwar, aber sie mit dieser Geistergeschichte zu beunruhigen, muss nicht sein.
Die Gelegenheit kommt schneller als du denkst. Deine Tante geht in die Küche zum Aufräumen, während dein Onkel noch einen Kaffee trinken will, bevor er losfährt.
„Du, Onkel Robert ...", beginnst du.
„Ja?"
„Ich wollt' dich noch was fragen: Du hast mir gestern erzählt, dieses Haus hieß schon ‚Gloria', als ihr es gekauft habt. Woher kommt der Name?"
Dein Onkel zieht überrascht die Augenbrauen hoch.
„Wie kommt es, dass du dich auf einmal für die Geschichte dieses Hauses interessierst?", ist seine Gegenfrage.
„Wieso?", fragst du und versuchst, ein möglichst unschuldiges Gesicht zu machen.
„Na, ich finde es schon ein wenig merkwürdig. Draußen scheint die Sonne, Ponys stehen zum Ausreiten bereit, ein niegel-nagel-neues Baumhaus ist da, und du willst dich mit einem so langweiligen Thema beschäftigen."
„Ja, aber ..."
„Ich will doch nur, dass du deine Ferien hier genießt. Verstehst du?", meint dein Onkel und lächelt dir aufmunternd zu.

Was nun?

Willst du deinem Onkel sagen, warum du dich für den Namen des Hauses interessierst, und ihm von letzter Nacht erzählen?

⇒ Weiterlesen auf Seite 209!

Oder hältst du es für besser, deinem Onkel gegenüber kein Wort über die Geister zu verlieren?

⇒ In dem Fall lies weiter auf Seite 215!

Du willst es jetzt wissen!

„Komm!", sagst du knapp zu Bennet. Dann reißt du mit beiden Händen die Spinnweben auseinander, um euch einen Weg zu bahnen. Als du nun weitergehst, folgt Bennet dir unsicher. Plötzlich hörst du hinter dir ein ganz leises Klappern. Du drehst dich um und musst grinsen. Das Geräusch kommt von Bennet, denn er zittert so sehr, dass seine Zähne aufeinanderschlagen, ja selbst die Lampe in seiner Hand wackelt. Den Brieföffner hält er in der anderen, fest umklammert wie einen Dolch.

„K... k... kalt!", bibbert er und hat damit Recht.

Diese unnatürliche, furchtbare Kälte ist wieder da, stärker als je zuvor – wie Todeskälte, kommt es dir auf einmal in den Sinn. Ein Schauer läuft dir über den Rücken, zum einen, weil du frierst, und zum anderen, weil du dich entsetzlich gruselst. Du schüttelst dich, als wenn du damit diese Eiseskälte vertreiben willst. Zumindest verschwindet für einen Moment die aufkeimende Furcht, die dir beinahe die Kehle zuschnürt.

„Leuchte mal alles ab", sagst du zu Bennet mit belegter Stimme.

Bennet schwenkt die Taschenlampe kurz durch den Raum, so dass du einen flüchtigen Eindruck bekommst. Überall sind Spinnweben, außerdem kannst du noch eine Kommode und einen Sekretär – einen alten Schreibtisch – erkennen. Dann beleuchtet er allerdings das Bett. Dort ist sie: die Frau – oder vielmehr das, was noch von ihr übrig ist!

Ihr Skelett liegt ausgestreckt da, zum großen Teil verhüllt durch das schwarze Kleid, das erstaunlich gut erhalten ist. Nur ihr rechter Arm hängt herunter und ihre Knochenhand berührt fast den Boden.

Eigentlich war euch klar, dass ihr hier ihre Überreste finden würdet, schon als ihr diese Hand vom Flur aus gesehen habt. Doch jetzt ist dir sehr mulmig zumute. Bennet geht es offenbar nicht anders, denn du hörst ihn laut schlucken.

Du schaust ihn an und willst ihn gerade fragen, ob ihr nicht doch lieber verschwinden wollt, als er dich auf einmal am Arm packt.

„Da!", stößt er hervor. Sein Blick klebt immer noch am Bett. Allerdings siehst du jetzt nicht nur Angst in seinen Augen, sondern pures Entsetzen. Nichts Gutes ahnend drehst du dich wieder um.

Was ist das? Die Hand! Sie bewegt sich!

„Das gibt's nicht!", zweifelst du an dem, was sich vor deinen Augen abspielt.

Die Knochenfinger, die eben noch locker gebaumelt haben, strecken sich, als würden sie aufwachen. Dann hebt sich der ganze Arm bis zur Bettkante und die Finger krallen sich fest. Mit einem Ruck richtet sich das Skelett auf.

In diesem Moment fällt Bennets Taschenlampe scheppernd herunter. Trotzdem funktioniert sie noch. Der Lichtkegel tanzt über den Boden, als die Lampe wegrollt, aber Bennet nimmt sich nicht die Zeit, sie aufzuheben.

„Weg hier!", schreit er heiser und reißt dich mit zur Tür.

Du hast nicht vorgehabt, allein dazubleiben! Deshalb findest du seine Idee einfach großartig! Und so folgst du Bennet bereitwillig.

Ihr rennt über die Schwelle der Geheimtür, ohne euch weiter umzusehen. Erst als ihr mitten auf der Treppe seid, wagst du einen Blick zurück.

Da steht sie – oder vielmehr ihr Skelett – in voller Größe auf der Galerie! Die leeren Augenhöhlen scheinen euch zu beobachten, das Grinsen des Schädels ist teuflischer denn je und mit ihrer rechten Knochenhand zeigt sie genau auf euch. Du willst weiterlaufen, kannst jedoch nicht einen einzigen Schritt tun, als wenn du dort, wo du bist, am Boden klebst.

Was tut sie? Welch eine Macht hat sie? Du versuchst, dich gegen diese Starre zu wehren, aber dir bleibt nichts anderes übrig, als hilflos darauf zu warten, was nun geschieht.

Wo ist Bennet? Er kann nur wenige Stufen unter dir sein, denn du hörst seinen keuchenden Atem. Kann auch er sich nicht bewegen?

Jetzt hebt sie beschwörend beide Arme. Ihre dürren Knochenfinger scheinen irgendetwas zu greifen. Was immer es ist, sie schleudert es auf euch zu!

Das nun folgende anschwellende Brausen dröhnt in deinen Ohren, obwohl du deine Hände krampfhaft darauf presst. Du kannst deine Hände und Arme bewegen!

Doch auch das nützt dir nichts mehr gegen diese unsichtbare Kraft, die euch wie eine riesige Welle mitreißt. Deine Beine werden einfach weggefegt, aber anstatt zu fallen, wirst du hochgeschleudert. Dann wirbelst du herum, als wenn ein Tornado mit dir spielt. Bennet fegt in der Luft an dir vorbei, wild mit den Armen wedelnd und Panik im Gesicht. Nur für einen kurzen Moment treffen sich eure Blicke. Trotzdem scheint er dir „Tu' irgendwas!" sagen zu wollen. Doch was kannst du tun? Alles um dich herum dreht sich rasend schnell. Da greifst du zu und erwischst den Kronleuchter – die Deckenlampe der Eingangshalle.

Die Finger deiner linken Hand klammern sich fest um einen Teil der Verschnörkelung. Jetzt saust du wenigstens nicht mehr herum, sondern hängst waagerecht in der Luft. Dieser seltsame Sturm zerrt an dir, so dass du dich wohl nicht lange wirst halten können, jedenfalls nicht mit einer Hand. Aber du brauchst doch deine rechte Hand! Wie sollst du sonst Bennet fassen können, der immer noch hilflos herumwirbelt?

Bennet versucht ebenfalls, dich zu erreichen. Und endlich, als er das nächste Mal an dir vorbeisegelt, kannst du ihn am Kragen seines Morgenmantels erwischen. Gleichzeitig umklammert er fest dein rechtes Bein.

„Halt dich fest!", rufst du ihm zu, auch wenn du dir nicht sicher bist, ob er ich verstehen kann.

Dann lässt du ihn los, um dich mit beiden Händen am Kronleuchter festzuhalten. Gerade jetzt wird es auch höchste Zeit, denn deine Finger sind schon bis zu den Spitzen abgerutscht. Es klappt! Du hängst am Leuchter und Bennet an dir.

Auf einmal – so plötzlich, wie dieser Höllensturm begonnen hat – ist alles vorbei!

Ihr sackt in die Senkrechte, was euch natürlich durch den Schwung kräftig hin- und herschaukeln lässt.

Dann hört ihr schwere, schnelle Schritte auf der Galerie. Dein Onkel kommt herangestürmt. Fassungslos bleibt er stehen, schaut zu euch, wie ihr am Kronleuchter baumelt, und danach auf das zusammengefallene Skelett, das da vor seinen Füßen liegt.

„Was ...", beginnt er, weiß aber offenbar nicht mehr weiter.

Das Ende ist schnell erzählt:

Nachdem ihr per Leiter aus eurer misslichen Lage befreit worden seid, überprüft dein Onkel den Sicherungskasten. Eine der Sicherungen war herausgesprungen. Inzwischen ruft deine Tante die Polizei. Immerhin liegt oben auf der Galerie ein Skelett!

Dann gibt es eine Menge Kakao – nach Bennets Spezialrezept, versteht sich – für alle, auch für Jonas, Jessika und Kiki, die nach und nach mit verschlafenen Gesichtern ankommen.

Die weiteren Ermittlungen übernimmt die Polizei.

Nach dieser verrückten Nacht ist der Spuk jedenfalls vorbei, und niemand reist mehr vorzeitig ab vom Ponyhof Gloria.

Ende

Für einen Moment steht Bennet wie angewurzelt da, dann geht er eher zögerlich einen Schritt auf die offene Tür zu. Nun steht er genau neben dir, so dass du seine gepressten Atemzüge hören kannst.
Er will doch wohl nicht allen Ernstes da rein? In dieser Nacht ist wirklich schon genug passiert, da muss das jetzt aber nicht mehr sein, findest du. Deshalb legst du deine Hand auf Bennets Arm und hältst ihn davon ab, einen weiteren Schritt zu tun.
„Was ...?", krächzt er heiser vor Aufregung.
„Lass es!", antwortest du ihm. „Wir können morgen nachsehen."
„Ja, du hast Recht!", stimmt er dir sofort zu, offenbar erleichtert, weil du ebenso wenig scharf darauf bist, ausgerechnet mitten in der Nacht diese Knochen zu untersuchen. „Wir müssen diesen Raum nur wieder verschließen." Und er leuchtet mit seiner Taschenlampe auf die Fußleiste.
„Dann wollen wir mal hoffen, dass das andersherum auch funktioniert und die Tür damit auch zugeht", sagst du, bückst dich und drückst das immer noch hochstehende Stück hinunter.
Lautlos schwingt die Holztäfelung an ihren ursprünglichen Platz. Nur ein leises Klicken verrät, dass sie wieder eingerastet ist. Bennet richtet den Lichtkegel auf die Wand vor sich.
„Schau!", meint er. „Man sieht tatsächlich nichts mehr. Es ist, als ob dort nie eine Tür gewesen ist."
Fasziniert starrst du ebenfalls auf die so perfekt gearbeitete Vertäfelung. Nichts lässt hier einen Geheimraum vermuten. Kein Wunder, dass niemand ihn vor euch entdeckt hat!
Da beginnt die Taschenlampe ganz leicht zu flackern.
„Oh!", stößt Bennet hervor. „So langsam geben die Batterien wohl den Geist auf. Es wird Zeit, für Licht zu

sorgen. Vielleicht ist ja nur die Sicherung herausgesprungen."
„Weißt du denn, wo der Sicherungskasten ist?", fragst du hoffnungsvoll, denn von der Dunkelheit hast du allmählich genug.
„Ja, er ist unten neben der Küche – gut versteckt in der Holztäfelung, ähnlich wie hier mit der Geheimtür, aber viel leichter zu finden", erklärt er. „Vor ein paar Tagen hat dein Onkel eine Sicherung ausgewechselt. Da habe ich es zufällig gesehen."
Du spürst wieder die hochkriechende unheimliche Kälte und sagst schnell: „Gut, dann lass uns gehen! Ich friere nämlich wie ein Schlosshund – und vielleicht ist der Bennet-Spezial ja noch warm."
Bennet findet den Sicherungskasten auf Anhieb hinter einem besonders verschnörkelten Täfelungsstück und stellt fest, dass die Hauptsicherung herausgesprungen ist. Ein Handgriff, und aus der Küche scheint Licht zu euch herüber! Du atmest auf!
Dann geht Bennet schnurstracks in die Küche zu seinem Becher.
„Kalt!", meint er achselzuckend, schafft aber gleich Abhilfe – per Mikrowelle.
Als ihr nun wieder am Küchentisch sitzt und eure mittlerweile klammen Finger an den heißen Bechern wärmt, sagt zunächst keiner von euch ein Wort. Ab und zu treffen sich eure Blicke, wenn ihr vom dampfenden Kakao hochschaut, doch irgendwie ist es sehr schwierig, einen Anfang zu finden.
Schließlich durchbrichst du diese peinliche Stille: „Seit wann weißt du von ihr?"
Bennet schluckt hörbar, bevor er antwortet: „Seit vier Tagen – oder vielmehr Nächten."
„Und seit wann bist du hier?"
„Genauso lange, also drei Tage länger als du."

Da fällt dir gleich die nächste Frage ein: „Warum bist du nicht abgereist, wie die anderen?"
Nach kurzem, nachdenklichem Zögern fragt Bennet knapp: „Und dann?"
Er scheint aber keine Antwort von dir zu erwarten, denn er fährt fort: „Dadurch würde sich hier nichts ändern. Außerdem kann ich nicht einfach nach Hause. Meine Eltern sind nämlich nicht da. Die sind zu so besonders reizenden Verwandten gefahren, die ich nicht unbedingt sehen muss." – Bennet seufzt tief.
– „Tja, und letztendlich ist dieses Wesen, das wir hier erlebt haben, nicht nur erschreckend, sondern auch faszinierend."
„Und gefährlich", setzt du schnell hinzu, weil dich der merkwürdige, begeisterte Glanz in Bennets Augen irritiert.
„Ja, allerdings!", bestätigt Bennet. „Aber mich interessiert die Geschichte, die dahintersteckt. Es muss einen Grund für diesen Spuk geben. Und ich denke, einen Teil des Rätsels haben wir vielleicht gelöst, denn die sterblichen Überreste oben in der Geheimkammer werden wohl von ihr stammen."
Das klingt einleuchtend, findest du. Vielleicht spukt die Frau tatsächlich hier im Haus, weil ihr Tod bis jetzt unentdeckt geblieben ist. Doch wie passt das Geistermädchen ins Bild?
„Klingt logisch!", stimmst du Bennet zu. „Aber ich hab' da noch etwas anderes gesehen ..." Und du erzählst Bennet von dem kleinen Mädchen, das weinend in deinem Zimmer gekauert hat. Bennet hört dir überrascht und interessiert zu.
Schließlich meint er mit einem Blick auf seinen leeren Becher: „Ich glaube, dieses Rätsel lösen wir heute Nacht nicht mehr. Irgendwie bin ich hundemüde, und mein Kopf weigert sich langsam, noch klar zu denken.

Lass uns noch ein bisschen schlafen. Morgen wird sich sicher einiges aufklären."
„Ja, aber nur mit brennendem Licht, auch wenn es schon bald wieder hell werden müsste", antwortest du gähnend.
Die Küchenuhr zeigt mittlerweile halb drei an. Höchste Zeit für ein wenig Schlaf!
Bennet spült noch kurz die Becher aus, du rückst die Stühle zurecht und räumst alles weg, und dann macht ihr euch auf den Weg in eure Zimmer.
Weder in der großen Eingangshalle, noch auf der Treppe oder Galerie schaltet ihr das Licht ein – nur Bennets Taschenlampe brennt –, denn ihr wollt schließlich niemanden wecken. Als ihr an der Geheimkammer vorbeigeht, ist euch recht mulmig zumute, so dass ihr beide euren Schritt beschleunigt.
Aus deinem Zimmer schimmert ein schwacher Lichtstreifen durch die nur angelehnte Tür – stimmt ja: Du hattest dort Licht angelassen.
Mit einem „Bis nachher!" verabschiedet sich Bennet an seiner Zimmertür von dir.
„Ja, beim Frühstück", erwiderst du und tastest dich die paar Schritte zu deinem Zimmer im Halbdunkel. Deine Augen brennen vor Müdigkeit, umso schlimmer blendet dich auch das Licht, als du die Tür ganz öffnest.
Mit halb zusammengekniffenen Augen stolperst du hinein, wendest dich gleich zum Nachttisch, um die kleine Lampe anzuknipsen. Dann erst löschst du das helle Deckenlicht. Sicher ist sicher! Erschöpft lässt du dich auf das Bett sinken ...

„He, wach' auf! Es gibt Frühstück."
Jemand rüttelt an deiner Schulter. Du öffnest die Augen und siehst Bennet.

„Es ist schon recht spät. Wird Zeit, dass du wach wirst! Sonst fragt noch jemand, ob du gut geschlafen hast."

Bennet steht neben deinem Bett, fertig angezogen, ordentlich gekämmt und sieht ja so munter aus! Unwillkürlich stöhnst du auf. Wie kann er nach dieser Nacht nur so gut drauf sein?

„Ich öffne schon mal das Fenster", meint er, „und das brauchst du jetzt auch nicht mehr" und schaltet die Nachttischlampe aus.

Kühle Luft strömt herein. Du fröstelst, obwohl du immer noch den dicken Pullover und die Socken trägst.

„Ich gehe schon 'runter. Bitte komm auch gleich! Wir haben heute noch viel vor, denk' dran!" Mit diesen mahnenden Worten verlässt Bennet das Zimmer.

Genervt drückst du dein Gesicht ins Kissen, grapschst nach der Bettdecke und ziehst sie dir über den Kopf. Doch du liegst nur wenige Minuten so da. Bennet hat ja Recht. Es wäre sehr auffällig, wenn du total verschlafen unten ankommst. Entschlossen wirfst du die Decke weg. Dabei riskierst du einen Blick auf den Wecker: Schon neun Uhr! Nun aber im Eiltempo!

Dank einer Ladung eiskalten Wassers über den Kopf schaffst du es tatsächlich, bereits fünf Minuten später frisch und putzmunter das Esszimmer zu betreten.

Gleich nach dem Frühstück fragt Jonas dich, ob du mit zum Baumhaus kommst. Das passt dir ja nun gar nicht, doch Bennet rettet die Situation, indem er sofort zu dir gewandt mault: „Aber du hattest mir doch eine Partie Schach versprochen!"

„Ähm, ja!", antwortest du unsicher. „Vielleicht besuch' ich dich später im Baumhaus, Jonas."

So geht Jonas etwas missmutig allein nach draußen, während du mit Bennet im Spielezimmer gleich

neben der großen Treppe Posten beziehst, darauf wartend, dass sich das Haus leert, damit ihr endlich die Geheimkammer untersuchen könnt. Bennet baut auf einem kleinen Tischchen nahe der Tür das Schachspiel auf – für den Fall, dass jemand hereinkommt. Nebenbei spielt ihr tatsächlich eine Partie, um die Wartezeit zu verkürzen, denn eure Geduld wird auf eine harte Probe gestellt. In der Halle herrscht ein immerwährendes Kommen und Gehen. Zuerst geht deine Tante ein paarmal vorbei, dann zwischendurch dein Onkel und schließlich spielt Jessika auch noch Treppenstufenhüpfen.
Natürlich verlierst du die Schachpartie, weil du dich überhaupt nicht konzentrieren kannst. Merkwürdigerweise scheint Bennet damit gar keine Schwierigkeiten zu haben. Er ist die Ruhe selbst, sowohl wenn er an der Tür steht und die Eingangshalle beobachtet, wie auch beim Schach.
Es ist schon später Vormittag, als sich endlich eine günstige Gelegenheit bietet. Dein Onkel ist weggefahren, Tante Vera ist in der Küche beschäftigt, Jonas und Kiki sind draußen und Jessika ist ihr Treppenspiel nun doch noch leid geworden und geht ebenfalls nach draußen.
„Ich glaube, jetzt können wir es wagen", meint Bennet zuversichtlich.
Vorsichtig schleicht ihr die Treppe hoch. Jetzt darf euch einfach nichts mehr dazwischenkommen! Bennet holt schnell seine Taschenlampe aus seinem Zimmer – damit herumzulaufen, wäre etwas auffällig gewesen –, während du versuchst, die Stelle mit dem Öffnungsmechanismus in der Fußleiste wiederzufinden.
Du untersuchst gerade die Ritzen, als sich plötzlich jemand hinter dir räuspert. Im Augenwinkel siehst du,

wie Bennet gerade auf die Galerie kommt und stocksteif stehen bleibt. Also ist der Jemand hinter dir nicht Bennet!

Verlegen und trotzdem mit einem möglichst unschuldigen Gesichtsausdruck drehst du dich um und schaust hoch. Da steht Jonas!

„Was machst 'n du da?", fragt er auch sogleich.

„Ich ... ähm ...", stotterst du und wirfst einen hilfesuchenden Blick zu Bennet 'rüber. Doch der zuckt nur mit den Schultern. Offenbar fällt ihm auch nichts ein. Jetzt liegt es an dir! Was willst du Jonas sagen?

Willst du Jonas von eurer Entdeckung erzählen?

⇒ Dann lies auf Seite 221 weiter!

Oder hältst du es für besser, wenn Jonas nichts von der Kammer weiß, und du flunkerst ihm etwas vor?

⇒ In diesem Fall lies auf Seite 232 weiter!

Was weiß Jessika? Nun, das möchtest du doch gern herauskriegen.

Du nimmst die Puppe, betrachtest sie und sagst ganz beiläufig: „Emmi ist ein hübscher Name. Hast du ihr diesen Namen gegeben?"

„Nee, wieso?" Jessika schaut dich mit großen Augen an.

„Wer dann?", fragst du nach.

„Na ja, Gloria. Wer denn sonst? Ist doch schließlich ihre Puppe!", kommt prompt die Antwort.

„Gloria?"

„Jaha!" Jessika zieht genervt eine Schnute. „Kann ich Emmi nun haben oder nicht?"

„Erzählst du mir etwas über Gloria?", hältst du sie hin und zupfst das Kleidchen der Puppe zurecht.

„Wieso denn?", will sie wissen. Ihre Aufmerksamkeit wird aber schnell abgelenkt, denn eine ihrer wilden Locken ist ihr mitten in die Stirn gefallen, und sie verdreht die Augen beide in Richtung baumelnder Locke.

„Hör auf damit!", faucht Jonas. „Das sieht abartig aus, wenn du schielst."

„Was du immer hast!", meckert Jessika zurück. „Du bist ein alter Stinkstiefel!"

„Nervkeks!"

„Motzknochen!", schnaubt Jessika.

„Strohhirn!", kontert Jonas mit grimmigem Lächeln.

„Ich hab' bestimmt mehr Intelli... Intelli... Klugheit in meinem Hirn als du!"

„Es heißt Intelligenz", erklärt Jonas mit überheblichem Grinsen.

„Is' mir doch Wurscht. Ich hab' es sowieso nicht nötig, mich mit dir abzusabbeln", sagt Jessika beleidigt und dreht sich mit erhobener Nase von ihm

weg. Dann wendet sie sich dir zu und fragt betont höflich: „Du wolltest mit mir sprechen?"
„Äh, ja, ... ich ..., äh", stotterst du, weil du wegen der blöden Streiterei den Faden verloren hast.
Jessikas Gesicht bekommt einen listigen Ausdruck.
„Du wolltest mir die Puppe geben", erinnert sie dich.
„Und du wolltest mir etwas über Gloria erzählen!", erwiderst du. So schnell legt man dich nicht rein!
Nach einem kurzen genervten Seufzer meint sie: „Gloria ist meine Freundin. Sonst noch was? Kann ich jetzt endlich Emmi haben?"
Freundin? Jetzt bist du erst richtig neugierig.
„Deine Freundin? Ich hab' sie hier noch gar nicht gesehen. Erzählst du mir, wie sie aussieht?"
„Was soll das denn?", stöhnt Jessika. „Sie ist blond, hat blaue Augen, ist ungefähr so groß wie ich, nein, ein bisschen kleiner, und sie ist nett. Fertig! Was ist nun? Ja oder nein?"
„Äh, ja, Moment!" Hilfesuchend schaust du zu Jonas, aber dem ist gerade die Kinnlade heruntergeklappt, und er sitzt mit großen Augen und offenem Mund da. Offenbar kapiert er genauso wenig wie du – wahrscheinlich noch weniger.
„Da ist noch etwas, das ich wissen möchte", sagst du, hältst ihr die Puppe jedoch schon halbwegs entgegen.
„Wo hast du Gloria kennengelernt?"
„Hier im Haus!", antwortet Jessika knapp.
„Du meinst, sie ist manchmal hier zu Besuch?"
„Nein, sie wohnt hier!" Noch während sie das sagt, grapscht sie sich die Puppe, rennt zur Tür und ruft im Hinauslaufen: „Danke!" Und weg ist sie.
Eine Schrecksekunde später folgst du ihr, doch als du die Galerie erreichst, siehst du gerade noch, wie sie aus der Haustür nach draußen schlüpft. Jetzt holst du

sie eh nicht mehr ein. Wie konnte sie so schnell sein? Ist sie geflogen?
Während du zu Jonas zurückkehrst, schießen dir alle möglichen Gedanken in den Kopf. Wie kann Jessika mit einem Mädchen befreundet sein, das 1800-noch-was gelebt hat? Es muss so sein, auch wenn es absolut verrückt klingt. Die Puppe gehörte genau dieser Gloria. Das kann keine Namensverwechslung sein.
Bei Jonas angekommen musst du erst einmal fürchterlich grinsen. Er sitzt immer noch mit offenem Mund da.
„He, Jonas!", sprichst du ihn an.
„Tagchen auch! Bin wieder da!", witzelt er.
„Tschuldigung, aber ich musste das erst verdauen. Die beste Freundin meiner Schwester ist ein Gespenst. Das fass' ich einfach nicht!"
„Ja, ich fürchte, so in der Art ist es", stimmst du ihm zu.
„Musstest du das tun?", stöhnt Jonas auf. „Hättest du nicht sagen können, dass ich ausnahmsweise mal nicht Recht habe?"
„Mir fällt aber leider keine andere Erklärung ein." Du zuckst bedauernd mit den Schultern.
Jonas runzelt die Stirn, zieht auf einmal eine Augenbraue hoch und schaut dich nachdenklich an.
„So wie's aussieht, haben wir es mit zwei Gespenstern zu tun, wobei mein Schwesterchen sich das von der netten Sorte als Freundin ausgesucht hat. Ich schätze nämlich mal, dass diese kleine Gloria uns da oben auf dem Dachboden das Leben gerettet hat."
„Das denke ich auch!", sagst du, und dann fällt dir dazu noch etwas ein: „Anscheinend hat Gloria eine Menge Macht, wenn sie diese Frau so einfach mit einer Spieldose aufhalten kann."

„Wir sollten uns unbedingt noch einmal mit meinem Schwesterchen unterhalten, auch wenn's wahrscheinlich stressig wird", schlägt Jonas vor. Du bist der gleichen Meinung, und so könnt ihr es kaum noch erwarten, bis es endlich Mittagessen gibt – die Gelegenheit, sich Jessika zu schnappen.

Als es jedoch soweit ist und ihr voller Hoffnung auf diese Gelegenheit am Esstisch sitzt, wartet ihr vergeblich auf Jessika.
Auch deine Tante ist verwundert: „Nanu, wo steckt sie denn? Hat einer von euch eine Ahnung, wo Jessika ist?"
Nein, keiner weiß es! Auch Kiki und Bennet haben sie nicht gesehen.
„Vielleicht spielt sie irgendwo und hat die Zeit vergessen", meint Kiki. „Soll ich mal gucken gehen?"
„Ja, das wäre nett", antwortet deine Tante erleichtert.
Doch nach einer Weile kommt Kiki allein zurück. „Ich hab' überall gesucht, wo sie sonst so spielt, aber ich konnte sie nirgends finden!"
Jetzt beschleicht dich langsam ein ungutes Gefühl, und offenbar geht es nicht nur dir so. In Jonas Blick erkennst du Panik. Deine Tante schaut hilflos von einem zum anderen.
„Ich würde vorschlagen, wir ziehen alle los, um sie zu suchen", schlägt Bennet ruhig und sachlich vor, obwohl auch er nervös wirkt.
Bennets Vorschlag wird ohne zu zögern von euch allen angenommen. Ihr lasst das Mittagessen stehen und verteilt euch. Bennet durchsucht im Erdgeschoss alle Räume, du nimmst das obere Stockwerk zusammen mit deiner Tante, Jonas läuft zum Baumhaus und Kiki schaut in den Ställen nach. Das

Essen ist längst kalt, als ihr euch wieder im Esszimmer trefft, aber euch ist sowieso der Appetit vergangen, denn keiner von euch hat auch nur die geringste Spur von Jessika entdeckt. Jonas steht stumm, mit gesenktem Kopf da. Deine Tante zittert wie Espenlaub.

„Ach, wär' Robert doch jetzt hier!", klagt sie. „Ich weiß gar nicht, was ich machen soll."

„Nun beruhig' dich erstmal, Tante Vera", sagst du und drückst sie mit sanfter Gewalt auf einen Stuhl. „Wir sind doch auch noch da."

Ein kurzer Blick zu Kiki und Bennet genügt, und die beiden wissen sofort, was zu tun ist. Kiki macht es dir nach und bugsiert Jonas ebenfalls auf einen Stuhl. Bennet flitzt in die Küche. Schon nach wenigen Minuten kommt er mit einem Tablett wieder, auf dem fünf Becher mit dampfendem Kakao stehen.

„Das ist Nervennahrung!", sagt er schlicht und stellt vor jedem einen Becher auf den Tisch.

Dann macht er sich daran, das Geschirr vom kalten Mittagessen auf das Tablett zu stapeln. Kiki drückt Jonas seinen Becher in die Hand und hilft Bennet beim Abräumen. Auch dir fällt nichts Besseres ein, zumal du keine Lust hast, einfach so 'rumzustehen. Außerdem hast du nun die Möglichkeit, mit Bennet und Kiki in der Küche ein paar Worte zu wechseln, ohne dass die anderen es hören.

„Habt ihr 'ne Idee?", fragst du die beiden.

„Nun, ich finde, deine Tante sollte unbedingt hierbleiben, damit sie deinem Onkel gleich alles erzählen kann, sobald er wiederkommt", meint Bennet. „Kiki und ich schnappen uns zwei Ponys, reiten los und suchen die Umgebung ab. Vielleicht ist Jessika weiter weggelaufen."

„Ja, und mit den Ponys haben wir die Gegend recht schnell abgeklappert", bekräftigt Kiki.

„Ist gut!", stimmst du zu. „In der Zwischenzeit suchen wir hier noch einmal alles ab."

Aber als dein Onkel am späten Nachmittag aus der Stadt zurückkehrt, ist Jessika noch immer verschwunden. Nachdem er gehört hat, was ihr schon alles unternommen habt, geht er schnurstracks zum Telefon und ruft die Polizei.

Wie von Donner gerührt steht ihr alle da, denn die Befürchtung, dass Jessika etwas passiert ist, ist nun erschreckend nahe herangerückt. Eine harmlose Erklärung für ihr Verschwinden erscheint unmöglich. Durch diesen Anruf wird euch allen das sehr deutlich. Du bemerkst einen flehentlichen Blick deiner Tante, die abwechselnd zu dir und zu Jonas schaut. Jonas wirkt wie versteinert mit ausdruckslosem Gesicht.

„Kommt, wir gehen in mein Zimmer", sagst du zu Bennet und Kiki und ziehst Jonas einfach am Arm mit.

„Ich komm' gleich nach", meint Bennet und verschwindet in der Küche, während Kiki dir schulterzuckend folgt.

Oben angekommen setzt Jonas sich still und in Gedanken versunken aufs Bett. Kiki schnappt sich ein Kissen und hockt sich auf den Boden.

Es dauert tatsächlich nicht lange, bis ihr an der Tür ein dumpfes Geräusch hört, das wohl ein Klopfen darstellen soll. Als du die Tür öffnest, weißt du auch, warum es so seltsam klang. Bennet hat mit dem Fuß dagegengetreten, weil er keine seiner Hände frei hat. Darauf ruht nämlich ein Tablett mit Kakaobechern und stapelweise belegten Broten.

„Keine Sorge, deine Tante und dein Onkel sind ebenfalls versorgt", erklärt er. „Es ist wichtig, jetzt Ruhe zu bewahren. Und dazu gehört auch Essen!" Dabei schaut er Jonas streng an und drückt ihm eine Scheibe Brot in die Hand. Jonas beißt ohne Widerrede ab.
Mit einem „Setz dich!" überlässt Kiki Bennet ihr Kissen. „Ich bin viel zu kribbelig, um hier zu sitzen", fügt sie hinzu und wandert langsam zum Fenster und wieder zurück. Dabei fällt ihr Blick zum Nachttisch, auf den du die Bibel und die Spieldose gelegt hast.
„Ist das deins?", fragt sie dich.
„Nein, das gehört ...", beginnst du, zögerst aber. Gloria, denkst du. Ja, natürlich! Sie könnte wissen, wo Jessika steckt!
„Mensch, Jonas!", stößt du aufgeregt hervor. „Ich weiß, wie wir Jessika vielleicht finden können."
„Ach ja?", meint Jonas müde.
„Ja!", sagst du nachdrücklich. „Eine Person könnte es uns sagen: Gloria!"
„Jetzt spinnst du völlig!", erwidert Jonas. „Gloria is'n Gespenst. Wie willst du die denn fragen?"
„Gespenst?", fragt Kiki dazwischen.
„Hier spukt's!", erklärt Jonas kurz angebunden und wendet sich wieder dir zu.
„Ich weiß!", kommt plötzlich von Bennet.
Überrascht starrst du ihn an. Auch Kikis und Jonas' Augen richten sich auf ihn. Einige Minuten sagt keiner von euch ein Wort, bis Kiki auf einmal das Schweigen durchbricht: „Ist Gloria ein kleines, blondes Mädchen?"
Als du nickst, fährt sie fort: „Dann habe ich sie letzte Nacht gesehen. Ich dachte zuerst, ich täusche mich, aber ..."

„Moment!", ruft Bennet dazwischen. „Entschuldige, wenn ich dich unterbreche, Kiki, aber ich habe eine wichtige Frage: Ihr sprecht von einem kleinen Mädchen? Nicht von einer Frau?"
Du ahnst, worauf er hinauswill und antwortest mit einer Gegenfrage: „Du meinst nicht zufällig eine alte Frau in einem schwarzen Kleid?"
„Ja, genau die!", bestätigt Bennet. „Sie ist gefährlich!"
„Hier sind zwei Gespenster!", erklärt Jonas knapp.
„Hab' ich das richtig verstanden? Kiki, du hast die Kleine gesehen?"
„Ja, letzte Nacht, aber sie wirkte ganz niedlich, nicht gefährlich."
„Die Gefährliche ist die Frau", winkt Jonas ab.
„Soweit wir herausgekriegt haben, hat Jessika sich mit der kleinen Gloria angefreundet", wirfst du ein, dann wendest du dich direkt an Jonas: „Wir sollten es versuchen! Kiki hat sie gesehen. Vielleicht hilft Gloria uns."
Du nimmst die Bibel und die Spieldose und legst sie zwischen euch Vier.
„Das sind Glorias Sachen!", antwortest du auf die fragenden Blicke von Kiki und Bennet. „Seid ihr alle einverstanden, wenn wir Gloria um Hilfe bitten?"
Kiki und Bennet nicken.
„Aber wie?", will Jonas wissen.
„Weiß ich auch nicht", meinst du, „vielleicht passiert irgendwas, wenn ich die Spieldose öffne."
Vorsichtig klappst du den Deckel der Porzellandose hoch. Die hübsche Melodie erklingt. Doch sonst geschieht nichts. Ihr schaut euch ratlos an.
Irgendwie muss es doch möglich sein, mit Gloria Kontakt aufzunehmen. Vielleicht ist sie sogar schon

da, nur dass ihr sie nicht sehen könnt. Wie könnte Gloria euch zeigen, wo Jessika ist?
Du nimmst die Silberkette aus der Dose und hältst sie hoch. Los, Gloria, sag uns, wo wir Jessika finden können, denkst du und starrst die Kette an.
In diesem Moment bewegt sie sich, wie von einer unsichtbaren Kraft gezogen, in Richtung der Tür. Keiner von euch wagt es, auch nur den leisesten Ton von sich zu geben.
Das Ziehen wird stärker. Du stehst auf und gehst los, die Kette vor dir am ausgestreckten Arm. Bennet springt leise wie eine Katze auf die Füße, drückt die Klinke herunter und öffnet dir die Tür. Jonas und Kiki folgen dir dicht auf. Ganz langsam und vorsichtig tretet ihr auf den Flur.
Nach wenigen Schritten hört das Ziehen jedoch so plötzlich auf, wie es begonnen hat. Die Kette baumelt einfach an deiner Hand herunter. Was nun?
Hilfesuchend schaust du zu den anderen. Kiki und Bennet starren abwechselnd die Kette und dich an. Jonas verdreht in wilder Verzweiflung die Augen. Plötzlich bleibt sein Blick nach oben gerichtet auf etwas haften. Du schaust hoch und weißt auf Anhieb, wo Jessika sein muss! Der Dachboden! Über euch ist die Falltür zum Dachboden. Dort hattet ihr bei eurer Sucherei nicht nachgesehen!
Mit einem Handgriff hat Jonas die Luke aufgezogen. Dabei ist es ihm vollkommen egal, ob er Lärm macht. Einen Moment später ist er schon hochgeklettert, dicht gefolgt von dir, Bennet und Kiki.
Jessika ist nicht da. Trotzdem muss sie hier oben gewesen sein, denn auf dem Boden liegen die Holztiere von Gloria.
„Jessika!", brüllt Jonas. „Jessika, wo bist du?"

Statt einer Antwort macht sich auf einmal dein Arm selbständig! Eben noch hat die Kette ruhig an deiner Hand gehangen, da reißt sie dir jetzt den ganzen Arm nach vorn und zieht dich vorwärts, dass dir nichts anderes übrigbleibt, als hinterher zu stolpern. Kiki springt quieksend zur Seite. Du steuerst direkt auf die drei großen Truhen zu. Dumpf knallst du gegen die mittlere. Die Silberkette rutscht dir von den Fingern und bleibt auf dem Deckel liegen.

„Danke, Gloria!", hauchst du, nimmst die Kette und machst dich sofort am Schloss der Truhe zu schaffen.

„Sie muss da drin sein!", ruft Jonas aufgeregt, während er dir zur Hilfe eilt.

Gemeinsam stemmt ihr den Deckel hoch. Und da ist sie! In eine Ecke gekauert, mitten zwischen Glorias Kleidern und mit der Puppe Emmi im Arm hockt Jessika. Ihre Augen sind geschlossen, und sie ist sehr blass.

Mit einem Satz springt Jonas zu ihr in die Truhe. Dann nimmt er sie in den Arm und patscht ihr eine leichte Ohrfeige auf die Wange.

„He, Jessika, kleiner Nervkeks!", redet er auf sie ein.

Plötzlich schlägt Jessika die Augen auf. Gleichzeitig hörst du Kiki neben dir erleichtert aufseufzen.

„Jonas! ... Die Frau ... wo ist sie?", stammelt Jessika mit angstvoll aufgerissenen Augen.

„Es ist alles gut!", murmelt Jonas und drückt sie fest an sich.

Tränen kullern ihr übers Gesicht. „Ich wollte doch nur ... mit Gloria spielen ... hier oben", versucht sie zu erklären, „und da war auf einmal die Frau ... sie ist so böse ... wollte mich hier verstecken ... und da hat sie ... hat sie ..." Jessika schluchzt laut, dann erzählt sie weiter: „Sie hat gegrinst, als sie den Deckel zugeschlagen hat ... und die Luft ... immer weniger ..."

„Jetzt bist du in Sicherheit!", beruhigt Jonas seine Schwester. Unter weiteren heftigen Schluchzern jammert sie nur noch: „Ich will nach Hause!" Dann kuschelt sie sich fest an Jonas und weint leise vor sich hin.

Am nächsten Tag reisen Jonas und Jessika ab. „Danke für deine Hilfe!", sagt Jonas beim Abschied zu dir. „Hoffe, wir treffen uns mal wieder."
Auch Kiki fährt nach Hause.
Deine Tante und dein Onkel schütteln nur die Köpfe über das „wirre Zeug" – wie sich dein Onkel ausdrückt –, das ihr erzählt habt. Sie haben jedenfalls genug von diesen Aufregungen und dem Haus und ziehen schon wenige Wochen später um, samt Ponys.
Bennet bleibt noch einige Zeit dort, genau wie du. Ihr helft auch beim Umzug.
Von der Frau im schwarzen Kleid seht ihr nichts mehr.
Nur ab und zu merkst du, wie sich dir die Nackenhaare sträuben und ein kalter Windzug durch den Raum fegt. Dann erklingt ganz von selbst die Melodie aus der Spieldose, die du jetzt immer bei dir trägst, und es ist wieder vorbei.

Ende

Du tust einfach so, als ob alles vollkommen normal wäre. Mit einem Lächeln gibst du Jessika die Stoffpuppe. Sie strahlt dich an, drückt die Puppe fest an sich und läuft aus dem Zimmer. Jonas schaut ihr mit gerunzelter Stirn nach.

„Wie kann sie wissen, wie ...", beginnt er, doch du legst schnell einen Finger an deine Lippen, bis du sicher bist, dass sie außer Hörweite ist.

„Genau das sollten wir herausfinden!", antwortest du auf seine unvollendete Frage. „Komm! Lass uns beobachten, was sie macht!"

Auf leisen Sohlen schleicht ihr zur Galerie. Ein einziger Blick in die Halle hinunter genügt allerdings, um festzustellen, dass Jessika bereits weg ist.

„Wieso ist sie nicht mehr da? Sie ist doch eben erst aus deinem Zimmer raus. Und dann hab' ich ganz deutlich ihre Schritte auf der Treppe gehört. Spinn' ich oder was?", meint Jonas verblüfft.

„Sehr merkwürdig!", findest du auch. „Da bleibt uns wohl nichts anderes übrig, als sie zu suchen."

So tapert ihr nach unten, schaut in die Gemeinschaftsräume, die Bibliothek und das Esszimmer, aber nirgends entdeckt ihr eine Spur von ihr. Dann wendet ihr euch der Küche zu.

„Na, ihr beiden!", sagt Tante Vera freundlich, als ihr hereinkommt. „Habt ihr etwas Interessantes auf dem Dachboden gefunden?"

„Ja, so ein paar ganz hübsche Sachen", antwortest du ausweichend, denn du möchtest ihr jetzt nicht unbedingt etwas davon erzählen, was dort oben passiert ist. Nicht nur, dass es verrückt klingen würde! Tante Vera hat schon genug Sorgen, findest du. Schnell lenkst du ab: „Sag mal, hast du irgendwo Jessika gesehen?"

„Nein, aber soviel ich weiß, wollte sie draußen ein Picknick machen. Sie hat sich vorhin eine Packung Kekse und eine Flasche Saft dafür geholt."
„Oh, gut, danke!", sagst du und schiebst Jonas eilig aus der Küche, bevor deine Tante euch irgendwelche unangenehmen Fragen stellen kann.
Und ihr begebt euch schnurstracks zur Eingangstür.
„Okay, mal sehen, was Klein-Nervkeksi so treibt", meint Jonas erwartungsvoll und legt die Hand auf die schwere Türklinke.
„Moment noch!", hältst du ihn auf. „Lass uns ganz vorsichtig sein, damit sie bloß nichts merkt."
„Klar doch! Ich bin die Unauffälligkeit in Person! Wusstest du das nicht?" Jonas grinst dich frech an.
„Würd' nur gern wissen, was du dir vom Beobachten versprichst."
Das weißt du allerdings auch nicht so genau, und so zuckst du einfach nur mit den Schultern.
Mit einem noch frecheren Grinsen und einem „Na, denn!" öffnet Jonas die Tür, geht zwei Schritte vor, schaut nach links und rechts und verkündet schließlich: „Hier vorne ist sie jedenfalls nicht!"
„Gut, dann lass uns mal ums Haus gehen!", schlägst du vor und nickst in Richtung der linken Hausecke.

Wie Indianer auf dem Kriegspfad schleicht ihr dorthin. Wenn euch gerade jetzt jemand von oben aus dem Fenster sähe, würde er euch wahrscheinlich für absolut bescheuert halten, denkst du dir. Wieder ist Jonas dir ein paar Schritte voraus und späht um die Ecke des Gebäudes. „Nichts!"
„Dann muss sie hinten sein", sagst du und hoffst es zugleich.
Schon will Jonas wieder vorangehen, aber diesmal hakt sein T-Shirt an einer Ranke des Efeus fest, so

dass du ihn leicht überholen kannst. Er hatte sich wohl doch etwas dicht an die Mauer gelehnt. So bist du längst an der nächsten Ecke, während Jonas noch immer versucht, sich von den Ästchen zu befreien, ohne dabei sein T-Shirt zu zerreißen.

„Und? Was siehst du?", fragt er dementsprechend genervt.

„Gleich!", zischst du zurück und pirschst dich vorsichtig zu einem kleinen Busch vor, der fast direkt an der Mauer wächst. Hier hast du einen guten Blick über den gesamten hinteren Teil des Grundstücks.

Tatsächlich entdeckst du Jessika gar nicht weit von dir, halb hinter ein paar Sträuchern verborgen, nur wenige Meter neben dem Baum mit dem Baumhaus. Sie sitzt auf einer Decke, neben sich eine Puppe – wohl ihre eigene – und ihr gegenüber die Puppe Emmi. Dazwischen steht allerlei Puppengeschirr herum.

Du hörst, dass sie etwas erzählt und wie sie lacht, als würde sie sich mit den Puppen unterhalten, was sie allerdings sagt, kannst du nicht verstehen.

„Hey, da ist sie ja!", flüstert auf einmal Jonas hinter dir.

Das war so überraschend, dass du leicht zusammenzuckst. Er muss sich sehr schnell und sehr leise angeschlichen haben.

Etwas umständlich rutschst du ein wenig zur Seite, um für Jonas Platz zu machen, damit er sich neben dir hinhocken kann und gleichzeitig auch einen guten Ausblick hat. Endlich sitzt ihr dicht aneinandergedrängt in eurem Versteck. Viel Bewegungsfreiheit habt ihr nicht, denn der Busch, hinter dem ihr hervorlugt, ist recht klein. So bist du immer noch damit beschäftigt, deine Beine möglichst nicht zu sehr zu verknoten, weil du fürchtest, sie könnten

einschlafen, während Jonas schon wie gebannt seine Schwester anstiert.
„Das gibt's nicht!", ächzt er auf einmal.
„Was?" Irritiert folgst du seinem Blick und dir klappt der Kiefer herunter. Mit offenem Mund und stockendem Atem schaust du hinüber und kannst kaum glauben, was du dort siehst.
Eine der hübschen, kleinen, rosafarbenen Puppentassen hat sich soeben wie von unsichtbarer Hand von der dazugehörigen Untertasse erhoben, ist hochgeschwebt und wird gerade der Puppe Emmi an die Lippen geführt. Jessika scheint das nicht im Geringsten zu stören. Sie schwatzt munter weiter vor sich hin.
Du schluckst. Wie kann das sein? Sie muss die schwebende Tasse doch bemerkt haben! Es wirkt fast so, als ob sie das vollkommen normal findet. Schade nur, dass ihr nicht verstehen könnt, was Jessika erzählt!
„Wir müssen näher 'ran!", meint Jonas und spricht damit den Gedanken aus, der dir auch gerade in den Sinn kommt.
„Aber wie?", fragst du zurück. „Da ist keine vernünftige Deckung mehr in ihrer Richtung. Also können wir Anschleichen wohl vergessen!"
„Ja, leider!", stimmt Joans dir bedauernd zu. „Lass uns einfach ganz cool und lässig zum Baumhaus 'rüber schlendern! Dann wird sie uns zwar bemerken, aber vielleicht können wir was von ihrem Geplapper aufschnappen."
Da du keine bessere Idee hast, nickst du ihm schulterzuckend zu.
„Okay, auf Drei stehen wir auf und gehen 'rüber!", übernimmt Jonas das Kommando. „Eins! Zwei! Und Drei!"

Während Jonas recht zackig und schnell aufsteht, hast du leichte Schwierigkeiten mit deinen Beinen, die doch ein bisschen steif geworden sind und nun anfangen zu kribbeln. Ärgerlich massierst du dir die Kniekehlen, damit wenigstens so viel Leben in deine Beine kommt, dass du normal gehen kannst.
„Können wir?", fragt Jonas ungeduldig.
„Mhm, wird schon!", murmelst du und marschierst gemeinsam mit ihm los.
Gar nicht so einfach, besonders cool auszusehen mit diesen Kribbelbeinen! Trotzdem nähert ihr euch Schritt um Schritt dem Baumhaus und auch Jessika und ihrem Picknick.
Inzwischen steht die Puppentasse auf Emmis Schoß und Jessika verteilt Kekse auf die Teller. Sie ist so damit beschäftigt, dass sie euch überhaupt nicht hört oder sieht. Aber endlich versteht ihr, was sie sagt.

„Ach, und du möchtest auch noch einen?", fragt sie die Puppe Emmi und legt einen weiteren Keks auf Emmis Teller. „Ja, ich finde, diese Kekse schmecken wirklich sehr gut", plappert sie munter, „möchtest du noch etwas Saft, Schatzi?"
Bei diesen Worten schwebt die Tasse empor und bleibt über Emmi in der Luft stehen. Seelenruhig nimmt Jessika ein Kännchen und schenkt Saft in die Tasse ein. Das ist zu viel für Jonas!
Ein Schreckenslaut entfährt ihm, obwohl er sich beide Hände vor den Mund schlägt.
Jessika zuckt zusammen. Die eben noch schwebende Tasse fällt in Emmis Schoß, und der Inhalt ergießt sich über ihr Kleidchen.
Für einen Moment starrt ihr drei euch schweigend an, dann stammelt Jessika: „Äh, ... was macht ihr denn hier?" Dabei schaut sie mit schuldbewusstem

Gesichtsausdruck, als wenn ihr sie bei etwas Verbotenem ertappt hätte.

„Ähm, wir wollten dich nicht erschrecken", versuchst du die Situation zu retten. Sie muss ja schließlich nicht wissen, was ihr gesehen habt. Also erklärst du eilig: „Weißt du, wir wollten nur zum Baumhaus." Misstrauisch schaut Jessika von dir zu Jonas und wieder zu dir.

„Ja, genau!", sagt Jonas und grinst verlegen. „Ach, übrigens: Du hast die Puppe bekleckert!", lenkt er dann ab und deutet auf die durchnässte Emmi.

„Oh, nein!" In wilder Verzweiflung greift Jessika sich die Puppe und zerrt ihr das Kleid vom Leib.

Glücklicherweise ist der Saft nur wenig durch den dicken Wollstoff des Kleides hindurchgedrungen. Lediglich ein kleiner Fleck ist auf dem Stoffkörper der Puppe. Erleichtert drückt Jessika Emmi an sich.

„Ist ja nochmal gutgegangen, Schatzi!", seufzt sie. „Aber dein Kleid sieht furchtbar aus." Stirnrunzelnd betrachtet sie das Puppenkleidchen. Dann wendet sie sich wieder euch zu: „Was soll ich denn jetzt machen? Die Kleider von meiner Puppe passen Emmi nicht!" Sie schaut euch an, als ob sie sich von euch die Lösung dieses Problems erhofft.

„Und wenn du das Kleid wäschst, und bis es trocken ist, könntest du sie doch in irgendwas einwickeln, oder so ...", schlägt Jonas unsicher vor.

„Man merkt, dass du von sowas keine Ahnung hast", antwortet sie patzig, „natürlich werde ich das Kleid waschen, aber ich kann sie doch nicht ohne vernünftige Klamotten herumliegen lassen. Emmi braucht ein Ersatzkleid." Energisch schiebt sie ihr Kinn vor, um ihren Worten noch mehr Ausdruck zu verleihen.

Halb erstaunt, halb belustigt blickt Jonas auf sein Schwesterchen herab.
„Na, ja, es reicht ja, wenn du davon die absolute Ahnung hast. Mich interessieren Puppenkleider nun mal nicht!", kontert er.
Trotzig verzieht Jessika ihren Mund.
„Also, ich finde Jonas' Idee gar nicht schlecht", lenkst du schnell ein, bevor Jessika zu einer weiteren Predigt ansetzen kann.
Doch das scheint sie kaum zu beruhigen. Sie holt tief Luft. „Ihr seid unmöglich ...", beginnt sie zu schimpfen, stutzt jedoch ganz plötzlich, dreht sich um, starrt aufmerksam zu Emmis Picknickplatz und schweigt.
Hilfesuchend schaust du Jonas an. Der wirft dir einen merkwürdigen Blick zu, dann deutet er per Kopfnicken zu Jessika, wobei er eine komische Grimasse zieht. Tatsächlich wirkt ihr Verhalten sehr seltsam. Ihre verdüsterte Miene hellt sich auf, sogar ein flüchtiges Lächeln huscht über ihr Gesicht, wobei sie angestrengt auf irgendetwas oder irgendjemanden zu lauschen scheint. Ihr hört oder seht jedoch niemanden.
Keiner von euch beiden wagt es, sich zu bewegen oder einen Laut von sich zu geben, stattdessen beobachtet ihr nur dieses Geschehen, ohne zu wissen, was da eigentlich genau passiert.
„Ja, das ist gut!", durchbricht Jessika auf einmal die Stille, als würde sie einem unsichtbaren Gegenüber antworten. Mit geistesabwesendem Gesichtsausdruck wendet sie sich abrupt zu euch um, setzt sofort eine ernsthafte Miene auf und fragt euch direkt: „Könnt ihr nicht Emmis Kleider vom Dachboden holen?"
„Ähm, ... wieso?", stotterst du verblüfft.

Wie kann sie wissen, dass die Puppenkleider da oben sind? Ihr hattet sie in Glorias Truhe gelassen, weil sie euch nicht wichtig waren.
„Weil Emmi dringend ein neues Kleid braucht!", erklärt Jessika wie selbstverständlich.
„Da noch mal hoch?", stößt Jonas entsetzt hervor.

Nur zu gut ist ihm und dir noch in Erinnerung, welche Hölle vorhin auf dem Dachboden los war und wie knapp ihr davongekommen seid. Und nun erwartet Jessika allen Ernstes, ihr würdet da noch einmal hochgehen – wegen ein paar Puppenkleidern. Gut, sie weiß nicht, welch ein Spuk da getobt hat, trotzdem findest du ihre Bitte etwas übertrieben.

Allerdings wäre dies die Chance, endlich Jessikas Vertrauen zu gewinnen, denn sie weiß eindeutig Dinge, die sie eigentlich gar nicht wissen kann.
Unschlüssig schaust du Jonas an. Seinem nachdenklichen Schweigen zufolge, hegt er ähnliche Gedanken wie du.

„Was meinst du?", fragst du ihn vorsichtig.
„Ich? Warum ich?", gibt Jonas abwehrend zurück. Nach ein paar tiefen Atemzügen und einem schweren Schlucken fährt er jedoch wesentlich ruhiger fort: „Wenn du da nochmal ´rauf willst, okay. Dann geh' ich mit, zwar nicht gerne, aber ich lass dich nicht in Stich. Erwarte aber keine Entscheidung oder sowas von mir. Ich kann dir echt nicht sagen, ob es richtig oder falsch wäre. Also: Es ist allein dein Ding. Wenn du sagst, wir gehen, ist's auch okay."
Nun liegt es an dir.

Willst du noch einmal zusammen mit Jonas auf den Dachboden?

⇒ Dann lies auf Seite 240 weiter!

Oder ist dir das Risiko zu groß und du sagst nein?

⇒ Dann musst du auf Seite 245 weiterlesen!

Nachdem du hin und her überlegt hast, entscheidest du dich für Jonas' Vorschlag. Diese Geisterfrau hat dich dermaßen in Angst und Schrecken versetzt, dass du gern kontern würdest. Es wird Zeit zurückzuschlagen, findest du. Und du bist dabei ja nicht allein!

„Ich bin dafür, erstmal einen Gegenangriff zu starten", sagst du, „später können wir ja immer noch mit der Kleinen reden."

„Jepp!", ruft Jonas und schwingt die Faust. „Zeigen wir der Lady, was wir von ihr halten!"

Kiki sieht besorgt aus, stimmt aber auch mit einem Nicken zu.

„Dann sollten wir uns nächste Nacht in deinem Zimmer treffen", meint Jonas und grinst dir zu, „und wenn sie auftaucht, erlebt sie ihr blaues Wunder!"

„Wenn sie überhaupt auftaucht!", gibt Kiki zu bedenken.

„Ach, wird sie schon!", wischt Jonas alle Zweifel fort.

„Treffen ist also um Mitternacht angesagt – pünktlich zur Geisterstunde! Schätze, dann schlafen die anderen alle und träumen was Hübsches, während wir einer sehr alten Lady erstmal Manieren beibringen."

Das war's! Es ist beschlossene Sache, und keiner von euch verliert für den Rest des Tages noch ein Wort darüber. Nur die verschwörerischen Blicke, die ihr euch ab und zu heimlich zuwerft, rufen euch euer Vorhaben immer wieder in Erinnerung. Ansonsten vertreibt ihr euch die Zeit mit Herumwerkeln am Baumhaus, Tischtennis und Reiten üben mit Jessika, wobei Kiki die Reitlehrerin spielt und die Kommandos gibt. Nach dem Abendessen ist nicht mehr so viel los. Deshalb wirst du auch zunehmend nervöser. Was ist, wenn es nicht so abläuft wie geplant? Was ist, wenn

irgendwas Dummes dazwischenkommt – etwas, womit ihr gar nicht rechnet? Bald schon sagt Kiki, sie sei müde, und sie geht nach oben. Da du befürchtest, dass man dir an der Nasenspitze ansieht, wie aufgeregt du bist, nimmst auch du kurz danach Kikis Ausrede, um in dein Zimmer zugehen.
Dort setzt du dich aufs Bett und wartest. Das Licht ist an, und eigentlich gibt es keinen Grund, dich nicht besonders wohl zu fühlen. Dennoch bleibt ein merkwürdiges Ziehen in der Magengegend und dein Herz pocht rasend schnell.
Du schaust auf deinen Wecker: Es ist jetzt zehn Uhr. Noch zwei Stunden! Wie sollst du diese Zeit nur ´rumkriegen?
Zuerst versuchst du es mit Lesen. Der Krimi, den du eingepackt hattest, ist wirklich spannend. Nur leider kannst du dich überhaupt nicht darauf konzentrieren. Also packst du das Buch wieder weg, läufst eine Weile auf und ab und siehst schließlich aus dem Fenster. Du kannst allerdings nicht viel erkennen, gerade mal die Umrisse der Stallungen, denn der stockdunkle Himmel ist so wolkenverhangen, dass man kaum einen Stern entdecken kann.
Dann legst du dich einfach der Länge nach auf das Bett und starrst die Decke an. Hin und wieder drehst du deinen Kopf zur Seite, um auf den Wecker zu schauen. Die Zeit schleicht dahin: zwanzig vor elf, viertel vor elf, zehn vor elf. Kommt es dir nur so vor, oder vergeht die Zeit heute langsamer als sonst? Vielleicht solltest du einfach an etwas anderes denken? Vielleicht an die letzten Ferien ...
Es klopft an der Tür.
„Ja?", stößt du überrascht hervor, wobei dein Blick automatisch auf den Wecker fällt. Es ist schon kurz nach halb zwölf.

Die Tür öffnet sich und Jonas schlüpft herein. Leise schließt er die Tür wieder.
„Hi, da bin ich!", sagt er strahlend. „Hab's nicht mehr ausgehalten. Diese Warterei ist echt nervig."
„Hat dich jemand gesehen?", fragst du.
„Nö, obwohl zumindest deine Tante und dein Onkel noch wach sind. Die werkeln nämlich noch unten 'rum, Aufräumen und so 'n Kram. Aber offiziell schlaf' ich ja schon seit mindestens einer Stunde. Ich war ja so müde ..." Jonas grinst verschmitzt.
„Gut!", lobst du ihn. „Nun fehlt nur noch Kiki."
Zusammen mit Jonas zu warten ist wirklich viel angenehmer und auch lustiger. Während ihr gemütlich klönt, merkt ihr gar nicht, wie schnell die Zeit vergeht. Erst als es an der Tür klopft, fällt euch auf, dass es doch tatsächlich bereits kurz nach Mitternacht ist.
„Oh, die Geisterstunde ist schon angebrochen!", meint Jonas überrascht und deutet auf deinen Wecker.
„Ja, komm rein!", sagst du in Richtung Tür.
Doch anstatt, dass Kiki hereinkommt, klopft es noch einmal.
„Hä? Hat sie dich nicht gehört?", spricht Jonas das aus, was du denkst. „Kannst 'reinkommen!", ruft er etwas lauter.
Aber niemand kommt.
„Ist die taub?", meint Jonas kopfschüttelnd.
Bevor ihr noch das ganze Haus aufweckt, gehst du lieber zur Tür. Vorsichtig öffnest du sie einen Spaltbreit und reißt verdutzt die Augen auf. Weder Kiki, noch sonst irgendjemand ist da! Nur zu deinen Füßen liegt etwas: eine Pferdefigur.
„Merkwürdig!", murmelst du und nimmst sie hoch. Es ist ein braunes Pferd mit vollbeweglichen Beinen.

„Was soll 'n das?", fragt Jonas und zieht eine Grimasse.
„Die müsste Kiki gehören." So langsam dämmert dir etwas. „Sie hat mir heute Morgen davon erzählt. Das Geistermädchen, das Kiki letzte Nacht gesehen hat, fand diese Pferde wohl so toll und hat damit in ihrem Zimmer gespielt.
„Ja, und?" Jonas verzieht sein Gesicht noch um einiges mehr.
„Vielleicht hat die Kleine die Figur hierhergelegt", grübelst du laut, „und vielleicht war sie es auch, die geklopft hat." Dir ist jedoch selbst nicht ganz klar, warum die Kleine das tun sollte. Es sei denn ... „Kiki! Verdammt! Komm, Jonas!"
Und schon wetzt du los zu Kikis Zimmer. Du hoffst verzweifelt, dass du falsch liegst mit deiner Annahme, Kiki schwebe in Gefahr. Aber es passt alles zusammen: Sie ist noch nicht da, jemand – wahrscheinlich das kleine Mädchen – klopft bei euch, das Pferd als Hinweis auf Kiki und deine Nackenhaare, die sich aus unerfindlichen Gründen gesträubt haben, als du es aufgehoben hast.
Ohne dich lange mit Anklopfen aufzuhalten, reißt du die Zimmertür auf und stürmst hinein. Nach wenigen Schritten bleibst du jedoch wie angewurzelt stehen. Jonas ist kurz hinter dir, und auch er bremst mitten im Laufen.
Obwohl es dunkel ist, könnt ihr genug von dem erkennen, was sich in diesem Moment vor euren Augen abspielt. Die Frau im schwarzen Kleid ist da! Sie hat Kiki ganz hinten an die linke Wand gedrängt. Ihre Hand hat Kikis Kehle fest gepackt.
Kiki versucht verzweifelt sich aus diesem Griff zu lösen, aber die Frau scheint ungeheure Kräfte zu

haben, so dass Kiki sogar von ihr an der Wand hochgeschoben wird.
Plötzlich dreht sich die Frau zu euch um, ohne jedoch die wild strampelnde und röchelnde Kiki loszulassen. Mit durchdringendem Blick starrt sie euch an, das Gesicht verzerrt zu einem bösartigen Grinsen.
Wie gelähmt stehst du da. Du willst etwas tun, aber irgendwie schafft du es nicht, auch nur einen Finger zu rühren.
„Jonas, mach' das Licht an!", stößt du krächzend hervor.
Doch von Jonas kommt nur ein gepresster Stöhnlaut als Antwort.
Ihr Blick! Es ist ihr Blick, der dich lähmt! Du kannst die Augen allerdings nicht von ihr abwenden, so sehr du es auch versuchst.
Da lässt Kikis Gegenwehr auf einmal nach. Sie ist eindeutig am Ende ihrer Kräfte. Wenn du jetzt nichts tust ...
Mit dem Mut der Verzweiflung kneifst du deine Augen fest zusammen. Der Bann löst sich von dir. Und du tust das einzige, was dir einfällt. Du wirfst die Pferdefigur in die Richtung, in der du die Geisterfrau vermutest. Gleichzeitig rennst du auf sie zu. Ein Schrei entfährt dir. Und du springst!
Noch im Sprung öffnest du die Augen. Du siehst noch einen schwarzen Schatten vor dir, dann spürst du eisige Kälte, die dir den Atem raubt. Du fällst in bodenlose Tiefe. Alles um dich her ist schwarz. Dein Schrei klingt wie ein Echo zurück. Oder ist es Jonas, der schreit?
„He, komm zu dir!" Jemand patscht dir auf die Wangen. Die Stimme scheint ziemlich weit weg zu sein. Da sind viele Stimmen. Vor deinen Augen flackert Licht. Ein verschwommenes Gesicht ist vor

dir, nein zwei. Die Gesichter werden deutlicher, und du erkennst Jonas und deinen Onkel. Dir ist schlecht, und du bist klitschnass von kaltem Schweiß.
„Na, geht's wieder?", fragt dein Onkel.
„Denke schon!", sagst du schwach.
Langsam richtest du dich auf. Neben dir auf dem Boden hocken Jonas und dein Onkel. Deine Tante und auch Bennet stehen am Bett, auf dem die reglose Kiki liegt.
„Was ist mit Kiki?", fragst du.
„Sie ist noch bewusstlos", erklärt dein Onkel. „Was ist hier eigentlich passiert?"
„Tja, das ist eine lange Geschichte ...", meint Jonas, dann schaut er dich mit seltsam glänzenden Augen an und sagt: „Du weißt, dass du Kiki das Leben gerettet hast, nicht wahr? Dein Hechtsprung war echt einsame Spitze!"

Nach wenigen Tagen ist Kiki wieder vollkommen in Ordnung, jedenfalls so in Ordnung, wie man nach einem solchen Erlebnis sein kann. Bei deiner Tante und deinem Onkel zieht erst einmal für viele Wochen ein ganzer Trupp Parapsychologen – Experten für übersinnliche Dinge – ein. Das ist auch ganz gut so, findest du, denn weder Jonas, noch du, und schon gar nicht Kiki habt jetzt noch Interesse daran, euch mit diesem Spuk zu beschäftigen. Sollen doch andere ihren Hals riskieren!

Ende

So gut dir der Gedanke auch gefällt, direkt gegen die Geisterfrau vorzugehen – noch dazu mit Verstärkung, irgendwie klingt Kikis Vorschlag wesentlich vernünftiger. Schließlich wollt ihr ja den Spuk beenden, und das bedeutet, dass es sinnvoller ist, ruhig und überlegt zu handeln. Vielleicht bringt euch das kleine Mädchen der Lösung des Problems näher, denn wenn ihr es tatsächlich schafft, einen Kontakt zu der Kleinen herzustellen, dann hat sie sicher nützliche Informationen für euch. Möglich wäre es jedenfalls, dass sie so Einiges über die Frau weiß.
Ein Kampf mit der „Lady" kommt wahrscheinlich noch früh genug – schätzungsweise früher, als euch lieb ist.
Da dich Jonas und Kiki nun schon eine ganze Weile erwartungsvoll anschauen, verkündest du jetzt endlich deine Entscheidung: „Ich bin dafür, zuerst die Kleine anzusprechen, zumindest könnten wir es versuchen."
Kiki lächelt ein wenig stolz, während Jonas verbissen seine Lippen aufeinanderpresst und die Stirn in steile Falten zieht.
Damit er nicht beleidigt ist, fügst du schnell hinzu: „Versteht mich nicht falsch! Ich hätte wirklich Lust, dieser Frau eins auszuwischen, immerhin hat sie mich fast zu Tode erschreckt. Und das kommt auch noch, so wahr wie wir hier sitzen! Trotzdem denke ich, wir sollten zuerst versuchen, etwas über sie herauszufinden. Und wer könnte am ehesten etwas über sie wissen? Gespenst Nummer zwei natürlich!"
„Das mag schon sein, aber es geht doch nicht nur darum, etwas gegen diese böse Frau zu unternehmen", wendet Kiki ein. „Ich find's jedenfalls sehr traurig, dass hier ein kleines Mädchen spukt, ich mein', na ja, das heißt ja wohl, dass sie schon als Kind gestorben sein muss." Kiki schluckt hörbar. „Und was

irgendwie noch schrecklicher ist: Sie findet anscheinend keine Ruhe!"
Du fröstelst, obwohl es eigentlich sehr warm ist. Kiki hat Recht. Offenbar ist hier etwas Furchtbares passiert, das den Spuk ausgelöst hat.
„Ja, stimmt! Wir sollten mal sehen, ob die Kleine mit uns spricht", meint Jonas nachdenklich, holt tief Luft und seine Stimme bekommt einen bedrohlichen Unterton, als er weiterredet, „und wenn die Lady da ihre Finger im Spiel haben sollte, also für das Unglück der Kleinen auch nur einen Hauch verantwortlich ist, dann kann die sich auf was gefasst machen, 'ne doppelte und dreifache Breitseite ist das Mindeste."
Jonas' Augen sprühen beinahe Funken, so sauer ist er.
Es ist also beschlossene Sache – und zwar einstimmig.
„Treffen wir uns also heute Nacht bei mir im Zimmer, vor Mitternacht, so gegen elf, würd' ich sagen! Ich brauch' jetzt dringend noch vor dem Essen einen Ausritt mit Schneeflocke, um auf andere Gedanken zu kommen", beendet Kiki euer Treffen im Baumhaus.
Ja, das braucht ihr jetzt alle drei: andere Gedanken. Während Kiki kurz darauf in schnellem Galopp mit ihrem Lieblingspony davonprescht und Jonas mit Feuereifer Holz für den Kamin hackt – zum Abreagieren, wie er meint –, bummelst du über den Hof und die angrenzenden Weiden, um dich in der Sonne aufzuwärmen und die tiefsitzende Kälte aus deinen Knochen zu vertreiben.
Was auch immer nächste Nacht geschehen mag, schlimmer als die letzte kann es nicht werden – so hoffst du jedenfalls.
Ein Zitronenfalter flattert, sanft im leichten Wind schaukelnd, an dir vorbei und lässt sich auf einer Mohnblume am Wegrand nieder. Das sieht einfach

hübsch aus und wirkt unendlich friedlich. Du hast keine Lust mehr, diesen düsteren Gedanken nachzuhängen. Müde lässt du dich ins weiche Gras sinken, lehnst dich an einen Zaunpfahl und beobachtest den knallgelben Falter auf der roten Blüte. Die Farben passen gut zusammen, dazu das satte Grün der Gräser. Du schaust zurück zum Hof. Die dunkelgrünen Efeuranken, die am Gebäude emporklettern, glänzen im Sonnenlicht. Von hier aus erscheint selbst dieses Haus wunderschön und friedlich. Wäre da nicht ..., doch daran willst du jetzt nicht denken.

Und so versuchst du den gesamten Rest des Tages, mehr oder weniger erfolgreich, den Spuk zu vergessen. Leider erinnern dich immer wieder irgendwelche Kleinigkeiten an die bevorstehende Nacht, und seien es nur die Blicke von Jonas oder Kiki beim Mittagessen, obwohl ihr nicht mehr darüber sprecht, ja keiner von euch auch nur die leiseste Andeutung macht.

Als im Laufe des Nachmittags die Sonne tiefer am Himmel steht und die Schatten länger werden, wirst du langsam nervös. Nicht nur, dass du jeden Schatten argwöhnisch beobachtest, weil du bei jedem zumindest für einen kurzen Moment befürchtest, er könne sich selbständig machen, du ertappst dich selbst auch immer öfter dabei, wie du auf deine Armbanduhr schaust und insgeheim die verbleibenden Stunden bis zu eurem Treffen zählst. Dabei schwanken deine Gefühle zwischen einem neugierigen Kribbeln und blanker Panik. Es ist zum Verrücktwerden.

Aber anscheinend bist du mit dieser merkwürdigen Nervosität nicht allein, denn beim Ställe ausmisten am späten Nachmittag zusammen mit Jonas, Kiki und

deiner Tante bemerkst du bei Kiki einen überschwänglichen Eifer vermischt mit kurzen nachdenklichen Pausen, in denen sie nicht nur Löcher in die Luft starrt, sondern diese geradezu hypnotisiert. Währenddessen ist Jonas äußerlich die Ruhe selbst, innerlich brodelt es jedoch offenbar in ihm. Das fällt besonders auf, als ihr frische Einstreu in den Boxen verteilen wollt. In einem unnötigen Kraftaufwand schultert er zwei Heuballen gleichzeitig und marschiert damit schwankend los. Doch schon nach wenigen Schritten rutscht ihm der eine Ballen von der Schulter. Beim verzweifelten Versuch, wenigstens den anderen zu halten, verliert er das Gleichgewicht und fällt der Länge nach hin. Nun kocht er vollends über! Mit einem Wutschrei stürzt er sich auf die Heuballen und fetzt sie auseinander.
Deine Tante schüttelt nur mit dem Kopf und meint: „Es ist ja nett, dass du das Heu auseinanderpflückst, wir wollten es eh in die Boxen streuen, aber man könnte meinen, du wolltest das arme, unschuldige Heu ermorden!"
Ja, das kannst du nur bestätigen: Es sieht tatsächlich so aus! Jonas lässt sich allerdings nicht davon abhalten weiterzumachen – das will auch keiner von euch.
Schweigend seht ihr zu, wie er weitertobt und die Ballen auseinanderreißt, bis er schließlich schnaufend und schwitzend zwischen der fertigen Arbeit zusammensinkt. Er atmet noch ein paarmal schwer durch, dann schaut er euch frech grinsend an und sagt: „So! Heuballen gekillt! Die wagen's nicht mehr, einfach runterzufallen."
Kaum seid ihr in den Ställen fertig, da hetzt deine Tante schon wieder in die Küche, um das Abendessen

vorzubereiten. Arme Tante Vera, denkst du und folgst ihr, denn Hilfe kann sie zurzeit wirklich brauchen.
Kurz bevor der Tisch gedeckt ist, kommt dein Onkel endlich aus der Stadt zurück. Freudestrahlend nimmt er seine Frau in den Arm.
„Mit ein bisschen Glück haben wir in ein paar Tagen eine neue Köchin!", verkündet er.
„Oh!", stößt deine Tante überrascht hervor. „Wie hast du das denn geschafft?"
„Das erzähl' ich dir beim Essen. Ich hab' 'nen Bärenhunger!", antwortet er geheimnisvoll schmunzelnd.
Als ihr alle zusammen beim Abendbrot sitzt, erklärt er zwischen vielen Scheiben Schinkenbrot, dass er eine Frau gefunden habe, die gerade arbeitslos geworden sei und schon als Köchin angestellt war. Außerdem würde sie Pferde sehr lieben.
Während dein Onkel erzählt, wandern deine Gedanken wieder einmal zu der bevorstehenden Nacht. Kiki und Jonas wirken beide sehr ruhig und nachdenklich. Trotzdem kannst du ihre Nervosität beinahe körperlich spüren. Warum muss die Zeit bis dahin nur so schleppend vorangehen? Die Warterei ist schlimmer als alles andere, was kommen mag!
Auch den Rest des Abends kriecht die Zeit im Schneckentempo. Ihr versucht, euch eine Weile mit Tischtennisspielen und später mit Monopoly abzulenken. Dann endlich, gehen Jessika und Bennet zu Bett, weil sie sehr müde sind. In dieser allgemeinen Aufbruchstimmung schließt ihr euch schnell an.
Schließlich müsst ihr, Jonas und du, ja noch heimlich in Kikis Zimmer hinübergelangen. Vorerst trennt ihr euch oben auf dem Flur, wünscht euch eine gute Nacht und jeder geht in sein Zimmer.

Da bist du nun, ganz allein! Dein erster Handgriff zielt direkt zum Lichtschalter. Hell flammt das Deckenlicht auf. Viel besser! Ein Blick auf deinen Wecker verrät dir, dass es noch fast zwei Stunden bis zu eurem Treffen sind. Das darf nicht wahr sein, denkst du und setzt dich tief seufzend aufs Bett. Dann schaust du auf deine Armbanduhr, nur um sicherzugehen, aber die sagt leider das gleiche! Es bleibt dir nichts anderes übrig, als diese zwei Stunden auch noch totzuschlagen!

Zuerst grübelst du darüber, wie du nachher am besten unbemerkt in Kikis Zimmer kommst, nur für den Fall, dass dir jemand auf dem Flur begegnet. Dieses Problem ist allerdings schnell gelöst: Ihrem Zimmer gegenüber befindet sich das Badezimmer. Was spricht also dagegen, wenn du so spät noch einmal ins Bad gehst? Und von dort aus dürfte es einfach sein.

Als nächstes räumst du auf, obwohl eigentlich alles sehr ordentlich ist. Danach ziehst du dir dicke Socken und eine kuschelig warme Jogginghose an. Immerhin könnte es kalt sein!

Da schießt dir ein beunruhigender Gedanke in den Kopf: Was ist, wenn deine Tante noch einmal kommt, um nach dir zu sehen? Und du bist womöglich gar nicht mehr hier? Dieses Problem löst du auf die klassische Methode: Sorgfältig polsterst du die Bettdecke aus, damit es so aussieht, als ob du darunter liegst. Wofür die dicken Pullover, die du unnötigerweise eingepackt hattest, nicht alles gut sind? Schließlich betrachtest du stolz dein Werk. Hättest du gar nicht gedacht, dass das so echt wirkt! Darauf könnte sogar die Geisterfrau reinfallen. Nein, an die willst du jetzt nicht denken!

Du schüttelst dich und schaust unruhig zum Wecker. Noch immer fast eine Stunde! Nun reicht's aber! Egal, denkst du dir, dann tauchst du eben zu früh bei Kiki auf. Entschlossen gehst du zur Tür, öffnest sie vorsichtig und spähst in den Flur hinaus.
Es ist niemand da. Du schlüpfst aus deinem Zimmer. Mit einem kurzen Blick zurück vergewisserst du dich, dass es tatsächlich so scheint, als würdest du friedlich in deinem Bett schlafen, und du knipst die Deckenlampe aus. Auf dem Flur ist es nicht so stockfinster, wie du befürchtet hattest, da ein schwacher Lichtschimmer aus der Eingangshalle nach oben dringt.
Ganz gemächlich schlenderst du in der Mitte des Ganges ein paar Türen weiter, bis du genau zwischen Kikis Zimmer links von dir und dem Bad auf der rechten Seite stehst. Jetzt schnell! Du wendest dich nach links. Anklopfen? Ist wohl besser, überlegst du. Gerade hast du deine Faust dazu erhoben, als du hörst, wie hinter dir die Badezimmertür geöffnet wird. Unwillkürlich zuckst du zusammen. Dann drehst du dich langsam um und starrst direkt in Jonas' Grinsgesicht.
„Na, hast es auch nicht mehr ausgehalten?", flüstert er dir zu.
Erleichtert, dass es nur Jonas ist, lächelst du zurück und nickst.
Inzwischen ist Jonas schon an der Tür, klopft sachte dagegen und öffnet sie einen Spalt, ohne eine Antwort von drinnen abzuwarten. Kiki sitzt im Schneidersitz auf ihrem Bett, schaut euch freudig überrascht an und winkt euch herein.
„Gut, dass ihr schon da seid!", begrüßt sie euch, bevor ihr überhaupt ganz im Zimmer steht.

„Wieso?", fragt Jonas, während er die Tür hinter euch leise schließt.

„Na ja, diese Warterei ist ganz schön nervtötend", meint Kiki, „irgendwie scheint der Tag heute länger zu sein als sonst, wenn du verstehst, was ich meine."

„Oh ja!", stimmt Jonas zu. „Die Zeit ist heute wie ein Kaugummi. Sie zieht sich immer länger und länger und noch ein bisschen länger hin."

Gut, es ist also nicht nur dir aufgefallen!

„Als wenn die Zeiger der Uhren sich in Zeitlupe bewegen", sagst du tief seufzend.

„Komisch, nicht?" Kiki schüttelt den Kopf. „Das kommt uns bestimmt nur so vor."

„Kann sein", meint Jonas, „trotzdem ist's nervig."

Und er pflanzt sich Kiki gegenüber auf den Teppich. Kiki wirft ihm und dir Kissen zu, und nun versuchst auch du, es dir möglichst bequem zu machen. Dann wartet ihr schweigend, dass irgendetwas passiert – was auch immer.

Du schaust dich im Zimmer um. Es ist ähnlich eingerichtet wie deines. Auf der Kommode stehen die Pferdefiguren, von denen Kiki erzählt hat. Ein paar davon haben Sattel und Zaumzeug, bei einem der Pferde ist sogar die Mähne kunstvoll geflochten. Tja, Kiki ist eben eine echte Pferdenärrin! So sind auch auf ihrer Bettwäsche galoppierende Pferde, und – du glaubst für einen Augenblick, nicht richtig zu gucken – auf ihrem Schlafanzug erkennst du ein feines, dezentes Hufeisenmuster.

„Langweilig!", mault Jonas plötzlich. „Es ist todlangweilig! Wieso kommt sie nicht endlich?"

„Weiß auch nicht", antwortet Kiki, „dabei hab' ich extra nur die kleine Nachttischlampe angemacht, um sie nicht zu verscheuchen. Vielleicht traut sie sich nicht oder sie spukt erst ab Mitternacht."

Du schaust auf deine Armbanduhr und stellst entsetzt fest: „Bis dahin sind's noch anderthalb Stunden!"
Jonas stöhnt auf: „Bis dahin bin ich schon gestorben – vor Langeweile!"
„Dann lasst uns doch was spielen!", schlägt Kiki vor.
„Was haltet ihr von Scrabble? Das hab' ich nämlich hier oben."
„Was ist 'n das für 'n Spiel?", fragt Jonas.
Kiki erklärt nun lang und breit, dass man aus Buchstaben Wörter zusammensetzen muss, dass es dafür Punkte gibt und wie die einzelnen Buchstaben dabei gewertet werden. Jonas' Gesicht spricht Bände: Er scheint keine große Lust zu haben, seine Gehirnzellen um diese Zeit noch derart anzustrengen.
Schließlich fragt Kiki: „Und, was ist? Wollt ihr spielen?"
„Ist mir Wurscht!", meint Jonas nicht besonders begeistert. „Andererseits ist's so auch langweilig. Entscheide du!" Und er sieht dich an!
Kikis Blick wendet sich ebenfalls dir zu. „Ja, genau, du hast noch gar nichts dazu gesagt."
Was meinst du? Willst du Scrabble spielen? Vielleicht vergeht die Zeit dann schneller, vielleicht aber auch nicht.

Du willst Scrabble spielen, damit diese furchtbare Langeweile endlich aufhört.

⇒ Lies weiter auf Seite 250!

Du hast wirklich keine Lust, Scrabble zu spielen.

⇒ Dann lies auf Seite 257 weiter!

„Dann lass es uns gleich heute Abend noch in Angriff nehmen", sagst du mit einem aufmunternden Lächeln. Nein, du bist nicht mehr sauer. Irgendwie war es albern, sich überhaupt über das Pech, Onkel Robert zu verpassen, zu ärgern, findest du so im Nachhinein.

„Und ich bin nicht sauer", fügst du deshalb noch hinzu. Nichts wäre jetzt schlimmer, als sich womöglich mit Kiki wegen irgendwelcher Kleinigkeiten zu verkrachen. Schließlich seid ihr beiden wahrscheinlich die einzigen, die wissen, was hier nicht stimmt.

„Gut, machen wir!", meint Kiki deutlich erleichtert. Anscheinend möchte auch sie keine blöden Streitereien.

Kaum hat sie die Schüsseln, die sie balanciert hat, abgestellt, ruft sie: „Dann bis nachher! Ich muss zu Schneeflocke!" und ist auch schon wieder verschwunden.

Schmunzelnd sagt deine Tante: „Diese Kiki! Eine echte Pferdenärrin!"

„Ja!", stimmst du zu und erinnerst dich noch sehr genau an die morgendliche Lehrstunde im Ponystriegeln. Schon allein aus diesem Grunde ist Kiki die ideale Verbündete. Sie würde ihre Ponys, insbesondere Schneeflocke, nicht einfach aufgeben und abreisen.

Die Frage ist nur, ob eure Nachforschungen in der Bibliothek zu irgendetwas führen werden. Es wurmt dich ein bisschen, nun bis zum Abend zur Untätigkeit verdammt zu sein, wobei es auch noch mehr als unwahrscheinlich ist, dass ihr ausgerechnet in dem Bücherschrank die Antwort auf alle eure Fragen finden werdet. In dem Punkt hat Kiki Recht. Trotzdem sagt dir dein Gefühl: Dort ist etwas Wichtiges!

„Hallo? Bist du noch da?", reißt dich Tante Vera aus deinen Gedanken.
„Äh, ja, wieso?", antwortest du und versuchst, besonders aufmerksam zu wirken.
„Es scheint fast so, als ob du über etwas nachgrübelst", meint deine Tante. „Ist alles in Ordnung?"
„Ja sicher!", sagst du schnell und siehst zu, dass du aus der Küche kommst, bevor sie weitere Fragen stellen kann, zumal du mittlerweile allein mit ihr dort stehst.
Wo sind die anderen nur so schnell hin? Oder: Wie lange hast du schon so vor dich hingeträumt? Hoffentlich ist deine Tante nicht misstrauisch geworden!
Auf dem Weg nach draußen bleibst du einen Moment in der Eingangshalle stehen. Du stutzt und kannst nicht einmal genau sagen, warum. War da nicht eine Bewegung links von dir? Aber da ist nichts, nichts außer der Bibliothek. Die Tür ist offen, so dass dein Blick direkt auf den Vitrinenschrank mit den alten Büchern fällt. Davor steht Bennet! Er schaut interessiert durch die Glastür und studiert anscheinend die Buchtitel.
In diesem Augenblick poltert es hinter dir. Jonas kommt mit großen Schritten die Treppe herunter.
„Hey, kommst du nachher mal ins Baumhaus?", fragt er dich. „Hab' drinnen noch Einiges verbessert. Musst du dir unbedingt ansehen!"
„Ja klar, mach' ich!", versprichst du ihm grinsend, während gleichzeitig eine neue Frage in deinem Kopf herumspukt: Wieso interessiert Bennet sich für die Bücher?
Kaum ist Jonas nach draußen gewetzt – er hat es wohl sehr eilig, zu seinem geliebten Baumhaus zu

kommen –, wendest du dich der Bibliothek zu. Nun willst du der Sache auf den Grund gehen. So ein vollkommen lockeres Gespräch mit Bennet kann schließlich nicht schaden.
Doch als du den Raum betrittst, stellst du fest, dass du allein zwischen den Bücherregalen stehst. Verwirrt schaust du dich um: die Regale, der Schrank, die gemütliche Sitzecke zum Lesen, aber kein Bennet. Jetzt verstehst du gar nichts mehr! Er war doch eben noch da! Und er kann nicht rausgegangen sein, ohne dass du es bemerkt hättest, denn dann hätte er an dir vorbeigehen müssen. Wie kann das sein? Bist du jetzt vollends dem Wahnsinn verfallen? Du brauchst Luft, viel Luft! Fast panikartig verlässt du die Bibliothek, rennst durch die Eingangshalle und stürzt nach draußen.
Tief saugst du die Luft in dich hinein und genauso tief atmest du wieder aus. Der Himmel über dir ist strahlend blau. Du genießt die Wärme der Sonnenstrahlen und den leichten Wind, der über dein Gesicht streicht. Ein wenig gelassener als vorher schaust du dich um.
Plötzlich glaubst du, deinen Augen nicht zu trauen! Nicht weit von dir, auf halbem Weg zu den Stallungen sitzt Bennet im Gras, den Rücken an den Stamm eines kleinen Apfelbaumes gelehnt, mit geschlossenen Augen, anscheinend vor sich hindösend.
Solltest du dich so sehr getäuscht haben? Hast du ihn womöglich gar nicht in der Bibliothek gesehen? Hat dir deine Fantasie einen Streich gespielt? Und doch weißt du eigentlich genau, dass er eben noch dort war. Wie geht das? Kann es sein, dass du Bennets Geist gesehen hast? Aber das würde bedeuten ...

Darüber willst du nicht nachdenken. Viel wichtiger ist es jetzt, schnellstens nachzuschauen, ob er in Ordnung ist. So steuerst du direkt auf ihn zu.

Bennet scheint friedlich zu schlafen. Selbst als du genau vor ihm stehst, zeigt er keinerlei Regung. Nervös kniest du dich neben ihm hin und berührst ihn ganz vorsichtig am Arm. Seine Haut fühlt sich kalt an. Nur den Bruchteil einer Sekunde steigen die schlimmsten Befürchtungen in dir hoch, ihm könne etwas passiert sein, dann fährt ein Schauer durch seinen Körper und er schlägt die Augen auf. Erleichtert seufzend lässt du dich ins Gras sinken.

Bennet hustet einmal, räuspert sich und sagt ein wenig verlegen: „Hallo, äh, ist irgendwas?" Dabei versucht er, dich anzusehen, aber sein Blick wirkt vollkommen abwesend und verschleiert.

„Tschuldigung! Ich wollte dich nicht wecken", murmelst du schnell, bist dir allerdings nicht sicher, ob er wirklich geschlafen hat.

„Ich habe nicht geschlafen", bestätigt er auch gleich deine Annahme, während er ein paarmal seine Augen zusammenkneift und sich dann mit den Fingerspitzen die Stirn massiert.

„Alles in Ordnung?", fragst du ihn.

„Ja, ich denke schon!" antwortet Bennet, obwohl er nicht so aussieht, als würde das stimmen, denn seine Hände beginnen zu zittern. „Sag' mal, den Schlüssel für den Vitrinenschrank in der Bibliothek, den hat doch dein Onkel, nicht wahr?", fragt er plötzlich.

„Ja, warum?", stellst du sogleich die Gegenfrage.

„Ach, nur so", weicht er aus und reckt und streckt sich, als wenn er jeden Moment aufstehen will.

Und nun? Was willst du jetzt machen?

Willst du ihn einfach gehen lassen, ohne weiter nachzufragen?

⇒ In diesem Fall lies weiter auf Seite 269!

Oder willst du ihn aufhalten und versuchen, mehr herauszukriegen?

⇒ Dann lies weiter auf Seite 276!

„Lass uns das morgen machen", antwortest du Kiki knapp, stellst das Geschirr ab und gehst ohne ein weiteres Wort aus der Küche.

Gut, das war wohl etwas schroff und abweisend, aber du hast einfach keine Lust, dich mit Kiki zu unterhalten. Und so überlegst du gleich darauf, wohin du dich verkrümeln könntest, damit du erstmal Ruhe vor ihr hast. Da gibt es nur einen wirklich sicheren Ort: dein Zimmer. Du rennst die Treppe hoch und schnurstracks den Flur entlang genau dorthin. Doch was willst du hier den ganzen Nachmittag machen? Na klar: lesen! Das Buch, in dem du schon vorhin geschmökert hast, ist ein sehr spannender Krimi.

Wie bereits am Vormittag legst du dich auf dein Bett, schnappst dir das Buch und liest Seite für Seite, Kapitel für Kapitel, während durch das Fenster warme Sonnenstrahlen fallen, die dich langsam schläfrig werden lassen. Bald sackt dein Kopf auf das aufgeschlagene Buch.

Der Detektiv in deinem Krimi verhört die Frau mit dem schwarzen Kleid – sie verwandelt sich in ein schreckliches Monster – der Detektiv weicht ein paar Schritte zurück – dann erstarrt er mitten in der Bewegung zu Stein – jetzt wendet sie sich dir zu ...

Schweißgebadet schreckst du hoch. Du hast geträumt. Es war nur ein Alptraum, sagst du dir, während du dich hektisch umsiehst. Die Frau ist nicht da. Alles ist in Ordnung.

Du hast keine Ahnung, wie lange du geschlafen hast, aber ein Blick auf deinen Wecker zeigt dir, dass es einige Stunden gewesen sein müssen. In ungefähr einer halben Stunde gibt es schon das Abendessen. So kannst du da auf keinen Fall auftauchen. In Windeseile suchst du nach einem großen Handtuch,

frischen Klamotten und deinem Duschgel, wetzt ins Badezimmer und erfrischst dich unter dem lauwarmen Wasser der Brause.
Wenig später und immer noch pünktlich erscheinst du im Esszimmer. Es sind noch nicht einmal alle da, Jonas und Kiki fehlen noch.
„Hallo", begrüßt dich dein Onkel, „wo hast du denn gesteckt?" Er ist zurück!
„Ach, ich hab' oben in meinem Zimmer gelesen", erklärst du.
Bevor du ihn auf den Schlüssel zum Vitrinenschrank ansprechen kannst – die Gelegenheit ist gerade günstig –, tut er es schon: „Vera hat mir erzählt, du möchtest den Schlüssel für den Schrank in der Bibliothek haben. Bist wohl 'ne echte Leseratte, was?" Und er drückt dir den Schlüssel in die Hand. Du hast ihn! Endlich!
Nur einen Moment später kommen Kiki und Jonas ins Zimmer. Du lässt den Schlüssel schnell in deiner Hosentasche verschwinden. Jetzt bist du dir nämlich gar nicht mehr so sicher, ob du wirklich mit Kiki zusammen in den alten Büchern stöbern willst. So vertraut, wie die beiden leise miteinander reden, scheint es, als wenn Kiki Jonas doch eingeweiht hat.

Während des Abendessens verstärkt sich dieser Eindruck noch. Dein Onkel erzählt munter, was er alles in der Stadt erreicht hat, dass zum Beispiel schon in der nächsten Woche eine neue Köchin anfangen wird. Jessika berichtet stolz von ihren Fortschritten beim Reiten, die deine Tante voller Lob bestätigt. Selbst der sonst eher schweigsame Bennet beteiligt sich an der Unterhaltung, indem er deinen Onkel und deine Tante mit Fragen über die Tiere, die er beobachtet hat, löchert. Nur Kiki und Jonas sagen kaum ein Wort. Ab und zu tuscheln sie allerdings mit zusammengesteckten Köpfen – so leise, dass du leider nichts verstehen kannst. Als sie sich dann auch noch verschwörerisch zuzwinkern, steht dein Entschluss fest: Du wirst diesen Schrank allein untersuchen, und zwar in der Nacht, wenn dich niemand dabei stört!

Da du nun noch weniger darauf erpicht bist, mit Kiki zu reden, weichst du ihr nach dem Essen gleich aus und machst einen gemütlichen Abendspaziergang – allein. Du brauchst dringend frische Luft, zum einen um deine Gedanken zu ordnen, die dir wild im Kopf durcheinander wuseln, zum anderen um sehr tief durchzuatmen, bevor du dir die Nacht um die Ohren schlägst. Vielleicht ist es doch nicht so gut gewesen, fast den ganzen Tag in deinem Zimmer zu verbringen. Und das bei diesem schönen Wetter! Trotzdem gehst du gleich nach deinem Spaziergang wieder nach oben, weil du keinen von den anderen sehen möchtest.

Du kuschelst dich also wieder in dein Bett und liest weiter. Was solltest du auch sonst machen? Außerdem hast du das Buch fast durch – nur noch zwei Kapitel. Einmal, irgendwann im Laufe des Abends, schaut deine Tante herein und fragt dich, ob alles in Ordnung ist. Ansonsten gibt es keine weiteren Störungen.

Als du deinen Krimi zu Ende gelesen hast, räkelst du dich in den Kissen und starrst eine Weile die Decke an. Dann erst schaust du auf den Wecker. Es ist schon halb zwölf, eine halbe Stunde vor Mitternacht! Tatsächlich ist es draußen auch schon stockfinster, ist dir vorher gar nicht aufgefallen. Schätzungsweise dürften wohl alle schlafen, denkst du dir. Also kannst du es wagen!

Mit dem Schlüssel in der Hosentasche, aber leider ohne Taschenlampe – du hast sie zu Hause liegen lassen – machst du dich auf. Auf Strümpfen, damit du ganz leise auftrittst, schleichst du den dunklen Flur entlang. Deine Zimmertür hast du lieber geschlossen, denn falls noch jemand wach ist, könnte der Lichtschein dich verraten. Dir ist einfach wohler bei dem Gedanken, nachher in ein helles Zimmer zu kommen. Sonst hättest du das Licht natürlich auch ausmachen können. So bleibt dir nun nichts anderes übrig, als dich vorsichtig an der Wand entlangzutasten. Wie konntest du nur die Taschenlampe vergessen?

Du hast fast das Ende des Flures erreicht, da fällt dir ein schwacher Lichtstreifen auf der linken Seite auf. Unter einer Tür schimmert ein klein wenig gedämpftes Licht durch. Das muss Kikis Zimmer sein, wenn du dich nicht täuschst! Schnell schleichst du weiter bis zur großen Treppe. Das fehlt gerade noch, dass ausgerechnet sie dich erwischt. Aber alles bleibt still. Die einzigen Geräusche, die du hörst, sind deine eigenen leisen Schritte, dein Atem und dein viel zu laut klopfendes Herz.

Die Treppe liegt vor dir, schwach erhellt durch fahles Mondlicht, das durch eines der Fenster der Halle genau auf die Stufen fällt. Unheimlich, denkst du und schluckst einmal, bevor du langsam, ja beinahe ehrfürchtig, Schritt für Schritt hinuntergehst. Niemand ist da, und doch fühlst du dich irgendwie beobachtet. Was ist, wenn du ihr, der Frau in dem schwarzen Kleid, begegnest? Den Blick geradeaus gerichtet, schiebst du diesen furchtbaren Gedanken weit von dir und beschleunigst deine Schritte.

Unten angekommen, steuerst du sofort auf die Bibliothek zu. Die Türklinke fühlt sich eisig kalt an.

Unwillkürlich zuckst du zurück. Sie ist natürlich so kalt, weil sie aus Metall ist, schimpfst du mit dir selbst. Was bist du schreckhaft?! Bleib cool! Entschlossen drückst du die Klinke herunter und stößt die Tür auf. Auch die Bibliothek ist in eisgraues Mondlicht getaucht. Praktisch, findest du. Dann brauchst du keine helle Deckenbeleuchtung, sondern höchstens die kleine Tischlampe in der Leseecke einschalten.
Aber zuerst willst du dir einige Bücher aus dem Vitrinenschrank holen. Du kramst nach dem Schlüssel, da hörst du plötzlich ein Ruckeln vor dir. Als du in die Richtung schaust, traust du für einen Moment deinen Augen nicht. Kann das sein?
Eines der Bücherregalelemente wackelt von oben bis unten, als wenn es kräftig geschüttelt werden würde. Auf diese Weise rüttelt es sich langsam von der Wand weg ins Zimmer hinein. Ein paar Bücher fallen heraus und landen auf dem Boden, dicht vor deinen Füßen.
Flucht! Du musst hier raus! Kaum hast du das gedacht, hörst du hinter dir die Tür zuknallen. Trotzdem rennst du zurück zur Tür und versuchst, sie zu öffnen, aber es bleibt leider beim Versuch. Die Klinke lässt sich zwar bewegen, doch aufziehen kannst du die Tür nicht. Irgendetwas oder irgendwer scheint sie festzuhalten. Du sitzt in der Falle! Was nun?
Voller Panik schaust du dich um. Das Regal wandert stetig auf dich zu. Bei der Größe – es dürfte drei Meter hoch sein – und dem Gewicht mit den ganzen Büchern darin, könnte es dich glatt erschlagen, wenn es umkippt. Anderseits ist es ziemlich langsam, so dass du gut ausweichen könntest. Ohne das Regal aus den Augen zu verlieren, gehst du vorsichtig drei Schritte seitwärts nach rechts. Aber diese Taktik

gefällt dem Regal offenbar gar nicht. Wie eine Rakete schießt eines der Bücher auf dich los. Du duckst dich und spürst gerade noch, wie es deine Haare streift. Da schießt schon das nächste Buch aus einem der unteren Fächer. Auch dieses verfehlt dich nur ganz knapp.
Als nun jedoch eine ganze Salve von Büchern auf dich zufliegt, hilft ausweichen nicht mehr. Mit einigen hastigen Sprüngen hechtest du zu einem der Sessel, um dich in Sicherheit zu bringen. Dabei kommst du noch einigermaßen ungeschoren davon, denn nur ein einziges Buch trifft dich mit voller Wucht am Schienbein. Tränen brennen in deinen Augen, während du zusammengekauert hinter dem Sessel hockst und dein schmerzendes Bein reibst. Gebrochen ist es wohl nicht, trotzdem tut es höllisch weh.
Du musst hier raus! Nur wie? Vorsichtig lugst du über die Sessellehne, ziehst deinen Kopf jedoch gleich wieder zurück. Nicht nur das eine Regal feuert Bücher ab! Inzwischen schießen aus allen Regalen Bücher über Bücher! Und als ob das noch nicht genug wäre, lösen sich zusätzlich zwei weitere Regalelemente von der Wand, ruckeln und schütteln sich, dass überall im Raum der blanke Horror tobt. Die Luft ist angefüllt von fallenden, herumschwirrenden oder wie Raketen abgeschossenen Büchern. Ein Durchkommen ist absolut unmöglich, selbst wenn die Tür jetzt aufgehen sollte.
Du weißt nicht, wie lange du dort schon in deinem recht unsicheren Versteck ausgeharrt hast, als du trotz des vorherrschenden Lärms ein Geräusch von der Tür hörst – so als wenn jemand dagegen hämmert.

Noch einmal riskierst du einen Blick über die Sessellehne. Kaum ein Buch fliegt noch, dafür schwanken die drei im Raum stehenden Regale aber so heftig, dass sie jeden Moment kippen müssten. Und das tun sie nur einen Augenblick später! Mit ohrenbetäubendem Krachen schlagen sie gegeneinander. Die Bretter brechen aus ihren Verankerungen, Staub und Splitter fliegen in einer Wolke bis zur Decke hoch und zurück bleibt ein riesiger Berg Holz vermischt mit den überall herumliegenden, zerfledderten Büchern. Welch ein Chaos!

Dein angeschlagenes Bein möglichst wenig belastend, erhebst du dich und starrst auf das, was ursprünglich mal eine Bibliothek gewesen ist. Plötzlich wird die Tür unsanft aufgestoßen und dein Onkel stolpert herein, dicht gefolgt von deiner Tante, Kiki, Jonas, Jessika und Bennet.

„Was um alles in der Welt ...", ächzt deine Tante entsetzt.

„Ja, sag mal spinnst du denn vollkommen?!", brüllt dein Onkel und starrt dich mit einem Blick an, dass du im Boden versinken möchtest.

„Aber ...", versuchst du zu erklären, doch dein Onkel lässt dich nicht zu Wort kommen.

„Ins Bett!", donnert er. „Und morgen fährst du nach Hause!"

Kaum hat er dies ausgesprochen, da dreht er sich um und lässt dich stehen. Deine Tante wirft dir einen bitterbösen Blick zu, dann scheucht sie die anderen wieder in ihre Zimmer.

Damit endet dein Abenteuer auf dem Ponyhof. Nichts kann deine Tante oder deinen Onkel umstimmen. Für sie bist du allein schuldig an der zerstörten Bibliothek. Auch Kiki ist ziemlich sauer auf dich, weil du offensichtlich im Alleingang dort den Schrank hast untersuchen wollen. So bleibt dir nichts anderes übrig, als am nächsten Tag in aller Frühe deinen Koffer zu packen und abzureisen.

Einige Wochen später bekommst du allerdings einen kurzen Brief von Kiki. Sie schreibt:

Hallo!
Wollte dir nur mitteilen, dass der Spuk anscheinend beendet ist. Jonas und ich haben den Fall gelöst.
Mach's gut, Kiki.

Wie sie den Spuk allerdings beendet haben, erklärt sie nicht.

Ende

„Äh, ja klar komm ich mit", antwortest du. „Warte nur einen Moment, ich räum' schnell hier auf."
„Gut, ich werde sehen, dass ich deinen Onkel finde. Sonst fährt er womöglich noch ohne uns." Damit geht er ziemlich eilig hinaus.
„Ist gut!", rufst du ihm noch nach und bist schon dabei, die Bücher wieder ordentlich in den Schrank zu stellen.
Wenig später sitzt ihr beide auf der Rückbank im Wagen deines Onkels. Keiner sagt ein Wort, dein Onkel nicht, weil er sich auf das Fahren konzentriert, Bennet und du nicht, weil ihr euren eigenen Gedanken nachhängt. Eigentlich fallen dir jede Menge Fragen ein, die du Bennet gern stellen würdest, aber im Beisein von Onkel Robert muss das nicht sein, findest du.
Warum war Bennet nur so komisch? Was denkt er über den Brief, den ihr zusammen erobert und gelesen habt? Weiß er vielleicht sogar etwas über den Spuk? Du schaust aus dem Fenster, um dich abzulenken. Doch auch die sonnigen Wiesenlandschaften, die vorüberziehen, können dich nicht auf andere Gedanken bringen. Was will Bennet in der Stadt? Gibt es irgendeinen besonderen Grund, warum er unbedingt mitfahren wollte? Wenigstens sitzt du neben ihm. Vielleicht hast du ja nachher eine Gelegenheit, mit ihm in aller Ruhe zu sprechen. Hoffentlich!
Deine Finger spielen mit dem Band deines Brustbeutels, der um deinen Hals hängt. Gut, dass du trotz allem daran gedacht hast! So hast du wenigstens dein Taschengeld mit und den Brief, den du noch im letzten Moment hineingesteckt hast. Du weißt nicht warum, aber dalassen wolltest du ihn auch nicht.

Dieser Brief ist kein normaler Brief, das ist dir klar. Vielmehr klingt er wie ein Fluch, der ausgesprochen wurde – aus Rache und Verzweiflung. So, wie es dort steht, ist es eine Mordanklage, und das Opfer war ein kleines Mädchen namens Gloria. Ist nach ihr das Haus und jetzt der Ponyhof benannt? Sehr wahrscheinlich! Sollte diese Amanda Hofendahl die Frau im schwarzen Kleid sein, die du letzte Nacht gesehen hast? Wenn sie es tatsächlich ist, dürfte das schätzungsweise bedeuten, dass sie wirklich schuldig ist und deshalb keine Ruhe findet.
Wie lange dieser Brief wohl schon in dem Buch gelegen hat? Ob überhaupt jemand ihn schon vor euch gesehen hat? Und wer hat ihn dort hineingelegt? Vielleicht hat Amanda Hofendahl selbst ihn dort versteckt. Fragen über Fragen – und doch keine richtigen Antworten!
Vorsichtig schielst du zu Bennet rüber. Auch er wirkt sehr nachdenklich.
„Hab' ich irgendwas verpasst?", fragt dein Onkel auf einmal. „Ihr seid heute so schweigsam, als wenn ihr was ausbrütet."
„Äh, nein!", antwortest du verdattert und versuchst, besonders unschuldig zu gucken.
Im Augenwinkel siehst du, dass Bennet das viel besser gelingt.
Vollkommen gelassen sagt er: „Ja, das Wort „ausbrüten" trifft es fast. Ich muss leider noch einige Ansichtskarten an die liebe Verwandtschaft schicken und an meine Eltern natürlich. Das ist nicht so einfach, wie es sich anhört, denn die geben sich allesamt nicht mit einem „Viele Grüße" zufrieden."
„Na ja, du wirst's überleben", meint Onkel Robert locker. „Soll ich dich dann gleich bei der Post absetzen? Da gibt es auch schöne Karten."

„Ja, danke!", antwortet Bennet.
„Und mich auch gleich!", setzt du schnell hinzu.
Kurz danach erreicht ihr das kleine Städtchen. Außer dem Bahnhof, an dem du am Vortag angekommen bist, einer Poststation und ein paar vereinzelten Läden gibt es allerdings nicht viel Sehenswertes. Egal, denkst du dir, irgendwo wird man ja wohl wenigstens ein Eis essen können. Das brauchst du einfach nach der Stressnacht – eine gute Art das Taschengeld zu verprassen, findest du.
„So, da sind wir!", verkündet Onkel Robert und hält direkt an der Post. „Treffen wir uns hier in ungefähr zwei Stunden wieder, ja? Oder ist euch das zu lange?"
„Ach, nein! Wir wollen sowieso noch ausgiebig durch die Geschäfte bummeln", erklärt Bennet und zwinkert dir verschwörerisch zu.
Du schaltest schnell. Er hat irgendetwas vor und dafür braucht er viel Zeit. Mit entsetztem Gesichtsausdruck fragst du deshalb scheinheilig: „Meinst du, wir schaffen das in Ruhe in nur zwei Stunden? Du musst doch noch die ganzen Karten schreiben."
„Ist schon gut!", unterbricht dich dein Onkel schmunzelnd. „Reichen euch drei Stunden?"
„Ja, ich denke schon", sagt Bennet sichtlich erleichtert.
„Gut, das passt mir eigentlich auch viel besser. Schließlich habe ich auch eine ganze Menge zu erledigen." Und mit einem freundlichen Lächeln nickt Onkel Robert euch zu, während ihr aus dem Auto steigt.
Da steht ihr nun und schaut dem davonfahrenden Wagen hinterher.

„Ich habe mir gedacht, wir gehen vielleicht zuerst zum Rathaus, einverstanden?", meint Bennet plötzlich.

„Wieso?", fragst du vorsichtig nach.

„Nun, wenn ich mich nicht irre, bist du an der Geschichte des Hauses Gloria interessiert. Oder täusche ich mich?" Bennet schaut dich an, als ob er nicht so genau weiß, wie er dich einschätzen soll.

„Und die ganzen Karten, die du schreiben musst?", lenkst du schnell ab.

Bennet grinst und zieht listig eine Augenbraue hoch.

„Welche Karten? Meine allerliebste Verwandtschaft weiß sehr wohl, dass ich ziemlich schreibfaul bin. Ich habe mir nur gedacht, ein wenig mehr Zeit könnte nicht schaden. Also, was ist?"

„Was willst du denn überhaupt im Rathaus?" Langsam wirst du wirklich neugierig.

„Da müsste das Grundbuchamt sein", erklärt er, „und dort sind die Vorbesitzer von Häusern eingetragen. Vielleicht finden wir ja einen der Namen aus dem Brief."

Dies ist genau der richtige Moment, um nachzuhaken, findest du.

„Was hältst du denn jetzt von diesem Brief?" Lauernd beobachtest du ihm, während er krampfhaft versucht, deinem Blick auszuweichen, und schweigt. Sehr merkwürdig! Doch diesmal willst du eine Antwort von ihm, gerade weil du den Eindruck hast, dass er etwas verheimlicht.

„Was ist denn nun?", bohrst du. „Hat's dir die Sprache verschlagen?"

Er atmet tief ein, räuspert sich und sagt schließlich: „Nun, ich denke, dass in diesem Haus vor langer Zeit etwas Schreckliches geschehen ist ..."

Angst flackert in seinen Augen. Sollte er etwas von der Frau im schwarzen Kleid wissen? Hat er sie womöglich auch gesehen? Da hilft nur eins. Du musst es riskieren und ganz direkt werden.

„... So schrecklich, dass es dort noch immer spukt", vollendest du deshalb.

Überrascht reißt er die Augen auf und starrt dich an. Doch schon einen Moment später hat er seine Fassung wieder, auch wenn seine Stimme jetzt recht heiser klingt.

„Du weißt davon", stellt er kurz und bündig fest.

„Ja, allerdings", antwortest du. „Eine Frau in einem altertümlichen, schwarzen Kleid hätte mich letzte Nacht fast zu Tode erschreckt."

„Mit einem ziemlich teuflischen Grinsen, nehme ich an?", vermutet Bennet.

„Richtig!", bestätigst du. Also hat er sie auch gesehen. Sehr beruhigend! Du bist nicht verrückt. Und du bist nicht mehr allein.

„Dann lass uns ein wenig Detektiv spielen!", fordert Bennet dich auf.

Ohne ein weiteres Wort zu verlieren, macht ihr euch auf den Weg zum Rathaus. Eigentlich würdest du ihn gern noch ein bisschen ausfragen, doch er scheint nicht darüber reden zu wollen, denn sein Gesicht zeigt schon wieder den bei ihm üblichen, verschlossenen Ausdruck.

Nachdem ihr vielleicht zehn Minuten durch die Innenstadt gelaufen seid, steht ihr vor dem Rathaus, einem alten, recht großen und verzweigten Gebäude. Drinnen müsst ihr feststellen, dass es gar nicht so einfach ist, sich dort zurechtzufinden, obwohl unzählige Schilder auf die verschiedenen Ämter hinweisen.

„Bist du dir sicher, dass wir hier richtig sind?", fragst du irritiert.

„Normalerweise ist das Grundbuchamt beim Amtsgericht. Aber, soweit ich weiß, gibt es in diesem Städtchen kein Gerichtsgebäude. Und dann müsste es bei der Gemeindeverwaltung, also hier im Rathaus sein."

Auch Bennet wirkt verunsichert. Verwirrt schaut ihr euch um.

Schließlich wendet sich Bennet schulterzuckend dem Informationsschalter zu. Die Dame in dem Glaskasten macht allerdings keinen besonders freundlichen Eindruck.

Erst als Bennet sachte an die Glasscheibe klopft, bequemt sie sich, von ihrer Zeitung aufzuschauen. Überheblich schielt sie über den Rand ihrer Brille zu euch herüber und mustert euch von oben bis unten.

„Ja, bitte?", quäkt sie gelangweilt.

Bennet räuspert sich geräuschvoll, dann erklärt er äußerst höflich, beinahe schon arrogant: „Könnten Sie uns wohl erklären, wo wir das Grundbuchamt finden können?"

„Ach ...", scheinbar interessiert spitzt sie die Lippen, „was können zwei wie ihr denn dort wollen?"

„Wir benötigen eine Auskunft", erklärt Bennet knapp.

Amüsiert lächelnd schiebt die Frau ihre Brille bis auf die Nasenspitze und meint: „Also, erstens glaube ich kaum, dass ausgerechnet ihr einen wichtigen Grund haben könntet, eine Auskunft zu erfragen. Zweitens denke ich, dass ihr auch kaum eine bekommen würdet. Und drittens muss ich euch leider enttäuschen, aber das Grundbuchamt befindet sich nicht hier im Rathaus, sondern im Amtsgericht der nächstgrößeren Stadt. Und nun ist es sicherlich

besser, wenn ihr hier verschwindet. Das Rathaus ist schließlich kein Kinderspielplatz."
Mit genervtem Blick und einer wedelnden Handbewegung zeigt sie euch sehr deutlich, für wie überflüssig sie euer Anliegen hält. Du stehst da wie vom Donner gerührt. Maßlose Wut kocht in dir hoch. Was bildet diese Ziege sich eigentlich ein?
Bennet findet diese Überheblichkeit wohl auch nicht besonders komisch. Er setzt gerade zu einer Antwort an, als sie plötzlich in sehr scharfem Tonfall angesprochen wird: „Frau Bicks-Stolze, kommen Sie sofort in mein Büro!"
Ohne dass ihr es bemerkt habt, ist ein Mann mittleren Alters zu euch getreten. Ebenso überrascht schaut Frau Bicks-Stolze, die Dame im Glaskasten. Mit groß aufgerissenen Augen und fallendem Unterkiefer stammelt sie: „Weshalb denn?"
Der Mann zwinkert euch zu, dann macht er ein sehr ernsthaftes Gesicht, als er ihr antwortet: „Frau Bicks-Stolze, also erstens frage ich mich, ob Sie nichts zu tun haben, wenn Sie hier Zeitung lesen. Zweitens sollten Sie jedem Besucher des Rathauses gegenüber höflich sein, und dabei ist das Alter vollkommen irrelevant. Und drittens haben Sie kaum die Befehlsgewalt, Besucher des Rathauses einfach rauszuschmeißen. Wenn Sie nicht möchten, dass wir diese Themen hier weiter in aller Öffentlichkeit erörtern, dann sollten Sie sich schleunigst in mein Büro begeben."
Das hat gesessen! Hektisch steht Frau Bicks-Stolze auf, lässt die Zeitung fallen und verlässt fast fluchtartig ihren Informationsschalter.
„Super!", seufzt du, strahlst euren Retter an und sagst: „Vielen Dank für Ihre nette Unterstützung!"

Auch Bennet bedankt sich sogleich, fragt aber noch vorsichtig nach: „Und was passiert jetzt mit ihr?"
Der Mann grinst verschmitzt. „Ich glaube, der Schreck reicht schon vollkommen. Nun kann sie noch ein bisschen in meinem Büro herumlaufen und auf mich warten. Das erhöht die Denkfähigkeit ungemein. Wenn ich also gleich hinkomme, ist sie so klein mit Hut und Stelzen." Er zeigt mit seinen Fingern ungefähr eine Größe von fünf Zentimetern. „Tja, selbst schuld, ich kann solche Arroganz nun mal nicht ausstehen."
„Ja, aber was geschieht jetzt mit ihr?", fragt Bennet noch einmal.
„Nichts!" Das Grinsen des Mannes wird noch um einiges breiter. „Wie ich schon sagte, der Schreck reicht vollkommen."
Irgendwie beruhigt atmet ihr beide auf. Das hätte ja nicht sein müssen, dass die Frau womöglich ihren Job verliert, egal wie ätzend sie eben gewesen ist.
„Nun denn, und wie kann ich jetzt meinen jungen Freunden helfen?", wendet sich der Mann interessiert an euch.
„Ach, das hat sich eigentlich schon erledigt", antwortet Bennet. „Wir wollten zum Grundbuchamt, aber das ist ja nicht hier."
„Wenn die Frage erlaubt ist: Was wolltet ihr denn dort in Erfahrung bringen?"
Glücklicherweise übernimmt Bennet die Erklärung, so dass du dir darüber keine Gedanken machen brauchst. „Wir sind zurzeit zu Besuch auf dem Ponyhof Gloria, vielleicht sagt Ihnen das was? Jedenfalls interessieren wir uns für die Geschichte dieses doch sehr alten Gebäudes. Leider konnte uns der jetzige Eigentümer nicht besonders viel darüber

erzählen. Und so haben wir gehofft, über das Grundbuchamt etwaige Vorbesitzer zu finden."
Bennet geht sehr geschickt vor, findest du, zumindest wirkt der Mann echt beeindruckt. Steile, nachdenkliche Falten bilden sich auf seiner Stirn, während er offenbar über das grübelt, was Bennet soeben erzählt hat. Dann erhellt sich plötzlich seine Miene und er sagt freudestrahlend: „Ich glaube, da kann ich euch doch ein wenig helfen. Unten im Archiv arbeitet Frau Kamm, eine nette, alte Dame, manchmal etwas wunderlich, aber sehr kompetent. Wenn hier in der Stadt irgendjemand etwas über alte Gebäude weiß, dann sie."
Eifrig wie ein kleiner Junge, der zu Weihnachten eine Eisenbahn geschenkt bekommen hat, führt euch der Mann auch sogleich zu besagter Frau Kamm in den Keller des Rathauses.
Beim Anblick von Frau Kamm fällt dir als erstes ein, dass diese Frau wirklich einen Kamm brauchen könnte, denn ihr ehemals aufgestecktes Haar löst sich überall und steht kreuz und quer ab. Eine Brille mit dicken Gläsern lässt ihre Augen sehr groß erscheinen, als sie von ihren Aktenordnern aufschaut. Wie eine Eule, schießt es dir in den Sinn.
„Oh, Herr Bürgermeister!", stößt sie überrascht hervor.
Euer freundlicher Helfer ist der Bürgermeister! Schmunzelnd über eure verdutzten Gesichter erklärt der Bürgermeister Frau Kamm kurz, worum es geht, bevor er sich eiligst verabschiedet.
Eine ganze Weile betrachtet euch die Archivarin nur. Schließlich meint sie: „So, so, über das Haus Gloria wollt ihr was wissen! Und was ist der wahre Grund dafür? Und jetzt erzählt mir bitte nicht, dass ihr ja so interessiert an der Geschichte alter Häuser seid!"

Bennet schaut dich an, und du Bennet. Was sollt ihr dieser Frau bloß sagen?

„Sag du etwas!", raunt Bennet dir zu.

Schwer schluckend versuchst du eine Antwort: „Ähm, also wir sind zurzeit dort zu Besuch."

„Ja, das habe ich angenommen, aber was ist der Grund für euer Interesse?" Die Frau gibt nicht nach. Ihre großen Eulenaugen starren euch gnadenlos weiter an. Nervös spielst du mit der Lederlasche und dem Druckknopf des Brustbeutels. Ja, natürlich! Du könntest ihr den Brief zeigen. Aber erstmal willst du wissen, was Bennet von der Idee hält. Möglichst unauffällig öffnest du den Beutel. Dann siehst du Bennet direkt in die Augen und lässt deinen Blick zu dem etwas herausschauenden Papier wandern. Ein weiterer Blick in seine Augen verrät dir Überraschung – wohl, weil du den Brief dabeihast – und Skepsis.

„Ich weiß nicht so recht, ob das richtig ist", murmelt er leise. „Entscheide du!"

Jetzt liegt es allein an dir. Willst du der Archivarin den Brief zeigen? Meinst du, ihr könnt der Frau vertrauen? Oder willst du es lieber lassen?

Du entscheidest dich dafür, ihr den Brief zu zeigen, weil du findest, dass er euer Interesse sehr gut erklärt.

⇒ Dann lies auf Seite 282 weiter!

Du willst es lieber nicht tun, auch wenn dir gerade keine andere Antwort auf die Frage der Frau einfällt.

⇒ In dem Fall lies weiter auf Seite 290!

„Äh, nö!", sagst du verlegen. „Ich bleibe lieber hier, vielleicht ein anderes Mal."

Bennets Verhalten ist schon sehr merkwürdig. Warum solltest du versuchen herauszufinden, was mit ihm los ist? Schließlich passieren hier auf dem Ponyhof genug verrückte Dinge! Da hast du nun wirklich keine Lust mehr, dich auch noch mit Bennet näher zu beschäftigen.

Bennet nimmt deine Antwort gelassen hin. Er zuckt nur mit den Schultern und geht ziemlich eilig hinaus. Komischer Kerl, findest du, und wendest dich noch einmal dem Brief zu, den du gefunden hast. Kann es sein, dass diese Amanda Hofendahl die Geisterfrau ist?

„Möge Deine Seele niemals die Ruhe finden ...", liest du leise und: „Niemals, auch nicht nach Deinem Tode, sollst Du erlöst sein, ..."

So wie das klingt, muss sie es sein. Sollte sie tatsächlich ein kleines Mädchen ermordet haben und deshalb spuken? Demnach wäre die einzige Möglichkeit, sie zu erlösen, dass sie diese Tat gesteht. Doch wie um alles in der Welt bringt man einen Geist – noch dazu einen derart fiesen – zu einem Geständnis? Schwieriger geht's wohl nicht! Schade, jetzt hättest du gern Bennet hier, um wenigstens mit jemandem darüber reden zu können, obwohl du nicht einmal weißt, ob er überhaupt etwas von dem Spuk ahnt. Andererseits war seine Reaktion auf den Zettel recht seltsam. So kommst du irgendwie nicht weiter, jedenfalls nicht jetzt!

Tief seufzend stehst du auf und beginnst, die alten Bücher wieder ordentlich in den Schrank einzusortieren. Den Zettel steckst du vorsichtshalber zwischen zwei Kinderkrimis im nächsten Bücherregal, damit er nicht wieder wegfliegt. Das war aber auch absolut

verrückt. Allein der Gedanke daran verursacht dir eine Gänsehaut, mal abgesehen davon, dass es irgendwie merklich kühler geworden ist. Du reibst dir über deine Arme, um dich ein klein wenig aufzuwärmen, doch das bringt gar nichts, zumal deine Hände eiskalt sind. Vielleicht hättest du heute Morgen einen dicken Pulli anziehen sollen? Da war's aber noch sehr warm. Komisch!
Zitternd und bibbernd vor Kälte räumst du mit klammen Fingern die letzten Bücher weg. Wieso ist es nur auf einmal so kalt?
Mit einem Blick zum Fenster stellst du fest, dass draußen strahlend schön die Sonne scheint, während hier drinnen in der Bibliothek schon beinahe Frosttemperaturen herrschen müssen. Das kann nicht normal sein, genauso wenig wie der fliegende Zettel vorhin. Da gibt's nur eins: Raus hier, bevor noch mehr passiert! Eilig schließt du den Vitrinenschrank ab, schnappst dir den Zettel und verlässt die eisige Bibliothek.
In der Eingangshalle ist es deutlich wärmer, wenn auch nur für einen kurzen Moment. Dann zieht auch hier diese furchtbare Kälte in dir hoch.
Du schluckst. Das bedeutet mit Sicherheit nichts Gutes. Trotzdem versuchst du, das aufkeimende Unbehagen zu unterdrücken und deinen logischen Verstand zu benutzen. Was du jetzt brauchst ist eindeutig erstmal ein warmer Pullover. Alle anderen Gedanken schiebst du weit weg von dir. Ohne weiter zu zögern, gehst du zur großen Treppe, um dir aus deinem Zimmer einen zu holen.
Die ersten Stufen erklimmst du noch recht zügig, aber schon nach wenigen Schritten bremst dich die lähmende Kälte so sehr, dass jede Bewegung dich immer mehr Kraft kostet. Du hast Angst

stehenzubleiben. Womöglich erfrierst du dann – mitten im Haus und mitten im Sommer! Und nur diese Angst treibt dich weiter voran, Stufe um Stufe. Endlich erreichst du keuchend nach Luft ringend die Galerie. Doch in dem Moment, als du glaubst nun das Schlimmste geschafft zu haben, weht ein eisiger Wind geradewegs durch dich durch. Entsetzt japsend stolperst du rückwärts gegen die Wand. Plötzlich hörst du ein Klicken. Nur den Bruchteil einer Sekunde später gibt die Wand hinter dir nach und schwingt auf zu einer Tür. Ein kurzer Schrei entfährt dir, als du fällst. Dann landest du unsanft auf hartem, staubigem Boden.

Wo bist du? Du hast keine Zeit, dich näher umzusehen, denn die geheime Tür in der Galeriewand schließt sich vor deinen Augen ebenso unerwartet, wie sie sich geöffnet hat. Alles, was du weißt, ist, dass du dich offenbar in einer Kammer befindest, die keiner kennt.

Ein muffiger Geruch steigt dir in die Nase. Angewidert verziehst du dein Gesicht und schüttelst dich. Dies ist wirklich kein besonders angenehmer Ort, soviel ist dir klar, auch wenn du nicht viel mehr als ein paar Staubweben hast erkennen können, während die Tür wieder zuging.

Jetzt ist es absolut finster um dich herum, nicht einmal die Größe des Raumes kannst du abschätzen, geschweige denn irgendwelche Umrisse von irgendetwas ausmachen.

Noch leicht benommen rappelst du dich hoch auf die Knie und krabbelst langsam in die Richtung, in der die Tür sein müsste. Tatsächlich findest du die Wand recht schnell, kannst allerdings keinen Ansatz für eine Tür entdecken. Aber sie muss hier irgendwo sein! Mit

steifgefrorenen Fingern tastest du die Vertäfelung ab und klopfst dagegen. Nichts!
Diese Kälte ist schrecklich. Sie scheint immer schlimmer zu werden, falls das überhaupt noch möglich ist. Du spürst deine Hände kaum noch. Egal, ob du sie aneinander reibst oder anhauchst, nichts bringt auch nur ein klein wenig Wärme zurück. Du fühlst dich wie ein Eisklotz, eingesperrt in eine Kühlkammer. Ja, du könntest nicht einmal sagen, woher diese Kälte kommt, sie ist einfach da. Und sie lähmt jede deiner Bewegungen, mehr noch als auf der Treppe, und jedes Gefühl. Selbst die Angst zu erfrieren, ist wie erstarrt. Alles ist so unwichtig, so kalt und so weit weg. Nichts ist mehr da, weder Angst, noch Mut, noch Hoffnung, nur Kälte und Dunkelheit ...

Eine Ewigkeit später – es muss eine Ewigkeit sein – erwachst du. Du liegst in einem warmen Bett, Sonnenlicht fällt durch ein Fenster.
Deine Tante sitzt neben dir. Als sie bemerkt, dass du wach bist, lächelt sie schwach, dann sagt sie: „Bin ich froh, dass du endlich wieder da bist!" Sie seufzt tief, bevor sie weiterspricht. „Deine Eltern sind schon informiert. Sie müssten bald kommen. Hier werden sie inzwischen gut für dich sorgen."
Du bist tatsächlich nicht mehr auf dem Ponyhof. Eine Krankenschwester kommt ins Zimmer. Ein Krankenhaus!
„Was fehlt mir?", fragst du. Irgendwie hast du das Gefühl, du verstehst gar nichts mehr. Hast du nur geträumt?
„Das weiß noch keiner so genau", erklärt deine Tante, „fest steht nur, dass du schwer unterkühlt bist.

Glücklicherweise hat Bennet dich gefunden – in einer Kammer, von der wir nicht einmal ahnten, dass sie existiert."
Erst eine Woche später kannst du nach Hause. Niemand hat herausgefunden, was diese Kälte verursacht hat. Hätte Bennet dich nicht noch gerade rechtzeitig gefunden, wärst du wohl erfroren. Wie er dich dort gefunden hat, verrät er nicht. Allerdings warst du nicht ganz allein in der Kammer. Auf einem Bett in diesem geheimen Raum lag das Skelett einer Frau in einem schwarzen Kleid.

Ende

Deine Neugier siegt. Du willst wissen, was diese Versammlung zu bedeuten hat. Selbst wenn Jonas geredet und damit sein Versprechen gebrochen hat, eins musst du ihm zugutehalten: Er hat deinen Bericht über die letzte Nacht zumindest irgendwie ernst genommen und nicht etwa darüber gelacht oder dir gesagt, du würdest spinnen. Und auch Kiki und Bennet machen doch recht ernsthafte Gesichter.
Na ja, mal sehen, denkst du dir und kletterst durch die Luke ins Baumhaus. Dann nimmst du auf dem freien Kissen Platz.
Eine Weile herrscht bedrücktes Schweigen, schließlich räuspert Kiki sich und beginnt: „Also, es ist etwas schwierig, das alles zu erklären, aber ich versuch's mal. Jonas hat mich gefragt, ob ich hier etwas Merkwürdiges erlebt hab'. Zuerst wusste ich gar nicht, worauf er hinauswill, aber dann hat er ein paar Andeutungen gemacht. Jedenfalls hat er das Wort ‚Geister' erwähnt. Und er sagte auch, er selbst hätte nichts gesehen. Aber ich hab' etwas gesehen, und zwar letzte Nacht. Es war wirklich seltsam." Verlegen fährt sie sich mit den Fingern durch ihr kurzes Haar und schaut in die Runde.
Bevor sie jedoch weitersprechen kann, ergreift Jonas das Wort. „Es tut mir leid, falls du jetzt denkst, ich hätte blöd ´rumgeplappert", wendet er sich direkt an dich, „aber ich hab' echt nur ein paar Andeutungen gemacht, weil ich mir gedacht hab', wenn du was gesehen hast, dann ja vielleicht auch die anderen."
Du nickst ihm zu. So verkehrt hat er ja wohl nicht gedacht. Zumindest ist es sehr interessant, dass offenbar auch Kiki etwas mitgekriegt hat.
„Entschuldigt bitte, ich möchte euch nicht unterbrechen, aber was hast du genau gesehen, Kiki?", schaltet sich nun Bennet ein.

Sofort berichtet Kiki bereitwillig, als wenn sie nur darauf gewartet hätte, ihre Geschichte loszuwerden: „Also, letzte Nacht, ich muss gerade eingeschlafen gewesen sein, hat mich wohl irgendein Geräusch wieder geweckt. Und da guck' ich so herum und sehe sie: ein kleines Mädchen, so ungefähr sechs Jahre alt, schätze ich.

Die Kleine saß da auf dem Boden und hat mit meinen Pferdefiguren gespielt. Sie hat, glaub' ich, gar nicht gemerkt, dass ich sie beobachtet hab', aber lange war sie nicht da. Auf einmal ist sie einfach verschwunden, als wenn sie sich in Luft aufgelöst hätte. Kurz danach bin ich wieder eingeschlafen."

Als Kiki Bennets verwunderten Blick bemerkt, fügt sie entschuldigend hinzu: „Na ja, ich war nun mal sehr müde. Aber geträumt hab' ich ganz sicher nicht, denn morgens lagen die Figuren noch alle auf dem Boden."

Du findest, dass es langsam an der Zeit ist, den Dingen auf den Grund zu gehen, zumal Kiki sehr offen darüber spricht.

„Hat die Kleine ein Nachthemd oder sowas mit Blümchenmuster getragen?", fragst du nach.

„Ja!", antwortet Kiki überrascht.

„Das Mädchen, das du gesehen hast, heißt Gloria", erklärst du trocken.

„Woher ..., wieso...?", stammelt Kiki verdutzt.

„Ich hab' sie auch letzte Nacht gesehen. Und ich hab' sogar kurz mit ihr gesprochen", sagst du.

„Vielleicht kannst du den anderen auch erzählen, was du mir heute Morgen anvertraut hast", meint Jonas, „ich hab' davon nämlich noch nichts gesagt, nur 'n paar Andeutungen."

Alle Augen richten sich erwartungsvoll auf dich. Ja, jetzt ist es der richtige Zeitpunkt dafür, denkst du dir. Eigentlich ist es egal, was die anderen dazu sagen werden, darüber lustig machen wird sich wohl keiner, denn Kikis Geschichte klingt schließlich auch recht seltsam.

So erzählst du langsam und der Reihe nach von der viel zu langen Nacht. Dir fällt dabei auf, dass Kiki ihre Augen entsetzt aufreißt, als du von der Frau im schwarzen Kleid berichtest, während du in Bennets nur ein kurzes Aufflackern wahrnimmst. Doch keiner unterbricht dich.

Dann erklärst du den anderen, wie du Gloria kennengelernt hast, von ihrer Trauer über das Verhalten ihrer Großmutter, das sie überhaupt nicht verstehen kann, und von ihrer Warnung, bevor sie plötzlich fortgegangen ist. Wieder hören alle nur schweigend zu, wobei Kiki offenbar Mühe hat, ihre eigenen Tränen zu unterdrücken. Als du danach jedoch von den Angriffen der Geisterfrau erzählst, keucht Kiki erschreckt auf. Bennet sagt nichts, aber auch ihm fällt der Unterkiefer einfach herunter und er starrt dich verwundert, ja beinahe ungläubig an.

„Das ist gut, dass du nun auch den anderen gesagt hast, was dir letzte Nacht passiert ist", meint Jonas erleichtert, nachdem du geendet hast. „Jetzt muss ich wenigstens nicht mehr aufpassen, dass ich mich nicht verquatsche."

Kiki schüttelt sich wie ein nasser Hund, der ein unfreiwilliges Bad genommen hat.

„Ist ja furchtbar! Gruselig, einfach gruselig!", stöhnt sie.

Und Bennet? Er sitzt still da, die Augen geschlossen und massiert sich die Stirn. Dann merkt er anscheinend, dass ihr ihn alle beobachtet, denn schließlich ist er der einzige, der noch nichts dazu gesagt hat. Er schlägt die Augen auf, blickt in die

Runde und ein flüchtiges, verlegenes Lächeln huscht über sein Gesicht.

„Ihr erwartet offensichtlich, dass ich auch etwas zu diesen Erlebnissen sage", beginnt er. „Nun, zurzeit sind es eine Menge Fragen, die mir durch den Kopf schwirren. Insbesondere eine: Warum ist diese Frau beim zweiten Mal so massiv geworden?"

Nachdenklich schaut er dich an. „So wie ich denke, gibt es dafür nur einen Grund: Es ist ihr ein Dorn im Auge, dass Gloria bei dir gewesen ist und dass du sogar mit ihr gesprochen hast – falls sie das weiß."

„Ja, aber ich finde, ihr erster Besuch war doch schon schlimm genug. Den würd' ich auch als massiv bezeichnen", wendet Kiki ein.

„Trotzdem ist sie erst beim zweiten Besuch richtig handgreiflich geworden", führt Bennet weiter aus. „Vorher hat sie nur auf Erschrecken gesetzt, dann ist sie allerdings in der Form massiv geworden, dass sie zum Beispiel das gesamte Bett bewegt hat. Natürlich reicht die Angst, die sie verbreitet normalerweise vollkommen aus, wie ich bestätigen kann, ich denke nur, ihr nochmaliges Erscheinen dürfte einen Grund haben."

„Musst du dich so kompliziert ausdrücken?", murrt Jonas. „Wenn ich das jetzt richtig verstanden hab', hast du die Geisterfrau auch gesehen?"

„Ja, fast jede Nacht, seitdem ich hier bin", bestätigt Bennet.

„Oh, das ist ..., das ist ...", stammelt Kiki entsetzt, „ich wär' schon längst weg, ab nach Hause."

„Viel Schlaf kriegt man auf diese Weise sicherlich nicht, jedenfalls keinen besonders erholsamen", stellt Bennet nur sachlich fest.

„Mensch, das gibt's doch nicht!", ruft Jonas dazwischen. „Bin ich denn hier der einzige, der den ganzen Spuk verpennt hat?"
„Scheint so!", kommt es wie aus einem Munde von Kiki, Bennet und dir.
Jonas' Grimasse, die er nun zieht, sieht zum Schreien komisch aus. Und wie eine Erlösung nach dem ganzen Stress prustet ihr los. Euer Gelächter muss sehr ansteckend sein. Jedenfalls stimmt Jonas gleich mit ein.
Es tut gut, einfach mit den anderen zu lachen, einfach mal schrecklich albern zu sein. Doch schon bald sitzt ihr euch wieder mit ernsten Gesichtern gegenüber. Viele Fragen sind noch offen, und ihr habt ein Problem, das wohl ziemlich schwierig zu lösen sein dürfte. Was jetzt?
Zuerst einmal fragst du Bennet: „Willst du uns nicht auch erzählen, was du erlebt hast?"
„Es war nicht viel anders als bei dir", antwortet er ausweichend, „nur die Kleine habe ich bisher noch nicht gesehen. Die Frau kommt irgendwann nachts, wobei allein ihre Anwesenheit schon Angst verursacht. Meistens mache ich dann Licht an, und falls ich nicht schnell genug am Lichtschalter bin, nehme ich die Taschenlampe – das ist fast ein Scheinwerfer. Ich lege sie abends immer vorsichtshalber unter mein Kopfkissen. Das ist eigentlich schon alles."
„Ich glaube, ich würde vor Angst sterben", sagt Kiki mit leicht zitternder Stimme.
„So ungefähr kann man sich die Angst allerdings vorstellen. Man hat das Gefühl, das ist das Ende!" Bennet starrt geistesabwesend die Holzbretter des Fußbodens an.

„Wir müssen diesen Spuk beenden!", erklärt Kiki auf einmal recht energisch. „Das darf nicht so weitergehen!"
„Hast Recht!", stimmt Jonas ihr zu. „Die Frage ist nur, wie?"
Tja, das ist wirklich die Frage! Grübelnd schweigt ihr vor euch hin. Kiki bearbeitet ihre Fingernägel mit den Zähnen, Jonas rauft sich die Haare, während er durch das kleine Fenster zum Haus hinüberstiert, und Bennet massiert wieder seine Stirn.
Nach einer ganzen Weile meint Jonas ratlos: „Also Leute, es tut mir leid, wenn ich jetzt euren Hirnfluss unterbreche, aber mir fällt absolut nichts ein!"
„Wir müssen doch irgendwas tun können", seufzt Kiki verzweifelt. „Mir tut die Kleine so leid. Und auf eine Begegnung mit ihrer Großmutter, was mir ja auch noch passieren könnte, kann ich gut verzichten!"
„Wir sollten langsam und systematisch vorgehen", schlägt Bennet vor. „Wir wissen von zwei Geistern, einem sehr unheimlichen, Angst einflößenden – die Frau mit dem schwarzen Kleid – und einem eher leidenden, der offenbar gar nicht recht weiß, was mit ihm geschehen ist – die kleine Gloria."
Diese Vorgehensweise gefällt dir, zumal man dadurch wesentlich klarer denken kann. „Wobei das Schicksal der beiden wohl miteinander verbunden ist", erinnerst du, „schließlich sind sie Großmutter und Enkelkind."
„Richtig!", stimmt Bennet zu. „Das bedeutet wiederum, dass es für diesen Spuk einen Grund geben könnte."
Aufgeregt schaut Kiki euch an. „Du meinst irgendein dunkles Geheimnis, das die armen Seelen nicht zur Ruhe kommen lässt oder sowas?"

„Die Lady in Schwarz würd' ich nicht als „arme Seele" bezeichnen!" Jonas zieht bei diesem Einwand wieder eine Grimasse, aber diesmal lacht niemand, denn nach Kikis Worten ist euch allen schlagartig bewusst, der Lösung um einiges näher gekommen zu sein. Ihr könnt die Spannung in der Luft beinahe fühlen.

„Ja, ein Geheimnis, etwas, das ein Grund für diesen Spuk sein könnte", meint Bennet nachdenklich.

„Könnte nicht Glorias Warnung, ihr nicht zu folgen, damit zusammenhängen?", hat nun auch Jonas eine Idee, und wie du zugeben musst, dürfte dies ein wichtiger Anhaltspunkt sein.

„Ich sehe allerdings ebenfalls einen möglichen Zusammenhang!", bestätigt Bennet, während Kiki eifrig nickt.

„Sie war in diesem Moment auch sehr seltsam, irgendwie geistesabwesend", fügst du noch hinzu.

„Dann sind wir uns also einig", fasst Bennet zusammen, „es könnte ein Geheimnis hinter all dem stecken und der Schlüssel dazu ist schätzungsweise die kleine Gloria!"

„Wie meinst du das?", fragt Kiki nach.

„Okay, nochmal im Klartext", schaltet sich Jonas ein, „diese Spukerei hat einen Grund, daran beteiligt ist die Lady, keine besonders nette Person, und die Kleine. Wie Bennet vorhin gesagt hat, findet er es komisch, dass die Lady bei Besuch Nummer zwei so heftig geworden ist, vielleicht weil es ihr nicht in den Kram gepasst hat, dass die Kleine da war und auch noch geredet hat. Außerdem wollte die Kleine nicht, dass man ihr folgt. Das bedeutet, sie weiß etwas, kann oder darf aber nicht darüber reden. Die Lady hat wohl Angst, die Kleine könnte sich verplappern oder sowas in der Art."

„Dabei sollten wir aber bedenken, dass Gloria eventuell gar nicht selbst weiß, wie wichtig die Informationen sind, die sie uns geben könnte", ergänzt Bennet. „Sie ist eben erst sechs oder sieben Jahre alt und sich dessen vielleicht gar nicht bewusst."
„Hab' ich alles soweit kapiert!" Kiki verdreht leicht genervt die Augen. „Ihr braucht euch nicht ständig wiederholen. Ich meine eigentlich, was wir jetzt mit diesem Schlüssel namens Gloria anfangen wollen, also: Auf welche Art und Weise ist sie der Schlüssel? Sollen wir sie ausquetschen wie ´ne Zitrone?"
„Ich fürchte, auf sowas in der Richtung läuft's hinaus", bemerkst du mit einem ziemlich mulmigen Gefühl in der Magengegend.
„Ja, so ungefähr habe ich es mir gedacht, aber äußerst behutsam und vorsichtig!" Bennet schaut euch alle eindringlich an. „Und wenn wir Glück haben, haben wir vielleicht sogar die Gelegenheit, ihr zu folgen, wenn sich wieder eine ähnliche Situation ergeben sollte."
„Das klingt nach Risiko, Spannung, Abenteuer, also genau mein Ding!", meint Jonas begeistert. „Wie fangen wir's genau an? Wollen wir gemeinsam auf die Kleine warten? Und wenn ja, in welchem Zimmer?"
„Oh, ja bitte!", sagt Kiki unsicher. „Ich möchte das nicht allein machen. Wenn dann die Frau kommt ..."
„... bist du im Eimer!", vollendet Jonas flapsig.
„Das sollte auch keiner allein machen!", sagt Bennet mit Nachdruck. „Ich denke, es gibt zwei gute Möglichkeiten, wie wir verfahren könnten. Möglichkeit Nummer eins wäre ein großes Treffen in der nächsten Nacht in deinem Zimmer." – Er nickt dir zu. – „Das hätte den Vorteil, dass wir zu viert sind und

das Risiko, dass etwas Gefährliches in Bezug auf die Geisterfrau geschieht, relativ gering ist. Außerdem schätze ich, die kleine Gloria wird wieder zu dir kommen, weil du schon einmal mit ihr gesprochen hast."

„Und was ist, wenn sie stattdessen nur mit Kikis Pferdefiguren spielt und gar nicht rübergeht, weil sie vielleicht Muffe hat, Ärger mit der Lady zu kriegen?", gibt Jonas zu bedenken.

„Da sind wir bei Möglichkeit Nummer zwei", erklärt Bennet weiter. „Wir könnten diese Gruppe teilen, das heißt in jedem Zimmer zwei Leute. Das würde unsere Chancen, Gloria zu erwischen, erhöhen. Dazu kommt, dass Kikis Zimmer dichter an der Galerie und der Treppe liegt. Wenn Gloria also wieder urplötzlich geht, wäre es einfacher, sie zu beobachten, weil sie logischerweise an Kikis Zimmer vorbeimüsste."

„Klingt beides gut!", sagst du zuversichtlich.

„Also ich bin für die erste Möglichkeit, weil ich's einfach sicherer finde", meint Kiki.

„Ich fänd's besser, in beiden Zimmern Wache zu halten", ist Jonas dagegen. „Nachher sitzen wir da die ganze Nacht herum und langweilen uns zu Tode, weil gar nichts passiert. Schließlich sind wir dann ja auch zu zweit und können im Notfall Hilfe holen."

Bennet schaut von Kiki zu Jonas und von Jonas zu Kiki.

„Ich bleibe neutral, denn ich habe die Vorschläge gemacht", sagt er dann. „Das heißt, du musst entscheiden."

Alle drei blicken dich erwartungsvoll an.

„Genau!", meint Jonas, während Kiki bekräftigend nickt. „Es liegt an dir!"

Eigentlich wäre es wohl nicht schlecht gewesen, wenn die anderen diese Entscheidung getroffen hätten, denkst du. Trotzdem hängt es nun doch an dir. Welche Möglichkeit wählst du?

Möchtest du ein großes Treffen in deinem Zimmer?

⇒ In dem Fall lies weiter auf Seite 296!

Oder findest du es sinnvoller, die Gruppe zu teilen und in zwei Zimmern Posten zu beziehen?

⇒ Dann musst Du auf Seite 302 weiterlesen!

Du wüsstest nicht, worüber du noch mit Jonas und den anderen reden solltest. Wozu? Um dir irgendwelche blöden Entschuldigungen anzuhören? Vielleicht hat Jonas ja noch ein paar neue Versprechen parat, die er dann wieder brechen kann? Nein, danke!
Du kletterst die Leiter wieder hinunter, wobei die Luke über dir ziemlich heftig ´runterknallt. Was soll's, denkst du dir, von Jonas hast du erst mal die Schnauze voll. Und die anderen sind auch nicht viel besser. Die sahen schließlich alle ganz schön scheinheilig aus.
Sauer und enttäuscht gehst du zurück ins Haus und gleich nach oben in dein Zimmer. Hier bist du wenigstens allein und ungestört. Zum Nachdenken genau das Richtige! Wie meinte Jonas noch? Er bräuchte eine Nachdenkpause. Dieser falsche Fuffziger! Er hatte doch von Anfang an vor, mit anderen über das zu reden, was du ihm anvertraut hast. Warum sonst hat er so ´rumgedruckst, als du sein Versprechen wolltest, niemandem davon zu erzählen?
Wütend schlägst du in dein Kopfkissen. Am liebsten würdest du einfach abreisen, aber andererseits kannst du das Tante Vera und Onkel Robert nicht antun, zumal dir keine Erklärung für sie einfällt, die nicht fadenscheinig klingt. Es ist zum Haare raufen, und genau das tust du nun auch. Warum muss ausgerechnet dir sowas Blödes passieren?
Nein, es hat keinen Zweck, hier oben herumzusitzen. Du musst jetzt irgendwas tun, um dich abzulenken. Vielleicht hat deine Tante Arbeit für dich, egal was, Hauptsache du grübelst hier nicht weiter vor dich hin.
Entschlossen, diese nervenaufreibenden Gedanken

zu verscheuchen, gibst du dir einen Ruck und gehst wieder aus deinem Zimmer in Richtung Küche.

Auf den unteren Stufen der großen Treppe hockt Jessika und spielt mit irgendwelchen Figuren. Als du gerade an ihr vorbeigegangen bist, spricht sie dich auf einmal an: „Duuhuu ..., stimmt es, was Jonas gesagt hat?"

„Wie, was?" Du drehst dich mitten im Gehen um.

„Na, Jonas hat gesagt, du bist 'ne beleidigte Leberwurst ..." Jessika lächelt dir nicht freundlich, sondern eher wichtigtuerisch zu.

„Ach, hat er das?", schnaubst du.

„Oh, ja! Und er hat gesagt, dass man mit dir sowieso nicht reden kann."

Entsetzt stolperst du zurück. Leider befindest du dich noch auf der Treppe und leider trittst du mit einem Fuß genau auf die Kante einer Stufe. Dein anderer Fuß erwischt ausgerechnet eine Murmel – damit hatte Jessika gespielt! – und du fliegst ziemlich unelegant die restlichen Stufen hinunter.

Die Landung ist recht heftig – genau auf den Hintern. Der Schmerz schießt bis in deinen Kopf und raubt dir für einen Moment den Atem, während Jessika hoch und schrill kreischt, bis deine Tante angerannt kommt.

Tante Vera fährt dich sofort ins Krankenhaus, wo festgestellt wird, dass du dir das Steißbein angebrochen hast. Das bedeutet: viel Ruhe, keine anstrengenden Tätigkeiten und natürlich ist an Reiten oder Leitern in Baumhäuser hochkraxeln gar nicht zu denken.

Jetzt bleiben dir nicht mehr viele Möglichkeiten. Entweder du lässt dich die gesamte Zeit von deiner Tante betüddeln, denn viel kannst du ja nicht mehr machen, – ein schrecklicher Gedanke – oder du nimmst die Gelegenheit wahr abzureisen, was du nach dem Ärger mit Jonas sowieso wolltest. Die passende Entschuldigung hast du jetzt jedenfalls – notgedrungen!

So sitzt du noch am gleichen Tag mit Kissen gepolstert im Wagen, mit dem dich dein Onkel bis nach Hause bringt.

Tja, manchmal ist ein aufregender Urlaub schneller zu Ende, als man denkt.

Ende

„Ganz so einfach mit dem Ferien genießen ist das aber nicht", wendest du ein, „ich hab' nämlich ein Problem ..."

„Ein Problem?" Onkel Robert runzelt die Stirn. „Wie kannst du hier ein Problem haben? Oder gefällt es dir hier etwa nicht?"

„Doch! Es ist toll hier", versicherst du sofort, „nur passieren manchmal Dinge, mit denen man nicht rechnet."

„Was für Dinge?"

„Na ja, das lässt sich nicht so einfach erklären ...", druckst du herum.

„Ich würd's mal ganz direkt versuchen", schlägt dein Onkel vor.

Ganz direkt? Onkel Robert hat anscheinend keine Ahnung, was du ihm erzählen willst. Allerdings schaut er dich nun sehr interessiert an. Was bleibt dir also übrig?

So beginnst mit deinem Bericht erstmal über die Geisterfrau.

Gerade beschreibst du ihr Aussehen, da unterbricht dich dein Onkel: „Habe ich das richtig verstanden? Diese Frau kam in deinem Alptraum vor?"

„Ähm, nein! Kein Alptraum!", berichtigst du.

„Wenn das kein Traum war, was war es dann?"

„Die Wirklichkeit, fürchte ich!"

„Ach so!" Onkel Robert guckt ziemlich misstrauisch. „Erzähl weiter!"

Das tust du dann auch. Es gibt jetzt kein Zurück mehr. Dein Onkel verzieht keine Miene. Als du allerdings die kleine Gloria erwähnst, reißt er die Augen auf und hebt die Hand.

„Moment mal! Willst du jetzt damit sagen, wir hätten hier zwei Gespenster?"

„Äh, ja!", bestätigst du.

„Und da bist du dir ganz sicher?", fragt dein Onkel nach.
„Ja, bin ich!", antwortest du nachdrücklich.
„Gut!", meint er, steht auf und sagt: „Wir können nachher weitersprechen, wenn ich wieder da bin. Außerdem muss da offenbar ein Experte ´ran."
Er geht in die Küche und wechselt noch ein paar Worte mit deiner Tante. Was sie sagen, kannst du jedoch nicht verstehen, denn sie reden im Flüsterton. Dann fährt dein Onkel los in die Stadt.
Deine Tante kommt ins Esszimmer, nimmt noch Geschirr mit, mustert dich ganz nebenbei recht neugierig, sagt aber nichts und geht wieder in die Küche, wo sie geschäftig herumhantiert.
Währenddessen kaust du eher lustlos auf deinem Brötchen herum. Was bedeutet das nur? Worüber haben die beiden gesprochen? Und vor allem: Was meinte Onkel Robert mit dem „Experten"? Sollte er tatsächlich jemanden kennen, der sich mit Geistern auskennt?
Du hast viel Zeit, darüber zu rätseln, sogar fast den ganzen restlichen Tag. Erst zum Abendessen kommt dein Onkel zurück. Und er ist nicht allein. Der junge Mann in seiner Begleitung wirkt auf Anhieb sehr sympathisch.
„Dies ist mein alter Schulfreund David Haberkorn", stellt dein Onkel ihn vor. „Er wird für ein paar Tage unser Gast sein." Dabei schauen sich beide kurz an, und der Schulfreund nickt kaum merklich. Dann wandert der Blick deines Onkels zu dir und wieder zurück zu ihm. David Haberkorn lächelt verstehend.
Gleich nach dem Abendessen lernst du ihn besser kennen. Onkel Robert zieht dich beiseite und bittet dich, mit ihm und dem Freund nach oben in sein

Arbeitszimmer zu kommen. Dort setzt ihr euch in drei hartgepolsterte Ledersessel um ein kleines Tischchen.
„Na, dann erzähl mal!", fordert dich David Haberkorn auf. „Dein Onkel sagte, du hättest etwas sehr Merkwürdiges erlebt."
Du schaust Onkel Robert fragend an. Der antwortet: „Du kannst ihm vertrauen. David ist ein Experte für solche Sachen. Also erzähl ihm alles! Er wird dich besser verstehen, als ich es kann."
Bei den letzten Worten zittert seine Stimme und sein Blick senkt sich.
Dieser David soll ein Experte für Spuk sein? Den hättest du dir eigentlich ganz anders vorgestellt, wobei du nicht mal genau sagen könntest wie – nur einfach anders.
Trotzdem beginnst du mit deinem Bericht, wenn auch sehr aufgeregt und eher stockend. Außerdem bist du irritiert von deinem Onkel, der die ganze Zeit nur auf seine Füße starrt.
So kommt bald der Punkt, an dem du nicht weiterweißt, weil dir irgendwie die Stimme versagt.
Da schaltet sich David ein: „Es ist verständlich, wenn du nervös bist. Aber es gibt keinen Grund, dir Sorgen zu machen. Vertrau' mir einfach!" Er spricht in ruhigem, gelassenem Tonfall – beinahe zu gelassen.
Und schon wieder heißt es, dass du ihm vertrauen sollst! Irgendetwas stört dich daran, obwohl du nicht weißt, was.
Egal, denkst du dir, und erzählst weiter bis zum Ende. Du fühlst dich erleichtert, als wenn eine schwere Last von deinen Schultern gefallen wäre.
„Es tut gut, sich etwas von der Seele zu reden, nicht wahr?", meint David Haberkorn.
Du nickst.

„Ist dir vorher schon einmal etwas Ähnliches passiert?"
„Nein", antwortest du.
„Kam dir die Frau in dem schwarzen Kleid irgendwie bekannt vor?"
Nach kurzer Überlegung schüttelst du den Kopf.
„Auch nicht aus deinen Träumen oder vielleicht aus der wirklichen Welt, nur anders gekleidet?", hakt David nach.
„Nein!", sagst du prompt. Worauf will dieser David eigentlich hinaus?
„Fühlst du dich hier auf dem Ponyhof wohl?", kommt sofort die nächste Frage.
„Sicher!"
So geht das noch eine ganze Weile, denn David Haberkorn hat Fragen über Fragen. Er will wissen, ob du manchmal schlecht schläfst, ob du Probleme zu Hause oder in der Schule hast, ob du dich manchmal falsch verstanden oder zurückgesetzt fühlst und ob du ab und zu außergewöhnliche Dinge tust.
Allmählich schwirrt dir der Kopf. Jede einzelne Frage beantwortest du wahrheitsgetreu.
Endlich mischt sich dein Onkel ein, der vorher nur schweigend danebengesessen hat, und meint: „Lass gut sein, David!"
„Ja, du hast recht!", stimmt er zu. „Für heute Abend soll es erst einmal genug sein."
Befreit atmest du auf.
„Gehst du schon mal runter? Wir kommen gleich nach", sagt Onkel Robert. „Ich wollte noch etwas mit David besprechen."
Das machst du doch gern! Du hast eh die Schnauze voll von diesem Verhör und beeilst dich, das Weite zu suchen, bevor die beiden sich das anders überlegen. Ein Blick auf deine Armbanduhr zeigt dir, dass du fast

zwei Stunden lang wie eine Zitrone ausgequetscht worden bist. Nun reicht's auch!
Zur Entspannung spielst du noch ein paar Runden Tischtennis mit Jonas, Kiki und Bennet, aber bald schon kannst du kaum noch die Augen offenhalten und gehst freiwillig nach oben in dein Zimmer. Du schlüpfst in deinen Pyjama, kuschelst dich ins gemütliche Bett und beim Licht der Nachttischlampe – sicher ist sicher! – schläfst du rasch ein.
Irgendwann mitten in der Nacht wachst du auf. Ein ungewohntes Geräusch hat dich geweckt. Schnell begreifst du, was es ist. Die Glühbirne der Nachttischlampe sirrt! Und bei jedem Sirren flackert das Licht!
Gerade willst du dich aus der Bettdecke wühlen, als es plötzlich neben dir knallt. Mit einem letzten hellen Aufleuchten ist die Birne in viele kleine Splitter zersprungen. Du fühlst, wie dich einer davon an der Wange streift. Undurchdringliche Finsternis umhüllt dich!
Nur wenige Atemzüge später spürst du, dass du nicht allein bist. Gänsehaut kriecht deinen Rücken hoch. Deine Nackenhaare sträuben sich. Angestrengt starrst du in die Dunkelheit. War da nicht eben links von dir eine Bewegung? Oder doch nicht? Alle deine Sinne sind bis aufs Äußerste angespannt. Unfähig, dich zu bewegen, sitzt du auf dem Bett. Da ist ein leises Rascheln vor dir! Oder täuschst du dich? Ein muffiger Geruch zieht in deine Nase. Nein, diesmal irrst du dich nicht! Und auch die eisige Kälte, die langsam aufkommt, bildest du dir nicht ein! Sie ist da! Du weißt, dass sie da ist. Gleich wird sie mit ihrem bösen Grinsen vor dir stehen. Du wirst wehrlos sein, ihr hilflos ausgeliefert!

Ein Schrei gellt durch die Nacht! Dein Schrei! Er hallt wie ein Echo wider. Endlos! Viele Leute stürmen ins Zimmer. Die Deckenbeleuchtung flammt auf. Onkel Robert schüttelt dich, damit du aufhörst zu schreien. David hält eine Spritze in der Hand. Aua! Er hat sie in deinen Arm gestochen. Vor deinen Augen verschwimmt alles...
Von weit her hörst du Stimmen.
„... verrückt? Nein! Das ist Wahnsinn!", schluchzt Tante Vera.
„Ja, ich fürchte, das Wort Wahnsinn ist zutreffend." Das ist Davids Stimme. Er klingt ruhig und sachlich. Deine Tante schluchzt noch heftiger.
Nun redet Onkel Robert auf sie ein: „Beruhige dich bitte, Vera! Es ist wirklich das Beste. Bei David in der Klinik können weitere Untersuchungen gemacht werden. David ist ein Experte für solche psychischen Erkrankungen."
Die sprechen über dich! Die denken, du wärst verrückt?! David ist ein Psychiater! Du willst etwas sagen, willst aufstehen, aber du kannst dich nicht rühren. Deine Arme und Beine sind so schwer. Und du bist furchtbar müde ...

Das einzige, woran du dich später noch erinnern kannst, ist, wie deine Eltern dich aus Davids Klinik abholen. Sie sind sehr ärgerlich. Du hörst sie auf dem Flur mit deinem Onkel und David Haberkorn streiten. Dann packen sie dich in eine Decke, verfrachten dich ins Auto und ab geht's nach Hause.

Ende

Du hast nicht vor, ihm auch nur andeutungsweise von letzter Nacht zu erzählen, zumal er anscheinend nichts von Problemen – und seien sie noch so klein – hören will. Also setzt du ein nettes, unbekümmertes Gesicht auf und antwortest ihm: „Natürlich werde ich meine Ferien hier genießen. Ich will nachher noch mit Jonas weiter am Baumhaus ´rumbasteln. Ich finde, es ist toll geworden, aber vielleicht mache ich mit ihm zusammen noch eine kleine Sitzbank für da oben. Was den Namen Gloria angeht, interessiert es mich eigentlich nur, ob es dazu irgendeine spannende Geschichte gibt, denn ein solcher Name für ein Haus ist doch recht ungewöhnlich."

„Es gibt da wohl tatsächlich eine Geschichte", räumt dein Onkel mit ernster Miene ein, „aber es ist keine spannende, sondern eher eine traurige. Soweit ich weiß, ist das Haus nach einem kleinen Mädchen benannt worden, das hier tödlich verunglückt ist. Das muss so ungefähr 150 Jahre her sein. Ich hoffe damit ist deine Neugier befriedigt." Er lächelt dir zu und meint dann: „Und nun raus mit dir in die Sonne! Ich muss jetzt auch dringend los. Es ist höchste Zeit, sonst schaffe ich nicht mehr alles."

Damit steht er auf, ruft deiner Tante noch ein „Ich fahr jetzt!" zu und geht eilig nach draußen.

Nun bist du allein im Esszimmer. Gedankenverloren schmierst du dir ein weiteres Brötchen. Gut, dass du ihm die Geschichte doch noch entlocken konntest! Es passt zusammen wie bei einem Puzzle. Die kleine Gloria, die du gesehen hast, dürfte das Mädchen sein, das vor 150 Jahren verunglückt ist. Jedenfalls scheint es so! Offenbar findet ihr Geist noch immer keine Ruhe. Die Frage ist nur, warum? Und warum spukt ihre Großmutter ebenfalls hier herum, noch dazu auf derart heftige Weise? Das wiederum ergibt irgendwie

keinen Sinn. Du musst noch mehr darüber herauskriegen, aber es ist zumindest ein Anfang.
In diesem Moment reißt dich Tante Vera aus deinen Gedanken. Sie kommt herein und holt sich diesmal einen großen Stapel Tassen.
„Möchtest du noch etwas?", fragt sie dich.
„Nein, danke!", antwortest du, stopfst den Rest des Brötchens in den Mund und hilfst ihr beim Abräumen.
Während du einige Teller zusammenstellst, überlegst du, dass es gar kein schlechter Gedanke ist, gleich erstmal nach draußen in die Sonne zu gehen, denn irgendwie sehnst du dich nach ein paar wärmenden Sonnenstrahlen. Hier im Haus ist es doch recht kühl.
Als du mit deinem Geschirrstapel in die Küche kommst, ist deine Tante gerade dabei, Tassen und Besteck in die Geschirrspülmaschine einzusortieren. Merkwürdig! In der Küche ist es noch um einiges kälter als im Esszimmer, obwohl die Sonne hier direkt ins Fenster scheint. Hat sich nicht eben die Gardine bewegt? Du bist dir nicht ganz sicher, ob du dich vielleicht getäuscht hast. Jedenfalls ist das Fenster geschlossen, so dass es kein Luftzug gewesen sein kann. Da, noch einmal bewegt sie sich! Und diesmal so heftig, als würde jemand dagegen schlagen!
Deine Tante hat nichts davon bemerkt, denn sie steht mit dem Rücken zum Fenster.
„Gibst du mir das Geschirr?", fragt sie dich leicht amüsiert. „Oder willst du es noch bis Weihnachten festhalten?"
„Oh, äh, ja natürlich", stammelst du irritiert und reichst ihr den Stapel. Wie gebannt starrst du allerdings weiter die Gardine an, die kräftig hin und her schwingt.

„Das ist das letzte Geschirr aus dem Esszimmer, nicht wahr?", will Tante Vera nun wissen.
Du reißt dich vom Anblick der sich noch leicht bewegenden Gardine los und antwortest ihr: „Ja, nur noch der Brötchenkorb und ein paar andere Kleinigkeiten!"
Schon wendest du dich zur Tür, um die Sachen zu holen, als deine Tante meint: „Kann es sein, dass du mit deinen Gedanken heute ganz woanders bist?"
„Weiß nicht", murmelst du verlegen um eine Antwort. Dann beeilst du dich, den Rest zu holen, weil du wirklich nicht weißt, was du ihr sonst erzählen sollst.
Außerdem hast du das Gefühl, dass es in der Küche nicht nur bei einer wackelnden Gardine bleiben wird. Wer weiß, was als nächstes dort passiert? Also greifst du dir im Esszimmer in Windeseile den Brötchenkorb, sowie zwei Marmeladengläser, Butter und Honig, und kehrst schnellstens in die Küche zurück. Verstohlen schaust du dich um, während du die Sachen abstellst, kannst aber nichts Ungewöhnliches entdecken – außer dieser Kälte.
„Ich wische eben den Tisch ab", sagt deine Tante und geht dann selbst ins Esszimmer hinüber.
Du spürst eine unbestimmte innere Unruhe, als du nun allein bist, so als ob jeden Moment irgendetwas geschehen könnte. Und tatsächlich: Einer der Stühle rutscht ein wenig zur Seite – nur ein paar Zentimeter, doch es reicht, um deine Unruhe noch vielfach zu verstärken. Wie angewurzelt stehst du mitten im Raum und beobachtest deine Umgebung genau, angespannt darauf wartend, was womöglich weiter passiert. Trotzdem zuckst du zusammen, als du auf einmal schräg hinter dir ein Geräusch hörst.

„Ist irgendwas?", fragt Tante Vera dich sogleich. Sie war es! Klar, sie ist ja nur kurz im Esszimmer gewesen!
„Äh, nein!", antwortest du eilig, denn sie schaut dich interessiert, beinahe neugierig an. „Darf ich einen Apfel?", lenkst du mit einem Blick auf die Obstschale ab.
„Ja, sicher! Nimm dir!", sagt sie, wendet sich schulterzuckend dem Spülbecken zu und wäscht den Lappen aus.
Noch während sie damit beschäftigt ist, geschieht das nächste Unglaubliche. Von einer Zuckerdose, die neben ihr auf der Arbeitsplatte steht, hebt sich langsam der Deckel. Er schwebt absolut senkrecht bis zu einer Handbreit über die Dose empor und bleibt dort mitten in der Luft stehen. Mit stockendem Atem verfolgst du dieses seltsame Schauspiel.
Da knallt es plötzlich über euch. Die Glühbirne in der Deckenlampe fliegt in tausende kleine Scherben. Im gleichen Augenblick fällt der Deckel der Zuckerdose herunter und kullert von der Arbeitsplatte. Du reißt die Arme hoch, um dich vor dem Splitterregen zu schützen. Deine Tante schreit auf und duckt sich instinktiv.
„Verdammt!", kommt sie einen Moment später fluchend wieder hoch. „Bist du in Ordnung?"
Du schaust an dir herunter. Ja, nur ein Splitter hat dir deinen Arm verletzt, aber es ist nur ein winziger Schnitt. Auch deiner Tante ist wie durch ein Wunder nichts passiert.
„So langsam reicht's aber!", schimpft sie mit erhobener Faust zur Lampe hin. „Jetzt fliegt das blöde Ding raus!"
„Wieso? Was meinst du?", fragst du nach.

„Das ist schon die dritte Glühbirne in zwei Wochen", erklärt sie. „Aus irgendeinem unerfindlichen Grund bringt diese Lampe jede Birne zum Platzen. Glücklicherweise ist bisher niemand ernsthaft verletzt worden. Ich hoffe, Robert denkt daran, aus der Stadt eine neue mitzubringen. Gesagt hab' ich es ihm nämlich."
Dann kramt sie in einer Schublade, holt eine Packung Pflaster heraus und pappt dir ohne Umschweife eines auf deinen Kratzer. Gleich darauf nimmt sie tief seufzend aus einem anderen Schrank einen Handfeger und ein Fegeblech und betrachtet stirnrunzelnd die vielen feinen Splitter auf dem Boden.
„Ich mach' das schon!", bietest du ihr mit einem aufmunternden Lächeln an.
„Nein, lass nur! Du hast mir schon beim Tisch abräumen geholfen. Ich finde, du solltest jetzt schleunigst nach draußen in die Sonne. Schließlich bist du hier, um deine Ferien zu genießen."
Komisch! Sie redet schon so wie dein Onkel. Ein bisschen übertrieben – deiner Meinung nach! Dauernd hörst du mal von ihm, dann von ihr „Ab in die Sonne!" und „Genieße deine Ferien!". Das klingt alles so, als ob du dir bloß keine Gedanken machen sollst.
Was willst du jetzt tun? Natürlich kannst du einfach rausgehen, zumal dir die wärmende Sonne gerade jetzt bestimmt guttun würde. Hier ist es nämlich nach wie vor bitterkalt. Andererseits könnten hier in der Küche noch mehr ungewöhnliche Dinge passieren. Vielleicht kannst du deiner Tante sogar die eine oder andere Information entlocken. Irgendetwas scheint sie krampfhaft zu verschweigen, das ist dir klar, denn

beide, sie und dein Onkel, versuchen, möglichst keine negativen Gedanken aufkommen zu lassen.

Du willst hartnäckig darauf bestehen, ihr zu helfen – in der Hoffnung, möglicherweise doch noch etwas herauszufinden.

⇒ Lies weiter auf Seite 315!

Du kommst ihrer gutgemeinten Aufforderung nach und gehst nach draußen – in der Annahme, dass jetzt sowieso nichts mehr passiert.

⇒ Weiterlesen auf Seite 318!

Du denkst, dass es keinen Sinn hat, Jonas irgendeine wilde Geschichte vorzuflunkern. Die Wahrheit ist besser.

Nach einem weiteren kurzen Blick zu Bennet mit einer Kopfbewegung zur Holztäfelung, was der mit einem Nicken und gleichzeitigem Schulterzucken beantwortet, sagst du schließlich: „Ich suche etwas Bestimmtes. Kannst du schweigen?"

„Sicher doch! Oder hältst du mich für irgend so 'ne Tratschliese?", meint Jonas grinsend. Dann schaut er von dir zu Bennet und wieder zu dir. „Ihr habt irgendein megamäßiges Geheimnis, nicht wahr?"

„Ja, haben wir", bestätigst du, „aber kein besonders Angenehmes. Bennet und ich haben letzte Nacht etwas gefunden. Am besten, wir zeigen's dir! Wir wollten es sowieso jetzt erst genau untersuchen."

Du tastest die Fußleiste ab und findest schnell das Stück mit dem Öffnungsmechanismus.

„Fertig?", fragst du vorsichtshalber zu Bennet und Jonas gewandt.

„Fertig!", sagt Bennet bestimmt. „Die Luft ist rein!" Dabei lässt er noch einmal seinen Blick über die Halle schweifen, richtet die Taschenlampe auf die Täfelung und knipst sie an. Jonas schaut nur verwundert. Du schiebst das Holzstück hoch. Mit einem leisen Klicken öffnet sich die Geheimtür und schwingt zurück.

„Wow!", stößt Jonas hervor.

Gemeinsam betretet ihr die Kammer, erst Bennet, dann Jonas und zum Schluss du. Einerseits findest du es blöd, hinter den anderen herzutapern, andererseits hat es aber auch seine Vorteile: Bennet und Jonas fegen die herunterhängenden Spinnweben entschlossen mit ihren Armen weg, und du kannst einfach so hindurchgehen.

„Achtung! Nicht erschrecken! Ich leuchte jetzt dahin!", kündigt Bennet an.
„Wohin?", fragt Jonas.
„Dahin!", antwortet Bennet knapp und richtet den Strahl der Lampe auf das Bett.
Dort liegt sie: die Frau – oder vielmehr ihre sterblichen Überreste. Die Knochen des Skeletts wirken leicht gelblich verfärbt. Das schwarze, lange Kleid ist erstaunlich gut erhalten und bedeckt einen Großteil der Knochen. Ihre rechte Hand hängt vom Bett herunter, aber ansonsten liegt sie ausgestreckt und gerade da.
Jonas japst nach Luft, dann keucht er: „Wusstet ihr das?"
„Wir haben letzte Nacht nur kurz hier hineingeleuchtet. Da konnten wir die Hand sehen", erklärt Bennet.
Während Bennet nun das Skelett und das Bett in Augenschein nimmt, wendest du dich ab. Dir ist schlecht. Vielleicht ist es der muffige Geruch hier in der Kammer, vielleicht auch einfach der Anblick des grinsenden Schädels, der dir die Übelkeit verursacht. Wie auch immer, du gehst ein Stück zur Tür zurück, um wenigstens ein bisschen frischere Luft zu atmen.
„Das ist eine gute Idee!", lobt Bennet. „Jemand sollte dort vorne Schmiere stehen, falls doch einer vorbeikommt."
Schmiere stehen? Das gefällt dir besser, als in diesem unheimlichen Raum, noch dazu neben einem Skelett herumzustöbern.
„Mach' ich!", sagst du deshalb. „Aber beeilt euch ein bisschen!"
Bennet und Jonas untersuchen nun die Kommode, die gleich hinter dem Bett steht.

„Da ist ja nur Wäsche drin", meint Jonas enttäuscht, als er die oberste Schublade aufzieht. „Und auch noch so altmodische!"

„Was erwartest du? Einen pinkfarbenen Bikini?", kommt prompt von Bennet. „Schau' nach, ob etwas dazwischen versteckt ist!"

Jonas wühlt in der Schublade, Bennet hält die Lampe hoch, damit er alles sehen kann, und du beobachtest weiter die beiden und die Halle abwechselnd.

„Nichts!" Jonas stopft die Sachen wieder hinein.

„Gut, die nächste!", sagt Bennet, und sie nehmen sich die zweite Schublade vor.

„Auch nur Wäsche!", rümpft Jonas die Nase, sucht aber noch gründlicher. „Da ist ein Kästchen dazwischen!" Und er zieht ein kleines Holzkästchen hervor.

„Mach's auf!", rufst du ihm zu.

„Geht nicht! Es ist abgeschlossen!", bedauert er.

„Dann nehmen wie es eben mit!", entscheidest du kurzerhand.

In den beiden unteren Schubladen finden Jonas und Bennet nichts wirklich Interessantes, nur Nähzeug, Stickereien, einen schwarzen Seidenschal und ein Schultertuch aus Wolle.

Gerade als Jonas die unterste Lade wieder zuschiebt, hörst du auf einmal das Klappen einer Tür. Das muss die Küchentür sein.

„Meine Tante!", raunst du Jonas und Bennet zu. Jetzt erst bemerkst du, wie die beiden eigentlich aussehen: Voller Staub, mit den Resten von Spinnweben auf den Schultern, und dir wird schlagartig klar, dass ihr in diesem Zustand niemals auf die Galerie und deiner Tante unter die Augen treten könnt.

„Wie seht ihr denn aus?", stößt du entsetzt hervor.
„Wenn das meine Tante sieht! Schnell, Bennet, Jonas! Wir müssen versuchen, die Geheimtür zuzudrücken!" Mit wenigen Schritten sind sie bei dir. Ihr zieht und schiebt an der Tür, aber sie lässt sich überhaupt nicht bewegen. Und nun hört ihr auch noch Schritte in der Halle.
Da fällt dir etwas ein: „Die Fußleiste! Vielleicht kann man die Tür auch von innen schließen."
Sofort richtet Bennet den Strahl seiner Lampe dorthin. Tatsächlich steht ein kleines Holzstück hoch, genau an der Stelle, wo der Mechanismus auch von außen sein müsste. Er drückt drauf, und im gleichen Augenblick schwingt die Tür zu.
„Puh, das war knapp!", meint Jonas.
„Ja, absolut haarscharf!", findet Bennet ebenfalls.
„Und nun?", fragt Jonas unsicher und zieht fröstelnd die Schultern hoch.

Anscheinend fühlt er sich hier genauso unwohl wie du. Es ist aber auch unheimlich hier: die spärlich erhellte Dunkelheit, die schlechte Luft, all die Dinge aus der Vergangenheit und letztendlich das Skelett.
„Ich würde vorschlagen, wir nutzen die Zeit, die wir zwangsläufig festsitzen, und durchsuchen den Rest", sagt Bennet sachlich.
„Ja, ich glaub', das ist sinnvoll", stimmst du ihm zu.
„Ward ihr mit der Kommode fertig?"
„Eigentlich schon", antwortet Bennet, „wir könnten uns also jetzt mit dem Sekretär beschäftigen."
„Nee, wir haben die Sachen obendrauf vergessen", wendet Jonas ein. „Und überhaupt, was ist denn ein Sekretär? Das Ding dahinten in der Ecke?" Dabei zeigt er auf einen alten Schreibtisch mit vielen kleinen

Fächern, das einzige weitere Möbelstück außer einem Stuhl.

„Genau! Diese alten Schreibtische nennt man so", erklärt Bennet, „aber du hast Recht, wir hätten beinahe die Sachen, die oben auf der Kommode stehen, übersehen."

Viel ist da nicht, wie ihr feststellt: ein alter dreiarmiger Leuchter mit fast restlos heruntergebrannten Kerzen, eine Zündholzschachtel, eine Untertasse und darunter ein zusammengefaltetes Blatt Papier.

„He, das ist doch mal was", meint Jonas und nimmt das Papier in die Hand.

„Sei vorsichtig!", mahnt Bennet. „Nicht, dass es zerfällt!"

Jonas versucht, es auseinanderzufalten, lässt es aber gleich wieder.

„Das ist ja ganz schön brüchig! Ich glaub', es ist besser, wenn wir es nachher in Ruhe und bei besserem Licht versuchen."

„Wieso steht da eigentlich eine Untertasse ohne Tasse?", grübelst du laut.

„Keine Ahnung!", sagt Bennet nachdenklich. „Vielleicht ist die Tasse noch irgendwo."

„Leuchte mal den Boden ab!", schlägt Jonas vor. „Ich such' mal."

Während du nun Kästchen und Zettel erstmal auf dem Stuhl ablegst, krabbeln Bennet und Jonas auf dem Fußboden herum – und werden staubiger denn je. Aber sie werden sehr schnell fündig.

„Da ist sie!", ruft Jonas aufgeregt und kriecht an der Knochenhand vorbei ein Stück unter das Bett.

In dem Moment, als er seinen Kopf jedoch wieder hervorzieht, kippt der Schädel zur Seite. Die leeren Augenhöhlen scheinen ihn anzustarren. Bennet lässt vor Schreck die Lampe fallen. Jonas entfährt ein kurzer Laut, dann rutscht er rückwärts bis zur Wand. Dort bleibt er mit offenem Mund sitzen. Die Taschenlampe kullert auf dem Boden hin und her und beleuchtet mal den Schädel, mal den an der Wand hockenden Jonas.

Auch dir ist der Schreck in die Glieder gefahren. Allerdings fasst du dich recht schnell wieder. Du greifst nach der Lampe und hebst sie auf. Glücklicherweise funktioniert sie noch.
„Hier!", sagst du und reichst sie Bennet. Dann fragst du Jonas: „Bist du in Ordnung?"
„Die ... die hat mich angegrinst!", stottert der verdattert.
Bennet räuspert sich und meint: „Wahrscheinlich bist du gegen das Bett gestoßen."
Er versucht, seiner Stimme einen ruhigen, sachlichen Ton zu geben, was ihm aber nur halbwegs gelingt.
„Nee, bin ich nicht!", sagt Jonas stur.
„Vielleicht hat eine leichte Berührung vollkommen ausgereicht", gibt Bennet zu bedenken.
„Na, ich weiß nicht recht." Jonas wirkt nicht besonders überzeugt. Er steht auf und macht einen weiten Bogen um das Bett, als er zu euch kommt.
„Hier ist die Tasse!"
Bennet leuchtet hinein. „Ich schätze, sie hatte die Tasse in der Hand, und sie ist ihr dann runtergefallen. Jedenfalls war irgendwas darin. Da klebt nämlich noch ein Rest."
„Igitt!" Jonas schüttelt sich. „Dreckiges Geschirr unterm Bett! Meine Mutter würde mich lynchen!"
„Du meinst, sie ist mit der Tasse in der Hand gestorben?", fragst du nach.

„Ja, das denke ich", bestätigt Bennet und stellt sie zu den anderen Sachen auf den Stuhl.
Aber Jonas protestiert sogleich: „Wir nehmen doch kein schmutziges Geschirr mit!"
„Das ist vielleicht ein Beweisstück", wendet Bennet ein.
„Aber ein sehr schmutziges!" kontert Jonas, nimmt die Tasse und stellt sie auf die Untertasse.
„Gut, dann lassen wir sie eben hier", meint Bennet schulterzuckend.
„Der Sekretär!", erinnerst du die beiden.
Am Sekretär gibt es viel mehr zu untersuchen als an der Kommode. Bennet hält die Lampe, während Jonas und du die einzelnen Fächer und Schubladen systematisch durchseht.
Die meisten sind leer, aber eben nicht alle. Jonas findet einen Schlüsselbund mit mindestens einem Dutzend Schlüsseln verschiedener Größe.
„Die nehmen wir mit", beschließt ihr einstimmig wie aus einem Munde.
Gleich darauf entdeckst du in einer etwas größeren Schublade altmodisches Schreibzeug: mehrere Federhalter, mit denen man Tinte durch Eintauchen aufnimmt, ein kleines Tintenfässchen und einen Stapel leere Papierbögen.
In einer Schublade gleich daneben liegen die passenden Briefumschläge. Aus dem nächsten Fach ziehst du eine kleine Papierschachtel. Als du den Deckel aufklappst, entfährt Bennet ein andächtiges „Oh!". Darin seht ihr vier Briefmarken.
„Was ist 'n an denen so besonderes?", fragt Jonas.
Bennet japst nach Luft. „Was an denen besonderes ist? Die sind alt, sogar sehr alt!"
„Ja, und?"

„Hast du eigentlich eine Ahnung, was die wert sind? Ein Briefmarkensammler würde jetzt wahrscheinlich Freudensprünge machen." Bennets Stimme zittert vor Aufregung.

Jonas klappt der Unterkiefer herunter. „Dass solche Papierschnipsel so viel wert sein könnten, hätt' ich nicht gedacht."

Jetzt überschlägt sich Bennets Stimme. „Papierschnipsel?"

„Beruhig' dich, Bennet! Wir nehmen sie ja mit!", mischst du dich ein.

„Gut!", meint Bennet erleichtert.

Du klappst die Schachtel wieder zu und legst sie auf den Stuhl.

Weiter geht's! Die meisten Fächer habt ihr nun schon durchsucht. Ihr findet noch einige belanglose Dinge, wie Ersatzschreibfedern, die man in die Federhalter stecken kann, Siegelwachs zu Versiegeln von Briefen, ein weiteres Tintenfässchen und einen ganzen Stapel beschriebenes Papier, das sich aber gleich als irgendwelche unwichtigen Abrechnungen für Tierfutter, Lebensmittel usw. herausstellt. Schließlich seid ihr bei der letzten Schublade angelangt. Jonas zieht, doch sie lässt sich nicht bewegen.

„Warte mal!", sagt Bennet und leuchtet direkt auf die Lade. „Da ist ein kleines Schlüsselloch."

„Dann probieren wir die Schlüssel doch mal aus", meinst du, nimmst den Schlüsselbund vom Stuhl und suchst erstmal nach einem Schlüssel, der ungefähr die passende Größe hat. Du erkennst, dass höchstens drei Schlüssel in Frage kommen, denn die anderen sind viel zu groß oder viel zu klein.

„Na, dann versuchen wir mal unser Glück", sagst du und probierst Schlüssel Nummer eins.

Bevor du allerdings den Schlüssel auch nur ansetzen kannst, hörst du auf einmal ein leises Klappern hinter dir, als wenn Zähne aufeinanderschlagen.
„Frierst du?", fragst du deshalb Jonas, der schräg hinter dir steht.
„Nee, wieso?"
„Weil deine Zähne klappern", sagst du.
„Du meinst das leise Klappern? Das war ich nicht. War'n das nicht die Schlüssel?", fragt Jonas verblüfft.
„Nein! Bennet?"
„Ich habe es auch gehört, kann euch aber nicht sagen, was es war." Bennet klingt ruhig, aber dennoch leicht angespannt.
„Egal!", wischst du alle beunruhigenden Gedanken weg.
Ohne weiter zu zögern versuchst du, den Schlüssel ins Schloss zu stecken. Leider bleibt es beim Versuch, denn er passt nicht. Du nimmst den zweiten Schlüssel. Und wieder hörst du ein Klappern, diesmal allerdings etwas lauter.
„Das war ich nicht!", sagt Jonas sofort.
„Ich auch nicht!", kommt von Bennet.
„Und die Schlüssel waren es auch nicht", sagst du.
Gleichzeitig dreht ihr euch um. Bennet lässt den Strahl seiner Taschenlampe im Raum umherwandern. Es scheint alles ganz normal zu sein. Du spürst seine Anspannung und auch die von Jonas. Irgendetwas Merkwürdiges geht hier vor. Nur was?
„Schließ die Schublade auf!", raunt Bennet dir zu. „Ich bleibe so stehen und passe auf."
Dann richtet er den Lichtkegel der Taschenlampe zur Decke, so dass sowohl der Sekretär ein wenig beleuchtet ist, sowie auch der Rest der Kammer in spärliches Licht getaucht wird.

„Okay!", flüsterst du zurück, drehst ihm den Rücken zu und beschäftigst dich mit dem Schloss. Kaum hast du es mit dem Schlüssel berührt, hörst du wieder das Klappern.
„Was ist es?", zischst du Bennet zu, der jetzt mit der Lampe umherschwenkt.
„Das willst du nicht wissen", antwortet er.
„Das ... das glaub' ich einfach nicht", stammelt Jonas.
Nein, das willst du jetzt wirklich nicht wissen! Du willst endlich dieses verflixte Schloss aufkriegen! Obwohl es beim Sekretär nun sehr dunkel ist, stellst du fest, dass der zweite Schlüssel ebenfalls nicht passt.
„Beeil' dich!", drängt Bennet. „Wir haben ein Problem und sollten schnellstens von hier verschwinden."
Dir kommt es vor, als würden Alarmsirenen in deinem Kopf losheulen. In fliegender Hast schnappst du dir Schlüssel Nummer drei, steckst ihn ins Schloss – er passt! –, drehst ihn und reißt die Schublade auf.
„Ich hab's!", rufst du.
„Weg hier!", brüllt Bennet.
Du greifst in die Schublade, packst etwas, das sich wie ein Bündel Papier anfühlt, drehst dich auf dem Absatz um und willst losrennen. Doch der Anblick, der sich dir bietet, lässt dich einen Augenblick stutzen. Auf der Bettkante sitzt das Skelett und ist gerade im Begriff aufzustehen. Die leeren Augenhöhlen starren euch an.
Bennet rafft die Sachen vom Stuhl und wetzt zur Tür. Du packst im Laufen Jonas' Arm, denn der steht wie versteinert da, und ziehst ihn mit.
Da fällt dir siedend heiß ein, dass du den Schlüsselbund in der Schublade hast stecken lassen.

Was nun? Die Zeit drängt! Du solltest dich schnell entscheiden.

Willst du noch einmal zurück zum Sekretär, um die Schlüssel zu holen?

⇒ Wenn ja, lies weiter auf Seite 321!

Oder lässt du sie da, wo sie sind, weil das wertvolle Sekunden kosten könnte?

⇒ Dann lies auf Seite 325 weiter!

Du willst nicht, dass Jonas etwas von der Geheimkammer weiß. Deshalb beschließt du kurzerhand, ihm nicht die Wahrheit zu sagen.
„Ich hab' etwas verloren", lügst du und überlegst fieberhaft, was das denn sein könnte. „Meinen Kettenanhänger", fällt dir ein, „ähm ... er hat die Form einer Münze, und irgendwo hier muss ich ihn verloren haben."
Du weißt, dass diese Ausrede nicht besonders glaubwürdig klingt. Offenbar findet Bennet das auch, denn im Augenwinkel kannst du sehen, wie er die Stirn runzelt. Jonas hakt auch sofort nach, Misstrauen klingt aus seiner Stimme: „Ach, tatsächlich? Ist der Anhänger so klein, dass er in irgendwelche Ritzen passt?"
„Äh, nein! Aber ich dachte, er wäre vielleicht unter den Teppich gerutscht", sagst du schnell.
Jonas zieht die Augenbrauen hoch. „Wie soll das denn gehen? Hier ist doch Teppichboden, der an den Kanten richtig abschließt."
„Weiß ich auch nicht. Ich war mir nur sicher, dass ich ihn hier oben verloren hab'. Anscheinend wohl doch nicht!", redest du dich heraus, richtest dich auf und wendest dich der Treppe zu, bevor Jonas womöglich noch bemerkt, wie Bennet etwas hinter seinem Rücken versteckt – seine Taschenlampe nämlich. Dann hätte sich das mit der Geheimhaltung wirklich erledigt. Jonas ist schließlich kein Dummkopf.
Also gehst du die Treppe ein paar Schritte hinunter, drehst dich zu Jonas um und fragst: „Wollen wir nicht zum Baumhaus?"
Es klappt. Jonas bemerkt zwar Bennet, der immer noch im Flur steht, beachtet ihn aber nicht weiter, sondern erzählt dir lieber mit Feuereifer, was er am

Baumhaus noch alles herumbasteln will, während ihr gemeinsam nach draußen geht.

Den ganzen Tag wartest du mit Bennet auf eine neue Chance, unbeobachtet an die Geheimkammer heranzukommen – vergeblich. Wenn tatsächlich mal niemand in der Eingangshalle oder auf der Galerie ist, so kommt doch jedes Mal Jonas um die Ecke gefegt.

Es scheint fast so, als würde er euch beobachten, denn sobald Bennet seine Taschenlampe holt und du die Fußleiste untersuchst, taucht er auf, mal auf der Treppe, mal oben auf dem Flur. Nach dem dritten Versuch glaubst du nicht mehr an Zufälle.

„Jonas ahnt etwas!", sagst du zu Bennet, als ihr allein seid.

„Ja, das denke ich auch. Wir müssen die Kammer wohl doch nachts untersuchen", antwortet Bennet seufzend. „Treffen wir uns also wieder in der Küche, heute Nacht, so gegen ein Uhr."

Nach dieser Verabredung lasst ihr euch da oben vorsichtshalber nicht mehr blicken. Nun heißt es, weiter warten und doch mitten in der Nacht in diesem unheimlichen Raum herumstöbern. Das gefällt dir überhaupt nicht, ganz besonders weil du weißt, dass da oben ein Skelett herumliegt. Dir reicht der Gedanke daran schon vollkommen, um dir den Magen umzudrehen. Aber was hilft's? Tapfer kämpfst du gegen das mulmige Gefühl an.

Als du spätabends auf deinem Bett sitzt, ist dieses Gefühl stärker denn je. An Schlaf ist überhaupt nicht zu denken, obwohl du furchtbar müde bist und durchaus noch ein oder zwei Stündchen ausruhen könntest, bis es losgeht. Du frierst. Um die Kälte und das Zittern zu vertreiben, schlägst du dir die

Bettdecke um die Schultern. Das tut gut, ebenso wie das beruhigend helle Licht der Nachttischlampe.
Deine Augen brennen, wahrscheinlich sind sie überanstrengt. Du schließt sie und versuchst, möglichst an nichts zu denken. Das hilft auch ein wenig gegen die erneut aufkeimende Panik.
Da ist ein Geräusch! Wie ein Klicken! Du reißt die Augen auf, aber da ist nichts zu sehen. Wenn du dich nicht getäuscht hast, kam es irgendwoher aus der Richtung der Zimmertür.
Dein Blick streift kurz über den Wecker. Oh! Es ist schon halb eins! Anscheinend bist du doch eingenickt gewesen. Aber du bist dir sicher, von einem Geräusch aufgeschreckt worden zu sein.
Du wirfst die Decke weg und gehst langsam zur Tür. Von hier ist das Klicken gekommen. Vielleicht ist Bennet schon da?
Als du allerdings die Klinke herunterdrückst, erlebst du eine Überraschung! Es ist abgeschlossen! Das darf ja wohl nicht wahr sein! Du rüttelst an der Tür und an der Klinke selbst. Kein Zweifel! Die Tür ist zu!
Auch wenn es ein schwacher Trost ist: Jetzt weißt du wenigstens, was das Klicken zu bedeuten hatte. Irgendjemand hat dich eingeschlossen.
Du schaust durch das Schlüsselloch. Der Schlüssel steckt nicht. Trotzdem kannst du nichts erkennen. Entweder auf dem Flur ist wirklich absolute Dunkelheit, oder da hängt etwas davor. Schade!
Gerade willst du dich abwenden, da hörst du einen erstickten Schrei. Wer war das? Du hast keine Ahnung, aber du bist sicher, dass es vom Flur oder von der Galerie herkam.
Suchend schaust du dich um. Der einzige mögliche Ausgang ist das Fenster! Du öffnest es und betrachtest dir prüfend die Efeuranken. Das müsste

gehen! Bevor du allerdings da hinauskletterst, ziehst du dir warme Sachen und Turnschuhe an. Dann schwingst du dich aufs Fensterbrett und wagst den Abstieg. Wie du jedoch wieder ins Haus gelangen willst, ist dir schleierhaft. Du hoffst ganz einfach auf ein offenes Fenster.

Die letzten zwei Meter springst du, weil dir das Gekraxel einfach zu lange dauert. Während du dich nun hochrappelst und dir Hände und Knie abklopfst, siehst du ein tanzendes Licht, das rasch näherkommt. Dieses Licht ist eindeutig der Lichtkegel einer Taschenlampe. Und die Lampe hält Bennet, der in einem ziemlichen Tempo auf dich zuläuft. Keuchend stoppt er neben dir.

„Hattest anscheinend die gleiche Idee!", meint er mit einem Wink zum Efeu.

„Ja, aber du warst schneller unten", sagst du. „War deine Zimmertür auch abgeschlossen?"

„Ja! Ich schätze, das war Jonas. Jedenfalls hat jemand geschrien, und die Stimme hatte Ähnlichkeit mit seiner."

„Hab' ich auch gehört. Aber warum sollte er uns einschließen?", wendest du ein.

„Ich nehme an, er hat geahnt, dass da oben auf der Galerie irgendetwas Interessantes ist, und wollte allein nachsehen."

„Der Schrei kann nichts Gutes bedeuten! Wir müssen unbedingt da rein!", sagst du und deutest auf das Haus. „Lass uns nach einem offenen Fenster suchen!"

Ihr geht um das ganze Gebäude, doch nirgends steht ein Fenster offen, außer euren Zimmerfenstern. Noch zweimal versucht ihr euer Glück und umrundet es, wobei ihr alles ableuchtet, in der Hoffnung, etwas übersehen zu haben – vergeblich.

„Ich glaub', wir müssen wohl meine Tante und meinen Onkel aus dem Bett klingeln", meinst du schließlich.

„Bloß nicht!", entgegnet Bennet. „Was willst du denen denn erzählen?"

„Weiß ich nicht", antwortest du ungeduldig. „Ich weiß nur, dass Jonas wahrscheinlich dringend unsere Hilfe braucht. Vielleicht hat ihn die Geisterfrau erwischt. Jonas ist nicht der Typ, der einfach gleich so losschreit. Kann ich mir jedenfalls nicht vorstellen. Dafür gibt's bei dem bestimmt 'nen Grund. Und ein anderer Grund als die Frau fällt mir im Moment leider nicht ein."

Offenbar sieht Bennet ein, dass es keine andere Möglichkeit gibt, denn er folgt dir ohne Widerrede, als du auf die Eingangstür zusteuerst. Du hast kaum deinen Fuß auf die unterste Stufe des Eingangsportals gesetzt, da wird die Tür auch schon aufgerissen. Grelles Licht blendet euch beide. Durch einen Spalt deiner zusammengekniffenen Augen erkennst du eine große Gestalt mit einer scheinwerfergroßen Lampe.

„Ihr seid das also!", donnert dein Onkel los. „Seid ihr denn vollkommen übergeschnappt? Strolcht hier mitten in der Nacht draußen 'rum und leuchtet in jedes Fenster! Ich dachte, hier würden sich Einbrecher oder sowas 'rumtreiben."

„Wir können das erklären", kommt von dir ein zaghafter Versuch, deinen Onkel zu besänftigen.

„Das hoffe ich – für euch! Reinkommen! Sofort!"

Als ihr die Eingangshalle betretet, schaut ihr als erstes hoch zur Galerie. Die Geheimtür ist geschlossen. Das einzige Ungewöhnliche dort oben ist deine eigentlich

stets freundliche Tante, die nicht nur verschlafen, sondern auch verärgert wie ein Racheengel dasteht. Ihre Hände hat sie in die Hüften gestemmt, und ihr Gesichtsausdruck erinnert dich an ein zähnefletschendes Raubtier. Sie holt tief Luft.
„Wo ist Jonas?", rufst du schnell, bevor sie mit der Strafpredigt loslegen kann.
„In seinem Bett, nehme ich an", antwortet sie scharf, „es sei denn, ihr habt ihn mit nach draußen geschleppt."
„Nein, haben wir nicht! Aber ich glaube, ihm ist etwas passiert", sagst du bestimmt.
„Schau bitte nach, ob er in seinem Zimmer ist, Vera", mischt sich dein Onkel ein.
Mit misstrauischem Blick geht deine Tante nachsehen, und mit besorgtem Blick kehrt sie zurück.
„Jonas ist nicht in seinem Zimmer!"
Bennet und du, ihr schaut euch nur an, dann rennt ihr die Treppe hoch. Deine Tante weicht überrascht zurück, weil ihr direkt auf sie zustürmt. Als du nun auch noch vor ihr auf die Knie fällst, ringt sie fassungslos nach Luft. Was sie jetzt wohl denkt? Ein Lächeln huscht über dein Gesicht, während du die Fußleiste neben ihr nach dem Öffnungsmechanismus absuchst. Da ist er! Du schiebst das Stück Fußleiste hoch, hörst das „Klick" und siehst, wie die Holztäfelung zurückschwingt.
Deine Tante quiekst auf, dein Onkel bleibt wie angewurzelt stehen – er war schon fast oben bei euch auf der Galerie –, aber ihr beachtet sie nicht weiter. Bennet schaut dich an und du ihn. Ihr holt tief Luft. Bennet leuchtet in die Kammer, und ihr geht hinein.

Spinnweben streichen dir über die Arme und übers Gesicht. Du schüttelst dich. Der Strahl der Lampe fällt auf das Bett an der rechten Wand. Jonas!
Mit weit aufgerissenen Augen, den Blick starr zur Decke liegt er ausgestreckt da, quer über ihm das Skelett der Frau im schwarzen Kleid. Der Stoff bedeckt einen Großteil der Knochen und hängt weitgehend schlaff daran herunter, wirft aber auch ein paar Falten, als wäre noch vor Kurzem ein heftiger Wind darüber weggefegt
Die eine Knochenhand hat seinen Hals fest umklammert. Der Schädel ist leicht zur Seite gekippt und grinst ihn an – noch fürchterlicher als du es von der Frau in ihrer Geistergestalt gesehen hast.
So wie das Skelett dort liegt, wirkt es, als hätte es sich von selbst bewegt, ja, als wäre es lebendig gewesen und hätte – auch wenn es verrückt klingen mag – sich mit Jonas einen erbitterten Kampf geliefert, den der leider verloren hat.
„Ist Jonas ...", beginnt Bennet.
„Ich weiß es nicht!", unterbrichst du ihn schnell, denn du willst nicht, dass er das ausspricht, was du befürchtest. „Jedenfalls wird's Zeit, ihn von ihr zu befreien!"
Du zögerst kurz, weil du es abscheulich findest, die Knochen anzufassen. Dann packst du zu. Es gibt ein ekelhaftes Knacken, als du die Knochenhand von seiner Kehle löst. Aber du bist nicht allein. Gemeinsam mit Bennet, deinem Onkel und deiner Tante, die ihren ersten Schreck auch überwunden haben, hast du es bald geschafft. Und endlich zeigt sich bei Jonas ein Lebenszeichen: Seine Lippen versuchen, Worte zu formen.
Damit endet dieses Spukabenteuer für dich. Es dauert eine ganze Weile, bis Jonas sich von diesem

tiefsitzenden Schock erholt. Wie sich herausstellt, hatte Bennet Recht. Jonas wollte tatsächlich allein nachsehen, welches Geheimnis dort auf der Galerie verborgen war. Er hätte seine Neugier fast mit seinem Leben bezahlt, denn das Skelett wurde auf einmal sehr lebendig.

Deine Tante und dein Onkel haben jedenfalls genug von diesem alten Haus. Sie verstehen zwar nicht, was dort alles vorgegangen ist, möchten es aber auch gar nicht so genau wissen. Die Geheimkammer mit dem Skelett und Jonas' Zustand reicht ihnen völlig. Sie geben den Ponyhof auf und züchten lieber woanders Ponys – ohne Ferienhof und in einem nicht so alten Gemäuer.

Ende

Tief seufzend nickst du. „Also gut, wir gehen da nochmal hoch."

„Ich hab's befürchtet!", sagt Jonas, verdreht die Augen und zieht eine Grimasse. Dabei grinst er allerdings. Also ganz so furchtbar findet er es wohl doch nicht.

„Das ist nett von euch!", meint Jessika beeindruckt und schaut euch bewundernd lächelnd an. Vielleicht habt ihr ja jetzt einen Stein bei ihr im Brett und erfahrt mehr über ihr merkwürdiges Geheimnis. Aber sie wir euch sicher nichts verraten, bevor ihr diese Puppenkleider besorgt habt.

„Komm!", sagst du zu Jonas und wendest dich dem Haus zu. Je eher ihr das erledigt habt, umso besser.

Entschlossen geht ihr beide los. Seltsamerweise spürst du nur ein leichtes nervöses Kribbeln in der Magengegend, ansonsten hast du das Gefühl, als könne euch gar nichts passieren. Erst als ihr unter der Luke zum Dachboden steht, zögerst du einen Augenblick. Jonas guckt dich an, meint: „Also dann!" und zieht kräftig an der Klappe. Dann überlässt er dir gern den Vortritt. Du grinst ihn schicksalsergeben an. Klar, du hast entschieden! Nun gehst du auch zuerst! Langsam kletterst du hoch und steckst vorsichtig deinen Kopf durch die Luke.

Alles ist so, wie ihr es verlassen habt: Truhe Nummer drei, die der Geisterfrau, steht quer auf dem Dachboden, bei Glorias Truhe ist noch immer der Deckel offen. In der Eile habt ihr vergessen, ihn wieder zu schließen.

Hoffentlich passiert nicht wieder etwas, denkst du, während du aus der Luke krabbelst.

„Na, wie ist's?", fragt Jonas von unten, den offenbar ähnliche Bedenken plagen. „Irgendwas Spukiges in der Nähe?"

„Glaub' nicht!", antwortest du ihm. „Kannst ruhig raufkommen!"
Du bleibst abwartend an der Luke stehen, bereit sofort zu flüchten, falls die Truhe wieder losrast oder etwas anderes Ungewöhnliches geschieht.
„Na, du Wachposten!", meint Jonas denn auch flapsig, als er sich durch die Luke schiebt.
„Sicher ist sicher!", konterst du.
Jonas schaut sich ebenfalls um. Bei der offenen Truhe stutzt er: „Haben wir die aufgelassen?"
„Wir hatten es etwas eilig, wenn du dich erinnerst ..."
„Tja, mit Aufräumen hatt' ich es sowieso noch nie so", versucht Jonas zu flachsen, obwohl seine Stimme eher angespannt klingt. Mittlerweile ist er neben dir, macht allerdings keinerlei Anstalten, sich von der offenen Luke wegzubewegen.
„Wie nun?", raunt er dir zu. „Ein schneller Sprint und die Dinger grapschen? Oder lieber ganz langsam und vorsichtig?"
„Entscheide du!", sagst du mit einem frechen Grinsen. Die letzte Entscheidung hat er dir aufs Auge gedrückt, nun ist er an der Reihe, findest du.
Jonas grinst verschmitzt zurück.
„Gut, aber lynch mich nachher nicht – falls noch was von uns übrig ist! Ich denke, wir sollten da mal so ganz unauffällig 'rüberschlendern. Aber mit einem großen Bogen um 'ne besonders verrückte Kiste!"
Dabei schaut er eindringlich auf die Truhe die quer vor den anderen steht.
„Ganz meine Meinung!", bestätigst du. „Insbesondere letzteres!"
Du atmest tief ein, dann gehst du los, Jonas hinterher. Soweit das herumliegende Gerümpel es zulässt, hältst du dich möglichst dicht an der Wand. Es ist still hier oben, beinahe zu still für deinen

Geschmack. Das einzige, was du hörst, ist das heftige Pochen von deinem Herz und eure leisen Schritte. Ab und zu wirbelt ihr ein wenig Staub auf, der sich dann in den wenigen Sonnenstrahlen, die durch die schmutzigen Dachfenster dringen, zu bizarren Mustern zu formen scheint. Aber nichts davon wirkt auch nur annähernd wie eine Gestalt. Jeder noch so kleine Schatten, jede dunklere Ecke wird erst von euch genauestens beobachtet, bevor ihr es wagt, daran vorbeizugehen.

Auf diese Weise habt ihr mehr als die Hälfte des Dachbodens hinter euch gelassen, als ihr schließlich Glorias Truhe ansteuert. Einen größeren Bogen um die „verrückte Kiste" – wie Jonas sie genannt hat – hättet ihr wirklich nicht machen können!

Der Weg quer durch den riesigen Raum ist viel übersichtlicher, weil ihr nun nicht ständig irgendwelchen verstreuten Dingen ausweichen müsst.

Jonas beschleunigt seine Schritte, so dass er nun direkt neben dir geht. So beugt ihr euch auch fast gleichzeitig über die offene Truhe, als ihr sie endlich erreicht. Doch du findest die Puppenkleider schneller, denn du hast sie bei eurem ersten Besuch hier oben ja wieder hineingelegt. Aber im gleichen Augenblick lässt du sie wieder fallen. Ein Geräusch!

Jonas greift nach deinem Arm. Er hat es auch gehört. Aufmerksam starrt er in die Richtung, aus der es gekommen ist. Da wieder! Es klingt wie ein leichtes Schaben auf Holz. Und es müsste aus dem Bereich der Luke ...

„Na ihr!"

Du zuckst zusammen. Gleichzeitig taucht Jessikas Kopf aus der Luke auf.

„Ist was?", fragt sie sogleich.

„Musst du uns so erschrecken?", kontert Jonas vorwurfsvoll.
Jessika klettert vollends aus der Luke. „Wieso?"
Jonas atmet scharf ein und setzt zu einer wahren Standpauke an: „Du hast dich ganz schön angeschlichen, weißt du das? Wir hätten ja wohl beinahe 'nen Herzkasper gekriegt! Und überhaupt: Wir haben gesagt, wir holen diese blöden Puppenkleider. Was willst du also hier oben?"
„Bloß mal gucken!", antwortet sie mit treuem Augenaufschlag und tapst langsam näher – und damit sehr dicht an die Truhe der Geisterfrau heran.
„Bleib da!", fährt Jonas sie an.
„Aber ..."
„Kein aber! Du bleibst da! Oder besser noch: Warte unten! Wir haben die Puppenkleider gefunden und sind gleich da." Jonas hat einen ziemlichen Befehlston drauf.
Dementsprechend ist die Reaktion seiner Schwester: „Du hast mir gar nicht zu sagen, du ... du ... Kronleuchter!"
„Kronleuchter? Du meinst wohl Armleuchter!", lacht Jonas. „Nun sieh zu, du kleine Schnepfe! Sonst versohl' ich dir gleich den Hintern!"
Jessika verzieht ihr Gesicht zu einer trotzigen Schnute. „Ach ja? Kannst du ja mal versuchen, du hochnäsiger Affe!" Und sie geht noch einen Schritt dichter an die Truhe heran.
Es mag sein, dass du dich täuschst, aber es sieht aus, als wenn die Truhe ganz leicht zu zittern anfängt. Höchste Zeit zu verschwinden, denkst du und schnappst dir die Puppenkleider. Jonas und Jessika streiten allerdings weiter.

„Blödian! Komm doch her, wenn du dich traust!", keift Jessika, während Jonas die Fäuste ballt und sie mit zusammengekniffenen Augen anstiert.
„Du kleines Biest! Sei bloß vorsichtig!", faucht er sie an. „Wenn ich dich erst zwischen meinen Fingern hab', dann werden dir diese Zickereien im Halse stecken bleiben!"
Vielleicht solltest du versuchen, die beiden Streithähne wieder zur Vernunft zu bringen. Andererseits sind die beiden einfach unverbesserlich! Du klappst den Deckel von Glorias Truhe mit einem lauten Knall zu. Trotzdem scheinen die beiden nicht einmal das zu bemerken. Jonas steht wie angewurzelt da, vor Wut schnaubend. Jessika tänzelt frech um die andere Truhe herum und steckt ihm die Zunge heraus.
„Wollen wir runtergehen?", fragst du eindringlich.
Doch du bekommst keine Antwort. Stattdessen stampft Jonas um Glorias Truhe herum auf seine Schwester zu, die kampfeslustig auf ihn wartet.
Ein Blick zur Truhe der Geisterfrau sagt dir, dass es allerhöchste Zeit ist, das Weite zu suchen, denn der Deckel hebt sich langsam und bedrohlich. Jetzt ist eine schnelle Entscheidung gefragt!

Willst du flüchten und Jonas und Jessika einfach weiter streiten lassen?

⇒ Dann lies auf Seite 333 weiter!

Oder willst du eingreifen und die beiden notfalls mit Gewalt runterschleifen?

⇒ In dem Fall musst Du auf Seite 337 weiterlesen!

Du findest, es wäre geradezu Wahnsinn wegen der paar Puppenkleider noch einmal diese Hölle zu riskieren. Es muss auch anders gehen.
Deshalb sagst du: „Ich bin dafür, du wickelst die Puppe doch ein. Wir haben keine Lust, schon wieder da hochzuklettern."
Jessika zieht einen Schmollmund. Um sie zu beschwichtigen, fügst du schnell hinzu: „Schau, Jessika, Einwickeln ist schließlich nicht gleich Einwickeln. Ich schätze, das kann man doch auch sehr hübsch machen, so dass das richtig niedlich aussieht."
Entsetzt reißt sie die Augen auf.
„Man merkt, dass du wirklich von nichts eine Ahnung hast. Emmi ist eine Dame! Die wickelt man nicht einfach ein, sondern man kleidet sie um." Mit diesen Worten schnappt sie sich die Puppen, sowie mit wenigen Handgriffen die Picknicksachen und stolziert davon.
Jonas verdreht die Augen und schneidet eine Grimasse.
„Sie ist nun mal 'n Nervkeks! Wie ich schon gesagt hab'!"
„Aber hab' ich denn sowas Verkehrtes gesagt?" Hilflos schaust du ihn an.
„Nö, war schon ganz richtig so! Es muss ja nicht immer nach der Nase von Madame Nervkeks gehen."
Trotzdem ist dir nicht wohl dabei. Du hast das Gefühl, eine wichtige Chance vertan zu haben. So fragst du ihn: „Meinst du nicht, wir sollten noch einmal versuchen, mit ihr zu reden?"
„Und worüber?", kommt Jonas' Gegenfrage. „Willst du ihr vielleicht erzählen, warum wir nicht gedenken, da nochmal hochzutapern? Mal abgesehen davon, ist sie – wie meistens – mal wieder nervig hoch drei. Ich

hab' jedenfalls keine Lust, mit ihr über ein paar alberne Puppenkleider zu streiten."
Irgendwie hat Jonas ja Recht, aber dennoch bleibt dieses miese Gefühl. Gut, Jessika hat sich ziemlich aufgespielt und sie ist nun mal nervig, und doch ist da dieses merkwürdige Unbehagen.

Kurze Zeit später, als ihr zurück ins Haus geht, bestätigt sich dieses unbestimmte Gefühl, dass irgendetwas verkehrt gelaufen ist. Kaum habt ihr die Eingangstür geöffnet, hört ihr Jessika schreien. Dazwischen hört ihr deine Tante beruhigend auf sie einreden, offenbar aber mit wenig Erfolg.

„Das kommt von oben!", ruft Jonas und ist mit wenigen Schritten schon auf der Treppe. Du hetzt hinterher.

Oben angelangt rennst du Jonas beinahe um, denn er ist urplötzlich stehen geblieben. Fassungslos starrt er in Richtung Flur zur Bodenluke hoch. Von dort hängt seine kleine Schwester an einem Bein mit dem Kopf nach unten herunter, zappelt und schreit wie am Spieß, während deine Tante versucht, sie aus ihrer misslichen Lage zu befreien. Anscheinend ist Jessikas Fuß in der Luke eingeklemmt. Wie um alles in der Welt hat sie das nur geschafft?

Du spurtest hin, um deiner Tante zu helfen, und auch Jonas hat sich schnell wieder gefangen und folgt dir. Zusammen mit deiner Tante packt er seine um sich schlagende Schwester, so dass du nach dem Bügel der Luke greifen kannst. Du ziehst kräftig, doch nichts geschieht. Die Klappe lässt sich nicht öffnen!

„Sie muss irgendwie verklemmt sein!", ruft deine Tante so laut sie kann, um sich wenigstens einigermaßen verständlich zu machen, denn Jessika kreischt in den höchsten Tönen.

Noch einmal ziehst du, wobei du dich diesmal mit deinem gesamten Gewicht an den Griff hängst. Trotzdem bemerkst du kaum eine Veränderung. Die Luke hat sich zwar bewegt, aber es waren höchstens ein paar Millimeter – jedenfalls nicht genug. Jessikas Fuß sitzt nach wie vor absolut fest.
Wenn du nicht wüsstest, dass es eigentlich gar nicht möglich sein könnte, würdest du meinen, irgendjemand halte die Luke von oben oder den Fuß selbst fest! Normalerweise geht sie nämlich sehr leicht auf! Vorhin, als du mit Jonas oben warst, hat ein Handgriff genügt.
Verdammt! Wie soll man bei diesem Lärm denken? Jessika brüllt und schreit und kreischt – alles gleichzeitig!
Mittlerweile hat deine Tante schon aufgegeben, sie beruhigen zu wollen. Stattdessen presst Jonas ihr mit aller Macht die Hand auf den Mund, um sich verständlich zu machen.
„Wir brauchen Verstärkung!", ruft er, dann schreit auch er auf, denn Jessika hat ihm in die Hand gebissen. Mit schmerzverzerrtem Gesicht reibt er sich seine verletzte Hand, wirft seiner Schwester einen wütenden Blick zu, macht auf dem Absatz kehrt und rennt in Richtung Treppe davon. Er wird euch doch wohl nicht einfach in Stich lassen?
Nur mit größter Mühe und Anstrengung könnt ihr – deine Tante und du – Jessika halten, aber es dauert gar nicht lange und Jonas kommt tatsächlich mit Verstärkung zurück: Bennet und Kiki. Erleichtert atmest du auf. Auf Jonas kann man sich wirklich verlassen. Glücklicherweise! Sonst hättet ihr ein Problem gehabt!
Jetzt hängt sich Jonas zusammen mit Bennet und Kiki an die Klappe. Langsam bewegt sie sich ein paar

Zentimeter hinunter – genug, um Jessikas eingequetschtem Fuß ein wenig Lockerung zu verschaffen, aber nicht genug, um ihn herausziehen zu können. Schlagartig hört sie auf zu schreien. Nur noch ein leises Wimmern kommt über ihre Lippen.
„Ich halte sie allein! Hilf den anderen!", sagt deine Tante und nickt dir zu.
Auch du hängst dich an den Griff. Trotzdem reicht es nicht!
Was nun?
Doch bevor du weiter darüber nachgrübeln kannst, wimmert Jessika: „Gloria ..."
Die Klappe schwingt auf – so plötzlich, dass ihr alle ziemlich unsanft auf dem Boden landet. Mit einem lauten Knall klappt sie gleich darauf wieder zu.
„Was war das denn?", murmelt Kiki und schaut verstört nach oben.
„Anscheinend hat sich diese blöde Klappe endlich gelöst", meint deine Tante. „Die muss ja fürchterlich verklemmt gewesen sein!"
Jonas schaut dich an und du ihn. Keiner von euch sagt etwas, aber ihr wisst es besser!
Dann beugt sie sich über Jessika, die ohnmächtig daliegt, fühlt ihren Puls, betastet vorsichtig das Fußgelenk und streichelt ihr sanft über die Wange.
„Ich ruf' einen Krankenwagen", sagt sie knapp, „der Fuß ist mit Sicherheit gebrochen."
Ja, Jessikas Fuß ist gebrochen! Und warum? Weil sie selbst auf den Dachboden wollte und wohl auch oben war, um die Puppenkleider zu holen. Damit sind nicht nur für sie die Ferien zu Ende. Nach diesem merkwürdigen Unfall findet deine Tante es zu gefährlich, auf diesem Hof Gäste zu haben. Wer weiß, welch seltsame Unfälle noch passieren könnten?

So geben deine Tante und dein Onkel ihr Projekt Ferienhof kurzerhand auf. Innerhalb weniger Tage schicken sie die Kinder einschließlich dir nach Hause, dann suchen sie sich einen anderen Hof, wesentlich kleiner, aber mit ausreichend Platz für ihre Ponys.

Ende

„Okay, spielen wir eine Runde", antwortest du und zu Jonas gewandt fügst du hinzu: „Wir können ja jederzeit aufhören, wenn du keine Lust mehr hast."
„Na gut! Wenn's denn sein muss!" meint Jonas schicksalsergeben.
Währenddessen ist Kiki schon aufgesprungen und sucht in ihrem Schrank nach dem Spiel.
Kurze Zeit später sitzt ihr drei euch gegenüber, Kiki auf dem Bett mit dem Spielbrett, Jonas und du mit dicken Kissen auf dem Boden, und spielt Scrabble. Zuerst weiß Jonas nicht so recht, welches Wort er legen soll, aber dann präsentiert er stolz das Wort „Fisch". Als Kiki an der Reihe ist, macht sie es sich sehr einfach und verlängert das Wort mit einem E.
„Das ist ja fies!", findet Jonas. „Und dann auch noch die volle Punktzahl kassieren!"
Aber kaum ist er dran, hängt er ein R an das Wort „Fische".
„Hast du ja schnell kapiert!", meint Kiki anerkennend.
„Ich muss mich ja schließlich verteidigen", sagt Jonas grinsend.
Natürlich fällt dir dann auch etwas dazu ein und als nächstes legst du aus „Fischer" „Fischerei". Das findet Jonas jedoch überhaupt nicht mehr komisch. Schmollend zieht er eine Grimasse.
Als Kiki das Wort dann noch mit „Hafen" verlängert, wirft er seine Scrabblesteine vollkommen frustriert auf das Brett.
„Das schockt nicht!", meint er verdrossen.
„He, ich lag gerade in Führung!", protestiert Kiki.
„Ist doch egal! Du hast doch sowieso gewonnen!", antwortet Jonas.
Jetzt habt ihr alle keine Lust mehr zu spielen.
„Ist eh ´n doofes Spiel", sagt Jonas und starrt missmutig auf die durcheinandergewürfelten

Buchstaben. „Das kleine Mädchen ist viel interessanter."

„Wie sie wohl heißt?", murmelt Kiki gedankenverloren vor sich hin.

Kaum hat sie dies ausgesprochen, da reißt Jonas entsetzt die Augen auf und stammelt: „Da! ... Da ... das gibt's nicht!"

Du folgst seinem Blick und stutzt. Auf dem Scrabble-Spielbrett bewegen sich einzelne Buchstaben ganz von allein. Kiki, die ebenfalls mit großen Augen guckt, verschlägt es glatt die Sprache. Sie schlägt sich die Hände vor den Mund und rutscht so weit, wie es geht, zurück zur Wand.

Nun beobachtet ihr alle schweigend das merkwürdige Geschehen. Erst gleiten die Buchstaben alle zu den Seiten weg, so dass in der Mitte des Spielfeldes eine freie Fläche entsteht. Dann wandert ein G in die Mitte, gleich darauf ein L daneben, schließlich folgen noch ein O, ein R, ein I und zuletzt ein A.

Gloria! Das ist die Antwort auf Kikis Frage! Anscheinend ist die Kleine doch da, sie hat sich nur nicht gezeigt.

„Hübscher Name!", sagst du laut, um die angespannte Stimmung etwas zu lockern.

Jetzt gewinnen auch Kiki und Jonas langsam wieder ihre Fassung.

„Der Hof ist nach ihr benannt", flüstert Jonas mit ernster Miene und raunt Kiki zu: „Frag' sie noch was!"

Nach kurzem Überlegen fällt ihr etwas ein: „Wie alt bist du, Gloria?"

Jonas verdreht die Augen. „Sie ist doch aber ..."

„Halt die Klappe!", unterbricht Kiki ihn schnell und fährt im Flüsterton fort: „Ich weiß, was du sagen willst, vielleicht weiß sie aber gar nichts davon und denkt, sie würde noch leben."

Inzwischen entsteht das nächste Wort auf dem Spielbrett, ein S, ein I, ein B, ein E und ein N reihen sich aneinander.
„Das soll SIEBEN heißen", sagt Jonas leise, „als ich so alt war, konnt' ich das auch noch nicht richtig schreiben."
„Frag' sie nach der Frau im schwarzen Kleid!", zischst du Kiki zu.
Erschrocken sieht sie dich an, nickt aber und räuspert sich. Dann sagt sie mit fester Stimme: „Ähm, Gloria, kannst du mir sagen, wer die Frau mit dem schwarzen Kleid ist?"
Ihr drei schaut erwartungsvoll auf das Spielbrett, zunächst geschieht jedoch nichts. Du befürchtest schon, die kleine Gloria jetzt verschreckt zu haben, da wandert ein G in die Mitte. Nach einigen endlos erscheinenden Sekunden folgen ein R und ein O, allerdings liegen die Buchstaben diesmal nicht so ordentlich in Reih und Glied wie vorher. Auch die weiteren Buchstabensteine rutschen ziemlich krumm und schief heran: ein S, ein M, ein U, ein T und ein A.
„Hä?", meint Jonas. „Was soll 'n das heißen?"
Kiki runzelt die Stirn, schiebt ihr Kinn vor und macht ein wichtiges Gesicht.
„Das ist doch ganz einfach: Großmutter!", erklärt sie.
„Hast du nicht gerade noch gesagt, in dem Alter kann man noch nicht alle Wörter richtig schreiben?"
Jonas schlägt sich vor den Kopf. „Klar doch, ich Esel!"
„Wieso liegen die Buchstaben so unordentlich da?", sagst du nachdenklich. „Ob es dafür wohl einen Grund gibt?" Und jetzt stellst du laut und deutlich die nächste Frage: „Magst du deine Großmutter nicht, Gloria?"
Einige der Buchstaben am Rand des Spielfeldes wackeln leicht, als wenn jemand sie antippen würde,

schließlich wandert ein B in die Mitte, dann ein O, ein S und ein E.

„Böse! Im Scrabble gibt es kein Ö!", erklärt Kiki. Doch bevor ihr euch über diese Antwort wundern könnt, entsteht schon das nächste Wort: A – N – S – T ist gleich darauf zu lesen.

„Angst!", schaltet Jonas schnell. „Es fehlt nur das G." Betroffen schaut Kiki euch an. Du nickst und bestätigst: „Kann ich gut verstehen, dass Gloria Angst vor ihr hat!"

„Wir müssen ihr helfen!", kommt spontan von Kiki.

„Ja sicher, die Frage ist nur, wie", wendest du ein.

„Ich weiß doch auch nicht, wie", sagt Kiki mit einem Anflug von Verzweiflung und zupft nervös an ihrem kurzen Haar. Dann fährt sie wesentlich entschlossener fort: „Aber es muss einfach möglich sein! Was ist, wenn wir die Kleine beschützen? Ich mein', wenn sie immer bei uns wäre, damit diese Frau nicht an sie 'rankommt? Sie kann uns schließlich nicht alle gleichzeitig angreifen – hoffe ich wenigstens!"

„Hey, dann könnte ja aus der Breitseite, die ich ihr verpassen wollte, doch noch was werden!", meint Jonas begeistert.

„Nun mal langsam!", bremst Kiki ihn. „Das können wir uns gern für den Notfall aufheben. Eigentlich hab' ich nämlich keine große Lust drauf, dieser Frau überhaupt zu begegnen. Vielleicht erscheint sie ja gar nicht erst, wenn Gloria immer in unserer Nähe ist. Aber selbst wenn, ich finde, wir müssen sie beschützen."

„Klingt eigentlich gut!", stimmst du zu. „Aber ist es nicht besser, Gloria erstmal zu fragen, ob sie das auch will, bevor wir sie verplanen?"

„Ja, ... ich glaub' auch", bringt Jonas auf einmal sehr stockend hervor, den Blick starr zur Tür gerichtet. Du sitzt mit dem Rücken zur Tür da. Was um alles in der Welt sieht er dort? Dich beschleicht ein unbehagliches Gefühl, zumal Kiki jetzt genauso guckt. Irgendetwas oder irgendjemand ist da. Einen Moment lang bist du dir nicht sicher, ob du wirklich wissen willst, was da hinter dir ist, aber deine Neugier siegt gleich darauf. Langsam, mit einem Gefühl, als wenn dir die Kehle zugeschnürt wäre, drehst du dich um und bist überrascht!
Still und schüchtern, mit zaghaftem Lächeln steht dort in der Ecke neben der Tür die kleine Gloria. Ihre zarten Hände kneten verlegen den Stoff ihres Kleidchens, das bei näherem Hinsehen wohl eher ein Nachthemd mit Blümchenmuster zu sein scheint. Sie sagt kein Wort, sondern schaut euch nur mit großen, irgendwie sehr traurigen Augen an. Auch du bringst kein Wort heraus, obwohl gerade von dir der Vorschlag kam, Gloria doch zu fragen, ob sie euren Schutz überhaupt will.
Endlich, nachdem ihr alle schon so lange geschwiegen habt, dass du befürchtest, Gloria könnte einfach wieder verschwinden, krächzt Kiki mit vor Aufregung belegter Stimme: „Ich hoffe, das heißt, dass du unsere Hilfe möchtest, äh, ich mein', weil du nun hier bist. Jedenfalls würden wir dir gerne helfen ..."
„Ich muss jetzt gehen", sagt Gloria nur, wobei es wirkt, als ob ihr Blick in weite Fernen schweift. Trotzdem ist ihr Gesicht dabei ausdruckslos.
„Warte, Gloria!", ruft Kiki. „Du kannst doch nicht ausgerechnet jetzt gehen!"
Aber Gloria scheint Kiki gar nicht mehr zu hören, denn sie wendet sich einfach der Tür zu und geht einen Schritt darauf zu. Bevor sie allerdings einen

weiteren Schritt machen kann – es fehlen höchstens noch zwei bis zur Tür –, springt Jonas auf, drängelt eilig an dir vorbei und quetscht sich zwischen Tür und Gloria.

„Du darfst jetzt nicht gehen!", sagt er energisch zu ihr, gleich danach raunt er euch zu: „Fragt mich nicht, warum, aber ich fürchte, wenn sie jetzt geht, war's das!"

„Was...", Kiki will etwas fragen, doch plötzlich spricht Gloria wieder. Mit irritiertem Blick, weil Jonas direkt vor ihr steht, sagt sie: „Aber ich muss gehen! Sie ruft mich!"

Erschrocken reißt Kiki die Augen auf.

„Wen meinst du mit ‚sie'? Wer ruft dich?", hakt sie sofort nach.

Alle eure Befürchtungen bestätigen sich, als Gloria nun antwortet: „Meine Großmutter!" Und ohne eine weitere Erklärung geht sie erst durch Jonas und dann durch die Tür hindurch.

Kreidebleich, wie versteinert und gleichzeitig nach Luft japsend sackt Jonas auf die Knie.

„Haltet sie auf!", keucht er. Dann kippt er vornüber und bleibt besinnungslos liegen.

Kiki stürzt an dir vorbei zu ihm. Beinahe schon rabiat dreht sie ihn auf die Seite, um zu sehen, was mit ihm los ist. So ist es kein Wunder, dass Jonas die Augen gleich wieder aufschlägt, obwohl es ihm ansonsten gar nicht gut geht. Er ist immer noch sehr blass, Schweißperlen stehen auf seiner Stirn und seine Atemzüge sind kurz und flach.

„Es ist bestimmt nur der Schock", versuchst du Kiki zu beruhigen. „Schließlich ist gerade ein Gespenst durch ihn durchgeschwebt."

„Helft Gloria!", flüstert Jonas auf einmal schwach, aber sehr bestimmt.

Kiki dreht sich zu dir um und meint: „Geh du! Ich pass' hier auf Jonas auf!"
Na, klasse! Jetzt darfst du ganz allein Gloria aus den Fängen ihrer Großmutter befreien! Das ist genau das, was du eigentlich vermeiden wolltest: eine weitere Begegnung mit der Geisterfrau – noch dazu allein!

„Sofort!", drängt Jonas, rappelt sich halbwegs hoch und verspricht: „Ich komm' gleich nach!"
Und was ist mit Kiki? Sie macht keinerlei Anstalten, mitkommen zu wollen, sie scheint sich nicht einmal angesprochen zu fühlen.

Was tust du?

Du gehst los, um Gloria zu helfen, obwohl du nicht weißt, ob Jonas dir wirklich folgt oder Kiki vielleicht doch mitkommt.

⇒ Weiterlesen auf Seite 350!

Du sprichst erstmal Kiki an oder wartest notfalls auf Jonas, denn allein willst du nicht gehen.

⇒ Dann musst du auf Seite 358 weiterlesen!

„Ach, nö! Ich hab' auch keine Lust auf Scrabble!", sagst du, obwohl dir allerdings auch nichts Besseres einfällt, um die Zeit totzuschlagen.

„Dann solltet ihr euch jetzt mal den Kopf zerbrechen, was wir machen könnten", meint Kiki leicht schnippisch. Ist ja irgendwie klar, dass sie ein bisschen sauer ist. Schließlich hat sie erst lang und breit erklärt, wie Scrabble geht, und nun wollt ihr doch nicht spielen.

„Uah!", gähnt Jonas. „Keine Ahnung!"

Gähnen ist ansteckend, findest du, und gähnst ausgiebig.

„Oh, hört doch auf damit!", stöhnt Kiki und gähnt ebenfalls.

Und wie ansteckend das ist! Kaum sieht Jonas Kiki gähnen, stimmt er sogleich wieder mit ein. Da kannst du dann natürlich auch nicht anders!

Euer Gähnkonzert geht noch eine halbe Ewigkeit so weiter – so kommt es euch jedenfalls vor. Und trotzdem sind nach einem Blick auf Kikis Wecker nicht mehr als fünf Minuten verstrichen, nachdem ihr euch endlich wieder im Griff habt. Sehr seltsam! Kann Zeit denn schneller oder wie in diesem Fall langsamer vergehen? Natürlich nicht. Aber was ist hier schon natürlich?

„Ist das öde!", seufzt Jonas. „Sowas von öde! Da ist ja Pennen noch spannender!"

„Ich find's ganz schön kalt hier und irgendwie ungemütlich", sagt Kiki und schlägt sich ihre Bettdecke um die Schultern.

„Das ist ja fies!", protestiert Jonas und zeigt empört auf die Decke. „Uns lässt du frieren!"

„Tschuldigung!", murmelt Kiki mit schuldbewusster Miene, grinst jedoch gleich darauf frech und meint: „Na, dann wollen wir mal nicht so sein ..." Sie greift

hinter ihr Kopfkissen und zieht zwei zusammengelegte Wolldecken hervor. „Für alle Fälle! Falls mir mal kalt ist!", erklärt sie.
Strahlend nimmt Jonas ihr eine der Decken ab – die andere ist für dich – und murmelt sich so darin ein, dass man nur noch sein Gesicht sehen kann. Auch du machst es dir mit deiner Wolldecke gemütlich, allerdings übertreibst du nicht ganz so wie Jonas.
„Endlich wird's wärmer", sagt er zufrieden lächelnd, „und so richtig kuschelig!"
Dabei wirkt der sonst so energiegeladene Jonas tatsächlich ein wenig verträumt.
„Lasst uns mal 'ne Weile ganz leise sein!", schlägt Kiki vor. „Vielleicht passiert ja dann was."
„Mhm!", antwortet er gedankenverloren und auch du nickst.
Ein bisschen Ruhe ist jetzt genau das Richtige. Da hat Kiki vollkommen Recht. Wenn ihr alle immer nur 'rumplappert, kann die Kleine sich ja gar nicht bemerkbar machen. Schweigend beobachtet ihr eure Umgebung. Nichts! Kein Schatten, der nirgendwo hingehört! Kein Windhauch! Nichts Ungewöhnliches! Und die Zeit schleicht weiter. Langsam – wie in Zeitlupe – bewegt sich der Sekundenzeiger auf Kikis Wecker, bei den anderen Zeigern bemerkst du gar keine Veränderung. Selbst der Minutenzeiger scheint stillzustehen.
Du hörst Jonas neben dir schmatzen und schaust zu ihm. Der schmatzt ja im Schlaf! Andere Leute schnarchen, er schmatzt! Wieso schläft der eigentlich? Ihr wolltet doch alle zusammen Wache halten! Was Kiki wohl dazu meint? Die schläft auch! Sie sitzt da mit vornüber gekipptem Kopf, geschlossenen Augen und einem friedlichen Lächeln auf den Lippen.

Das darf doch nicht wahr sein! Du krabbelst zu ihr rüber, weil du sie mal kräftig anstupsen willst, aber stattdessen lässt dich ein Geräusch schräg hinter dir zusammenzucken. Schmatz, schmatz! Ach, das ist ja nur Jonas, denkst du dir, drehst dich zu ihm um und erstarrst in der Bewegung. Es ist tatsächlich Jonas, der da wieder vor sich hin schmatzt. Das erschreckt dich auch nicht. Aber die Person, die da neben ihm auf dem Boden hockt, kennst du nur allzu gut! Du siehst in dein eigenes schlafendes Gesicht!
Wie kann das sein? Bist du etwa ...? Nein, das kann nicht sein! Dein Atem oder vielmehr der Atem deines Körpers ist zwar sehr flach, doch du kannst deutlich sehen, wie sich dein Brustkorb hebt und senkt. Vielleicht träumst du nur? Unsicher schaust du an dir herunter. Ja, das bist du! Die gleiche Kleidung, alles ist gleich, nur dass du wach bist! Oder denkst du nur, dass du wach bist? Das muss ein Traum sein. Anders geht's nicht.
„Hey, da bist du ja!", hörst du Kiki in diesem Moment von der Tür rufen.
Ihr Gesicht grinst dich aus der Tür an. Sie steckt da mitten drin! Das ist ohne Zweifel eindeutig Kiki, allerdings leicht durchsichtig wie ein Geist. Doch das scheint sie nicht zu stören. Fröhlich winkend meint sie: „Nun komm schon! Das ist echt irre!"
„Ist das ein Traum?", fragst du unsicher.
„Ich glaub' schon!", antwortet sie unbekümmert und streckt dir ihre Hand entgegen. Du nimmst sie. Sie fühlt sich merkwürdig an, beinahe wie ein sanftes Kribbeln an deiner eigenen Hand. Nun zieht Kiki dich zur Tür heran und hindurch. Für den Augenblick, in dem du durch das Holz gleitest, stockt dir der Atem, aber es ist leichter, als du gedacht hättest. Dann stehst du neben Kiki auf dem Flur.

Verblüfft schaust du dich um. Alles sieht so verändert aus. An der Seite neben der Tür befindet sich ein Tischchen mit einem Kerzenleuchter, an den Wänden hängen irgendwelche düsteren Gemälde und auf dem Boden liegt kein Teppich, stattdessen glänzt dort ein frisch polierter Holzfußboden. Jetzt bist du dir sicher, dass du träumst, einschließlich einer Reise in die Vergangenheit.

„Ich versteh' gar nichts mehr", sagst du zu Kiki gewandt. „Ist Jonas eigentlich auch hier?"

„Ja, er ist schon nach unten gegangen", antwortet sie. „Er war ziemlich neugierig, was hier los ist, und wollte schon mal gucken."

Du nickst. „Lass uns zu ihm hin!", meinst du dann. „Ich denke, es ist besser, wenn wir zusammenbleiben."

„Meinst du wirklich?", fragt Kiki unbefangen. „Was soll denn passieren? Das ist doch nur ein Traum!"

„Ich weiß auch nicht!", antwortest du ihr schulterzuckend, hast aber dabei irgendwie das Gefühl, dass ein bisschen Vorsicht gar nicht so verkehrt wäre. Da ist nämlich so ein mulmiges Kribbeln in deiner Magengegend.

Ihr geht nebeneinander den Flur entlang in Richtung Galerie. Mit ihr an deiner Seite fühlst du dich einigermaßen sicher, obwohl wahrscheinlich du sie beschützen müsstest, wenn irgendetwas Unerwartetes geschehen würde. Trotzdem bist du nicht allein. Und das ist wichtig!

Nur wenige Momente später wünschtest du, du wärst doch allein, denn Kiki ruft von der Galerie aus quer durch die Eingangshalle: „Hallo! Jonas! Wo bist du?"

Wild in der Luft herumfuchtelnd taucht Jonas am Fuß der großen Treppe auf. Er klatscht sich selbst seine

Hände vor den Mund und deutet auf Kiki, weil er offenbar ebenfalls möchte, dass sie leise ist. Dann zeigt er auf die Tür zur Bibliothek und duckt sich schnell hinter einer kleinen Kommode.
Die Tür öffnet sich. Heraus tritt ein Paar – etwa in dem Alter wie dein Onkel und deine Tante – passend zur Umgebung in altertümlicher Kleidung. Der Mann dreht sich noch einmal um und sagt gerade so laut, dass ihr es oben noch verstehen könnt: „Wir begeben uns zur Nachtruhe, Mutter!"
Lächelnd wendet er sich danach der jungen Frau zu und führt sie am Arm zur Treppe. Damit steuern die beiden direkt auf euch zu.
Kiki steht mit offenem Mund da, anscheinend unfähig sich zu bewegen. Rasch ziehst du sie in den Flur zurück, aus dem ihr gekommen seid – in der Hoffnung, dass sie nicht ausgerechnet diesen Weg einschlagen werden. Vorsichtig schielst du deshalb um die Ecke, um noch als letzte Möglichkeit in eines der Zimmer flüchten zu können.
„Ach, Ernst, ich fürchte, deine Mutter wird mich niemals als deine Frau anerkennen", hörst du die Frau sagen, während sie die Treppe langsam hoch schreiten.
Daraufhin beruhigt er sie: „Mache dir doch keine Gedanken, Liebling! Eines Tages wird sie verstehen, wie wichtig du mir bist."
„Ich mache mir aber Gedanken", widerspricht sie, „weil ich weiß, dass nicht nur ich, sondern auch meine kleine Gloria hier nicht willkommen ist."
„So glaube mir, wenn ich dir versichere, dass ihr beide hier sehr willkommen seid!", antwortet er. Und mit diesen Worten gehen die beiden in Richtung des entgegengesetzten Flures und verschwinden aus Kikis und deinem Blickfeld.

„Meinst du, das waren die Eltern von der Kleinen, die ich letzte Nacht gesehen hab'?", fragt Kiki dich sofort im Flüsterton.

„Kann sein", gibst du nachdenklich und auch ein wenig ungeduldig zurück, weil du jetzt schnell nach unten zu Jonas willst. „Ich glaube, das könnte wirklich sein!", bestätigst du dann noch einmal und ziehst Kiki hinter dir her zur Treppe. „Allerdings dürfte es wohl eher ihre Mutter und ihr Stiefvater sein, wenn ich das richtig verstanden habe."

„Ja, sie fühlte sich hier nicht willkommen, hat die Frau gesagt, und ihre kleine Gloria auch nicht!", plappert Kiki munter drauflos, während ihr eilig die Stufen runterlauft. „Dann heißt das kleine Mädchen wahrscheinlich Gloria. Sag mal, die Frau da eben, war das die, die du gesehen hast?"

„Nein! Die Kleidung kommt vom Stil schon hin, aber sie war wesentlich älter."

Kiki bremst urplötzlich mitten auf der Treppe und guckt dich an. „Haben die nicht gerade zu seiner Mutter „Gute Nacht!" gesagt? Vielleicht ist sie es, die ..."

„Richtig!", unterbrichst du sie und schaust sie eindringlich an. „Was denkst du, warum ich es so eilig hab', zu Jonas zu kommen?"

Jetzt ist es Kiki, die dich im Eiltempo hinterherzieht. Gerade noch rechtzeitig geht ihr neben Jonas in Deckung, bevor sich die Bibliothekstür erneut öffnet. Diese Mal ist sie es! Ihr Gesicht wirkt kalt und fahl in dem seltsamen Mondlicht, das durch ein Fenster der Eingangshalle hereinfällt. Fast wie das Gesicht einer Statue, schießt es dir durch den Kopf. Langsam, beinahe würdevoll durchquert sie die Halle, wendet sich der Treppe zu und schreitet Stufe für Stufe hoch.

Mit angehaltenem Atem beobachtet ihr dieses Schauspiel von eurem Versteck aus. Im Augenwinkel siehst du, wie Kiki entsetzt die Stirn runzelt und ihr Kiefer einfach aufklappt, während Jonas' Gesicht geradezu versteinert wirkt. Die beiden legen offenbar ebenso wenig Wert auf eine direkte Begegnung mit ihr wie du.

Erst als du ganz sicher bist, dass sie nun endlich weg sein müsste, fragst du die beiden leise: „Na, was sagt ihr?"

„Die ist ja echt unheimlich!", stößt Jonas hervor. „Sowas Gruseliges! Da kriegt man ja das Schütteln! Brrr!" Und er schüttelt sich tatsächlich.

„Mir ist kalt! Eiskalt!", jammert Kiki.

Ja, es ist wirklich sehr kalt geworden, als ob diese Frau die Kälte ausgestrahlt hat. Dabei hast du dir doch extra die dicken Socken und die Jogginghose angezogen und trotzdem frierst du noch bitterlich.

„Sie ist ja jetzt weg!", versuchst du Kiki zu beruhigen und denkst gleichzeitig: Hoffentlich! Vorsichtig spähst du die Treppe hoch und erhebst dich aus eurem Versteck.

„Meinst du wirklich, wir können's schon wagen?", fragt Kiki sogleich besorgt. „Ich mein' ja nur, die könnte doch schließlich zurückkommen." Du siehst blanke Angst in ihren Augen. Anscheinend hat ihr der Anblick eben vollkommen gereicht.

„Wolltest du hier etwa hocken bleiben und langsam aber sicher verschimmeln?", flachst Jonas, bevor du antworten kannst. Dabei zieht er eine komische Grimasse, so dass sogar Kiki sich ein Lächeln nicht mehr verkneifen kann. Jonas ist echt erfrischend! Gut, dass er dabei ist! Nun krabbeln auch Jonas und Kiki aus dem Versteck.

Unschlüssig, was ihr jetzt tun könntet, zuckst du mit den Schultern und deutest per Kopfbewegung mit fragendem Blick zur Treppe hin. Irgendwie magst du nicht laut sprechen und damit die Stille durchbrechen, die auf einmal wieder so schwer im Raum liegt. Jonas versteht deine Zeichensprache – du schlägst vor, nach oben zu gehen – zieht wiederum eine Grimasse, seufzt einmal hörbar und nickt endlich. Natürlich ist es ein Risiko, wieder hochzugehen, aber wenn ihr etwas herausfinden wollt, gibt es oben bei der Frau höchstwahrscheinlich mehr Möglichkeiten als unten. Außerdem: Was soll denn eigentlich Schlimmes geschehen? Dies ist doch ein Traum! So hast du keine Bedenken. Jonas ist ebenfalls einverstanden. Bleibt nur noch Kiki. Die guckt allerdings ziemlich skeptisch.

„Das ist nicht euer Ernst?!", flüstert sie zwar leise, aber dennoch sehr vorwurfsvoll.

„Aber, aber Kikilein!", meint Jonas auf seine witzige Art. „Der gute, starke, obercoole Jonas ist doch bei dir und hält dir das Patschhändchen!"

Besonders überzeugt wirkt sie nicht, obwohl ein Lächeln um ihre Mundwinkel spielt. Du hakst gleich nach: „Ich denk', das ist ein Traum. Also kann nichts passieren, außer dass wir aufwachen, oder?"

„Wenn man's so betrachtet ...!" Kiki lächelt ein wenig zuversichtlicher und nickt nun auch.

Und los geht's! Mutig macht ihr euren ersten Schritt die unterste Stufe hoch, und zwar genau gleichzeitig – du auf der linken Seite, Kiki auf der rechten und Jonas will unbedingt in der Mitte gehen. Nicht, weil er ängstlich wäre! Nein, er ist fest entschlossen, euch beide, Kiki und dich, im Notfall zu beschützen! Genau diese Haltung drückt er jedenfalls mit jeder Geste und Bewegung aus, während ihr langsam und gleichmäßig, beinahe im Takt, einen Fuß vor den anderen setzt. Wenn Jonas meint, er braucht das, dann nur zu, denkst du dir und schmunzelst in dich hinein.

Auf diese Weise legt ihr fast den halben Treppenweg zurück, als sie plötzlich wie aus dem Nichts oben am Kopf der Treppe steht: die Frau im schwarzen Kleid! Abrupt stoppt ihr. Jonas und Kiki sind genauso überrascht und entsetzt wie du. Wo ist sie so schnell hergekommen?

Die Frau scheint euch allerdings überhaupt nicht zu bemerken, obwohl ihr euch dort auf der Treppe geradezu auf dem Präsentierteller befindet. Ihr Blick schweift stattdessen zu der Flurseite hinüber, auf der Kikis und auch dein Zimmer liegt. Mit leiser, aber sehr durchdringender Stimme ruft sie: „Gloria!"

Es ist das erste Mal, dass du ihre Stimme wirklich hörst, nicht nur wie Gedanken in deinem Kopf. Sie klingt unangenehm überdreht, als wenn man ein Radio nicht richtig ausgesteuert hat. Dir stellen sich die Nackenhaare quer, insbesondere als sie noch einmal „Gloria!" ruft.

Gebannt beobachtet ihr, wie nun ein kleines, blondes Mädchen angetapst kommt. Verschlafen reibt sich die Kleine die Augen und schaut dann zu der Frau hoch. Die beantwortet ihren naiven Blick mit einem hämischen Grinsen, packt sie an den Schultern und stößt sie die Treppe hinunter!

Jonas entfährt nur noch ein Keuchen, als die kleine Gloria direkt auf ihn zustürzt. Instinktiv greifst du nach seinem Arm und gleichzeitig zum Geländer, um ihn und dich selbst festzuhalten. Den Bruchteil einer Sekunde später reißt die Wucht des Aufpralls Jonas jedoch hinunter. Du hast keine Chance, dies zu verhindern.

Kiki quiekst entsetzt auf. Offenbar hat auch sie Ähnliches versucht, doch mit ebenso wenig Erfolg. Sie hängt festgekrallt im Treppengeländer und schaut geschockt auf das fallende Knäuel aus Jonas und der Kleinen.

Tausende Gedanken schießen dir durch den Kopf. Ihr ward gerade Zeugen eines Mordes, jedenfalls gehst du davon aus, dass die Kleine unter normalen Umständen diesen Sturz nicht überlebt haben kann. Vielleicht ist dies irgendwann in der Vergangenheit geschehen und hat dazu geführt, dass es in diesem Haus spukt, weil weder das Opfer – das kleine Mädchen –, noch die Mörderin – die Frau im schwarzen Kleid – Ruhe finden können. Am meisten schockiert dich allerdings die Kaltblütigkeit, mit der die Frau die Tat begangen hat. Allein dieses fiese Grinsen! Wütend starrst du hoch zu ihr.

Sie mag euch vorher nicht bemerkt haben, möglicherweise weil ihr eigentlich nicht in ihre Zeit gehört oder weil dies nur ein Traum ist – warum auch immer, aber jetzt, genau in diesem Moment, schaut sie dich an und zuckt zurück. Ihr Gesicht zeigt kein Grinsen mehr, sondern einen erschreckten Ausdruck, als wenn sie nicht mit Zuschauern gerechnet hätte. Sie schnappt nach Luft und taumelt rückwärts.

Ihr drei habt gesehen, was sie getan hat. Und du bist sauer! Sauer, weil sie ein kleines Kind so heimtückisch getötet hat! Sauer, weil Jonas mit hinuntergestürzt und vielleicht verletzt ist! Und du bist sauer, weil sie, diese feige Person, es gewagt hat, dir Angst einzujagen!

Mit all dieser Wut schaust du sie an und sagst laut und deutlich nur ein einziges Wort: „Mörderin!"

Sie hat es gehört! Die Reaktion ist erstaunlich und grausig zugleich: Ihr Gesicht verzerrt sich schmerzhaft zu einer Grimasse, als wenn sie schlimmsten körperlichen Qualen ausgesetzt wäre. Sie sackt in sich zusammen und schreit wie eine Wahnsinnige, doch der Schrei bleibt stumm. Kein Laut dringt über ihre Lippen. Dafür beginnt sie, sich vor deinen Augen aufzulösen. Ihre ganze Erscheinung zerbröckelt, erst langsam, dann immer schneller, bis sie wie feinster Sand einfach zerfließt.

„Cool!", meint Jonas neben dir. Überrascht stellst du fest, dass er fast unversehrt neben dir steht – die paar Beulen oder Kratzer mehr fallen bei ihm eh nicht auf –, obgleich er noch etwas abgehetzt wirkt. Er muss im Eiltempo wieder hochgesprintet sein.

„Das ist die gerechte Strafe!", sagt Kiki mit noch leicht zitternder Stimme, aber sehr nachdrücklich.

„Ja!" Nur dieses einzige Wort kommt vom Fuß der Treppe.

Wie auf Kommando schaut ihr drei gleichzeitig zu dem kleinen Mädchen hinunter, das dort unten steht und euch freundlich zulächelt, bevor es in einem Lichtstrahl aus unendlich vielen Farben vor euren Augen verschwindet.

Nur einen Moment später befindest du dich wieder in Kikis Zimmer und siehst dich selbst neben Jonas auf dem Boden sitzen. Du scheinst friedlich zu schlafen. Einen weiteren Moment später schreckst du hoch. Hellwach schaust du zu Jonas und Kiki, die ebenfalls beide, wenn auch ein wenig verwirrt, so doch sehr wach aussehen.

Als ihr euch wenig später über den merkwürdigen Traum unterhaltet, stellt ihr verblüfft fest, dass ihr alle drei diesen Traum hattet. Ist es tatsächlich alles genauso geschehen? War das überhaupt ein Traum? Oder seid ihr irgendwie in die Vergangenheit gereist?

Auf all diese Fragen wirst du wohl nie eine sichere Antwort bekommen, aber einer Sache kannst du dir gewiss sein: Der Spuk ist vorbei! Und du weißt, dass ihr drei ihn mit eurem Mut und eurer Entschlossenheit beendet habt.

Ende

Irgendwie siehst du keinen Grund, Bennet aufzuhalten. Wahrscheinlich hast du dich ganz einfach geirrt, als du dachtest, er wäre in der Bibliothek. Schließlich war das ja nur ein kurzer Moment, den du meintest, ihn gesehen zu haben. Gut, dann war da noch diese Frage nach dem Schlüssel, aber das ist bestimmt purer Zufall. Du bist überreizt, das ist alles!
Bennet steht tatsächlich auf, lächelt dir noch einmal zu, sagt: „Na, dann werd' ich mal wieder reingehen! Es ist nämlich ganz schön heiß hier!" und spaziert davon.
Da hockst du nun am Apfelbaum – allein und auch nicht schlauer als vorher. Eigentlich hat Bennet sich hier ein hübsches Plätzchen ausgesucht. So heiß, wie er eben meinte, findest du es nun auch wieder nicht. Es ist sogar eher kühl, denn das Bäumchen gibt schon ein wenig Schatten.
Jetzt benutzt du den noch recht schmalen Stamm als Rückenlehne. Wirklich gemütlich! Die Luft ist warm, und doch wirst du nicht von der Sonne gebraten. Außerdem ist es richtig ruhig. Bis auf ein paar summende Bienen und ab und zu ein entferntes Wiehern der Ponys hörst du nichts. Die wohlige Wärme lässt deine Augenlider schwer werden. Ein wenig ausruhen, nur ein ganz kleines bisschen ...

„He, willst du nicht mal langsam wach werden?" Jemand rüttelt an deiner Schulter. „Haallooh!", ruft dir der dann auch noch ins Ohr.
Du blinzelst nach diesem Jemand, der dich so unsanft weckt. Es ist Jonas. Er zieht gerade irgendeine Grimasse. Typisch für ihn! Irgendwie ist es kalt

geworden. Kein Wunder, denn ein paar dunkle Wolken verdecken die Sonne.

„Wie spät ist es?", fragst du müde.

„Keine Ahnung!", antwortet Jonas. „Ich trag' doch in den Ferien keine Uhr. Wozu auch? Da sagt mir mein Magen schon, wie spät es so ungefähr ist. Und jetzt ist es Zeit fürs Abendessen!"

„Abendessen?" Geschockt reißt du die Augen auf. „Hab' ich so lange geschlafen?"

„Klar doch! Du hast den ganzen Nachmittag schnuckelig süß hier gesessen und gepennt. Sah echt goldig aus!" Jonas grinst dich verschmitzt an. „Mach' dir nichts draus! Sind doch Ferien!", beruhigt er dich dann.

Irgendwie hat er ja Recht, aber trotzdem nervt es dich, dass du überhaupt derart fest eingeschlafen bist. Dir ist, als hättest du etwas Wichtiges vergessen oder verpasst, wobei du leider nicht weißt, was.

„Na, nun komm schon!", meint Jonas aufmunternd und geht schon vor.

Langsam, noch immer ziemlich müde und fröstelnd taperst du hinterher.

Auch am Esstisch sitzt du dann wie benommen da und versuchst einfach nur, deinen Kopf einigermaßen klar zu bekommen, was aber gar nicht einfach ist. Alle reden irgendwie durcheinander, wobei es anscheinend noch nicht einmal um wichtige, sondern eher um belanglose Dinge geht. Wenigstens ist dein Onkel endlich aus der Stadt zurück. Am besten fragst du ihn gleich nach dem Essen wegen des Schlüssels, bevor wieder etwas dazwischenkommt.

Das brauchst du jedoch nicht, denn sobald du vom Tisch aufgestanden bist, zieht Kiki dich beiseite und hält dir einen kleinen, hübschen Schlüssel vor die Nase.

„Hab' ihn schon!", sagt sie strahlend und schleppt dich sofort mit in Richtung Bibliothek ab. „Weißt du, ich hab' mir gedacht, ich frag' deinen Onkel gleich, wenn er wieder da ist", erklärt sie dir unterwegs. „Nachher haben wir sonst wieder so 'n Pech wie heute Vormittag. Und da hab' ich ihn mir gleich geschnappt, als er auf den Hof gefahren ist. War doch hoffentlich in Ordnung, oder?"
Du nickst nur, zumal du Kikis Redefluss erst mal verarbeiten musst. Irgendwie ist dein Gehirn immer noch nicht richtig wach. So überlässt du es auch gern Kiki, den Vitrinenschrank aufzuschließen.
„Komisch! Das Schloss hakt ja ganz schön!", meint sie dabei erstaunt. Trotzdem schafft sie es und wenig später klappt die Glastür auf. Als allererstes untersucht sie nun das Schloss etwas eingehender.
„Da sind ein paar feine Kratzer, genau da, wo man den Schlüssel reinsteckt! Die sehen ganz frisch aus!"

Jetzt bist du plötzlich hellwach. Sollte womöglich jemand vor euch darin herumgestöbert haben? Dein böser Verdacht bestätigt sich, als du einen Blick auf die Bücher wirfst. Du hast zwar morgens nur kurz durch das Glas in den Schrank geschaut, aber du weißt noch ganz genau, welche zwei Bücher vorne an gestanden haben: „Über Landfrauen" und „Kleidung der letzten Jahrhunderte". Das erste der beiden Bücher ist immer noch da, daneben befindet sich allerdings ein Gesangbuch! Das zweite Buch findest du jedoch auch wieder, allerdings steht es nun ganz rechts und auf dem Kopf! Es ist absolut eindeutig: Jemand ist vor euch hier gewesen!
„Was ist denn?", fragt Kiki dich. „Du bist ja ganz aufgeregt!", und als ob sie es ahnen würde: „Meinst du, es hat schon ein anderer hier nachgesehen?"

„Ich fürchte, ja!", antwortest du ihr nur knapp, weil du mit deinen eigenen Gedanken beschäftigt bist.
Das darf echt nicht wahr sein! Ist diese Pechsträhne noch normal? Voller Wut über all diese schon merkwürdig unglücklichen Umstände krallst du deine Finger in den Rahmen der Glastür und wirfst sie mit einem kräftigen Schwung zu.
Klirr!
Es kracht gewaltig, als die Glasscheibe in tausend Scherben zerspringt.
„Au!", schreit Kiki auf.
Blut tropft von ihrem Arm. Eine der Scherben hat eine lange, hässliche Schnittwunde verursacht, als die Splitter in alle Richtungen geflogen sind. Deine Tante, die den Lärm gehört haben muss, kommt hereingestürmt, dicht gefolgt von Jonas.
„Was ist passiert?", fragt sie entsetzt.
Kiki atmet scharf ein, bevor sie antwortet: „Oh, eine ganz spezielle Person ..." – dabei schaut sie zu dir – „... hatte soeben einen Wutkopf!"
Natürlich nützt es dir jetzt gar nichts, zu beteuern, es wäre ein Versehen gewesen, denn wenn Blicke töten könnten, würdest du unter den strafenden Blicken deiner Tante und auch Jonas' wahrscheinlich den Tod der tausend Tode sterben. So belässt du es bei einem „Es tut mir leid!", zumal Tante Vera Kiki gleich mitnimmt, um sie zu verarzten.
Du bleibst allein mit Jonas zurück, aber nicht lange. Sein grimmiger Gesichtsausdruck überzeugt dich sehr schnell davon, dass es besser ist zu verschwinden, und du verlässt fast fluchtartig den Raum.
Da du nicht besonders darauf erpicht bist, jetzt irgendjemandem zu begegnen, schlägst du sofort den Weg zu deinem Zimmer ein. Eigentlich ist dies die einzige Möglichkeit, die dir zurzeit bleibt, findest du.

Und trotzdem kommt es mal wieder anders, als du denkst.
Kaum bist du die ersten Stufen der großen Treppe hinaufgelaufen, da hörst du plötzlich Jonas schreien, und das nicht nur einmal.
„Hilfe! Nein!", tönt es immer wieder zwischen irgendwelchen anderen seltsamen Geräuschen, die du nicht einordnen kannst, aus der Bibliothek. Klingt wie ein Zischen, als ob etwas sehr schnell durch die Luft fliegt, überlegst du dir, während du eiligst wieder zurückrennst.
Wie genau du doch mit deinen Überlegungen recht hattest, stellst du einen Moment später fest, als du bei ihm ankommst. Tatsächlich fliegt etwas durch die Luft: die Scherben!
Wie Düsenjets gleiten sie im Konturenflug über Jonas hinweg, der zitternd, ausgestreckt auf dem Boden liegt, und mit schreckensgeweiteten Augen die Glasstücke an sich vorbeizischen sieht. Und seine Angst ist durchaus begründet! Zahlreiche kleinere Schnitte an seinen Armen und Beinen zeigen, dass er schon etliche Male getroffen worden ist.
Wie erstarrt stehst du da und beobachtest diese unwirkliche Szene. Das kann doch gar nicht sein! Egal! Du hast keine Zeit, darüber nachzudenken! Mit einem Hechtsprung einschließlich Schwimmbewegungen, um die Scherben beiseitezuwischen, stürzt du dich schützend auf Jonas. Überrascht schaut er dir direkt in die Augen, kriegt aber keinen Ton heraus, obwohl sein Mund weit aufklappt.
Dazu hätte er auch kaum die Gelegenheit, denn schon reißt du ihn hoch, während du selbst auf die Füße springst. Zwei Schritte und ein Handgriff – und ihr beide seid in der Eingangshalle und lehnt schwer

atmend mit dem Rücken an der geschlossenen Tür zur Bibliothek.
Ein furchtbares Kreischen lässt euch zusammenzucken. Es ist Jessika. Sie hat euch gesehen und schreit wie am Spieß. Und Tante Vera stimmt gleich mit ein, als sie um die Ecke gefegt kommt.

Später in der Ambulanz vom Krankenhaus verstehst du langsam ihr Entsetzen. Du musst schrecklich ausgesehen haben, dort an der Tür, über und über von Schnitten verunziert – so vielen, dass man sie kaum noch zählen kann. Die Scherben haben auch dich erwischt, viel mehr sogar noch als Jonas. Das verrückte daran ist, dass du davon gar nichts gemerkt hast. Erst als du dann an dir heruntergeschaut hast, hast du gedacht, dich müsse der Schlag treffen, und du bist ohnmächtig zusammengesackt.

Tja, so endet das Abenteuer für dich: nicht schwer verletzt, aber total verpflastert. Jonas geht es etwas besser. Trotzdem reisen er und seine kleine Schwester noch am gleichen Abend ab, allerdings nicht, ohne dir noch „Danke!" für die Rettung zu sagen. Du hast auch keinen Nerv mehr, in das Haus zurückzukehren. Stattdessen verbringst du die Nacht lieber im Krankenhaus, zumal die Ärzte dich in deinem Zustand gar nicht so einfach gehen lassen würden.

Bevor du jedoch am nächsten Tag endgültig abreisen kannst, kriegst du noch unerwarteten Besuch: Kiki und Bennet.

„Wir haben's geschafft – hoffen wir zumindest!", erzählt Kiki mit einem zugleich erschöpften und erleichterten Lächeln. „Die Frau ist weg und die Kleine ist gerettet."

„Wie? Habt ihr beide das geschafft?", fragst du verwirrt nach.

„Ja, und dabei sollten wir es auch belassen", meint Bennet geheimnisvoll und ebenso lächelnd wie Kiki. Dabei bleibt er auch. Egal wie oft du fragst, und du hast sehr viele Fragen, beide schweigen nur – sogar Kiki. Und du hast die Nacht friedlich in einem weißen Bett schlafend im Krankenhaus verbracht. Pech gehabt!

Ende

Vielleicht ist es ja nur Zufall, dass er nach dem Schlüssel für den Schrank gefragt hat. Trotzdem hättest du da einige Fragen an Bennet, auch wenn es schwierig sein dürfte, sie zu stellen. Wie auch immer – wenn er jetzt geht, verpasst du eine wichtige Chance. Dessen bist du dir sicher. Also solltest du schnell versuchen, ihn in ein Gespräch zu verwickeln, denkst du dir.
„Du interessierst dich für Bücher, ja?", sagst du schnell, während du dich gleichzeitig am liebsten ohrfeigen würdest, weil dir nichts Besseres eingefallen ist.
„Geht so!", antwortet er knapp und steht auf. Dann fügt er noch erklärend hinzu: „Es kommt immer darauf an, welche Art Bücher. Manche sind wirklich faszinierend."
Bei diesen Worten glimmt ein Funkeln in seinen Augen auf, wie du es vorher noch nicht bei Bennet gesehen hast. Sollte dein eigentlich sehr plumper Versuch womöglich goldrichtig gewesen sein?
„Solche, wie die alten Bücher im Vitrinenschrank?", hakst du gleich nach, zumal es dir gar nicht gefällt, dass er jeden Moment weggehen könnte.
„An denen interessiert mich eigentlich nur, dass sie schon so alt sind; manchmal findet man darin Dinge, mit denen man nicht rechnet", meint Bennet geheimnisvoll.
Jetzt willst du es genau wissen: „Denkst du dabei an etwas Bestimmtes?"
Seine Augen verengen sich zu schmalen Schlitzen. Bist du zu weit gegangen und hast ihn irgendwie misstrauisch gemacht? Zumindest zögert er mit der Antwort. Stumm starrt er dir direkt in die Augen. Es fällt dir schwer, dem Wunsch zu widerstehen, diesem Blick auszuweichen. Doch du hältst ihm stand, bis

Bennet endlich etwas sagt und dabei kurz zu Boden schaut.
„Nein, ich weiß nicht genau, was ich hoffe zu finden. Allerdings wundere ich mich über dein Interesse. Gilt es den Büchern oder mir?"
„Beides!", gibst du zu, weil du es leid bist, um den heißen Brei herumzureden. „Du hast vorhin so geistesabwesend und irgendwie verwirrt gewirkt. Und das kurz nachdem ich dachte, ich hätte dich in der Bibliothek vor dem Vitrinenschrank gesehen, was ja eigentlich gar nicht sein kann. Trotzdem hast du mich gleich darauf nach dem Schlüssel für diesen Schrank gefragt ..."
„Du hast mich dort gesehen?", platzt Bennet verblüfft heraus.
Jetzt bist du ebenfalls verblüfft! Wie kann das sein? Bennet an zwei Orten gleichzeitig? Oder meint er das irgendwie anders?
Schätzungsweise guckst du ihn gerade ziemlich entgeistert an, denn er reagiert auf einmal sehr verlegen.
„Vergiss, was ich eben gesagt habe!", murmelt er und tritt von einem Fuß auf den anderen. Fast scheint es so, als wüsste er nicht, ob er sofort gehen oder sich doch lieber hinsetzen und reden soll.
„Tu' mir einen Gefallen und setz dich wieder!", sagst du deshalb leicht genervt, zumal Bennet seine Blinkturnschuhe trägt, die bei jedem Schritt losflackern.
„Also gut", sagt er und setzt sich tatsächlich, „aber tu' mir auch einen Gefallen: Frag' nicht weiter! Nur so viel: Du bist nicht verrückt und hast auch nicht doppelt gesehen. Es ist sehr schwierig, das zu erklären und darum versuche ich das gar nicht erst. Viel bemerkenswerter finde ich übrigens die

Tatsache, dass du dich offenbar für dieselben Bücher interessierst wie ich."
Nach dieser kleinen Rede lächelt er dich etwas schief an, verschränkt die Arme vor der Brust, lehnt sich an den Apfelbaum zurück und schaut dich erwartungsvoll an.

„Puh!", stöhnst du auf und raufst dir die Haare, als ob du damit Ordnung in deinen Kopf kriegen könntest. Was um alles in der Welt soll das alles bedeuten? Andeutungen, nichts als Andeutungen! Kann Bennet sich nicht mal klar und deutlich ausdrücken? Allerdings hast du anscheinend ein Thema erwischt, über das er gar nicht gerne spricht ...
Nun ja, wahrscheinlich ist es besser, jetzt nicht darin herumzustochern. Später, wenn ihr euch richtig kennengelernt habt, ergibt sich bestimmt wieder eine Gelegenheit, ihn darauf anzusprechen, und dann ist er sicherlich eher bereit, darüber zu reden.

„Ist gut, ich werde dich nicht weiter löchern, was diese Merkwürdigkeiten angeht", sagst du schließlich, „aber aufgeschoben ist nicht aufgehoben! Irgendwann komm' ich noch mal darauf zurück!" Dabei grinst du ihn frech an, damit er das bloß nicht verbissen sieht.

„Um auf die Bücher zu kommen ...", wechselst du dann das Thema, „ich würde sie mir auch gern mal ansehen, aber leider hat mein Onkel den einzigen Schlüssel bei sich. Und leider kommt er erst spät zurück."

„Schade!", meint Bennet nachdenklich. „Allerdings muss das kein Hindernis sein!"

„Willst du das Schloss etwa knacken?", fragst du entsetzt.

„Knacken klingt so brutal. Ich will es ja nicht kaputtmachen, sondern nur öffnen. Und zwar so, dass man es auch wieder schließen kann!"
Steile Falten haben sich auf seiner Stirn gebildet. Offenbar reift gerade ein Plan in ihm heran, von dem du nicht weißt, ob du ihn gut finden wirst. Dir schwant jedenfalls nichts Gutes.
„Und wie?", fragst du deshalb vorsichtig nach.
„Mit einer besonders dicken Büroklammer könnte es gehen", erklärt er. „Das Schloss ist von sehr einfacher Bauart, soweit ich gesehen habe."
Dein Kopf arbeitet auf Hochtouren. Könnt ihr das wagen? Dürft ihr das überhaupt? Was würde deine Tante dazu sagen? Blöder Gedanke! Ganz richtig ist es sicher nicht, aber schließlich wollt ihr weder etwas kaputtmachen, noch etwas stehlen. Ihr wollt euch die Bücher ja nur ansehen. Außerdem bist du neugierig, ob Bennet das wohl schafft.
„Gut! Lass uns ´nen Versuch starten", antwortest du deshalb.
Bereits wenige Minuten später steht ihr beide in der Bibliothek vor dem Vitrinenschrank. Mit prüfendem Blick untersucht Bennet das Schloss. Danach zieht er aus der Tasche seiner Shorts eine ziemlich große Büroklammer hervor und beginnt, sie zurechtzubiegen. Ob er so etwas immer mit sich herumschleppt? Seltsam!
Als er offenbar mit seinem Werk einigermaßen zufrieden ist, steckt er den dicken Draht in das Schlüsselloch und dreht ihn ein bisschen. Leider hat dies jedoch nicht den gewünschten Erfolg. So nimmt er sich die Klammer noch einmal vor, drückt hier und da ein wenig, bevor er es wieder versucht. Doch auch diesmal funktioniert es nicht. Bennet lässt sich trotzdem nicht aus der Ruhe bringen. Geduldig macht

er weiter, bis sich plötzlich jemand hinter euch räuspert.

Da du dich ebenfalls interessiert der Vitrine zugewandt hast, weißt du nun ebenso wenig wie Bennet, wer da hinter euch steht. Schluckend schielst du zu Bennet und er schaut fragend zurück zu dir. Dann dreht ihr euch langsam um.

Kiki Es ist nur Kiki! Allerdings sieht sie nicht besonders freundlich aus. Nicht nur, dass sie die Arme verschränkt hat und wie im Takt mit dem Fuß auftippt, auch ihr Gesicht spricht Bände.

„Ich dachte, wir wollten uns die Bücher zusammen anschauen!", meint sie in herausforderndem Tonfall.

„Und überhaupt: Bei Jonas hast du dich gesträubt, als ich vorgeschlagen hab', ihn einzuweihen, aber Bennet ist okay, oder wie? Ist nichts gegen dich, Bennet, aber ich finde, dann hätten wir auch Jonas von den Gespenstern erzählen können."

„Gespenster?", Bennet zieht überrascht die Augenbrauen hoch.

In diesem Moment hast du das Gefühl, du müsstest zusammenbrechen – vor Lachen und Weinen gleichzeitig! Die ganze Situation ist so verdreht! Für Kiki sieht es so aus, als ob du Bennet etwas verraten hättest, während der natürlich gar nichts versteht. Du schüttelst wortlos den Kopf, weil dir dazu nichts mehr einfällt. Dafür scheint Kiki nun zu begreifen, was los ist.

„Oh!", sagt sie verdutzt. „Ich dachte, ich mein', ... hast du gar nichts gesagt? Und ich hab' geplappert ..."

„Ja, das hast du tatsächlich!", mischt Bennet sich ein.

„Und ich kann dir sagen, dass ich deine Bemerkung sehr aufschlussreich finde. Erzähl mir mehr!" Neugierig und erwartungsvoll schaut er euch an.

Kiki wiederum blickt dich an. „Was nun?", fragt sie.
Das ist jetzt allerdings die Frage! Alles ist auf einmal so verworren und kompliziert.
Kiki wollte Jonas gern dabeihaben. Nun hat sie gedacht, du hättest stattdessen lieber Bennet alles oder zumindest eine ganze Menge erzählt. Als ob du einfach herumtratschen würdest! Gerade hast du versucht, Bennets Vertrauen zu gewinnen. Mal abgesehen davon, hat Kiki doch sowieso keine Lust, in den Büchern zu stöbern.

Da gibt es letztendlich nur zwei Möglichkeiten:

Du schlägst vor, Bennet und auch Jonas einzuweihen. Bennet hat eh schon sehr viel mitgekriegt und auf Jonas legt Kiki ja anscheinend Wert. Dann hätten die Geheimniskrämereinen zumindest weitgehend ein Ende.

⇒ Lies weiter auf Seite 360!

Du lässt Kiki und Bennet stehen und gehst. Schließlich hat Kiki sich die Suppe eingebrockt. Soll sie sie doch selber auslöffeln!

⇒ Dann lies auf Seite 375 weiter!

Noch einmal schaust du zu Bennet, dann zu Frau Kamm. Es muss richtig sein, denkst du, während du vorsichtig den Brief aus dem Brustbeutel ziehst.
„Wir haben dies dort im Haus gefunden", erklärst du knapp und reichst ihr das alte Stück Papier.

Frau Kamms Augen werden größer als ohnehin schon. Stumm und mit bebenden Händen nimmt sie es und faltet es sichtlich nervös auseinander. Mit gerunzelter Stirn liest sie den Brief. Noch während sie das tut, beginnen ihre Lippen leicht zu zittern. Du entdeckst eine kleine Träne in ihrem Augenwinkel, die durch das Glas der Brille wie eine große Perle glänzt. Sichtbar ergriffen und doch gefasst sagt sie schließlich: „Ich danke euch! Ihr könnt euch nicht vorstellen, was dieser Fund für mich ganz persönlich bedeutet. Nun, vielleicht sollte ich es euch in Ruhe erzählen."
Einladend deutet sie auf einen kleinen, einfachen Tisch und ein paar Stühle.
Kaum sitzt ihr, da beginnt sie auch schon: „Als ich selbst noch ein junges Mädchen war – ungefähr in eurem Alter muss ich gewesen sein –, hatte ich eine Schulfreundin, die damals – wenn auch nur für kurze Zeit – im Haus Gloria wohnte. Um es gleich kurz zu machen: Sie und ihre Familie hielten es dort nicht lange aus. Vielleicht waren es ein paar Monate, vielleicht auch weniger – so genau erinnere ich mich nicht mehr. Jedenfalls hatten sie dort große Probleme. Nacht für Nacht wurde die Familie von Geistererscheinungen heimgesucht, die gar grausig gewesen sein sollen. Nun, so erzählte es mir jedenfalls meine Freundin. Ich selbst habe dort nur einmal eines Abends, als es etwas später wurde, einen Schatten wahrgenommen. Was es genau war,

kann ich nicht sagen, nur dass in dem Moment eine eisige Kälte im Raum herrschte. Eine geradezu unnatürliche Kälte! Habt ihr auch Ähnliches erlebt?"

Diese Frage kommt so unvermittelt und direkt, dass ihr beide ganz spontan nickt, ohne weiter darüber nachzudenken. Vielleicht ist es auch einfach ihre geradezu verblüffende Offenheit, mit der sie selbst über den Spuk spricht.

„Habt ihr das Wesen gesehen?", fragt sie gleich weiter, wobei sie euch mit ihren Eulenaugen interessiert und zugleich durchdringend anstarrt.

Bennet antwortet, ohne lange herumzudrucksen: „Es handelt sich um eine Frau, nach menschlichem Alter ungefähr zwischen sechzig und siebzig – schätze ich –, die ein schwarzes, altmodisches Kleid trägt. Wir beide haben sie gesehen, allerdings unabhängig voneinander."

„Ich bin ja auch erst seit gestern da", fügst du erklärend hinzu.

„So, so, es ist dann wohl diese Amanda Hofendahl, die herumspukt. Ich denke jedenfalls, dass man diesen überaus aufschlussreichen Brief derart interpretieren könnte." Nachdenklich verzieht Frau Kamm ihren Mund zu einer spitzen Schnute.

„Das denke ich auch!", stimmt Bennet zu.

Du nickst einfach nur. Das hattest du dir ja schon so während der Autofahrt überlegt. Viel wichtiger findest du jetzt, endlich das Problem dieser Horrornächte zu lösen und den Spuk zu beenden.

Deshalb sagst du ungeduldig: „Was soll'n wir denn nun machen? Selbst wenn alles so stimmt und wir tatsächlich den Grund für all die unheimlichen Dinge herausgefunden haben, wie können wir alles zu einem guten Ende führen?"

Frau Kamms Augen werden noch kugelrunder und noch größer, falls das überhaupt noch möglich ist.

„Ja, aber das steht doch in diesem Brief!", erklärt sie beinahe vorwurfsvoll, als ob du nicht aufgepasst hättest. „Wenn Amanda Hofendahl zugibt, die Kleine ermordet zu haben, dürfte der Spuk für immer der Vergangenheit angehören."

„Na super! Und wie bringt man diese Dame dazu, ein Geständnis abzulegen?", fragst du trotzig.

„Das wüsste ich auch gern!", meint Bennet und schaut ebenso erwartungsvoll wie du zur Archivarin.

Seufzend runzelt Frau Kamm die Stirn. „Tja, ich fürchte, das ist der schwierigste Teil der Angelegenheit!" Ihre Stimme klingt nun wirklich sehr betrübt. „Ich denke, das ist auch das größte Risiko, weil man diese Frau wohl mit dem Brief und damit ihrer Tat konfrontieren muss."

„Oh, Sie meinen, wir sollen ihr den Brief unter die Nase halten?", fragst du schluckend nach.

„Ich fürchte, schon, jedenfalls so ungefähr!", antwortet Frau Kamm.

Nachdenklich seine Unterlippe knetend sagt Bennet dazu: „Ich sehe das Hauptproblem darin, dass unser Gespenst wohl nicht dann auftauchen wird, wenn wir es erhoffen. Die Dame scheint doch eher die unerwarteten Auftritte zu mögen."

„Vielleicht solltet ihr versuchen, sie zu rufen", meint Frau Kamm. „Ich habe eine Menge darüber gehört und gelesen, obwohl ich selbst noch keine Erfahrungen damit habe."

„Sie wollen doch nicht allen Ernstes, dass wir so etwas wie eine Geisterbeschwörung abhalten?" Bennet starrt die Archivarin ungläubig an.

„Nein, nicht so, wie du wahrscheinlich denkst", antwortet sie sogleich. „Die ganze Theateraufführung mit geheimnisvollen Zeichen und anderen merkwürdigen Ritualen könnt ihr euch gerne schenken. Wenn ich ein Gespenst wäre, würde ich mich über solche Dinge mit Sicherheit kaputtlachen." – Frau Kamm schmunzelt bei dem Gedanken. – „Das einzige, worauf es meiner Meinung nach ankommt, ist, sich vollkommen darauf zu konzentrieren, dass sie erscheinen möge. Es mag sein, dass eine entzündete Kerze dabei hilfreich ist, weil dies die Konzentration fördert, aber allen anderen Aufwand halte ich für absoluten Blödsinn."
„Ich verstehe!", sagt Bennet. „Ich kann mir zwar nicht vorstellen, warum sie sich nach irgendwelchen Konzentrationsübungen zeigen sollte, doch einen Versuch ist es wert."
„Die Frau rufen? Freiwillig?" Du bist nicht gerade begeistert von dieser Idee und willst dazu auch nicht einfach schweigen. „Sie wird uns garantiert zu Tode erschrecken, denn ich denke mal, dass sie sehr wohl weiß, dass wir diesen Brief gefunden haben. Erinnere dich, Bennet, unter welchen merkwürdigen Umständen wir den Brief endlich gekriegt haben. Das war ´ne richtige Jagd!"
„Dein Einwand ist durchaus berechtigt!", meint Bennet. „Aber trotzdem werden wir nicht drum herumkommen, uns letztendlich der Frau und damit auch unserer Angst vor ihr zu stellen, so wie sie sich schließlich der Wahrheit stellen muss."
„Klingt ja alles richtig!", gibst du noch leicht maulend zu, weil du weißt, dass er irgendwie Recht hat. Und eigentlich habt ihr mit dem Brief die beste Chance, dem Spuk ein Ende zu bereiten. So sagst du voll neu

gewonnener Entschlossenheit: „Dann lass es uns versuchen, gleich diese nächste Nacht!"

Viele Stunden später – es ist kurz vor Mitternacht – bereust du diesen Mut-Anfall schon wieder. Du sitzt zusammen mit Bennet mitten in deinem Zimmer auf dem Boden beim Licht einer Kerze und fragst dich ernsthaft, welcher Affe dich gebissen haben muss, als du dich zu diesem Abenteuer bereit erklärt hast. Nur Bennet und du gegen ein wer-weiß-wie mächtiges Gespenst! Noch ist gar nichts los, aber du siehst das Unheil schon auf euch zukommen. Kann das gut gehen?

„Ich habe den Brief in die Brusttasche von meinem Polo-T-Shirt gesteckt", erklärt Bennet und reißt dich damit aus deinen Gedanken. „Meine Jogginghose hat nämlich leider keine Taschen." Tatsächlich: Bennets Hose ist aus dünner Fallschirmseide und ohne irgendeine Tasche.

„Ist gut!", antwortest du nur. Dir ist so mulmig zumute, dass du keine Lust auf eine längere Unterhaltung hast. Vielmehr lauschst du angestrengt auf jedes ungewöhnliche Geräusch und beobachtest verstohlen aus den Augenwinkeln jede Ecke deines Zimmers, insbesondere die Stelle, an der die Frau das erste Mal erschienen ist. Aber da ist nichts.

Wie lange es wohl noch dauern wird, bis etwas passiert? Falls überhaupt! Wenn doch, ist der Brief wenigstens griffbereit, zumal er ein wenig aus Bennets Tasche herausschaut. Wie er es nur im T-Shirt aushält? Obwohl ja eigentlich Sommer ist, findest du es dafür einfach zu kalt. Du bist froh, dass du dir etwas Wärmeres angezogen hast. Aber trotz des dicken Pullis fröstelst du.

„Irgendwie ist es auf einmal ganz schön abgekühlt!", meint nun auch Bennet im Flüsterton. Es wirkt so, als ob er noch etwas sagen will, doch keine Silbe kommt mehr über seine Lippen. Nur sein Mund bleibt offen und sein Blick wird starr.

Du schluckst. Bennets Reaktion ist eindeutig. Er sieht etwas schräg hinter dir – und bestimmt nichts besonders Erfreuliches!

„Was ist da?", raunst du ihm zu – in der verzweifelten Hoffnung, er möge sich gerade nur einen Scherz erlauben.

Statt zu antworten klappt sein Mund wieder zu, wobei sein Blick jedoch immer noch wie hypnotisiert an etwas hängt, das sich hinter dir befindet. Jetzt ist es mit dem letzten Rest deiner Ruhe vorbei, zumal die Kälte, die in dir hoch kriecht alles andere als angenehm ist.

Mit einem Satz hechtest du an der Kerze vorbei neben Bennet und drehst dich dabei gleichzeitig, um zu sehen, was oder vielmehr wer dort ist.

Sie ist es tatsächlich! Nur wenige Schritte von euch entfernt! Ihr grausiges Grinsen treibt dir eine Gänsehaut über den Rücken, obwohl sie eigentlich Bennet direkt anschaut. Dementsprechend bewegungsunfähig sitzt er da, wie gefesselt durch ihre eiskalten Augen. Und als ob das alles noch nicht genug wäre, bewegt sich die Frau nun auch noch näher auf euch zu.

Ohne lange zu überlegen packst du Bennet an der Schulter und rüttelst ihn. Irgendwie muss man ihn doch wach kriegen! Er fühlt sich kalt, ja beinahe wie gefroren an.

„Bennet!", sprichst du ihn an, während du ihn heftig schüttelst, aber das einzige, was passiert, ist, dass er

einfach nach hinten umkippt. Wie ein Stein! In diesem Moment meinst du ein Lachen zu hören. Du bist nicht sicher, ob es wirklich echt ist, doch irgendwie ist es in deinem Kopf – hässlich und gemein – und du weißt, woher es kommt ...
Bevor es dir überhaupt richtig bewusst wird, hast du wieder die Frau angesehen und diesmal fängt sie deinen Blick ein. Wie bei Bennet!
Angst schnürt dir die Luft zum Atmen ab. Deine Gedanken schwirren panikartig im Kreis herum, während das grässliche Lachen immer lauter und dröhnender wird. Was? Wie? Sie darf dich nicht kriegen!
„Nein!", schreist du, reißt deinen Kopf zur Seite, um ihrem Blick zu entkommen, und schaust genau in Bennets Gesicht.
Seine Augen starren leblos zur Zimmerdecke. Du hast kaum eine Wahl. Sie wird dich kriegen – so wie sie Bennet erwischt hat. Es ist nur eine Frage der Zeit.

Dir bleiben eigentlich nur zwei Möglichkeiten. Entweder du flüchtest, indem du aus dem Raum rennst, ohne sie anzusehen – wobei du dann allerdings Bennet seinem Schicksal überlassen müsstest – oder du hältst ihr den Brief unter die Nase – wie ihr es ursprünglich geplant habt.

Wäre Bennet wirklich verloren, wenn du jetzt abhaust? Hat es überhaupt Sinn, sich allein mit ihr anzulegen? Kannst du es ohne Bennet schaffen?

Diese Unschlüssigkeit darüber, was du tun sollst, wird noch dein Verderben sein, schimpfst du mit dir selbst, denn du spürst, dass sie dir mittlerweile sehr nahe ist. Eine Entscheidung muss her! Und zwar schnell!

Willst du die Flucht ergreifen, um erstmal wieder klar denken zu können?

⇒ Dann lies auf Seite 379 weiter!

Oder willst du den Kampf allein aufnehmen?

⇒ Dann geht es auf Seite 382 weiter!

Nein, du tust es nicht. Wer weiß, was diese merkwürdige Frau mit dem Brief anstellt! Vielleicht lacht sie euch auch aus. Lieber kein Risiko!
Du drückst den Beutel wieder zu, und zwar so, dass Bennet es mitkriegt, damit er weiß, wie du dich entschieden hast. Er nickt dir zu, dann versucht er, Frau Kamm den Grund für euer Anliegen zu erklären: „Schauen Sie, es ist so: Das Haus Gloria ist jetzt ein Ponyhof, und wir beide interessieren uns nicht für Ponys. So langweilen wir uns fürchterlich. Da ist uns die Idee gekommen, einen umfassenden Bericht über dieses alte Gebäude und seine sicherlich bewegende Geschichte zu schreiben."
Schluckt sie das? Du findest, Bennet hat eine hübsche Erklärung erfunden, nur ob sich Frau Kamm damit zufriedengibt?
„So, so, einen Bericht wollt ihr schreiben? Aus Langeweile?" Frau Kamm zieht ihre Stirn in unglaublich viele Falten. „Nun, ich bin mehr für Offenheit und Ehrlichkeit, muss ich euch sagen. Aber gut: Das Haus wurde Ende des 18. Jahrhunderts, also ungefähr 1780 oder 1790 gebaut. Und jetzt stört mich nicht weiter. Ich habe zu arbeiten." Mit diesen Worten wendet sie sich von euch ab, nimmt einen Stapel Akten und verschwindet damit zwischen den Regalen im hinteren Teil des Raumes.
Na super! Noch weniger hätte sie euch wohl nicht erzählen können?!
Bennet stöhnt enttäuscht auf und zieht dich am Arm zur Treppe.
„Komm, es hat ja doch keinen Zweck!"
„Ich fürchte, du hast Recht", stimmst du ihm zu.
So trottet ihr nebeneinander die Treppe hoch und verlasst auf schnellstem Weg das Rathaus, weil ihr mögliche Begegnungen mit Frau Bicks-Stolze – die

fehlt nun gerade noch! – oder dem Bürgermeister vermeiden wollt. Was solltet ihr eurem netten Helfer auch sagen?

„Verflixtes Pech aber auch!", schimpft Bennet niedergeschlagen, als ihr draußen vor der Eingangstür steht.

„Vielleicht hätte ich ihr doch den Brief zeigen sollen", meinst du unsicher.

„Ich glaube nicht, dass das etwas gebracht hätte. Außerdem: Was hätten wir ihr sagen sollen, wenn sie weiter gefragt hätte?" Bennet schüttelt energisch den Kopf. „Ich schätze, nichts hätte sie dazu bewegen können, mehr zu erzählen, falls sie überhaupt noch mehr weiß."

„Hätte, wäre, wenn! Das ist doch jetzt sowieso egal! Lass uns was Vernünftiges tun, nämlich ein Eis essen. Ich lad' dich ein!", versuchst du Bennet aufzumuntern. Er lächelt schwach und nickt.

Die nächste Eisdiele ist zum Glück nicht weit. Ihr setzt euch drinnen in ein gemütliches, stilles Eckchen, damit ihr in Ruhe reden könnt. Die Karte mit vielen Abbildungen der Eisvariationen zeigt euch wirklich verlockende Versuchungen. Ein Eisbecher ist appetitlicher als der andere. Zuerst zögert Bennet bei der Bestellung, aber als er sieht, wie groß der Superschlemmerbecher ist, den du nimmst, schlägt er ebenfalls zu und entscheidet sich für einen großen Kirschbecher.

Während ihr auf euer Eis wartet, fragst du Bennet: „Meinst du wirklich, diese Frau Kamm hat gar nicht mehr gewusst?"

„Ich weiß es nicht", antwortet Bennet, „aber das ist jetzt auch nicht mehr wichtig. Da kommt schon der Ober mit unseren Eisbechern!"

Tatsächlich! Der Ober stellt euch die Eiskreationen, die wie kleine Kunstwerke aussehen, direkt vor die Nasen. Nun ist erstmal jedes weitere Gespräch überflüssig, denn ihr seid vollauf damit beschäftigt, euch durch die verschiedenen Eissorten durchzulöffeln. Solch zartschmelzendes, leckeres Eis hast du noch nie gegessen – jedenfalls nicht, dass du dich daran erinnern könntest. Genau das Richtige zum Frustabbau!
Auch Bennet ist begeistert und schwärmt: „Fantastisch! Wenn du noch mehr willst, die nächste Runde zahle ich."
Natürlich willst du noch mehr, zumal das Eis irgendwie allzu schnell weggeputzt ist. Deine nächste Wahl ist einfach: Der Kirschbecher, den Bennet gehabt hat.
Bennet überlegt ein wenig länger, entscheidet sich dann aber doch recht schnell für einen Hawaiibecher mit viel Ananas und kleinen Schirmchen zur Verzierung, als der Ober kommt. Wieder schwelgt ihr im Paradies. Bennet hat wirklich nicht übertrieben. Was hat er gesagt? Fantastisch! Oh ja, dieser Kirschbecher ist einfach einsame Spitze: sahniges Vanilleeis, dazu Kirsch- und Schokoladeneis und heiße Kirschen oben darüber gegossen mit Schokosplittern als Garnierung.
Doch leider, leider ist auch dieser Eistraum viel zu schnell zu Ende. Einen Moment schaut ihr euch unschlüssig an, dann geht's auf zu einer neuen Bestellung, ohne dass ihr noch darüber reden müsstet.
Du sagst nur schnell: „Ich zahle!". Und schon steckt ihr eure Köpfe über der Eiskarte zusammen. Diesmal ist Bennet schneller: ein Bananensplit, während du schließlich einen Eisbecher mit allen deinen

Lieblingseissorten nimmst – und das sind nicht wenige!
So geht eure Schlemmerparty im Eiscafé noch eine ganze Weile weiter. Kaum hat einer von euch beiden sein Eis fast aufgegessen, schielt er auch schon wieder zur Karte. Ob Nussbecher, Spaghetti-Eis oder Erdbeerschale, alles muss probiert werden.
Plötzlich jedoch, ihr seid gerade im Begriff euch die soundsovielte Eisladung zu bestellen – ihr habt aufgehört zu zählen –, fällt Bennets Blick auf seine Armbanduhr.
„Oh, oh! Wir müssen ja dringendst los", stellt er erschrocken fest. „Die drei Stunden sind gleich um!"
Eilig winkt ihr dem Ober, um zu zahlen. Die Rechnung hat es dann auch in sich. Fast dein gesamtes Taschengeld geht drauf. Bennet schluckt ebenfalls trocken durch, denn seine Rechnung ist ziemlich ähnlich. Irgendwie ist euch gar nicht bewusst gewesen, wie viel Eis ihr vertilgt habt. Zur kleinen Entschädigung und als Dankeschön schenkt der Ober euch allerdings noch jedem eine große Eistüte für unterwegs. Das versüßt euch die Rechnungen doch erheblich.
Munter schleckend kommt ihr beim Postamt an, wo Onkel Robert schon ungeduldig auf euch wartet.
„Ach, da seid ihr ja", meint er, „na, schmeckt's?"
„Ja, ist sehr lecker!", antwortest du schlürfend.
„Na, fein! Aber wir fahren gleich noch zum Imbiss 'ran, damit ihr auch etwas einigermaßen Vernünftiges esst."
Kaum hat dein Onkel das ausgesprochen, vergeht dir schlagartig der Appetit. Etwas essen? Wie in einem kurzen Film ziehen sämtliche Eisbecher, die du gefuttert hast, vor deinem geistigen Auge vorüber. Mühsam würgst du den letzten Rest der Eistüte

hinunter. Du bist so vollgestopft, dass du platzen könntest.
„Ähm, das ist aber nicht nötig", wendet sich Bennet an deinen Onkel. Bennets Gesicht wirkt käsig blass. Anscheinend verursacht ihm der Gedanke an Essen schon Übelkeit.
„Doch, doch!", gibt Onkel Robert allerdings zurück. „Von einem Eis wird man nicht satt. In dem Imbiss, den ich meine, bekommt man zum Beispiel herrliche Bratkartoffeln, knusprige Schnitzel und knackig frische Salate."
Das reicht! Angewidert starrt Bennet den Rest seiner Eistüte an und wirft sie in hohem Bogen in den nächsten Papierkorb. Du hast deine schon aufgegessen, sonst hättest du jetzt wahrscheinlich das gleiche damit gemacht.
Prüfend schaut dein Onkel erst Bennet und dann dich an. „Ihr seht irgendwie gar nicht gut aus."
Wie Recht er hat! Du fühlst dich hundeelend. Warum musstest du nur so viel Eis essen? Dein ganzer Bauch fühlt sich wie aufgepumpt an, dein Magen brennt wie Feuer – dabei war es doch eiskaltes Eis! – und schreckliche Übelkeit raubt dir fast den Verstand.
„Was ist los mit euch?" Die Frage deines Onkels dröhnt dir unerbittlich in den Ohren.
Solltet ihr ihm womöglich lieber gestehen, welch eine Eisschlacht ihr euch geliefert habt?
„Mir ist schlecht", wimmert Bennet nur.
„Setzt euch ins Auto! Wir fahren zum Ponyhof!", kommandiert Onkel Robert knapp.
Während ihr mühselig einsteigt, raunt Bennet dir zu: „Sag bloß nichts von dem ganzen Eis. Ich fürchte, das gibt sonst grässlichen Ärger!"
Da hat er schätzungsweise Recht. Du kannst dir Tante Veras Standpauke lebhaft vorstellen. Und Onkel

Robert würde euch wahrscheinlich zur Strafe zu Fuß laufen lassen. So nickst du Bennet schweigend zu.
Die Rückfahrt ist der reinste Horror. Dreimal muss Onkel Robert zwischendurch anhalten, weil euch fürchterlich schlecht wird. Autofahren kann in solchem Zustand echt zur Qual werden!
Beim Ponyhof angekommen werdet ihr sofort von deiner Tante ins Bett gestopft. Dann folgen ein paar Telefonate und schon am selben Abend werdet ihr beide nach Hause verfrachtet, insbesondere auch deshalb, weil Tante Vera befürchtet, ihr könntet die anderen Kinder anstecken. Sie weiß ja nicht, warum es euch so mies geht. Aber weder Bennet, noch du möchtet den wahren Grund dafür beichten. Es ist einfach zu peinlich!
Trotzdem schwörst du dir eins für die Zukunft: Nie wieder Eis! Dass daran ein solches Abenteuer scheitert, ist einfach zu ärgerlich!

Ende

Du hast erlebt, wie gefährlich die Geisterfrau sein kann, und entscheidest dich daher für das große Treffen in deinem Zimmer.

„Lasst es uns doch erst einmal mit einer großen Runde versuchen, aufteilen können wir uns ja immer noch, wenn's so nicht klappt", erklärst du.

„Puh, danke!", seufzt Kiki erleichtert. „Das klingt echt beruhigend."

„Gut, versuchen wir's!", stimmt auch Jonas zu. „Wann?"

„Ich würde vorschlagen, noch vor Mitternacht", schaltet sich Bennet ein. „Gegen 22 Uhr?"

„Sagen wir lieber, 'ne Stunde später", schlägst du vor. „Wir wollen ja schließlich nicht meiner Tante und meinem Onkel in die Arme laufen."

Nein, das will keiner von euch und damit ist es beschlossene Sache, sich erst eine Stunde vor Mitternacht zu treffen. Damit löst ihr eure Versammlung dann auch auf und jeder beschäftigt sich mit Dingen, die ein kleines bisschen von der bevorstehenden Nacht ablenken. Kiki kümmert sich eingehend um ihr Lieblingspony Schneeflocke, Jonas bastelt hier und da am Baumhaus herum, Bennet macht sich zu einem längeren Spaziergang auf und du stehst auf einmal allein und ohne eine sinnvolle Idee da. So bleibst du beim Naheliegensten: Du hilfst Jonas, der genau neben dir herumwerkelt. Ihm schweben nämlich noch einige Verbesserungen an der Falltür, sowie der Einbau eines Schränkchens vor. Mit diesen Arbeiten vollauf ausgelastet merkt ihr gar nicht, wie schnell die Zeit verrinnt, und schaut verwundert hoch, als deine Tante vom Haus her zum Abendessen ruft.

„Nanu, ist's schon so spät?", meinst du.

„Anscheinend!", sagt Jonas genauso überrascht und betrachtet dann stolz euer Werk. „Aber es hat sich echt gelohnt!"

Das stimmt allerdings. Ihr habt die Leisten am Fenster verstärkt, die Falltür passgenauer eingefügt, ein paar Ecken ausgebessert, einen einfachen kleinen Schrank gebaut und schließlich noch ein Regal danebengesetzt. Nach einem kurzen stolzen Blick zurück auf euer Werk, macht ihr euch eiligst auf den Weg zum Essen.

Bevor ihr allerdings das Esszimmer betreten könnt, begegnet euch erstmal Kiki in der Eingangshalle. Sie öffnet den Mund, als ob sie euch etwas sagen will, schließt ihn jedoch gleich wieder, denn in diesem Moment hakt sich Jessika sehr vertraulich bei dir ein.

„Naaahaaa!", begrüßt sie dich und strahlt dich wie der Sonnenschein persönlich an. „Ich wusste gar nicht, dass du gern mit Pferdefiguren spielst ..."

„Hä? ... Ich?", stotterst du irritiert.

„Ja!", antwortet Kiki für dich und schaut dich dabei eindringlich an. „Ich habe dir meine Figuren in dein Zimmer hinübergebracht, weil du sie ja mal in Ruhe ansehen wolltest!" – Kiki betont jedes einzelne Wort überdeutlich. – „Du weißt schon, wir hatten darüber gesprochen!"

Das weißt du natürlich nicht, lässt dir aber nichts anmerken und nickst brav, während dein Gehirn auf Hochtouren läuft. Kiki hat also ihre Pferdefiguren in dein Zimmer gebracht. Soviel hast du begriffen. Vermutlich hat Jessika sie dabei erwischt und jede Menge Fragen gestellt, so dass Kiki eine schnelle, etwas merkwürdige Ausrede benutzt hat. Offenbar ahnt Jessika, dass daran irgendetwas nicht stimmt. Hat sie gehofft, du würdest dich verplappern? Irgendwie hast du leichte Mühe, dir das Grinsen über ihre plumpe Art zu verkneifen. Na ja, sie ist nun mal neugierig!

„Sammelst du auch solche Figuren?", fragt Jessika gleich weiter.

Was sollst du darauf sagen? Während du noch überlegst, antwortet Jonas für dich: „Du bist wie immer ganz schön neugierig! Es gibt jetzt Essen, du Nervkeks!" Damit zieht er dich endgültig von seiner kleinen Schwester weg ins Esszimmer.

Erst viel später bei eurem heimlichen Treffen in deinem Zimmer hat Kiki endlich die Gelegenheit zu erklären, warum sie die Pferdefiguren hinübergeschafft hat.

„Die ganze Zeit ist Jessika immer an meinen Fersen gewesen, als ob sie irgendwas weiß", erzählt Kiki und verdreht genervt die Augen. „Jedenfalls hab' ich mir gedacht, Gloria hat ja letzte Nacht auch mit den Pferden gespielt. Und womöglich kommt sie gar nicht, wenn die nicht da sind! Das Dumme dabei war nur, dass Jessika mich dann doch dabei erwischt hat, als ich sie hierhergeholt hab', obwohl ich schon ganz vorsichtig gewesen bin."

„Tja, solche Sachen riecht mein Schwesterchen geradezu!", meint Jonas dazu.

„Die Idee war aber sehr gut", lobt Bennet, „auch wenn die Ausführung nicht ganz perfekt war!"

„Kann ich doch nichts für, wenn Jessika dauernd hinter mir her spioniert!", verteidigt sich Kiki. „Ich dachte, die Gelegenheit wäre günstig, weil sie gerade draußen war. Aber auf einmal stand sie hinter mir. Keine Ahnung, wie sie das gemacht hat!"

„Komisch, dass du das erwähnst", sagt Jonas nachdenklich. „Okay, mein Schwesterchen hatte schon immer das Talent dann aufzutauchen, wenn man sie gar nicht gebrauchen kann, ganz besonders

in irgendwelchen peinlichen Situationen, aber hier ..."
– Jonas rauft sich seine schwarzen Locken. – „Ist schwer zu erklären! Da verdampfen einem glatt die Gehirnzellen! Erst ist Jessika da und gleich wieder weg. So schnell wie 'n Fingerschnipsen! Nur bei einmal weggucken! Und ich dachte schon, ich wär' jetzt allmählich reif für 'n Gummiappartement in 'ner Irrenanstalt. Aber du hast's ja wohl auch gesehen, Kiki."
Kiki schluckt. „Das klingt wirklich nicht normal. Ich mein', das geht doch eigentlich gar nicht!"
„Nun, ich schätze, wir haben es hier mit einer ganzen Reihe übersinnlicher Phänomene zu tun!", meint Bennet dazu. „Vielleicht ist Jessika ebenfalls davon betroffen, ohne dass wir es wissen. Trotzdem sollten wir solche Dinge sehr sachlich betrachten. Ansonsten könnte es sein, dass wir alle überreagieren."
„Überreagieren? Wie meinst du das?", fragt Jonas nach.
„Na, ich fürchte, wir könnten uns einbilden etwas zu sehen, was nicht da ist, weil wir bei jedem Schatten oder jedem ungewohnten Geräusch annehmen, es müssten die Geister sein", erklärt Bennet.
„Weiße Mäuse sehen, nennt man das auch!", fügt Kiki hinzu. „Hab' verstanden, was du meinst, Bennet! Mir geht es wirklich schon so, glaub' ich. Oder was ist das für ein seltsames Flimmern dort vorne?" Sie zeigt mit der Hand zur geschlossenen Tür.
Tatsächlich! Du siehst es auch. Dort, direkt vor der Tür wirkt es so, als wenn die Luft verschwimmen würde. Das Holz der Tür ist nur noch sehr undeutlich zu erkennen. In diesem merkwürdigen, durchsichtigen Gebilde, das seine Form ständig zu verändern scheint, tanzen winzige Lichtpünktchen herum, die immer farbiger und heller werden.

„Wir sollten vielleicht das Licht ganz löschen", flüstert Bennet mit einem Kopfnicken zur Nachttischlampe, der einzigen Beleuchtung, hin.
„Ich glaub' nicht, dass das nötig ist", sagt Kiki genauso leise. „Schau!"
Dann wagt keiner von euch mehr zu sprechen. Fasziniert beobachtet ihr, was nun geschieht.
Langsam formt sich aus diesem Gebilde eine menschliche Gestalt. Die Lichtpunkte zeichnen die Konturen des Körpers und des Gesichts, bis schließlich die kleine Gloria vor euch steht. Der ernste Zug um ihren Mund lässt sie älter erscheinen, als sie eigentlich ist oder vielmehr war.
Nachdem sie euch vier eine Weile stumm angeschaut hat, sagt sie plötzlich: „Ihr müsst ihr helfen!"
Kaum hat sie diese Worte ausgesprochen, da dreht sie sich schon zur Tür, weil sie offensichtlich gehen will.
„Halt! Warte!", rufst du. „Wem sollen wir helfen?"
Doch Gloria antwortet nicht auf deine Frage. Stattdessen sagt sie noch einmal sehr ausdrücklich: „Helft ihr! Jetzt!" und gleitet einfach durch die Tür hindurch.
Ratlos schaust du von einem zum anderen.
„Wen meint sie?", fragt Kiki. „Doch nicht etwa ..."
„... die Schreckenslady im schwarzen Kleid!", ergänzt Jonas.
„Ich weiß nicht!", antwortest du schulterzuckend. „Kann schon sein!"
„Was sollen wir jetzt machen? Hinterhergehen?", fragt nun Jonas.
„Oh, nein!", stöhnt Kiki entsetzt auf. „Und womöglich dieser furchtbaren Frau begegnen! Als ob die Hilfe braucht!"

„Nun, wir sollten vielleicht auch die Möglichkeit in Betracht ziehen, dass Gloria jemand anderes gemeint hat", wendet Bennet ein. „Außerdem könnte es wichtig sein, herauszufinden, was oder wen sie meinte. Ich finde, wir sollten nachsehen, und zwar schleunigst! "
„Also, was jetzt?", will Jonas genervt wissen. „Hinterher oder hierbleiben?"
Alle schauen dich an. Warum auch immer, die Entscheidung hängt mal wieder an dir.

Willst du hinter Gloria her, schon um zu sehen, was los ist?

⇒ Dann geht es auf Seite 386 weiter!

Oder willst du lieber kein Risiko eingehen und im Zimmer bleiben?

⇒ In dem Fall lies auf Seite 396 weiter!

„Also gut, ich finde, wir sollten diese Gruppe teilen, einfach weil die Vorteile überwiegen", sagst du nach kurzem Überlegen. „Es ist ja dann keiner allein. Wenn immer zwei in einem Zimmer sind, kann einer im Notfall Hilfe holen."

„Na, das klingt ja schon mal ganz toll!", meint Kiki ziemlich genervt. „Im Notfall! Sehr beruhigend!"

„Aber, aber, Kikilein!", witzelt Jonas. „Nu mach' dir mal kein Köpfchen! Ich komm auch zu dir und beschütze dich heldenhaft, wenn du das gerne möchtest."

Ja, das möchte Kiki – sie nickt ein wenig trotzig – und damit ist die Aufteilung auf die Zimmer beschlossen. Bennet geht also zu dir, während Jonas und Kiki in ihrem Zimmer zusammen Posten beziehen.

„Wann?", fragt Bennet als nächstes in die Runde.

„So gegen elf, halb zwölf", schlägst du vor, „dann müssten meine Tante und mein Onkel im Bett sein, hoffe ich."

„Ja, waren sie die anderen Abende auch!", bestätigt Bennet.

„Lieber elf Uhr!", sagt Kiki. „Irgendwie möchte ich nicht so gern so lange allein sein, wenn ihr versteht, was ich meine."

„Wir verstehen!", antwortest du und lächelst ihr aufmunternd zu.

„Gut, dann wären wir beim wichtigsten Problem, das wir noch zu lösen haben: die Verständigung!", kommt Bennet zum nächsten Thema. „Wir müssen eine sinnvolle Möglichkeit finden, uns gegenseitig von einem Zimmer zum anderen zu warnen, um Hilfe zu rufen oder uns sogar richtig zu verständigen."

„Ups, daran hatte ich ja gar nicht gedacht", meint Jonas etwas verlegen. „Also mit Funkgeräten oder so was kann ich nicht dienen."

Das kann leider keiner von euch. Schulterzuckend und ratlos schaut ihr euch an, bis schließlich Kiki eine Idee hat: „Also, ich wüsste da vielleicht was. Ich hab' da mal in 'ner Zeitschrift was gelesen, weiß aber nicht, ob das funktioniert. Da werden zwei Dosen oder Becher genommen und dazwischen kommt ein Draht oder ein Band, genau in die Böden der Dosen. Und dann soll das wie mit einem Telefon gehen. Man spricht in die eine Dose hinein und in der anderen kann man das hören."

„Ein sogenanntes Dosentelefon", erklärt Bennet, „ich habe das auch schon einmal ausprobiert. Das Problem dabei ist aber, dass der Draht immer straff gespannt sein muss, und um die Ecke funktioniert es auch nicht richtig."

„Wie soll'n das überhaupt gehen? Kann ich mir echt nicht vorstellen!", meint Jonas ungläubig.

Geduldig erläutert Bennet: „Der Verbindungsdraht oder das Band wird in den jeweiligen Dosenböden befestigt. Wenn nun jemand in die Dose hineinspricht, überträgt das straff gespannte Band die Schwingungen, so dass sie in der anderen Dose ankommen."

„Leider geht's aber in diesem Fall nicht, obwohl ich die Idee wirklich gut finde", wendest du bedauernd ein. „Kikis Zimmer liegt dicht bei der Galerie, auf der rechten Seite vom Flur, mein Zimmer liegt am Ende vom Flur – die Tür, auf die man gerade zugeht. So würde der Draht mindestens einmal um die Ecke gespannt werden müssen. Und es dürfte auch noch sehr schwierig sein, einen so langen Draht straff zu halten."

„Trotzdem sollten wir's einfach mal ausprobieren!", schlägt Jonas vor. „Kennt ihr nicht den alten Schnack ‚Probieren geht über Studieren'? Außerdem können

wir den Verbindungsdraht sonst immer noch als Warnsignal-Leine benutzen."
„Als was?", fragst du nach.
„Nun ja, wenn die Verständigung über die Büchsen nicht klappt, kann man doch immer noch mit Ziehen am Draht Zeichen geben."
„Ja, einmal ziehen bedeutet alles in Ordnung", spinnt Kiki den Faden sogleich weiter, „zweimal ziehen heißt Gefahr und dreimal ist höchste Alarmstufe!"
„Das ist's doch, oder nicht?", meint Jonas. „Wie das auch schließlich funktionieren wird, entweder wirklich wie 'n Telefon oder mit Zeichen geben, ist doch eigentlich Wurscht. So haben wir wenigstens die Möglichkeit, uns irgendwie zu warnen. War 'ne klasse Idee, Kiki!"
Kiki lächelt geschmeichelt, Bennet nickt anerkennend und auch du musst zugeben, dass diese absolut einfache Methode klappen könnte.
„Gut, wenn ihr also alle einverstanden seid, besorg' ich die Dosen und die Schnur", macht Jonas dann gleich Nägel mit Köpfen, „ich weiß schon, woher ich's kriege."
„Ja?" Du kannst dir allerdings nicht vorstellen, woher.
„Lass mich nur machen!", antwortet Jonas in beinahe väterlichem Ton und ohne eine weitere Erklärung klettert er durch die Luke nach unten. Ratlos und gleichzeitig gespannt schaut ihr euch an und wartet einfach.
Schon kurze Zeit später steckt er seinen Kopf wieder durch die Luke und grinst triumphierend.
„Ich hab's!", verkündet er, während er stolz seine Beute präsentiert. Es sind zwei kleine Keksdosen und eine recht kräftige Schnur.
„Ich bin halt 'ne Naschkatze", erklärt er mit Blick auf die Dosen, „und das Band ist aus meiner Regenjacke."

„Leider ist dir dabei ein kleiner Denkfehler unterlaufen", stellt Bennet bedauernd fest. „Ein Jackenband, das quer über den ganzen Flur laufen soll? Ein bisschen kurz, nicht wahr?"

„Ups! Stimmt!" In Windeseile verschwindet Jonas wieder. Doch gleich darauf ist er wieder zurück. Er kann höchstens wenige Minuten fort gewesen sein. Diesmal hat er eine handliche Rolle Bindedraht mitgebracht.

„Ich hab' sie aus dem Schuppen, wo auch die Bretter für dieses nette Häuschen her sind", sagt er verlegen grinsend. „Ich wollt' doch niemanden fragen. Nachher hätte noch jemand blöde Fragen gestellt, was ich denn damit will. Ich glaub' der wird zum Blumen anbinden benutzt, aber es ist noch genug davon da, so dass es wohl nicht weiter auffällt, wenn eine Rolle fehlt."

„Der müsste in der Tat gehen", meint Bennet mit prüfendem Blick. „Lasst es uns ausprobieren!"

Zuerst bohrt Bennet mit einem Dorn – ein Teil seines umfangreich ausgestatteten Taschenmessers – jeweils ein Loch in die Dosenböden. Dann zieht er ein Stück Draht hindurch und verknotet ihn innen so fest, dass er nicht mehr herausrutschen kann – keine leichte Aufgabe, wie er sehr schnell feststellen muss!

„So, ich habe den Verbindungsdraht jetzt hoffentlich gleich lang genug gemacht", sagt er schließlich. „Nochmal kriege ich diese Pfriemelarbeit sicherlich nicht hin."

Doch seine Befürchtungen sind unbegründet, wie ihr bald seht, als ihr das Telefon testet. Er scheint die Reichweite genau richtig getroffen zu haben, jedenfalls führt der Draht vom Baumhaus schräg hinunter bis weit auf die nächste Wiese.

„Sieht gut aus! Ich sprech' mal hinein!", meint Kiki, während sie Jonas und Bennet durch das Fenster zuwinkt. Die beiden stehen unten auf der Wiese und versuchen, den Draht so straff wie möglich zu halten. „Hallo, ihr beiden! Wie geht es euch da unten?", ruft sie in die Dose und schaut dich danach sehr skeptisch an. „Ob das wohl angekommen ist?"
Da hört ihr schon die Antwort: „... Schlecht verstehen ..." schallt es dumpf und blechern aus der Büchse.
„Die beiden Wörter waren klar, aber davor und danach kam, glaub' ich, auch noch was", stellst du fest, „und anscheinend haben sie ebenfalls Probleme gehabt. Sprich mal langsamer und etwas lauter hinein!"
Kiki runzelt die Stirn, folgt jedoch deinem Vorschlag. Noch einmal wiederholt sie ihre Worte, diesmal allerdings wesentlich deutlicher als vorher. Und prompt tönt es aus der Dose: „Alles klar! Ist besser!"
Hoffnungsvoll schaust du Kiki an. Sie lächelt zuversichtlich. Ja, so könnte es wirklich klappen!

Trotzdem bist du sehr nervös, als du abends zum angeblichen Schlafengehen deiner Tante und deinem Onkel „Gute Nacht!" sagst. Ein Seitenblick von Bennet, der über seinem Buch hoch schielt, verrät dir, dass ihm wohl ähnlich zumute ist. Eilig verlässt du das gemütliche Wohnzimmer, bevor noch jemand deine Nervosität bemerkt.
Während du nun die Halle durchquerst und die Treppe hinaufgehst, versuchst du, das Chaos in deinem Kopf zu ordnen. Wie war das noch? Was hattet ihr noch alles besprochen?
Nacheinander in die Zimmer zu Bett gehen! Nicht alle auf einmal, damit es nicht auffällt! Jetzt hast du den

Anfang gemacht. Mal sehen, wann die anderen kommen!
Um das Dosentelefon wollte sich Jonas kümmern und es heimlich nach oben in Kikis Zimmer bringen, so dass ihr es verlegen könnt, sobald deine Tante und dein Onkel schlafen. Die Türen von deinem und Kikis Zimmer müssten dann einen Spalt offenstehen, damit der Draht nicht eingeklemmt wird und die Konstruktion überhaupt funktionieren kann. Wenn ihr eure Posten bezogen habt – Jonas und Kiki zusammen bei ihr, Bennet und du bei dir – meldet ihr euch alle halbe Stunde über das Telefon, schon um sicherzugehen, dass alles in Ordnung ist oder nicht etwa jemand einschläft.
Eigentlich ist es doch verrückt, schießt es dir in den Sinn, da grübelt ihr die ganze Zeit darüber, ob euer Warnsystem funktionieren wird, ohne daran zu denken, wozu ihr das überhaupt braucht. Vielleicht wären ja ein paar Gedanken über den Grund dafür viel angebrachter. Schließlich wollt ihr nett mit einem Gespensterkind plaudern oder aber euch mit ihrer Großmutter anlegen. Beides ziemlich gruselige Aussichten, zumal Zweiteres mit Sicherheit geschehen wird – ob ihr wollt oder nicht!
Du erreichst dein Zimmer. Fast automatisch greifst du erst um die Ecke zum Lichtschalter, bevor du den dunklen Raum betrittst.
„Keine Panik! Es ist alles in Ordnung!", sprichst du dir selbst Mut zu, atmest tief durch und lässt deinen Blick schweifen. Es ist tatsächlich alles ganz ruhig und friedlich. Du gehst hinein und schließt die Tür hinter dir. Dann beginnt das Warten.
Abwechselnd schaust du auf deine Armbanduhr und den Wecker. Es ist erst kurz vor halb zehn. Das kann ja noch dauern! Die einzige, die bisher im Bett ist, ist

die kleine Jessika. Nun, es nützt wohl nichts, beide Uhren zu hypnotisieren. Also legst du dich lang aufs Bett und versuchst, noch ein wenig zu entspannen.
Das gelingt dir jedoch kaum, denn irgendwie fühlst du dich wie aufgedreht. Dazu kommt, dass dich immer wieder Geräusche hochschrecken lassen, mal ist es ein Knacken in der Holzvertäfelung, dann sind es Stimmen auf dem Flur. Offenbar gehen auch Kiki und Jonas in ihre Zimmer. Jetzt ist es bald soweit. Über diesen Gedanken schlummerst du sanft ein – allerdings nicht sehr lange.
Ein leises Klopfen an der Tür lässt dich hochfahren. Einen Moment später wird die Tür ebenso leise geöffnet. Deine Hände krallen sich in die Bettdecke. Wer ...? Da steckt Bennet seinen Kopf durch den Spalt, lächelt dir zu und schlüpft schnell herein.
„Oh, habe ich dich erschreckt?", fragt er verwundert, als er zufällig auf deine verkrampften Hände schaut.
„Äh, nein!", antwortest du verlegen. Er soll dich schließlich nicht für einen schreckhaften Angsthasen halten und du fügst erklärend hinzu: „Ich war nur gerade ein wenig eingenickt."
„Ach so!", meint Bennet verständnisvoll nickend. „In diesem Haus schläft man anders, so als wenn man ständig in einer Art Alarmzustand wäre."
Das kannst du nur bestätigen. Auch du hast dauernd den Eindruck, jederzeit könnte etwas passieren, wobei du dir lieber nicht ausmalen möchtest, was.
Ihr wartet noch eine kurze Weile, um sicherzugehen, dass wirklich alles ruhig ist. Dann schleicht Bennet wegen eures Teils des Telefons zu Kiki hinüber. Als er wieder da ist, hält er strahlend die Dose hoch.
„Die Länge des Drahtes stimmt tatsächlich haargenau", verkündet er stolz. „Wir legen sie einfach gleich hier vorne an auf den Boden. Wenn wir

dann eine Nachricht schicken wollen, ziehen wir an dem Draht, damit die anderen wissen, dass etwas kommt. Das tun wir zu den abgesprochenen Zeiten und jetzt zum Testen." Und er nimmt die Dose, zieht einmal kräftig, hält die Leitung möglichst straff – sie müsste jetzt schräg über den Flur gespannt sein – und spricht hinein: „Hier ist Bennet. Ist alles klar bei euch?"
Zuerst erhaltet ihr keine Antwort, doch nachdem Bennet seine Frage noch mindestens fünf- oder sechsmal wiederholt hat und dabei den Draht noch straffer anzieht, hört ihr etwas verzerrt: „... Verbindung ... schlecht, geht ... gerade noch. Hier ist ... okay."
„Dann ist's ja gut!", seufzt du erleichtert.
Bennet schaut auf seine Uhr und sagt: „In einer halben Stunde melden wir uns wieder! Jetzt sollten wir möglichst Ruhe halten, damit die Kleine auch erscheint, denke ich mal."

Das ist ganz richtig, findest du, allerdings müsste das Licht noch bedeutend dunkler sein, damit sie sich überhaupt traut. Ganz duster hältst du jedoch für schlecht. Also schaltest du die Nachttischlampe ein, drehst sie so zur Wand, dass nur wenig Licht ins Zimmer abgestrahlt wird, und löschst die Deckenbeleuchtung. Hoffend, dass Gloria erscheint, und gleichzeitig bangend, dass ihre Großmutter auftauchen könnte, sitzt ihr nun schweigend da und wartet.
Es vergeht noch nicht einmal eine Viertelstunde, als plötzlich stürmisch am Draht gerissen wird. Polternd schlägt die Dose gegen den Türrahmen. Gerade willst du hinhechten, um weiteren Lärm zu verhindern, da erstarrst du mitten in der Bewegung, denn eine

Stimme erschallt aus der Büchse, durchdringend und kalt: „Dies ist die letzte Warnung! Verlasst mein Haus! Alle! Sofort!"
Dir stockt der Atem. Du weißt nicht, was dich in diesem Augenblick am meisten erschreckt. Ist es diese eindeutige Botschaft? Oder ist es die Tatsache, dass der Verbindungsdraht schlaff daliegt, und es deshalb kein Scherz von Jonas sein kann? Das Entsetzen steht auch Bennet ins Gesicht geschrieben. Wie versteinert starrt er auf die Dose.
„Diese Stimme fährt einem durch jede Zelle des Körpers!", ächzt er.
Das nächste, was ihr hört, sind eilige Schritte auf dem Flur, die näherkommen. Die Tür wird aufgerissen und Kiki stürzt schluchzend herein, dicht gefolgt von einem ziemlich verstört aussehenden Jonas.
„Da war eben ...", versucht er zu erzählen, aber die Stimme versagt ihm.
Während du die zitternde Kiki in den Arm nimmst, räuspert er sich und fährt dann fort: „... eine schreckliche Stimme ..."
Kiki schluchzt noch lauter.
„Wir haben sie ebenfalls gehört", erklärt Bennet knapp.
„Was soll'n wir nun machen?", stößt Jonas hervor.
Als Antwort wird die noch offenstehende Tür weit aufgestoßen und aus der Dose droht die Stimme: „Geht jetzt!"
Kiki heult auf. „Lasst uns alle wecken und hier abhauen", sagt sie mit tränenerstickter Stimme. Jonas nickt sofort bekräftigend. Auch dir wird es nun sehr unheimlich, zumal auf einmal die Nachttischlampe umkippt und zwischen Bett und Wand rutscht. Die Glühbirne bleibt zwar heil, aber

trotzdem kann man jetzt kaum noch die Hand vor Augen erkennen.

„Zumindest sollten wir erstmal hier aus dem Zimmer verschwinden!", schlägst du vor. Da ist keiner anderer Meinung. Ganz im Gegenteil: Als hättest du damit den Anstoß gegeben, drängen alle zur Tür und laufen auf den Flur hinaus in Richtung Galerie, die vom fahlen Mondlicht wenigstens ein bisschen erhellt wird. Bevor ihr dort anlangt, reißt Jonas eine der Türen auf der rechten Seite des Flures auf und brüllt: „Jessika, los aufstehen!"

Gut, dass er an seine Schwester denkt! Allerdings bleibt er wie elektrisiert stehen. Das Bett ist leer! Und auch im restlichen Zimmer ist sein Schwesterchen nicht, wie man auf einen Blick erkennt, denn auch hier scheint der Mond direkt ins Fenster und taucht das ganze Zimmer in ein seltsames Licht.

„Wo ...?", keucht er dennoch und schaut sich hektisch um.

„Da!", antwortet Bennet und zeigt zur Galerie.

Von dort kommt Jessika herangestapft, eingemurmelt in einen bunten Bademantel mit Teddys drauf und einen großen Becher Saft in der Hand.

„Jessi!", ruft Jonas erleichtert, während er gleichzeitig auf sie zurennt.

Jessika lässt vor Schreck den Becher fallen, doch merkwürdigerweise verschüttet sie dabei keinen Tropfen, weil der Becher nur leicht schwankend, aufrecht auf dem Boden landet, als hätte ihn jemand in der Luft aufgefangen und hingestellt.

„Nanu, was ist denn hier los?", meint sie verwundert. „Ihr seid ja alle wach! Habt ihr auch Durst?"

Jonas verdreht verzweifelt die Augen.

„Wir müssen hier weg! Sofort! Verstehst du?", sagt er eindringlich.

„Aber warum das denn?" Ruhig und gelassen schaut Jessika ihren Bruder mit großen Kulleraugen an.
„Weil ..., weil ...", sucht der nach Worten.
„Weil hier eine furchtbare Frau spukt! Ein Gespenst!", kürzt Kiki alle Erklärungsversuche ab, nimmt entschlossen Jessikas Hand und will sie mit sich ziehen – Richtung Treppe und Ausgang.
Jessika wirkt jedoch nicht besonders beeindruckt und windet ihre Hand wieder frei.
„Ich weiß das doch!", sagt sie zu eurer aller Verblüffung.
„Aber ...", will Jonas ansetzen.
„Aber, wenn ich jetzt weggehe, ist Gloria ganz allein!", sagt Jessika mit Nachdruck.
„Gloria?", entfährt es Kiki und Jonas wie aus einem Munde und Jonas fragt gleich weiter: „Was weißt du von Gloria?"
Du hast noch niemals ein derart unschuldiges Gesicht gesehen wie in diesem Moment Jessikas, als sie antwortet: „Sie ist meine Freundin. Wieso?"
Jonas japst nach Luft, Kiki schlägt sich entsetzt die Hände vor den Mund und auf Bennets Stirn zeigt sich eine so tiefe, steile Falte, dass du sie sogar in diesem Halbdunkel sehr gut erkennen kannst. Dir liegen unzählige Fragen auf der Zunge, aber leider bleibt keine Zeit auch nur eine einzige zu stellen.
Bevor du nur den Mund aufmachen kannst, zieht plötzlich ein eisiger Sturm über den Flur – direkt aus deinem Zimmer in Richtung Galerie. Wie ein Orkan saust und braust die Kälte zwischen euch hindurch und hinterlässt eine Frostschicht auf eurer Haut und Kleidung.
„K ... k ... k ... kalt!", bibbert Jonas, während dir einfach nur die Zähne klappern. Dir ist so kalt, dass du

das Gefühl hast, soeben in Eiswasser getaucht worden zu sein.

„Ich will hier raus!", sagt Kiki vollkommen geschockt.

„Ja, lasst uns die Erwachsenen wecken und hier alle verduften!", stimmt Jonas immer noch schlotternd zu.

Da meldet sich Jessika zu Wort, zwar mit dünner, piepsiger Stimme, aber trotzdem sehr energisch: „Ich bleibe hier bei Gloria."

„Du kommst mit!", erwidert Jonas sofort im strengen Großen-Bruder-Ton.

„Ich weiß nicht", meint Bennet nachdenklich, „vielleicht sollten wir versuchen, die Ruhe zu bewahren und alle hierbleiben. Ich schätze nämlich, wenn wir jetzt weglaufen, hat die Frau gewonnen – für ewige Zeiten!"

„Spinnst du?" Kiki reißt die Augen auf, als ob sie jeden Moment in Ohnmacht fallen würde. „Das kannst du doch nicht ernst meinen, oder?", fragt sie gleich unsicher nach.

„Doch, eigentlich schon", antwortet Bennet. „Aber die Entscheidung darüber, was wir tun, sollte möglichst schnell fallen". Dabei schaut er zurück zu deinem Zimmer. Die Tür schwingt geradezu bedrohlich auf und wieder zu, als wenn sie jemand bewegen würde.

„Ja, und wie denn nun?", fragt Jonas verwirrt. „Wer soll das denn entscheiden?"

„Ganz einfach", erklärt Bennet, „du und Kiki, ihr seid dafür zu verschwinden. Jessika möchte bleiben, und ich eigentlich auch! Das bedeutet: zwei gegen zwei. Also muss die Entscheidung von der Person getroffen werden, die sich noch gar nicht dazu geäußert hat!"

Erwartungsvoll schaut er dich an. Und nicht nur er! Alle Blicke sind auf dich gerichtet.

„Nu mach' schon!", drängt Jonas dich. „Wie du auch entscheidest, wir machen's so, wie du meinst!"
Was nun? Wie willst du dich entscheiden?

Willst du – wie Kiki und Jonas –, dass ihr euch alle in Sicherheit bringt und das Haus verlasst?

⇒ Lies weiter auf Seite 398!

Oder willst du – wie Jessika und Bennet – im Haus bleiben, weil es eine einmalige Chance sein könnte?

⇒ Dann geht es auf Seite 402 weiter!

Gerade scheint es hier in der Küche interessant zu werden, da will deine Tante dich nach draußen scheuchen. Echt blöd, findest du. Aber du bist ja schließlich nicht so blöd, dass du dich scheuchen lässt!

Mit unschuldigem Augenaufschlag und dem nettesten Lächeln, das du auf dein Gesicht zaubern kannst, sagst du: „Aber Tante Vera, du hast so viel zu tun, jetzt wo die Köchin doch nicht mehr da ist. Nun lass mich dir doch ein bisschen helfen! Ich tue das wirklich gern."

Bevor sie auch nur zu einer Erwiderung ansetzen kann, nimmst du ihr mit sanfter Gewalt den Handfeger und das Fegeblech aus den Händen und beginnst mit der Beseitigung der Glassplitter.

„Na ja, wenn du unbedingt willst", meint sie dazu schulterzuckend und wendet sich dem Kühlschrank zu, um die Butter vom Frühstück wegzuräumen.

Während sie gleich darauf den Honig und die verschiedenen Marmeladengläser in einen Küchenschrank stellt, fegst du sorgfältig die Splitter aus allen Ecken. Dabei musst du feststellen, dass es wohl kaum einen Winkel gibt, in dem nicht wenigstens ein winziger Glassplitter glitzert. Diese Glühbirne hat sich wirklich in kleinste Bestandteile zerlegt!

Deine Tante bestätigt das noch: „Selbst hier auf der Arbeitsplatte sind hauchfeine Splitter und dort drüben auf dem Küchentisch liegt ein richtig großes Stück." Sehr zu deiner Erleichterung – es ist mehr Arbeit, als du gedacht hättest – verkündet sie jedoch sofort: „Hier oben mach' ich das. Das musst du nicht auch noch. Du kannst den Boden weiterfegen."

Das tust du zwar recht gründlich, lässt deine Umgebung allerdings nicht aus den Augen, denn diese merkwürdige Kälte ist immer noch da, und das macht dich ein wenig nervös – glücklicherweise! So bemerkst du, wie eine der unteren Schranktüren leise aufschwingt. Fast ebenso leise schwebt eine große Bratpfanne aus einem der Fächer heraus. Ungläubig kneifst du die Augen zu und machst sie wieder auf, aber an diesem Anblick hat sich in der Zwischenzeit nichts geändert.

Die Pfanne steht ungefähr einen Meter über dem Boden mitten in der Luft, als ob eine unsichtbare, starke Hand sie dort festhalten würde.

Deine Tante ahnt nichts von dem, was gerade hinter ihrem Rücken vorgeht, und du bist auch irgendwie nicht in der Lage, ein Wort über deine Lippen zu bringen. So beobachtest du zunächst tatenlos, wie sich die Pfanne in Richtung deiner Tante bewegt und langsam höher steigt, bis sie schließlich schräg über ihrem Kopf bedrohlich hin und her schwingt. Die holt zum Schlag aus! Diese Erkenntnis durchfährt dich wie ein Ruck und reißt dich aus deiner Erstarrung.

Dann geschieht alles fast gleichzeitig: Du brüllst: „Vorsicht!", deine Tante dreht sich um und sieht dabei die Pfanne. Noch während diese niedersaust, springst du aus der Hocke auf deine Tante zu und wirfst dich auf sie, wodurch ihr beide zu Boden fallt und die Pfanne deine linke Schulter trifft. Ein hämmernder Schmerz zieht von deiner Schulter durch deinen ganzen Körper. Trotzdem bist du erleichtert. Nicht nur, dass deiner Tante nichts passiert ist, ein lautes Scheppern neben euch verrät dir, dass das merkwürdige Eigenleben aus der Pfanne gewichen ist. Keine weiteren Angriffe! Hoffentlich, setzt du in Gedanken gleich hinzu.

„Bbb ... bist du ... sch ... schwer verletzt?", fragt Tante Vera dich mit fürchterlich klappernden Zähnen.

„Nein! Ist nicht so schlimm!", antwortest du und schaust in ihre riesig aufgerissenen Augen. Eindeutig ein Schock! Seltsamerweise bist du selbst ganz ruhig.
„Die Pfanne ... einfach so ... wie kann das sein?" Jetzt wirkt deine Tante so, als würde sie gleich vollkommen ausflippen. Das war eben ohne Zweifel einfach zu viel für sie.
„Bleib ganz ruhig!", sagst du zu ihr, legst ihr die Hand auf die Schulter und schlägst vor: „Lass uns erst mal ′n Kakao oder ′nen Tee trinken! Dann erklär' ich's dir."
Sie nickt stumm, und während du nun Teewasser kochst – ist nicht so kompliziert wie Milch für ′nen Kakao, findest du – und Tassen aus einem der Schränke holst, setzt sie sich still an den Küchentisch und schaut dir zu.
Erst als du die dampfende Tasse mit frischem Tee vor ihr hinstellst, spricht sie dich wieder an: „Was ist hier bloß los?"
Ihre Stimme klingt mittlerweile um einiges ruhiger, aber du kannst auch eine leichte Verzweiflung heraushören. Was willst du tun?

Willst du ihr direkt und offen die Wahrheit sagen und ihr von dem Spuk erzählen?

⇒ In diesem Fall lies weiter auf Seite 408!

Oder willst du irgendeine Ausrede erfinden, damit sie sich ja nicht aufregt?

⇒ Dann musst du auf Seite 419 weiterlesen!

Was soll's, denkst du dir. Du schlägst alle aufkommenden Bedenken in den Wind und folgst gern ihrer Aufforderung, zumal du dich nach Sonne und frischer Luft geradezu sehnst.

„Ist gut. Ich geh' dann!", sagst du und eilst nach draußen, froh diesem Spukhaus wenigstens für eine Weile zu entfliehen.

Kaum stehst du vor der Eingangstür im wärmenden Sonnenlicht, da treibt es dich allerdings schon weiter. Irgendwie spürst du ein mulmiges Gefühl in der Magengegend, das immer und immer wieder „Du musst hier weg!" zu schreien scheint. Du siehst das satte Grün der Wiesen und Felder in der Ferne und willst einfach nur noch dorthin. Weg von der Kälte und all dem Unheimlichen, das du nicht verstehst! Zuerst gehst du, dann rennst du sogar, schneller und schneller – einfach so weit fort, wie irgend möglich.

Du weißt nicht, wie lange du gelaufen bist, aber nachdem dir die Puste ausgegangen ist, genießt du erst mal die Ruhe und spazierst gemütlich durch die Landschaft. Dein Zeitgefühl ist irgendwie nicht mehr da und deine Armbanduhr sagt dir auch leider überhaupt nichts, weil sie stehen geblieben ist. Vermutlich ist es längs Zeit zum Mittagessen und du solltest zurückgehen. Was deine Tante wohl denkt, wenn du nicht pünktlich da bist? Vielleicht macht sie sich Sorgen? Davon hat sie im Moment nun wirklich genug! Kurzentschlossen machst du dich auf den Rückweg.

Schon von Weitem siehst du, dass dort beim Haus etwas passiert sein muss. Dort stehen ein Polizeiauto und dazu ein Krankenwagen, in den gerade eine Trage geschoben wird. Du kannst Kiki und Jessika erkennen, die im Hof stehen und mit einem uniformierten Polizisten reden. Nun hast du es aber eilig!

Kaum näherst du dich ihnen jedoch, da lassen dich ihre wütenden Blicke schon fast wieder zurückweichen. Aus irgendeinem unerfindlichen Grund scheinen Kiki und Jessika stinksauer auf dich zu sein.

„Was ist passiert?", fragst du verdattert, während du gerade noch sehen kannst, dass die Person im Krankenwagen deine Tante ist, bevor die Wagentür geschlossen wird.

„Das fragst du auch noch!", faucht Kiki entsetzt. „Warum um alles in der Welt hast du das gemacht?"

Sie meint tatsächlich dich! Und sie ist offenbar nicht die einzige, die irgendwie denkt, du hättest etwas Fürchterliches getan. Mittlerweile umringen dich zwei Polizisten, die beiden Mädchen und auch Jonas und Bennet sind hinzugekommen.

„Was soll ich denn gemacht haben?", willst du endlich wissen.

„Nun lasst mich das mal erklären, Kinder", mischt sich einer der Polizisten ein, bevor Kiki wieder loslegen kann, und wendet sich dir ganz direkt zu. „Tatsache ist, dass du mit deiner Tante allein in der Küche warst und dann eiligst das Haus verlassen hast. Nur einen kurzen Augenblick später wurde sie in der Küche auf dem Boden liegend gefunden. Jemand hatte ihr eine schwere gusseiserne Bratpfanne über den Schädel geschlagen. Das Tatwerkzeug lag neben ihr. Nur mit sehr viel Glück hat sie dies überlebt. Und nun frage ich dich: Was meinst du, wer dieser Jemand eigentlich nur sein kann?"

Du atmest scharf ein. Dazu fällt dir nun wirklich gar nichts mehr ein. Die denken allen Ernstes, du hättest versucht, deine Tante zu ermorden oder so etwas in

der Art. Schließlich, nachdem du stumm von einem zum anderen gesehen hast, sagst du nur noch: „Das glaubt ihr tatsächlich von mir?"
Ja, das scheinen alle von dir zu denken. Für dich ist dies der Grund, den Ponyhof zu verlassen. Später stellt sich heraus, dass du unschuldig warst, denn deiner Tante geht es bald besser. Und so kann sie erzählen, was wirklich passiert ist. Du warst gerade aus der Küche, als die Bratpfanne wie von Geisterhand bewegt auf sie losgegangen ist.
Das glaubt ihr zwar auch keiner, aber die Spurensicherung der Polizei bestätigt zumindest, dass lediglich ihre eigenen Fingerabdrücke auf dem Griff der Pfanne waren – sie hatte sie ja nach dem Abwaschen in den Schrank gestellt.
Wie man es dreht und wendet: Es klingt verrückt und es ist verrückt. Und es reicht deiner Tante und deinem Onkel, um den Ponyhof aufzugeben.

Ende

Du willst die Schlüssel. Deshalb lässt du Jonas los, drehst dich um und rennst die wenigen Schritte zurück. Nur einen Moment später hast du den Schlüsselbund in der Hand und versuchst, ihn an dich zu reißen, doch das blöde Ding hakt fest, denn der eine Schlüssel steckt ja noch immer im Schloss. Hektisch drehst du ihn heraus, machst wiederum kehrt und willst hinter den anderen hinterher. Aber du weichst entsetzt zurück!
Das Skelett ist genau vor dir, beachtet dich allerdings überhaupt nicht. Vielmehr gilt seine Aufmerksamkeit Jonas, der wie gelähmt wirkt. Die Knochenhände haben seinen Hals fest umschlungen. Jonas röchelt und sackt in die Knie.
Du musst irgendwas tun, um ihm zu helfen! Nur was? Verzweifelt blickst du dich um. Der Leuchter! Feuer! Vielleicht bringt es etwas, wenn du mit einem brennenden Leuchter auf sie losgehst!
Mit zitternden Fingern reißt du die Zündholzschachtel auf. Glücklicherweise sind noch einige Zündhölzer darin. Wie du feststellen musst, ist es jedoch gar nicht so einfach, diese alten Hölzer zu entzünden. Schließlich, nach dem vierten oder fünften Versuch brennt eines, und du steckst damit die kläglichen Reste der Kerzen im Leuchter an. Und nun los!
Wie eine Waffe hältst du den Leuchter vor dir und gehst rasch auf die Frau zu. Trotzdem scheint sie dich nicht zu bemerken, sondern würgt Jonas weiter. In seinen hervorquellenden Augen siehst du blankes Entsetzen.
Du rammst den Leuchter mit den brennenden Kerzen vorwärts, genau gegen den rechten Arm der Frau. Das zeigt endlich Wirkung! Egal, ob es nun dieser Stoß war oder der Umstand, dass ihr Kleid Feuer

gefangen hat, sie lässt Jonas los. Der fällt zu Boden und bleibt dort keuchend liegen.
Nun wendet sie sich allerdings dir zu. Ihre leeren Augenhöhlen starren dich an. Erneut verpasst du ihr einen kräftigen Stoß, so dass sie rückwärts taumelt.
„Halt' sie in Schach! Ich kümmere mich um Jonas!", ruft Bennet dir zu, und du siehst, wie er Jonas zur Tür zerrt.
Die Kerzenstummel im Leuchter sind mittlerweile verloschen. Dafür brennt das Kleid der Frau lichterloh. Wie eine lebendige, übergroße Fackel kommt sie wieder auf dich zu. Du hebst den schweren Leuchter hoch und schlägst auf sie ein, immer wieder, bis sie auf das Bett fällt, das sofort in Flammen steht. Ihr Knochengerüst bricht zusammen, während sie noch ein letztes Mal den Arm hebt, um nach dir zu greifen.
„Komm schnell!", brüllt Bennet. Er hat inzwischen die Geheimtür geöffnet und müht sich mit dem geschwächten, kaum auf seinen Beinen stehenden Jonas ab.
Du hechtest zur Tür, lässt den Leuchter fallen und gemeinsam Jonas stützend stolpert ihr auf die Galerie.
„Es brennt! Feuer!", schreit Bennet durchs Haus, während ihr die große Treppe herunterwankt – Jonas ist nicht gerade leicht.
Deine Tante kommt aus der Küche gestürzt. Schockiert schlägt sie die Hände vor den Mund, als sie euch und die züngelnden Flammen auf der Galerie sieht.
Ihr schleppt Jonas bis nach draußen an die frische Luft. An der Türschwelle drehst du dich noch einmal halbwegs um und wirfst einen Blick zurück. Das Feuer hat sich inzwischen bis auf die Holztäfelung der

Galerie ausgebreitet. Dicke Rauchschwaden steigen auf, so dass von der Decke der Halle kaum noch etwas zu erkennen ist. Lediglich der Kronleuchter ragt noch schemenhaft daraus hervor.

„Ich laufe zurück und schau nach deiner Tante", meint Bennet, als ihr Jonas schließlich draußen auf einem Stück Rasen abgesetzt habt.

„Ist gut", antwortest du und wendest dich Jonas zu. Sein Gesicht ist kreidebleich, doch beinahe träumerisch, mit einem flüchtigen Lächeln auf den Lippen schaut er zum Himmel.

„Alles in Ordnung?", fragst du vorsichtig.

„Mhm!" Er schließt die Augen, öffnet sie wieder und dreht sich zu dir. „Ich dachte, mein letztes Stündlein hätte geschlagen. Du weißt schon, da drin." Und er nickt mit dem Kopf zum Haus hinüber.

„Kann ich mir vorstellen", sagst du.

In diesem Moment kommen Tante Vera und Bennet aus dem Haus geeilt.

„Die Feuerwehr ist informiert. Sie müsste gleich hier sein, und im Haus ist niemand mehr. Kiki und Jessika sind bei den Weiden", berichtet Bennet atemlos.

Deine Tante sagt zunächst kein Wort, erst nach einer ganzen Weile – die Feuerwehr fährt gerade vor – meint sie knapp: „Wie konntet ihr uns das antun? Da oben mit Feuer spielen!" Deutlicher Vorwurf schwingt in ihrer Stimme mit.

Doch ihr habt keine Möglichkeit, etwas zu erwidern, denn, ohne euch auch nur eines weiteren Blickes zu würdigen, geht sie schnellen Schrittes den Feuerwehrleuten entgegen.

Dieser Vorwurf bleibt! Deine Tante ist fest davon überzeugt, dass ihr den Brand verursacht habt, weil ihr mit Feuer gespielt habt. Auch als die Feuerwehr längst abgezogen und dein Onkel eingetroffen ist,

lässt sie sich durch nichts davon abbringen. Selbst die Sachen, die Bennet noch aus der Geheimkammer hat retten können, trösten sie nicht über den großen Schaden am Haus hinweg, obwohl diese Dinge von beträchtlichem Wert sind, wie sich herausstellt.
Euch bleibt nichts weiter übrig, als abzureisen, zumal das Gebäude nach dem Feuer sowieso für einige Zeit nicht bewohnbar ist.
Nur Bennet, Jonas und du, ihr kennt den wahren Grund für das Feuer. Und dieses Wissen schweißt euch zusammen als Freunde.

Ende

Du wirfst einen Blick zur Seite. Das Skelett ist aufgestanden. Weiterlaufen, nur weiterlaufen!
An der Tür stopft Bennet dir die Sachen zu. Er schliddert zur Fußleiste, fällt auf die Knie und schiebt das Holzstück hoch. Die Tür schwingt auf. Jonas stolpert auf die Galerie, du gleich hinterher. Die Fußleiste! Du musst die Tür wieder verschließen. Ein Sprung zur Seite mit Kehrtwende! Du lässt dich fallen und wirfst die Sachen neben dir hin.
„Mach zu!", brüllt Bennet und springt aus der Kammer.
Du drückst drauf. Langsam schließt sich die Tür. Viel zu langsam, findest du, zumal du das Skelett in voller Größe im Türspalt sehen kannst. Doch schon einen Moment später hat sich die Geheimtür wieder vollkommen in die Holztäfelung eingefügt.
„Zu! Dem Himmel sei Dank!", keucht Bennet. „Und jetzt erstmal weg hier! In mein Zimmer?"
„Ist gut!", antwortest du, während Jonas nur sprachlos, mit offenem Mund am Geländer der Galerie steht und auf die Täfelung stiert.
„Jonas!", sprichst du ihn an.
„Hm, hm", gibt Jonas mit starrem Blick von sich, bewegt sich aber in Richtung Bennets Zimmer.
Erst als ihr alle im Zimmer seid und die Tür hinter euch geschlossen habt, bringt er wieder einen normalen Satz zustande: „Was war das?"
„Gute Frage!", antwortet Bennet. „Das zählte wohl zur Abteilung Spukphänomene."
„Nu raff' ich gar nichts mehr!" Jonas zieht eine Grimasse.
„Kein Wunder!", sagst du. „Ich meine, ich weiß ja nicht, ob du nicht vielleicht schon etwas von dem mitbekommen hast, was hier los ist ..."
„Hä?" Jonas' Gesicht wird noch ein Stück länger.

„Erklärst du's ihm?", fragst du Bennet.
Der nickt. Und dann erzählt er von der letzten Nacht, sowohl von der Geisterfrau, wie auch von deinem Bericht über das Geistermädchen – und natürlich, wie ihr die Geheimkammer überhaupt gefunden habt.
Jonas hört mit großen Augen und offenem Mund zu.
„... Tja, und so denken wir, dass wir es hier mit einem außergewöhnlichen und gleichzeitig recht gefährlichen Spuk zu tun haben", beendet Bennet seine Ausführungen.
„Das ist verrückt, echt Wahnsinn!", stöhnt Jonas und rauft sich die Haare.
„Es ist alles so, wie Bennet es erzählt hat", sagst du nachdrücklich. „Wir sind durchaus nicht verrückt!"
„Das mein' ich ja auch nicht", erklärt Jonas sofort, „ich meinte diese ganze Spukerei. Warum passiert das hier und jetzt? Warum muss das uns passieren?"
„Du glaubst uns also?", fragst du vorsichtig nach.
„Na, hör mal!", meint Jonas leicht empört. „Haben wir da nicht eben alle ein herumlaufendes Skelett gesehen?"
„Ähm, ja!"
„Na also!", hakt Jonas das Thema ab. „Und nun lasst uns doch mal sehen, was für Schätze wir da rausgeholt haben."
Ihr breitet die Sachen vor euch auf dem Boden aus: das Kästchen aus der Kommode, die Papierschachtel mit den Briefmarken, einen kleinen Packen Briefe und den zusammengefalteten Zettel.
„Wo ist der Schlüsselbund?", fragt Jonas.
„Ich fürchte, er steckt noch im Sekretär", antwortest du.
Nach einem nachdenklichen Stirnrunzeln meint Bennet: „Hättest du die Schlüssel noch mitgenommen, wären das wahrscheinlich die entscheidenden

Sekunden gewesen, in denen uns die Frau doch noch erwischt hätte. Ich glaube kaum, dass wir sie überhaupt brauchen werden. Das Kästchen bekommen wir auch anders auf."

„Denke ich auch!", sagt Jonas, betrachtet die verschiedenen Gegenstände und schiebt den Zettel zu Bennet. „Mach' du das! Ich hab' Zitterfinger!"
Bennet faltet das Papier behutsam auseinander. Ein kurzer, sehr krakelig geschriebener Text ist darauf zu sehen.

„Kann das einer lesen?", fragt Jonas euch kopfschüttelnd.

„Ich versuche es mal", meint Bennet seufzend. Dann beginnt er, stockend vorzulesen: *„Mein lieber Sohn Ernst! Vielleicht entschließt Du Dich ...* – Die Frau hatte eine furchtbare Schrift! – *...",* Bennet schüttelt unwillig den Kopf, *„... eines fernen Tages...* – ja, das müsste richtig sein – *... in das Haus Deiner Geburtsstätte zurückzukehren, ..."*

„Na, anscheinend ist er ja nicht zurückgekommen!", wirft Jonas ein.

„Das hat sie wohl auch gedacht", meint Bennet, „pass auf, so geht es weiter: *... obgleich ich dies nicht glauben kann. So sehr hatte ich gehofft, Du würdest die Frau, die Du zur Gattin genommen hast, allein fortgehen lassen ...* – Meine Güte, ist das kompliziert! – *... Sie war diejenige, die immerwährend zwischen uns gestanden hat. ...* – Anscheinend mochte sie ihre Schwiegertochter nicht besonders! – *... Niemals vermochte ich zu verstehen, warum Du sie geehelicht hast, zumal es den Umstand mit sich führte, ihr Kind aufzunehmen. Wie konntest Du dieses Mädchen als Deine Tochter annehmen? ..."*

„Moment mal! Hab' ich das richtig verstanden?", fragt Jonas nach. „Dieser Ernst hat eine Frau

geheiratet, die schon ein Kind hatte. Und das passte seiner Mutter nicht in den Kram?"
„Genau!", bestätigt Bennet. „Und jetzt wird es sehr interessant: ... *Nach dem Tode des Mädchens* ..."
„Das Geistermädchen!", rufst nun du dazwischen.
„Scheint so! Jetzt lasst mich zu Ende lesen! ... *Nach dem Tode des Mädchens hatte ich vermutet, diese Frau würde Dich verlassen, und Du wärest wieder mein Sohn. Doch nun, da alle meine Hoffnungen zerschlagen wurden, möge der Schlaftrunk seine Wirkung tun.*"
„Heftig!", entfährt es Jonas. „Die hat sich umgebracht!"
Bennet schließt die Augen, dann sagt er nachdenklich: „Ja, so wird es wohl gewesen sein. Mit dem Schlaftrunk dürfte Gift gemeint sein ..."
„... das in der Tasse war, die unter dem Bett lag", vollendest du.
„Vielleicht hat ihr Geist deshalb nie Ruhe gefunden", vermutet Bennet. „Ihr Sohn ist nie zurückgekehrt und sie hat sich selbst getötet. Dazu kommt noch, dass sie voller Hass auf ihre Schwiegertochter war."
„Vergiss das Mädchen nicht!", erinnerst du. „Die Kleine ist wahrscheinlich hier im Haus gestorben und spukt hier ebenfalls. Und ich schätze, sie hat das Mädchen genauso sehr gehasst."
„Jedenfalls hat der Tod der Kleinen sie ziemlich kalt gelassen – zu kalt, finde ich", sagt Bennet mit finsterer Miene. „Es würde mich nicht wundern, wenn das Mädchen einen bedauerlichen Unfall gehabt hätte. Ihr versteht, was ich meine?"
„Du meinst, dass sie vielleicht etwas nachgeholfen hat. Schon kapiert!", erklärt Jonas. „Aber wenn das so war – und das kriegen wir raus –, dann brech' ich ihr jeden einzelnen Knochen von ihrem Klappergestell!"

Eine Weile sitzt ihr drei schweigend und grübelnd da. Ist es so gewesen, wie ihr vermutet? Oder liegt ihr vollkommen falsch? In einer Sache liegt ihr richtig, da bist du dir sicher: Diese Frau ist voller Hass, bereit jeden anzugreifen, der ihr in die Quere kommen könnte. Das heißt, dass es für euch nicht ungefährlich ist, diesen Spuk zu beenden, falls das überhaupt möglich ist.

„He, nun will ich aber wissen, was in dem Kästchen ist", durchbricht Jonas die Stille. „Hast du 'ne Büroklammer oder sowas, Bennet? Damit krieg' ich's auf, da wett' ich drauf."

„Warte, ja, irgendwo hatte ich eine", sagt Bennet und beginnt in einer Schublade zu wühlen. Schnell wird er fündig und gibt mit einem „Viel Glück!" Jonas die Büroklammer. Dann nimmt er die Papierschachtel und betrachtet eingehend die Briefmarken. Interessiert siehst du sie dir auch genauer an.

Es sind zwei blaue Marken mit einem Wappen in der Mitte. Über dem Wappen steht „Post" und darunter „Schilling". In beiden unteren Ecken ist der Wert, eine 1, aufgedruckt. Die beiden anderen Marken unterscheiden sich nur dadurch von den ersteren, dass der Hintergrund rosa ist und der Wert 2 beträgt.

„Wenn die so viel wert sind, wie ich denke, dann brauchen sich deine Tante und dein Onkel erstmal keine Gedanken mehr machen, wie sie ihre Rechnungen bezahlen, obwohl die Gäste reihenweise abreisen", meint Bennet.

„Gehören denn die Marken nicht den Erben dieser Frau, also irgendwelchen Nachfahren von ihrem Sohn Ernst?", zweifelst du.

„Ich kenne mich da nicht so gut aus", sagt Bennet, „aber ich schätze, nein, denn deine Tante und dein Onkel haben schließlich diesen Hof gekauft. Das dürfte Pechsache für die Erben oder den Verkäufer des Grundstückes sein, wenn sich hier solche Werte anfinden."

„Auf den Briefen, die ich aus dem Sekretär gefischt habe, sind auch noch Briefmarken", erinnerst du Bennet und reichst sie ihm.

„Ja, in der Tat! Es sind mindestens drei Stück, und alle drei haben jeweils drei durchaus interessante Marken, zwar alle die gleichen, soweit ich sehen kann, aber das macht nichts. Wie viele Briefe es genau sind, kann ich noch nicht sagen, die müssen wir erstmal voneinander lösen."

Diese Briefmarken sehen auf den ersten Blick den anderen, unbenutzten ziemlich ähnlich, aber als du genauer hinschaust, erkennst du sehr deutliche Unterschiede. Auf graublauem Untergrund ist in der Mitte ein Schild mit einer 1 mit der Inschrift „Gutegr.", darüber ein Wappen und an den Seiten und darunter steht „Franco", „Hannover" und „Ein Ggr.".

„Was heißt Gutegr.?", fragst du.

„Das dürfte Gutegroschen heißen", erklärt Bennet. „Weißt du was? Ich entstaube mich mal eben und dann laufe ich runter zum Telefonieren. Der Vater von meinem Schulfreund ist Briefmarkensammler, und der weiß bestimmt, wie viel die Marken so ungefähr wert sind."

„Gute Idee!", lobst du.

Dann nimmt Bennet eine Kleiderbürste und klopft und bürstet sich kräftig ab. Als er fertig ist, überlässt er dir die Bürste und du machst es ihm nach, während er schon zum Telefon flitzt.

„Ich sollte aus mir wohl auch besser wieder einen Menschen machen", meint Jonas und wirft das Kästchen und die mittlerweile sehr verbogene

Büroklammer auf das Bett. „Das ist schwieriger, als ich dachte, aber ich krieg's schon irgendwie hin." Nach dem Entstauben probiert er es weiter, verbiegt den Draht immer wieder anders und stochert damit im Schloss herum.
Schließlich ruft er aufgeregt: „Ich hab's!" und klappt den Deckel auf. Ein Tuch aus schwarzem Samt verbirgt den Inhalt. Vorsichtig hebt Jonas es hoch.
„Mööönsch! Irre!", entfährt ihm, während es dir Sprache verschlägt.
Auf einem Samtkissen gebettet liegen mehrere Schmuckstücke: eine Brosche aus Silber in der Form eines Schmetterlings, verziert mit unzähligen kleinen, blauen Steinen, ein schlichter, goldener Ring mit einem einzigen, allerdings recht großen, klaren, geschliffenen Stein, dessen zahllose Facetten in allen Regenbogenfarben schimmern, eine weitere Brosche aus Gold, geformt wie das Blatt eines Ahorns, eine Perlenkette und eine Silberkette mit einem Blütenanhänger, geschliffen aus einem roten Edelstein.
In diesem Moment kommt Bennet herein. Als sein Blick auf den Schmuck fällt, reißt er die Augen auf.
„Welch einen Schatz haben wir bloß entdeckt!", meint er ehrfürchtig. „Wir müssen uns jetzt wirklich überlegen, was wir tun sollen."
„Wieso?", fragt Jonas.
„Ich weiß nicht, wie viel dieser Schmuck wert ist, aber die Briefmarken werden hoch gehandelt", antwortet er. „Für die Marken auf den Briefen, die Gutegroschen aus Hannover, zahlt ein Sammler pro Brief bestimmt um die 2000 €, und die Post-Schillinge aus der Schachtel liegen noch wesentlich höher. Der Vater von meinem Freund konnte das nicht so genau sagen, aber vierstellig ist der Betrag mit Sicherheit –

und das pro Marke! Jedenfalls sollten wir uns entscheiden, finde ich, ob wir die Sachen jetzt gleich deiner Tante und deinem Onkel übergeben – schließlich ist das ein kleines Vermögen", und er schaut dich eindringlich an, „oder ob wir damit noch warten wollen und diese Schätze erstmal verstecken."

„Wenn wir ihnen die Sachen geben, wollen sie bestimmt wissen, wo wir sie gefunden haben", gibt Jonas zu bedenken. „Ich denke, das musst du entscheiden." Auch er schaut dich an.

„Sehe ich genauso!", stimmt Bennet zu.

Beide Augenpaare sind auf dich gerichtet. Wie willst du dich entscheiden?

Wie werden Tante Vera und Onkel Robert wohl reagieren? Über die Sachen werden sie sich sicher freuen, über das Skelett weniger. Und die Geheimkammer werdet ihr nicht verschweigen können.

Möchtest du den Schmuck und die Briefmarken sofort deiner Tante und deinem Onkel geben?

⇒ Weiterlesen auf Seite 421!

Oder willst du damit noch warten?

⇒ Dann musst du auf Seite 429 weiterlesen!

Du entscheidest dich eindeutig für Flucht. Die beiden Streithammel werden schon hinterherkommen. Das hoffst du zumindest!

Du rennst auf die Truhe der Geisterfrau zu, schlägst einen Haken, um an ihr vorbeizukommen, läufst weiter zur Luke und springst auf die obersten Sprossen der kleinen Leiter. Dann lässt du dich einfach fallen und landest ein wenig unsanft, dafür aber sehr schnell auf dem Flur. Schweratmend lehnst du dich gegen die Wand, den Blick starr nach oben zur offenen Luke. Wo bleiben die beiden nur? Sie müssen doch gemerkt haben, wie eilig du es auf einmal hattest!

Angestrengt lauschst du auf jedes Geräusch. Zuerst hörst du gar nichts von oben. Es herrscht absolute Stille. Merkwürdig! Aber ganz plötzlich kreischt Jessika auf. Gleich darauf folgt ein Poltern. Vielleicht solltest du doch nachsehen?

Aber dazu kommst du nicht mehr. Wie von Geisterhand wird die Klappe der Luke hochgezogen und schließt sich mit einem dumpfen Knall. Für einen Moment packt dich lähmendes Entsetzen, doch dann wird dir schlagartig klar, dass die beiden dringend deine Hilfe brauchen. Wahrscheinlich tobt der Spuk da oben gerade los wie die Hölle persönlich.

Kurzentschlossen springst du mit einem Satz hoch zum Griff der Klappe und hängst dich mit deinem ganzen Gewicht daran, um sie herunterzuziehen, aber es tut sich überhaupt nichts. Das gibt's doch nicht!

„Verdammt! Geh doch auf, du blödes Ding!", fluchst du. Und dennoch weißt du, dass du allein das Ding nicht aufkriegen wirst. Du brauchst unbedingt Verstärkung!

Wenig später hast du alles an Verstärkung zusammengetrommelt, was möglich ist: Tante Vera, Bennet und Kiki, auch wenn du dabei natürlich nicht genau erklärt hast, warum es so wichtig ist, Jonas und Jessika schnellstens aus ihrer Lage zu befreien.
Und endlich, als nun alle mit anpacken, bekommt ihr die Luke zum Dachboden auf. Als erstes kletterst du geschwind hoch, dicht gefolgt von deiner Tante, Bennet und Kiki. Von Jonas und Jessika ist allerdings nichts zu sehen.
„Bist du dir sicher, dass sie hier oben sind?", fragt deine Tante unsicher.
„Ja!", antwortest du und schaust dich Böses ahnend um.
Fast alles ist so, wie du es zuletzt in Erinnerung hast. Nur die Truhe der Geisterfrau steht noch ein wenig schiefer im Raum. Das heißt doch wohl nicht ...
Du denkst diesen Gedanken lieber nicht zu Ende und hoffst inständig, dass du dich irrst. Trotzdem machst du dich daran, die schwergängigen Schlösser zu öffnen. Bennet guckt dich kurz und durchdringend an, als ob er wüsste, was du denkst. Dann fasst er mit an.
Fürchterlich quietschend schwingt der Deckel auf und du schaust direkt in Jonas' schreckensgeweitete, starre Augen. Neben ihm liegt Jessika, merkwürdig verkrümmt mit dem gleichen Blick, als wenn sie nichts um sich herum wahrnimmt.
„Was um alles in der Welt ist passiert?", haucht deine Tante entsetzt, wartet allerdings keine Antwort ab, sondern rennt mit den Worten „Ich ruf' einen Krankenwagen!" los.
Kiki wendet sich leise schluchzend ab. „Sind sie ...?"
„Sie leben!", sagt Bennet jedoch sofort, während er erstmal den Puls der beiden fühlt, um sicherzugehen,

dass das auch stimmt. Schließlich nickt er schweigend. Erleichtert atmest du auf.

Danach versucht Bennet, Jonas und Jessika durch vorsichtiges Rütteln wieder zur Besinnung zu bringen, doch beide zeigen keinerlei Reaktion. Ihre Blicke sind weiterhin starr in irgendwelche unergründliche Ferne gerichtet.

„Schwerer Schockzustand!", stellt Bennet sachlich fest.

So bleibt euch nichts anderes übrig, als zu warten. Es dauert allerdings eine ganze Weile, bis deine Tante endlich in Begleitung eines Arztes und zweier Sanitäter wiederkommt. Nach einer kurzen Überprüfung ihrer allgemeinen Verfassungen – ähnlich wie Bennet es schon vorher gemacht hat –, werden die beiden Patienten abtransportiert.

Und dann kommt das dicke Ende: Kaum ist der Krankenwagen losgefahren, prasselt ein Donnerwetter auf dich herab, wie du es noch nicht erlebt hast. Deine Tante macht dir schwere Vorwürfe, weil sie denkt, du hättest dir mit Jonas und Jessika einen sehr schlechten Scherz erlaubt und sie absichtlich in die Truhe eingesperrt, zumal du nach ihrer Meinung viel zu genau wusstest, wo sie waren. Natürlich beteuerst du deine Unschuld, doch sie scheint dir kein Wort zu glauben.

Als sie kurz darauf mit dem Krankenhaus telefoniert, geht die Strafpredigt von vorne los – und noch um einiges schlimmer. Sie erfährt bei dem Telefongespräch nämlich, dass sowohl Jonas, wie auch Jessika zahlreiche Prellungen am ganzen Körper haben. Für dich ist sofort klar, warum: Die beiden müssen sich wohl ziemlich heftig geprügelt haben, nachdem du weg warst. Deine Tante ist jedoch fest

davon überzeugt, dass du die beiden derart zugerichtet haben musst, und sie anschließend in die Truhe gesperrt hast.
Du bist schockiert darüber, was deine Tante dir zutraut, eine vernünftige Erklärung für Jonas' und Jessikas Zustand hast du allerdings auch nicht. Was sollst du ihr auch sagen? Alle Andeutungen, die in Richtung Spuk gehen, wischt deine Tante beiseite, ja sie wird sogar ziemlich sauer, als du auf das Gespräch morgens vor dem Frühstück mit ihr anspielst, denn selbst das nimmt sie als Zeichen dafür, dass du ja nicht ganz richtig im Kopf sein kannst. Anscheinend bist du sogar gefährlich! Von dieser Meinung lässt sie sich nicht abbringen. Und so wird dir von ihr und schließlich auch von deinem Onkel und Kiki die kalte Schulter gezeigt.
Nur Bennet ist weiterhin freundlich zu dir, sagt aber nicht, warum. Vielleicht weiß er etwas über die merkwürdigen Geschehnisse auf dem Ponyhof. Jedenfalls hüllt er sich in Schweigen.
Da diese Stimmung – ein einziger Alptraum – kaum mehr auszuhalten ist, reist du bereits wenige Stunden später ab.
Nach ungefähr drei Wochen meldet sich allerdings überraschend Bennet per Telefon bei dir. Er berichtet, dass es Jonas und Jessika bessergeht, sie sich aber leider an nichts von dem, was auf dem Dachboden passiert ist, erinnern können.
„Schade!", meint er zum Abschluss. „Einen Beweis für die Existenz von Gespenstern zu finden, wäre genial gewesen!" Dann legt er auf.

Ende

Auch wenn du am liebsten so schnell wie möglich von hier oben verschwinden möchtest, so weißt du doch, dass die beiden die Gefahr wahrscheinlich erst bemerken würden, wenn es zu spät ist. Was dann passieren könnte, magst du dir gar nicht vorstellen. Sie sind in diesem Moment jedenfalls viel zu sehr mit ihrem doofen Streit beschäftigt. Du musst sie rausbringen – egal wie!

„Hört auf!", brüllst du dazwischen, denn die Zeit drängt, zumal gerade der Ärmel eines schwarzen Kleides aus dem Spalt der Truhe schwebt. Der Deckel hat sich mittlerweile auch schon fast zwei Handbreit angehoben!

Jonas und Jessika nehmen allerdings gar keine Notiz von dir. Da könntest du wahrscheinlich den ganzen Dachboden zusammenschreien!

Jessika faucht wie eine wildgewordene Katze, als sie sich auf ihren Bruder stürzt und versucht, ihn im Gesicht zu kratzen. Der weicht geschickt aus, während er gleichzeitig ihre Handgelenke packt, sie mit einem Schwung in seine Arme dreht und fest umklammert. Jessika strampelt und quiekt, doch aufgeben tut sie noch lange nicht, denn bereits wenige Augenblicke später rammt sie ihre Zähne in Jonas' Unterarm. Er heult auf wie eine Sirene, Jessika quietscht zugleich in den höchsten Tönen, weil er immer noch nicht loslässt. Du hättest keine Chance mit deiner Stimme auch nur ansatzweise durchzudringen!

Eine furchtbare Hilflosigkeit packt dich, zugleich aber auch Wut, weil die beiden einfach nicht aufhören wollen. Der Truhendeckel klappt vollends auf. Nicht nur das schwarze Kleid, sondern noch etliche andere Kleidungsstücke schweben heraus, um dicht über den Streitenden wie ein Karussell ihre Runde zu drehen.

Da tanzen vergilbte Unterröcke, pechschwarze Hauben, weiße Rüschenblusen und ein langer, schwerer Mantel einen unheimlichen Reigen. Was dir jedoch eine Gänsehaut über den Rücken treibt, ist die Tatsache, dass Jonas und Jessika davon absolut nichts bemerken!
Deine Finger krallen sich um die Puppenkleider, die du noch immer in der linken Hand hältst. Dann schluckst du, atmest tief ein und stürmst los – direkt auf die beiden zu. Egal wie, du musst sie hier wegkriegen!
Im Laufen streckst du den rechten Arm aus und greifst nach Jonas. Du erwischst ihn am Oberarm, knapp unter der Schulter, und reißt ihn mit in Richtung Luke. Er wiederum hält seine kleine Schwester fest, so dass auch sie mitgezogen wird. Doch als ob die Kleidungsstücke selbständig denken könnten, scheinen sie diesen Fluchtversuch verhindern zu wollen. Wie ein aufgeschreckter Vogelschwarm flattern sie euch hinterher.

Glücklicherweise wehren sich Jonas und Jessika nicht gegen dein Abschleppen, sondern stolpern brav neben dir her, anscheinend ohne richtig zu verstehen, was eigentlich los ist. Immerhin ist es schon ein Fortschritt, dass sie ihren Streit vergessen und sich tatsächlich in Bewegung gesetzt haben, findest du, auch wenn es dir nicht ganz schnell genug geht, denn du hörst ein bedrohliches Schwirren hinter euch. Das müssen die Kleidungsstücke sein, denkst du noch, bevor es auf einmal sehr dunkel vor deinen Augen wird. Etwas aus Stoff hat sich über deinen Kopf gestülpt! Du willst schreien, hast aber einen Kloß im Hals. Stattdessen hörst du Jonas fluchen: „Nein, verdammt!"

Auch er hat wohl Schwierigkeiten. Während du nun unsicher weiterstolperst – irgendwie fehlt dir die Zeit, das Ding vom Kopf zu reißen –, fühlst du Jessikas kleine Hand, die deine linke Hand – die mit den Puppenkleidern – nimmt und dich weiterzieht, wobei ihre Finger zwei von deinen umklammern. Sie muss doch rechts von Jonas sein, denkst du verwirrt, lässt dich jedoch gern führen. Die Kleine zieht dich so sicher und zielstrebig hinter sich her, dass du das Tempo sogar noch erhöhen kannst, obwohl du nichts siehst.
Plötzlich bleibt sie stehen, Jonas rechts neben dir ebenfalls. Du lässt beide los und nimmst dir endlich das lästige Etwas vom Gesicht, vor allem weg von deinen Augen. Es stellt sich als die Haube heraus, die aus der Truhe der Frau stammt. Und jetzt weißt du auch, warum alle stehen geblieben sind: Genau vor deinen Füßen ist die Dachluke.
Jessika turnt gerade die letzten Sprossen hinunter, Jonas versucht derweil, sich von einer sehr anhänglichen Bluse zu befreien und meint hektisch: „Nun sieh zu! Runter! Ich komm' gleich!"
Du tust, was er sagt, und kletterst abwärts. Er folgt dir auch tatsächlich, noch bevor du ganz unten angelangt bist. Kaum habt ihr beide festen Boden unter den Füßen, packt ihr wortlos zu zweit die Klappe und verschließt den Zugang zum Dachboden – hoffentlich diesmal für immer. Nun soll es bitte nichts mehr geben, das dich noch mal da hochbringt!
„Danke, Jessika!", seufzt du. „Das war Rettung in allerletzter Sekunde, glaub' ich!"
„Hä? Ich kapier' gar nix!", stößt Jonas hervor und auch Jessika sieht dich fragend an, als ob sie nicht wüsste, was du meinst.

„Na, ich konnte doch nichts mehr sehen wegen der blöden Kappe über meinen Augen", erklärst du, „und da hat Jessika meine Hand genommen und mich sicher zur Luke gebracht, noch dazu echt schnell."
Jonas kriegt große Kulleraugen. Jessika allerdings lächelt auf einmal sehr verständnisvoll.
„Das war ich nicht! Das war Gloria!", sagt sie mit sanfter Stimme in beinahe mütterlichem Tonfall.
Jetzt guckst du wahrscheinlich gerade sehr dusselig aus der Wäsche, denn Jessika kichert verschmitzt.
„Hast du was gesehen?", raunst du Jonas zu.
Der zuckt mit den Schultern und antwortet: „Nö, nur dass du die Hand nach vorn gestreckt hattest und auf einmal voll turbomäßig drauf warst."
„Ah, ja?" Mehr fällt dir dazu nicht ein.
Dann fährt Jonas nachdenklich fort: „Aber irgendwie war da oben ..." – er deutet mit dem Kopf zur Luke hoch – „... sowieso alles megakomisch. Und damit meine ich nicht nur die verrückt gewordenen Klamotten mit Eigenleben. Ich hab' mich zwar öfter mal mit meinem herzallerliebsten Schwesterchen ..." – Jonas zieht eine seiner Grimassen – „... in der Wolle, aber dass wir uns bald an die Gurgel gehen, is' nich' normal!"
Jessika nickt stumm und wirkt nun wieder sehr verschlossen.
„Gut, dass du an die Kleider für Emmi gedacht hast", sagt sie zu dir und du hast den Eindruck, sie möchte eigentlich nur vom Thema ablenken. Was weiß Jessika alles?
Du findest es an der Zeit, mal eine direkte Frage zu riskieren: „Gloria hat uns eben gerettet, würd' ich sagen. Ist sie deine Freundin?" Dabei beobachtest du genau, wie Jessika reagiert.

Im ersten Moment strahlt sie und antwortet freudig „Ja!", aber schon einen Augenblick später wird ihr wohl bewusst, sich verplappert zu haben, denn sie schlägt sich erschrocken die Hände vor den Mund.
Du tust so, als ob du es nicht gesehen hättest, und fährst unbeirrt fort: „Sie muss eine sehr gute Freundin von dir sein, wenn sie dich so beschützt!"
Nun wirkt sie beeindruckt, hält jedoch immer noch die Hände fest vor den Mund gepresst. Sie scheint Angst zu haben, ihr könnte aus Versehen noch etwas herausflutschen, was sie gar nicht sagen will. Die Schmeichel-Taktik könnte funktionieren, denkst du dir, und Jonas bestätigt dich darin, zumal er dir aufmunternd zunickt.
„Gloria hat mich gerettet, indem sie mich geführt hat, als ich nichts sehen konnte", erklärst du noch einmal geduldig, „und deswegen würde ich sie gern persönlich kennenlernen. Kannst du sie uns nicht vielleicht vorstellen?"
War das jetzt zu gewagt? Hoffentlich nicht!
Nach einigem Zögern antwortet Jessika schließlich: „Also gut, ich werde das nachher mal mit ihr besprechen." – Sie setzt eine sehr wichtigtuerische Miene auf – „Kommt um Mitternacht in mein Zimmer, aber lasst euch nicht erwischen! Ich denke mal, sie wird wohl einverstanden sein. Jetzt muss ich mich aber erstmal um die arme Emmi kümmern. Es wird höchste Zeit, dass die Kleine ein trockenes, sauberes Kleidchen ankriegt." Sie nimmt dir die Puppenkleider aus der Hand und stapft davon.
„Ich sag doch, sie ist 'n Nervkeks", meint Jonas, „und nun macht sie noch einen auf „Mutter Vernünftig"! Aber das mit dem Date zur Geisterstunde find' ich Spitzenklasse!"

Ja, das findest du auch, und dementsprechend aufgeregt fiebert ihr beide den ganzen restlichen Tag auf die vielversprechende kommende Nacht hin. Was wird euch wohl erwarten? Wer ist Gloria? Tatsächlich auch ein Gespenst? Das Mädchen, dem die Sachen aus der Truhe gehören? Spukt sie ebenfalls? Oder waren das alles bisher nur Zufälle? Hat Jessika vielleicht doch was aufgeschnappt? Aber irgendwie gibt es zu viele Merkwürdigkeiten, die da nicht zusammenpassen würden. Allein die schwebende Teetasse vom Puppengeschirr!
Alles weist darauf hin, dass es wirklich noch ein zweites Gespenst in diesem Haus gibt: ein kleines Mädchen namens Gloria, das wahrscheinlich zusätzlich noch die Namensgeberin dieses Hofes ist.
Vielleicht solltest du doch noch mal mit deiner Tante reden und sie fragen, ob sie etwas über die kleine Gloria weiß?
Da du dir selbst nicht sicher bist, damit wirklich das Richtige zu tun, fragst du Jonas, was er davon hält. Die letzte Entscheidung hing schließlich von dir ab.
Jonas runzelt nachdenklich die Stirn und fährt sich mit den Fingern durch seine dunklen Locken, dann antwortet er: „Is' echt schwierig! Ich finde, du könntest ihr was von den Sachen zeigen und sie nach Gloria fragen, so wie wir es ursprünglich mal geplant hatten, bevor eine gewisse Truhe und gewisse andere Dinge ausgeflippt sind. Davon würd' ich allerdings lieber nichts erwähnen." Er grinst breit. „Übrigens müsste es bald Mittagsmampf geben", fügt er hinzu, „wär' doch blöd, wenn wir den auch noch verschusseln, wo wir schon das Frühstück verpasst haben!"

„Stimmt!", gibst du ihm Recht. „Dann werd' ich mal schauen, ob ich meiner Tante ein wenig helfen kann und so ganz nebenbei ein paar Fragen stellen."
„Gut, tu' das!", meint Jonas. „Kannst mir ja nachher erzählen, was du rausgekriegt hast. Ich glaub nämlich nicht, dass es gut wär', wenn ich dabei wär', mal abgesehen davon, dass ich Küchenarbeit hasse wie zehn Pfund grüne Seife."
Jetzt grinst du über Jonas' entsetztes Gesicht, als das Wort „Küchenarbeit" über seine Lippen kommt.
Es ist also beschlossene Sache. Während Jonas nun einen kleinen Abstecher zum Baumhaus macht, gehst du in die Küche.

„Na, da bist du ja wieder", begrüßt dich Tante Vera. „Und habt ihr Jessika gefunden?"
„Äh, ja", stotterst du überrascht. Hoffentlich will sie jetzt nicht wissen, was ihr von Jessika wolltet!
„Kann ich dir irgendwie helfen?", lenkst du schnell ab.
„Ja, wenn du möchtest, kannst du die Salatblätter zerrupfen", sagt sie, „aber vorher nimmst du dir noch ein Brötchen, oder hast du immer noch keinen Hunger?"
Doch hast du! Stimmt, Jonas hat sich ein Brötchen genommen, bevor ihr das erste Mal nach oben geklettert seid, du nicht. Du schnappst dir kurzerhand einen Teller, ein Messer und eines der letzten Brötchen und schmierst dir noch ein spätes Frühstück. Deine Tante lächelt dir aufmunternd zu.
„Du kannst dir ruhig noch mehr nehmen", sagt sie und fragt gleich weiter: „Und? Hat sich euer Ausflug auf den Dachboden gelohnt? Irgendwas Interessantes gefunden?"

„Ja, möglicherweise", antwortest du zögerlich. „In einer alten Truhe waren Sachen von einem kleinen Mädchen namens Gloria."

„Oh!" Deiner Tante fällt vor Schreck der Topfdeckel, den sie eben angehoben hat, aus der Hand und er landet scheppernd auf dem dazugehörenden Topf.

„Das hätte ich nicht erwartet!", erklärt sie mit leicht zitternder Stimme, wendet dann allerdings ein: „Obwohl das mit irgendwelchen Gespenstern wohl kaum etwas zu tun haben kann."

„Warum? Was weißt du über diese Gloria?", fragst du gleich nach.

„Es ist nur eine alte, sehr traurige Geschichte", erzählt sie, „es muss so ungefähr 100 bis 150 Jahre her sein, glaube ich. Damals ist hier ein kleines Mädchen mit diesem Namen tödlich verunglückt. Danach bekam dieses Haus dann ihren Namen, um ihr Andenken zu wahren. Ihre Eltern sollen das wohl veranlasst haben. So haben auch wir diesen Namen übernommen, weil wir daran nichts ändern wollten. Aber ich hätte nicht gedacht, dass noch Sachen von diesem Mädchen da sind. Bist du dir sicher, dass sie von ihr stammen?"

„Ja, eigentlich schon. Da war eine Bibel mit Widmung dabei", antwortest du wahrheitsgemäß.

„Nun ja, das wird aber wohl nichts zu bedeuten haben", meint Tante Vera daraufhin sichtlich nervös, als ob sie das eben Gesagte selbst nicht ganz glaubt. Sie hat Angst, das ist eindeutig. Kannst du ihr auch irgendwie nicht verdenken!

Dann schüttelt sie sich, als wenn sie damit alle düsteren Gedanken verscheuchen will und sagt: Wenn du mit dem Salat fertig bist, kannst du nebenan schon mal den Tisch decken."

Sie will nichts mehr vom Spuk hören. Na gut, dir ist's recht. Du hast sowieso befürchtet, sie könnte noch ein paar unangenehme Fragen auf Lager haben.
So hilfst du einfach ein bisschen und hoffst auf eine Gelegenheit, möglichst bald Jonas zu erzählen, was du erfahren hast. Das ist allerdings nicht ganz so einfach, wie du es dir vorgestellt hast.

Gleich nach dem Essen verzieht er sich wieder in das Baumhaus, um hier oder da ein wenig weiterzubasteln. Leider ist er dort nicht allein, denn Kiki und Bennet wollen das fertige Bauwerk gern besichtigen. Und dabei lassen sie sich viel Zeit!
Endlich, irgendwann am späteren Nachmittag, findest du eine Möglichkeit, ihm die Geschichte zu erzählen, als er eine Packung Nägel aus einem Schuppen holt – oder vielmehr so tut, als ob er Nägel braucht, weil er darauf brennt, von deinen Nachforschungen zu erfahren.
„Leg los!", fordert er dich ohne Umschweife auf, nachdem er noch einmal kontrolliert hat, dass wirklich niemand in der Nähe ist.
Fast wortwörtlich gibst du ihm alles aus dem Gespräch mit deiner Tante wieder.
„Also ist die Kleine doch sehr früh gestorben, wie wir schon vermutet haben", meint er nachdenklich, kaum dass du deinen Bericht beendet hast. „Was ich nur schade finde: Wir können deine Tante wohl kaum fragen, wie sie verunglückt ist."
„Nee, bloß nicht!", wehrst du gleich ab. „Sie wirkt sowieso schon total mitgenommen, und ich denke, sie will auch nichts mehr davon wissen. Lassen wir sie besser in Ruhe!"
Jonas nickt. „Wir können ja heute Nacht Gloria selber fragen!", meint er dann und zwinkert verschmitzt.

Er freut sich tatsächlich auf die Begegnung wie ein kleines Kind auf den Weihnachtsmann. Dir ist allerdings eher mulmig zumute. Was ist, wenn euch noch ein anderes Gespenst – eine hämisch grinsende Frau in einem schwarzen Kleid – besuchen kommt?

Als du einige Stunden später – genauer gesagt: kurz vor Mitternacht – neben Jonas den dunklen Flur entlang schleichst, fühlst du dich nicht besser. Nervös schaust du dich immer wieder um, weil du irgendwelche Blicke in deinem Nacken zu spüren glaubst, während Jonas eher locker lässig daherschlendert.

„Sind da!", flüstert er vor Jessikas Zimmertür und legt die Hand auf die Klinke.

„Willst du nicht anklopfen?", raunst du ihm zu.

„Na gut, wär' wohl höflicher", meint er leicht verlegen, „obwohl sie zu Hause auch öfter einfach in mein Zimmer platzt! Aber ich bin ja heut' ein echter Gentleman!"

Er zupft sein T-Shirt zurecht und klopft leise an die Tür. Keine Antwort!

„Hat wohl Stroh in den Ohren!", murmelt er und klopft erneut, diesmal aber wesentlich energischer, so dass du erschrocken zusammenzuckst, doch wieder wartet ihr vergeblich auf ein „Herein!". Langsam kommt dir das merkwürdig vor.

„Nu vergess' ich aber meine guten Manieren", findet Jonas und drückt die Klinke herunter. Jetzt wirkt auch er ein wenig besorgt.

Einen Moment später könnt ihr allerdings schon wieder beruhigt aufatmen. Jessika liegt friedlich schlafend mit einem Engelslächeln auf den Lippen mitten in ihrem hell erleuchteten Zimmer auf dem Teppich, eingehüllt in einen kuscheligen Bademantel

mit Teddymuster. Offenbar ist sie beim Spielen eingeschlafen, denn um sie her verstreut liegen zahlreiche Puppenkleider – auch die vom Dachboden –, sowie ein Köfferchen und eine Reisetasche. Beide Puppen, Emmi und ihre eigene, hält sie fest im Arm.
„So eine Schlafmütze!", sagt Jonas kopfschüttelnd, sieht aber gleichzeitig sehr erleichtert aus.

Leise betretet ihr das Zimmer und schließt die Tür hinter euch. Trotzdem wacht sie auf.
„Da seid ihr ja!", meint sie schlicht und reibt sich müde die Augen. Dann fordert sie euch mit einer Handbewegung auf, neben ihr auf dem Boden Platz zu nehmen.
„Und? Wo ist sie?", fragt Jonas sofort direkt, noch während er sich im Schneidersitz niederlässt.
„Sei doch nicht so ungeduldig!", zischst du ihm zu und setzt dich ebenfalls.
Wenn du nun gedacht hast, du hättest leise genug gesprochen, täuschst du dich jedoch. Auf einmal antwortet nämlich Jessika: „Genau! Immer mit der Ruhe!"
Sie lächelt geheimnisvoll und fügt schließlich hinzu: „Außerdem ist sie doch schon längst da!"
„Wo?" Jonas kriegt kugelrunde Augen und schaut sich geradezu hektisch um.
Auch du schluckst, bleibst allerdings ruhig und beobachtest vorsichtig deine Umgebung, obwohl du wie er niemanden entdecken kannst.
„Ich soll dir sagen: Du brauchst keine Angst zu haben!", erklärt Jessika fast feierlich zu Jonas gewandt.
„Hab' ich nicht!", protestiert der jedoch mit vor Nervosität belegter Stimme.
„Ach nee?", kommt prompt von seiner Schwester.

Jonas geht nicht weiter darauf ein. Ist mit Sicherheit besser so, denkst du dir!
Er räuspert sich und meint dann mit wichtiger Miene: „Wo ist denn nun Gloria? Warum zeigt sie sich nicht?"
Nun wirkt Jessika nervös, sie scheint auf etwas zu lauschen und antwortet nach einer langen Pause endlich: „Sie ist ein bisschen schüchtern!"
Jetzt ist es Jonas, der „Ach nee?" sagt. Irgendwie kannst du ihn verstehen. Jessikas Antwort klingt wirklich ziemlich fadenscheinig.
„Oh, ja! Natürlich ist sie das!", bestätigt Jessika schnippisch ihre eigene Aussage und nickt dazu bekräftigend.
„Du spinnst!" ist Jonas' knappes Urteil, bevor er sich erhebt und zur Tür geht. „Ich lass mich hier doch nicht vereimern! Mein Schwesterchen hat manchmal ausgesprochen viel Fantasie. Bestimmt hat sie sich diese Freundinnengeschichte auch nur ausgedacht. Mir ist das jedenfalls zu doof! Kommst du mit?"

Diese Frage ist an dich gerichtet, und seinem Gesichtsausdruck nach meint er das vollkommen ernst.
Das gefällt dir irgendwie überhaupt nicht! Einerseits kann die Gloria-Geschichte nicht nur Erfindung sein. Du hast die schwebende Teetasse selbst gesehen, ganz zu schweigen von der mysteriösen Hand, die dich vom Dachboden geführt hat.
Andererseits kannst du Jonas aber auch nachempfinden, dass er sich „vereimert" fühlt.

Was willst du jetzt tun?

Versuchst du, Jonas zu beschwichtigen und ihn zum Bleiben zu bewegen?

⇒ Dann lies auf Seite 442 weiter!

Oder gehst du mit ihm mit, in der Hoffnung, dass sich am nächsten Tag eine bessere Gelegenheit bietet, Jessika auszufragen?

⇒ In dem Fall geht es auf Seite 450 weiter!

Es ist dir zwar nicht egal, ob du womöglich allein vor der Geisterfrau stehst, aber du findest es unwichtig. Wirklich wichtig ist in diesem Augenblick nur, Gloria zu helfen, denn ähnlich wie Jonas hast auch du das Gefühl, die entscheidende Chance zu verpassen, wenn du jetzt nicht wenigstens versuchst, sie zu beschützen.

Also gehst du ohne weitere Verzögerung zur Tür und drückst die Klinke herunter. Eisige Kälte schlägt dir entgegen. Trotz deiner Entschlossenheit schluckst du einmal, bevor du auf den dunklen Flur hinaustrittst. Automatisch schaust du zur Galerie und dir stockt der Atem.

Eine grausige Szene spielt sich dort, direkt oberhalb der Treppe, ab: Glorias Großmutter hat die Kleine an den Schultern gepackt. Mit großen Augen schaut Gloria ihre Großmutter an, die diesem Blick allerdings mit einem hämischen Grinsen antwortet. Und bevor du irgendetwas tun kannst, stößt die Frau ihr Enkelkind die Treppe hinunter.

Der Aufschrei, den du erwartest, bleibt aus. Du selbst würdest in diesem Moment auch gern einfach schreien, zumal Glorias Großmutter sich gerade zu dir umdreht und dich anstarrt, doch deine Kehle ist wie zugeschnürt. Das hämische Grinsen ist aus ihrem Gesicht verschwunden. Stattdessen hat sie nun einen verkniffenen Zug um ihren schmalen Mund und ihre Augen funkeln zornig. Offenbar bist du gerade Zeuge einer Szene gewesen, die du nicht sehen solltest.

In deinem Kopf meinst du zu hören: „Du hättest abreisen sollen, als du es noch konntest!" Gleichzeitig hebt sie ihren Arm und deutet mit dem Zeigefinger genau auf dich.

Du musst zurück in Kikis Zimmer, denkst du nur noch, aber dies wird mit einer kurzen Handbewegung der

Frau vereitelt: Die Tür schlägt zu! Nun stehst du allein da! Nichts und niemand kann dir helfen, ja nicht einmal das schummrige, beruhigende Licht aus Kikis Zimmer ist dir geblieben. Selbst wenn Jonas und Kiki vorgehabt haben, dir zu folgen, so ist diese Hoffnung spätestens jetzt zerplatzt. Noch nie in deinem Leben hast du dich so allein und hilflos gefühlt.
Die Kälte, die die Geisterfrau ausstrahlt, kriecht in dir hoch. Langsam und bedrohlich kommt sie auf dich zu. Du weichst zurück in den Flur. Voller Entsetzen stellst du dabei fest, dass sie schneller näherkommt als du rückwärts stolpern kannst.
Der Blick ihrer grausamen Augen scheint dich zu durchbohren. Ihre dürren Hände sind nach dir ausgestreckt, bereit dich zu greifen, sobald sie dich erreicht. Du schreist voller Panik so laut du kannst, doch kein Ton dringt aus deinem Mund. Du bist stumm! Und du weißt, dass du ihr ausgeliefert bist! Die Hölle könnte nicht schlimmer sein. Ihr Mund verzieht sich wieder zu ihrem typischen, hämischen Grinsen. Sie genießt deine Angst!
In diesem Moment passiert etwas sehr Merkwürdiges in dir, als ob jemand einen Schalter umlegt. Eine Welle von Gefühlen überschwemmt dich geradezu: erst Gleichgültigkeit – was soll's, dann stirbst du eben! –, dann Wut – diese Frau wagt es, sich noch über deine Angst zu freuen! – und schließlich unglaublicher Mut.
Diese Frau ist eine Mörderin ohne jede normale menschliche Empfindung. Sie hat die kleine Gloria einfach so die Treppe hinuntergestoßen. Jetzt will sie dich töten oder in den Wahnsinn treiben. Nun, dazu gehören in diesem Fall zwei: die Täterin und du als Opfer. Du hast aber nicht vor, einfach nur ihr Opfer zu sein, denn du bist wütend und stinksauer.

Mit all deinem Mut und deiner ganzen Wut erwiderst du ihren Blick. Du spürst ihre Stärke, aber auch deine eigene! Kein Zurückweichen! Nicht einen einzigen Schritt mehr! Stattdessen gehst du auf sie zu.
Sie bleibt stehen. Täuschst du dich oder hast du wirklich den Hauch von Entsetzen in ihren Augen gesehen? Ihr Grinsen liegt allerdings immer noch auf ihren Lippen, auch wenn es ein wenig eingefroren wirkt. Umso besser! Du grinst zurück! Und als ob dich dein eigenes Grinsen noch zusätzlich beflügeln würde, gehst du schneller.
Jetzt täuschst du dich nicht: Sie ist entsetzt. Erschrocken weicht sie nun zurück. Das ist auch ganz gut so, denn was du machen sollst, wenn du sie erreichst, kannst du dir beim besten Willen nicht vorstellen.
Als du in Höhe von Kikis Zimmer bist, bekommst du unerwartet Verstärkung. Die Tür wird ruckartig geöffnet und Jonas und Kiki stehen auf einmal neben dir, beide bewaffnet mit Taschenlampen.
„Feuer frei!", brüllt Jonas.
Fast auf die Sekunde genau gleichzeitig lassen beide ihre Lampen aufleuchten. Geblendet von der plötzlichen Helligkeit kneifst du die Augen zusammen. Haben die beiden normale Taschenlampen oder Scheinwerfer?
Du hörst, wie Jonas' Lampe zu Boden fällt. Trotzdem bleibt das Licht so hell, dass, selbst als du die Hände schützend vor die geschlossenen Augen legst, noch immer gleißende Helligkeit hindurchdringt. Jonas hält sich ächzend an deinem Arm fest – es können nur seine Hände sein –, Kiki stöhnt auf und du fragst dich, warum die beiden nicht endlich die Lampen ausknipsen.

„Macht doch die Dinger aus!", forderst du schließlich, weil du das Gefühl hast, das Licht nicht mehr aushalten zu können.

„Sind sie doch schon lange!", antwortet Jonas.

Seine Stimme klingt weit entfernt, obwohl er direkt neben dir ist, und ein langsam anschwellendes Brausen in deinen Ohren lässt sie noch leiser erscheinen.

„Was ist hier los?", spricht Kiki das aus, was du denkst, wobei sie eher schreit, um gegen das mittlerweile fürchterliche Tosen anzukommen.

„Ich weiß es nicht!", rufst du zurück.

Nur einige wenige Sekunden später ist alles vorbei – so plötzlich, wie es angefangen hat! Kein brausendes Sturmgebrüll mehr in den Ohren! Und kein grelles Licht mehr! Vorsichtig öffnest du die Augen. Flur und Galerie liegen wieder in absoluter Dunkelheit vor euch. Ihr atmet alle drei erleichtert auf.

„Wo ist Gloria?", ist Jonas' erste Frage.

„Ich fürchte, die Frau hat sie ermordet, indem sie sie die Treppe hinuntergestoßen hat", antwortest du.

„Oh, nein!", stöhnt Kiki auf.

„Momentchen mal!", schaltet sich Jonas ein. „Hab' ich irgendwas nicht richtig mitgekriegt oder habt ihr irgendwas nicht richtig geschnallt? Wenn ich mich nicht irre, ist Gloria doch schon lange tot. Oder nicht? Ich mein', sie ist schließlich ein Geist!"

Natürlich hat Jonas recht.

Dann fährt er fort: „Also, wenn ich's so überdenke, bedeutet das sicher, dass du gesehen hast, wie sie damals ums Leben gekommen ist, nämlich brutal und hinterhältig ermordet von ihrer Großmutter!"

„Ja", sagt Kiki dazu, „aber trotzdem sollten wir mal nachsehen ..." Weiter kommt sie nicht. Eine wesentlich tiefere Stimme unterbricht euer

Gespräch: „Was wollt ihr mitten in der Nacht nachsehen?"

Kaum ist diese Frage ausgesprochen, da flammt das Deckenlicht auf und ihr stellt fest, dass dein Onkel dort oben auf der Galerie steht. Wieviel hat er wohl von all dem mitbekommen? Wahrscheinlich nicht sehr viel, beruhigst du dich gleich wieder, denn er sieht ziemlich verschlafen aus.

„Wir, ähm, haben merkwürdige Geräusche aus der Eingangshalle oder so gehört, und da wollten wir mal nachsehen", erklärt Jonas sofort mit Unschuldsmiene, während er eilig seine Taschenlampe vom Boden aufhebt.

„Eingangshalle oder so?", fragt Onkel Robert nach.

„Oh, ja!", bestätigt Kiki und dichtet weiter: „Vielleicht auch von der Treppe! Es könnten Einbrecher oder sowas gewesen sein."

Dein Onkel runzelt ungläubig die Stirn, macht sich dann aber auf den Weg nach unten, um die Eingangstür zu überprüfen.

„Und? War das so richtig?", raunt Kiki dir und Jonas in der Zwischenzeit unsicher zu.

„War schon ganz okay!", meint Jonas. „Jetzt schnell zur Treppe! Vielleicht können wir ´nen Blick runterwerfen, ob irgendwas auffällig ist."

„Witzbold!", sagst du trocken. „Falls es euch noch nicht aufgefallen ist, aber mein Onkel stapft da gerade längs. Also wenn da etwas ist, bemerkt er es sicherlich als erster."

Trotzdem schleicht ihr schnell bis zur Treppe und schaut hinunter. Ihr könnt deinen Onkel dabei beobachten, wie er an der Haustür rüttelt und auch kurz in den umliegenden Zimmern nachsieht, ihr entdeckt allerdings nirgends eine Spur von Gloria.

„Da ist nichts!", sagt Onkel Robert, als er sich müde wieder nach oben schleppt. Misstrauisch blickt er euch an. „Was waren das denn für Geräusche, dass ihr alle drei wachgeworden seid?"

Bevor ihr euch jedoch wieder etwas zusammendichten müsst, erregt etwas anderes seine Aufmerksamkeit. „Was ist das denn?", meint er und blickt irritiert auf die Holztäfelung der Wand genau in Höhe der Treppe.

Tatsächlich wirkt sie über eine größere Fläche wie eingedrückt, als wenn sich dort eine Tür befände, die nach innen aufgeht. Genauso überrascht tretet nun auch ihr drei neugierig näher. Dein Onkel zögert einen Moment, dann tippt er mit den Fingerspitzen leicht gegen die Vertiefung. Fast geräuschlos schwingt direkt vor euren Nasen eine Tür auf, die sich in Material und Muster nicht ein bisschen vom Rest der Wand unterscheidet. Anscheinend befindet sich dort ein perfekt getarnter Geheimraum! Und offenbar ist er sehr, sehr lange unentdeckt geblieben, denn euch schlägt ein furchtbar muffiger Geruch entgegen und ziemlich große Staubweben hängen von der Decke und versperren euch die Sicht.

„Ihr habt da doch Taschenlampen! Leuchtet mal!", meint dein Onkel kurz und bündig. Das lässt sich Jonas nicht zweimal sagen. Er drängt sich an dir und Kiki vorbei, knipst seine Lampe an und richtet den Strahl in den Raum hinein – direkt auf das grinsende Gesicht eines Totenschädels!

Kiki quiekst auf.

„Das gibt's doch gar nicht!", stößt dein Onkel hervor und traut seinen eigenen Augen wohl nicht. Zwei- oder dreimal kneift er sie zusammen, dann streicht er sich verwirrt über seine Lider und schaut nochmals hin, aber an diesem Horror-Bild ändert sich nichts.

Schließlich schiebt er den wie versteinert dastehenden Jonas beiseite und nimmt ihm die Lampe aus der Hand. Forsch wagt er sich einen Schritt in die Kammer hinein, wobei er seine Umgebung sorgfältig ausleuchtet. Viel kannst du leider nicht erkennen, weil Jonas immer noch im Weg herumsteht, aber du siehst, dass der Schädel zu einem Skelett gehört, das ausgestreckt auf einem Bett liegt. Ein recht gut erhaltenes schwarzes Kleid bedeckt einen Großteil der Knochen. So ist dir sofort klar, um wessen sterbliche Überreste es sich handeln muss.

Hier in diesem Versteck hat sie also ihr Ende gefunden, vermutlich einsam und verlassen. Kein schöner Tod!

Jonas steht immer noch wie angewurzelt da, unfähig sich zu bewegen oder auch nur einen Laut hervorzubringen, während Kiki wie Espenlaub zittert. Tränen kullern ihr die Wangen hinunter, doch nicht einmal das scheint sie zu merken. Geschockt starrt sie in die Kammer hinein.

Dich interessiert zwar schon, was dort drinnen noch zu entdecken ist, allerdings gibt es etwas, das jetzt viel wichtiger ist. Kurzentschlossen greifst du nach Kikis und gleichzeitig auch nach Jonas' Arm.

„Kommt!", sagst du knapp und ziehst die beiden sanft aber bestimmt fort, damit sie sich erstmal beruhigen können.

In diesem Moment kommt deine Tante verschlafen vom gegenüberliegenden Flur. Verwundert und müde reibt sie sich ihre Augen.

„Was ist denn hier los?"

Dein Onkel taucht wieder aus der Kammer auf, um ihr zu antworten – jedenfalls öffnet er den Mund, doch sie weicht entsetzt vor ihm zurück. Kein Wunder! In seinen Haaren kleben Staubweben. Dazu strahlt sein Gesicht voller Tatendurst. Du kannst dir nur mit Mühe ein Grinsen verkneifen.

„Wir gehen in Kikis Zimmer", erklärst du nur.

Und erst dort findet Jonas seine Sprache wieder: „Ich glaub', wir haben sie besiegt! Deshalb wurde ihr Grab jetzt freigegeben, wenn ihr versteht, was ich meine!"

„Nö, nicht so ganz!", gibst du zu.

„So wie du gesagt hast, hat diese Lady die kleine Gloria ermordet. Dabei wurde sie ja nun diesmal von dir beobachtet – ich tipp' jedenfalls drauf, dass das jede Nacht das gleiche noch mal war! Und wir haben ihr klargemacht, dass sie mit uns nicht so leichtes Spiel hat."

„Wir haben gekämpft und gewonnen!", fügt Kiki hinzu. Auch sie hat sich schon wieder gefangen. „Dieses wahnsinnig helle Licht ist das deutlichste Zeichen, würd' ich sagen."

„Ja, irgendwie denke ich auch, dass wir diesen Spuk damit beendet haben!", schließt du erleichtert.

„Schade nur, dass wir diese geheimnisvolle Kammer wohl kaum untersuchen können!", meint Jonas achselzuckend und zieht eine komische Schnute. „Das wird wohl die Polizei übernehmen, wo da doch 'ne Leiche 'rumliegt, auch wenn sie da schon 'ne ganze Weile ist."

Kiki schüttelt sich. Dann fällt ihr noch ein: „Schade finde ich, dass wir nicht wissen, wie es Gloria jetzt geht. Ich mein', ob sie erlöst ist oder so."

Und wie als Antwort darauf bewegen sich wieder die Buchstaben auf dem Scrabble-Spielbrett: FILEN DANK!

Ende

„Was ist mit dir, Kiki? Kommst du mit?", fragst du Kiki ganz direkt.
Kiki senkt den Blick und spielt verlegen mit ihren Händen.
„Sei mir bitte nicht böse, aber ich wollt' eigentlich auf Jonas warten", meint sie.
„Dann sei mir bitte auch nicht böse, aber ich geh' nicht allein da raus!", konterst du. „Ich bin schließlich nicht wahnsinnig!"
„Verdammt! Seid ihr bescheuert?", keucht Jonas wütend und steht auf, wobei seine Beine noch recht wacklig scheinen. Trotzdem reißt er die Tür auf und stürmt ohne ein weiteres Wort auf den Flur hinaus.
Kiki starrt dich mit großen Augen an. Mehr als ein „Äh!" kriegt sie nicht über die Lippen. Auch du bist mehr als verblüfft. Unfähig dich zu bewegen, schaust du hilflos zu Kiki. Wieso nur hat Jonas es auf einmal so eilig? Was sollt ihr oder vielmehr was will er in diesem Moment gegen Glorias Großmutter ausrichten? Ist ja toll, dass er der Kleinen helfen will, aber wie denn? Wie auch immer, allein lassen kannst du ihn auch nicht. Du hast schon viel zu lange gezögert.
Ärgerlich über dich selbst, weil du so viel Zeit vertrödelt hast, schüttelst du die Erstarrung ab und rennst hinterher. Du weißt nicht, ob Kiki dir folgt. Es ist dir auch egal. Nur einen Augenblick später bleibst du jedoch abrupt stehen.
Auf der Galerie direkt oberhalb der Treppe schwebt Jonas ungefähr einen halben Meter über dem Boden, einzig gehalten durch die Hand der Frau im schwarzen Kleid. Mühelos lässt sie ihn in der Luft hängen, grinst hämisch und löst dann ihren Griff. Mit einem gellenden Aufschrei stürzt Jonas die Treppe hinunter.

Auch später noch fragst du dich immer wieder, ob du dies nicht hättest verhindern können. Andererseits fällt dir nichts ein, wie du Jonas hättest davon abhalten sollen, so ungestüm und unüberlegt loszustürmen. Wie du's drehst und wendest, es läuft immer wieder auf diesen scheinbar unvermeidlichen Sturz hinaus.

Dabei hat Jonas noch großes Glück gehabt: ein gebrochener Arm, ein gebrochenes Bein und zwei angeknackste Rippen, dazu nur eine leichte Gehirnerschütterung.

Trotz alledem seid ihr, Kiki und du, froh, dass er lebt. Er hätte sich schließlich auch das Genick brechen können.

Mit diesem Treppensturz enden ebenfalls eure Spuknachforschungen. Ihr habt gesehen, was passieren kann und wie gefährlich es ist, sich mit Glorias Großmutter anzulegen. Sowohl Kiki, wie auch du, ihr beide schlaft nachts mit Licht und ignoriert irgendwelche Merkwürdigkeiten, wie zum Beispiel sich bewegende Gegenstände, soweit dies möglich ist.

Seltsamerweise findet ausgerechnet Jonas das gar nicht gut und brennt darauf, endlich aus dem Krankenhaus entlassen zu werden, um „der Lady die längst überfällige Breitseite zu verpassen" – notfalls auch allein.

Ende

Irgendwie hast du genug von den Geheimniskrämereien, außerdem könntet ihr ein wenig Hilfe brauchen, findest du. Deshalb antwortest du Kiki: „Weißt du was, Kiki, ich glaub', wir sollten uns doch noch ein paar Verbündete suchen! Sagst du Jonas Bescheid? Dann können wir uns hier zusammensetzen und es gleich beiden erklären."
„Oh, ja!", strahlt Kiki und flitzt nach draußen.
„Verbündete?", fragt Bennet nach. „Wofür, wenn man fragen darf?"
„Gleich!", beschwichtigst du ihn lächelnd. Klar, er ist jetzt erst richtig neugierig!
Lange braucht ihr allerdings nicht zu warten, denn Kiki hat es sehr eilig mit dieser Versammlung. Vielleicht befürchtet sie, du könntest es dir wieder anders überlegen?
So sitzt ihr kurze Zeit später alle zusammen in der Leseecke der Bibliothek. Bennet schaut Kiki und dich interessiert, aber still an, während Jonas aufgeregt fragt: „Was gibt's denn nun so Wichtiges, dass Kiki mich vom Baumhaus wegschleppt? Was Spannendes?"
„Kann man so sehen", antwortest du ausweichend. „Fängst du an, Kiki?"
Sie nickt. Dann berichtet sie von ihrem Erlebnis in der letzten Nacht, beschreibt die Kleine in allen Einzelheiten und vergisst nicht zu erwähnen, dass sie das Mädchen niedlich findet. Weder Bennet, noch Jonas unterbricht ihren Vortrag, auch wenn Kiki sich dabei manchmal etwas kompliziert ausdrückt. Beide lauschen mit großen Augen und angehaltenem Atem bis sie dir das Wort übergeben will.
„Puh!", schnauft Jonas. „Nu aber erstmal Stopp! Hab' ich das richtig geschnallt, dass du gerade von einem Gespenst erzählt hast?"

„Ja, hast du!", bestätigst du ihm. „Aber jetzt warte mal ab, denn ich hab' da auch noch was ..." Und nun berichtest du von deiner gar nicht niedlichen letzten Nacht.
Wieder gibt es keine Unterbrechung, aber als du geendet hast, schaut Jonas abwechselnd von Kiki zu dir und von dir zu Kiki und meint: „War das jetzt euer Ernst oder wollt ihr uns irgendwie vereimern?"
„Ich kann dich beruhigen, Jonas, das dürfte schon alles so stimmen!", schaltet sich plötzlich Bennet ein.
„Findest du das etwa beruhigend?", meint Jonas entsetzt.
„Eigentlich schon!", antwortet Bennet überraschenderweise. „Das bedeutet nämlich, dass ich noch nicht dem Wahnsinn verfallen bin, wenn ich Wesen sehe, die angeblich gar nicht existieren sollen."
„Hä? Du auch?" Jonas schaut sich hektisch zwischen euch dreien um, während er feststellt: „Also entweder ist das hier 'n riesiges Komplott, um mein Gehirn zu zermürben ..."
Kiki reißt entsetzt den Mund auf, als wenn sie sofort widersprechen will, aber Jonas ist schneller: „War 'n Scherz, Kiki!" – Er grinst schief. – „Was die eigentliche Frechheit an der ganzen Sache ist, ist, dass ich anscheinend alles verpasst hab'. Ich hatte keinen nächtlichen Besuch, weder von der kleinen Niedlichen, noch von der Geister-Lady! Wer war's bei dir, Bennet?"
„Die Lady, wie du es ausdrücken würdest, Jonas."
„Und wann? Auch letzte Nacht?", fragst du.
„Nein, letzte Nacht ausnahmsweise mal nicht, aber sonst fast immer, seit ich hier bin", antwortet Bennet und er sieht auf einmal sehr müde aus.
„Das ist ja schrecklich!", sagt Kiki voller Mitgefühl.

„Ja, bei der Dame ist ‚schrecklich' allerdings der richtige Ausdruck!", meint Bennet und versucht zu lächeln. Dann räuspert er sich und fährt fort: „Wir waren vorhin bei den alten Büchern stehen geblieben, die ich mir gern mal ansehen würde!"
„Wieso?", kommt von Jonas.
„Gute Frage!", sagst du dazu. „Vielleicht weil er genauso wie ich denkt, dort könnte irgendein Hinweis zu finden sein, der uns weiterhilft. Richtig?"
„Ja, es ist eigentlich nur ein Gefühl, aber irgendetwas sagt mir, dass dazwischen ein Teil der Lösung unseres Problems sein könnte!", stimmt Bennet zu.
„Gut, hat jemand den Schlüssel?", fragt Jonas tatendurstig.
„Wie man's nimmt!", antwortet Bennet grinsend und hält den Draht hoch.
Bereits wenige Augenblicke später startet er damit einen erneuten Versuch, die Schranktür zu knacken.
Ihr steht alle drum herum und guckt dabei zu, Jonas allerdings immer mit einem halben Blick zur Tür, damit euch niemand erwischt. Bennet scheint sehr nervös zu sein, vielleicht weil ihr ihm alle auf die Finger schaut. Kiki wirkt auch nicht gerade ruhig. Sie reibt sich ihre Arme und tritt von einem Fuß auf den anderen.
„Ist dir kalt oder hast Ameisen unter den Füßen?", fragt Jonas sie.
Kiki muss lächeln, dann antwortet sie: „Irgendwie ist's schrecklich kalt, finde ich, obwohl draußen strahlender Sonnenschein ist."
„Stimmt, 'n bisschen kühl ist's wirklich", findet auch Jonas und schüttelt sich.
Die beiden haben Recht und das gefällt dir in diesem Fall gar nicht, zumal eine seltsam stärker werdende Gänsehaut nicht nur von der plötzlichen Kälte zu

kommen scheint, sondern du das Gefühl nicht loswirst, dass ihr von etwas Nicht-freundlichgesinntem belauert werdet. Wachsam beobachtest du die Umgebung aus den Augenwinkeln.

Ein leises Klacken und ein langgezogenes Quietschen lassen deinen Blick jedoch wieder schnell zu Bennet und dem Vitrinenschrank wandern. Er hat es geschafft! Mit einem triumphierenden Lächeln schaut er euch an, bevor er sich den Büchern zuwendet. Fast ehrfürchtig streicht er mit den Fingern über die Buchrücken, während er die Titel studiert. Plötzlich zuckt seine Hand allerdings zurück.

„Das Buch hat sich bewegt!", stößt er hervor.

Kaum hat er dies ausgesprochen, da seht ihr, was er meint. Das Buch zittert erst leicht, dann immer heftiger. Auf einmal schießt es hoch und knallt gegen das Regalbrett darüber, dann kippt es nach vorn und fällt Bennet vor die Füße. Doch dieses bleibt nicht das einzige Buch, das sich merkwürdig benimmt. Zwei weitere Bücher fliegen wie Geschosse aus der Vitrine auf euch zu. Kiki springt erschrocken zur Seite und kann so ausweichen, Bennet wird von dem anderen an der Hand getroffen. Auch er zieht sich schleunigst vom Schrank zurück, wobei er sich die angeschlagenen Finger reibt.

Allerdings sind es nun nicht mehr nur die Bücher aus der Vitrine, die verrücktspielen, sondern in sämtlichen Regalen im ganzen Raum erwacht plötzlich neues Leben.

Einige der Bände fallen einfach nur zu Boden, andere wiederum wirbeln mit flatternden Seiten durch die Luft. Wieder andere scheinen es direkt auf euch abgesehen zu haben und zielen sehr genau.

Du versuchst in Deckung zu gehen. Aber wohin? Von allen Seiten kommen sie auf euch zu. Ein besonders dickes Lexikon fliegt in Augenhöhe in deine Richtung. Geistesgegenwärtig duckst du dich – gerade noch schnell genug, denn du spürst noch den Luftzug, der deine Haare aufwirbelt. Leider war dies nicht die einzige Attacke auf dich. Schon einen Moment später trifft dich ein Gedicht-Band in der Kniekehle, so dass du zu Boden sackst.

Neben dir kauert bereits Kiki, die verzweifelt versucht, zumindest ihren Kopf vor drei angreifenden Bilderbüchern zu schützen. Und nur ein Stückchen weiter liegt Bennet flach auf dem Bauch, ebenfalls mit den Armen über dem Kopf. Jonas hingegen läuft fluchend durch die Gegend, schlägt mal hier oder da per Faust ein Buch zurück oder wird auch mal getroffen, was er lautstark mit „Aua!", „Blödes Biest!" und „Na warte!" bekundet. Aber auch seine Kommentare klingen zunehmend verkniffener. Was sollt ihr nur tun? Eure Situation wird immer bedrohlicher – so verrückt sie auch ist!

Da ertönt die Stimme eines kleinen Mädchens: „Halt!"

Und als ob ihr die Bücher gehorchen würden, hören sie auf, nach euch zu schlagen, ja sie scheinen sogar für einen Augenblick in der Luft stehenzubleiben, bevor sie kraftlos herunterfallen.

Verblüfft starrt ihr alle zum Eingang der Bibliothek. Dort steht Jessika!

Als erster findet Jonas seine Sprache wieder: „Na, den Trick musst du mir mal verraten, Schwesterchen!"

„Ich hab' gar nichts gemacht", sagt sie verlegen und lenkt dann gleich ab: „Ist alles in Ordnung mit euch?"

„Ja, jetzt wieder!", antwortet Bennet, während er sich hochrappelt, obwohl er einen hässlichen Kratzer

an der Schläfe hat. „Das hast du gut gemacht!", lobt er dann.
„Ich hab' nicht ... ich ... ich muss jetzt wieder gehen", stammelt Jessika.
Kiki schluchzt auf! Das eben war anscheinend ein Schock für sie, denn sie zittert wie Espenlaub.
„Nein, warte!", rufst du Jessika zu. „Schau mal, Kiki hat sich doll erschreckt wegen der Bücher. Sie hat Angst, dass die wieder verrücktspielen, wenn du jetzt weggehst. Verstehst du das?"
„Hm, hm!", Jessika nickt, wirkt aber irgendwie unschlüssig.
„Ist alles okay, Kiki?", erkundigst du dich erstmal vorsichtig, legst ihr tröstend den Arm um die Schulter und winkst gleichzeitig Jessika heran.
Sie kommt auch tatsächlich zu euch und hockt sich auf die andere Seite von Kiki. Dann legt sie ihren kleinen Arm um Kiki.
„Es geht schon!", antwortet Kiki noch ziemlich mitgenommen.
Du schaust zu Bennet und Jonas. Bennet lächelt dir anerkennend zu. Jonas hält grinsend seinen Daumen nach oben. Anscheinend finden sie es gut, wie du das hingekriegt hast.
„Nun, dann sollten wir jetzt vielleicht dieses Chaos beseitigen", meint Bennet.
„Bevor meine Tante das sieht!", fügst du hinzu.
„Hätte was! Die kippt sonst glatt aus den Latschen!", flachst Jonas.
Und so beginnt ihr noch recht planlos damit, hier oder da ein Buch aufzuheben und einigermaßen sinnvoll wieder einzusortieren. Dabei beobachtet ihr, wie sich die kleine, schüchterne Jessika geradezu rührend um Kiki kümmert.

Nach einer ganzen Weile – ihr seid trotzdem erst zur Hälfte fertig – stehen beide auf.

„Wir helfen euch!", sagt Kiki knapp und sammelt die verstreut herumliegenden Bilderbücher auf, die noch vor kurzem wilde Attacken auf sie geflogen sind.
Jessika hingegen schlendert zum Vitrinenschrank und hebt das Buch auf, mit dem alles anfing. Ihr schaut euch entsetzt an. Was geschieht jetzt? Bisher hat keiner von euch es gewagt, dort in die Nähe zu gehen. Doch wider Erwarten passiert gar nichts, außer dass Jessika es zurück in die Vitrine stellt!
Schweigend, höchstens mal aufstöhnend über die Menge an Arbeit, räumt ihr weiter auf. Es gäbe viel zu besprechen, aber solange Jessika bei euch ist, traut sich irgendwie keiner, auch nur ein Wort über das seltsame Benehmen der Bücher zu verlieren.
Endlich schiebt Bennet das letzte Buch ins Regal.
„Das war's!", seufzt Jonas erleichtert auf.
„Und ich muss jetzt aber wirklich los zu den Ponys!", sagt Jessika. Beim Hinausgehen fällt ihr jedoch offenbar etwas ein. Sie macht auf dem Absatz kehrt und wühlt in der Tasche ihres Kleides. Ein gelblicher Zettel kommt zum Vorschein. Mit einem Lächeln drückt sie ihn Kiki in die Hand.
„Der lag da vor dem Glasschrank!", erklärt sie, zeigt auf die Vitrine und hüpft dann munter nach draußen.
„Was ist das?", fragt Jonas sogleich.
„Ich schätze, das ist das, wonach wir gesucht haben!", sagt Bennet ernst.
„Na ja, zumindest ist das Papier sehr alt, so wie es aussieht", meint Kiki. „Aber bevor wir uns das angucken, muss ich euch noch was erzählen. Also darüber, was hier Merkwürdiges los war, brauchen wir eigentlich gar nichts mehr sagen, aber wisst ihr,

was Jessika mir zugeflüstert hat, als sie mich getröstet hat?"
„Nu mach's nicht so spannend!", drängelt Jonas ungeduldig.
Kiki macht ein wichtiges Gesicht und erklärt dann mit gesenkter Stimme: „Sie hat gesagt, ich bräuchte keine Angst mehr haben, weil Gloria nicht zulassen würde, dass das nochmal passiert!"
„Gloria? Wer ist Gloria?", will Jonas wissen.
„Weiß ich doch auch nicht!", sagt Kiki leicht genervt.
„Hätt'st ja mal fragen können!", kontert Jonas.
„Das können wir immer noch machen", schaltet sich Bennet ein. „Jessika wirkte vorhin nicht besonders gesprächig."
„Vielleicht sollten wir uns jetzt erstmal um den mysteriösen Zettel kümmern", schlägst du vor.
Ja, das finden alle, und so setzt ihr euch in die Leseecke und steckt eure Köpfe zusammen, damit ihr alle einen Blick auf den Zettel werfen könnt, als Kiki ihn vorsichtig auseinanderfaltet.
In einer hübschen, zierlichen Handschrift steht dort geschrieben:

Amanda Hofendahl, meine Schwiegermutter.

Ernst und ich werden fort sein, wenn Du diese Zeilen liest, denn jetzt nach dem Tode meiner über alles geliebten Tochter kann ich es nicht mehr ertragen, hier zu sein, wo es geschah.

Eingeprägt in mir ist das Wissen, daß Du sie niemals mochtest, wahrscheinlich weil sie nicht mit Dir blutsverwandt war. Dein Sohn Ernst hat sie behandelt, als wäre sie sein leibliches

Kind. Er war immer wie ein Vater für sie, und er hat mich geheiratet, obgleich es bedeutete, auch sie, meine Gloria, als sein Kind anzunehmen. Dieser Umstand schien Dir kaum erträglich. So war dies wohl der Grund, warum Du es getan hast.

Meine kleine Gloria ist nicht zufällig des Nachts die Treppe heruntergestürzt. Du hast ihren Tod auf Dein Gewissen geladen. Wie schwer es doch auf mir lastet, Dir diese schändliche Tat nicht beweisen zu können, so bin ich mir trotzdem gewiß, daß diese schwere Sünde nicht ungesühnt bleiben mag.

Möge Deine Seele niemals die Ruhe finden, nach der Du Dich verzweifelt sehnen wirst. Niemals, auch nicht nach Deinem Tode, sollst Du erlöst sein, außer Du wagst zu gestehen, daß Du Gloria das Leben genommen hast.

So sei es.

Johanna Hofendahl.

Während ihr – jeder für sich selbst – diesen Brief lest, fangen Kikis Hände, die das Papier halten, immer mehr an zu zittern. Schließlich haucht sie: „Gloria! Die Kleine, die ich gesehen habe, heißt Gloria! Ganz bestimmt ist sie es!"

„Das denke ich auch!", stimmt Jonas zu. Er klingt etwas heiser. „Und das ist der Name, den auch mein Schwesterchen erwähnt hat."
„Was bedeuten könnte, dass auch sie das Geistermädchen kennt, und vielleicht sogar besser als wir!", folgerst du.
„Nun meldet sich auch Bennet zu Wort: „Wenn das Geistermädchen diese Gloria ist, was ich für sehr wahrscheinlich halte, müsste die Frau im schwarzen Kleid Amanda Hofendahl sein und demnach eine eiskalte Mörderin."
Schweigend starrt ihr auf den Brief. Bennet hat Recht. So muss es sein. Das wäre die einzig logische Erklärung für den ganzen Spuk. Alles passt zusammen. Amanda Hofendahl findet keine Ruhe, weil sie einen Mord begangen hat. Und die kleine Gloria findet ebenfalls keine Ruhe, weil diese Tat ungesühnt ist, weil ihre Mörderin niemals überführt wurde.
„Schrecklich! Ich finde das einfach furchtbar!", sagt Kiki. „Das muss man sich mal vorstellen. Da bringt die ein kleines Mädchen um, nur weil sie nicht damit einverstanden war, dass ihr Sohn eine Frau geheiratet hat, die schon vorher ein Kind hatte." Kiki krallt ihre Finger wütend ins Papier.
„Tja, früher gab's tatsächlich Leute, die so bescheuert drauf waren!", meint Jonas. „Und nicht nur früher! Selbst heutzutage gibt's noch solche Bekloppten!"
„Oh ja!", bestätigt Bennet. „Daher kommt die Redewendung ‚jemanden stiefmütterlich behandeln', was nichts anderes bedeutete, als dass mit jemandem schlecht umgegangen wurde, nur weil er nicht oder nicht direkt blutsverwandt war."
„Aber dabei kann der- oder diejenige doch meistens am allerwenigsten dafür!", protestiert Kiki.

„Schließlich kann doch Gloria nichts dafür, dass dieser – wie heißt er noch? – ach ja, Ernst Hofendahl nicht ihr Vater ist. Und dann auch noch ein Mord!"
Kiki wirkt jetzt so sauer, dass Bennet ihr vorsichtig den Brief aus der Hand nimmt, bevor sie ihn womöglich noch zerknüllt, was das alte Papier sicher nicht vertragen könnte.
„Ich glaube kaum, dass diese Frau so weit denkt", sagst du mit Nachdruck. „Sie ist egoistisch, voller Hass und – wie Bennet schon gesagt hat – eine eiskalte Mörderin!"
„Die Frage ist nur, wie wir ihr am besten das Handwerk legen!", fügt Bennet hinzu und vertieft sich noch einmal in den Text des Briefes.
Du schaust ihm dabei über die Schulter und fragst ihn: „Hast du schon eine Idee?"
„Nein, nicht wirklich!", gibt er seufzend zu. „Allerdings sind da mehrere Punkte, die wir nicht außer Acht lassen sollten. Da wäre zum Beispiel der Hinweis auf den Tatort: Demnach ist Gloria die Treppe hinuntergestürzt, so dass ich annehme, dass die große Treppe in der Eingangshalle gemeint ist. Sonst wüsste ich auch nicht, wo. Dann denke ich, dass Glorias Mutter die Täterin mehr oder minder absichtlich dazu verdammt hat als Geist zu spuken, und zwar indem sie vor ihrer Abreise diesen Brief hinterlassen hat, den ich nicht nur als verzweifelte Anschuldigungen, sondern sogar als auferlegten Fluch sehen würde."
„Meinst du das geht so einfach?", bezweifelt Kiki.
Bennet reibt sich nachdenklich das Kinn, dann antwortet er: „Zumindest scheint sie mit den Anschuldigungen den Nagel auf den Kopf getroffen zu haben, so dass es wohl auch das schlechte Gewissen sein könnte, das die Frau hier festhält."

„Die hat doch kein Gewissen!", findet Jonas.
„Wie auch immer – jedenfalls hat sie nichts dazugelernt und ist genauso furchtbar geblieben!", sagst du.
Und Kiki setzt hinzu: „Ich denke – ich weiß ja nicht, ob das möglich ist – aber ich könnte mir vorstellen, dass sie dermaßen hasserfüllt ist, dass das allein schon reicht, dass sie rumspuken muss und keine Ruhe findet."
„Auch das kann natürlich sein", stimmt Bennet zu.
„Auf alle Fälle, schätze ich, müssen wir in irgendeiner Form gegen die Frau vorgehen, um diesen Spuk zu beenden. Entweder sind wir tatsächlich dazu gezwungen, diese Amanda Hofendahl zu einem Geständnis zu bewegen, was ich für äußerst schwierig halte. Oder vielleicht reicht es auch, sie mit der Wahrheit zu konfrontieren."
„Und weil wir dabei waren, die Wahrheit – nämlich diesen Brief – zu finden, hat sie uns mit den Büchern angegriffen", sagt Kiki.
„Genau!", meint Jonas. „Und mein Schwesterchen oder Gloria oder beide zusammen haben uns gerettet."
„Ja, aber was machen wir jetzt?", fragst du etwas ungeduldig in die Runde.
„Was haltet ihr von Essen?", kommt auf einmal die Frage von der Tür her. Deine Tante steht dort mit den Händen in den Hüften und schüttelt den Kopf. „Da draußen ist wundervolles Wetter und ihr hockt hier drinnen?"
„Wir, ähm, wir gehen gleich wieder raus", stotterst du schnell und überlegst dabei, wie viel sie von eurer Unterhaltung gehört haben kann.
„Oh nein!", widerspricht Tante Vera allerdings. „Ihr geht jetzt alle brav ins Esszimmer und stärkt euch

erstmal. Da steht nämlich das Abendbrot auf dem Tisch. Danach könnt ihr gern wieder raus. Es dauert ja noch ein bisschen, bis es dunkel wird."

„Es gibt Mampf?" Jonas schaut deine Tante ungläubig an. „Ist das echt schon so spät?" So ganz nebenbei schiebt er sich vor Bennet, damit der den Zettel unauffällig in die Tasche seines Hemdes stecken kann.

„Ja!", antwortet Tante Vera und scheucht euch lächelnd mit einer Handbewegung zum Essen.

Am Tisch sitzt bereits dein Onkel, den du eigentlich nach dem Schlüssel für den Vitrinenschrank fragen wolltest, aber irgendwie hat sich das ja nun erledigt. Überhaupt ist die ganze Stimmung beim Abendessen merkwürdig gedrückt. Jonas' Munterkeit wirkt gespielt, Kikis Hände zittern beim Brotschmieren und Bennet ist noch stiller als sonst. Und du bemerkst, dass nicht nur dir das auffällt. Tante Vera beobachtet euch der Reihe nach sehr genau. Trotzdem sagt sie nichts, aber du weißt jetzt, dass ihr vorsichtig sein solltet, zumal sie und wohl auch dein Onkel irgendwelche nächtlichen Aktionen wahrscheinlich kaum gut fänden. Auch die anderen haben ihre Blicke anscheinend bemerkt, denn keiner von euch deutet noch eine Kleinigkeit an oder wagt womöglich zu fragen, wie es nun weitergehen soll.

Erst beim Tischabräumen raunt Kiki dir zu: „Was machen wir jetzt? Ein Treffen heute Nacht?"

„Ja! Das ist gut!", flüsterst du zurück.

„Um kurz vor Mitternacht?", sagt Kiki leise, während sie die Teller aufstapelt.

„Ist gut. Wo?", fragst du.

„Weiß nicht. Entweder in deinem Zimmer oder oben auf der Galerie bei der Treppe!", schlägt sie vor.

Du hustest, weil deine Tante in eure Nähe kommt, schnappst dir die Salatschüssel und den Brotkorb und gehst in die Küche. Kiki folgt dir mit ihrem Stapel. Als du dir sicher bist, dass nur sie dich hört, antwortest du endlich: „Klingt beides gut. Frag' doch mal Jonas und Bennet, was die meinen. Meine Tante guckt schon die ganze Zeit so komisch. Ich lenke sie ab."
Kiki nickt und verzieht sich wieder ins Esszimmer, während deine Tante gerade in die Küche kommt. Doch wie willst du sie ablenken? Da fällt dir so schnell nur eine Möglichkeit ein. Ungeschickt versuchst du, das schmutzige Geschirr in der Spülmaschine unterzubringen, wobei du die Teller schief hineinstellst und etliche Male das Besteck fallen lässt. Wie du gehofft hast, kann Tante Vera das nicht mit ansehen und zeigt dir, wie man das am sinnvollsten macht. Der Trick ist gut, denkst du dir innerlich grinsend.
Es mag etwas übertrieben sein, unbedingt zu diesem Zeitpunkt klären zu wollen, wie ihr vorgehen werdet, insbesondere weil ihr eigentlich noch den ganzen Abend dazu Gelegenheit hättet, aber wie sich gezeigt hat, kommen hier öfters mal merkwürdige Dinge dazwischen. Und deshalb ist es dir und offenbar auch Kiki besonders wichtig, dies gleich zu verabreden. Das klappt auch gut, denn Kiki ist schon kurz darauf wieder da.
Als deine Tante ins Esszimmer geht, um den Tisch abzuwischen, sagt sie leise: „Jonas und Bennet wissen auch nicht, wo es am besten ist. Bennet fand zum Beispiel, dass die Treppe nicht schlecht wäre, weil dort der Tatort sein dürfte, aber es auch sehr gefährlich sein könnte. Darum ist dein Zimmer vielleicht doch erstmal sicherer. Und nun haben wir

jetzt ganz einfach beschlossen, dass du das entscheiden sollst. Wir machen's dann so, wie du meinst. Also: Wo treffen wir uns nachher?"
Du guckst Kiki an – wahrscheinlich ziemlich dämlich. Sie grinst dich jedenfalls frech an. Dann legt sie den Kopf schief und fragt dich: „Und was meinst du nun? Wo?"
Na klasse! Gerade jetzt wird's richtig knifflig und du sollst diese vermutlich wichtige Entscheidung treffen – noch dazu möglichst schnell.
Wie meinte Bennet? Die Treppe ist vermutlich der Ort, an dem der Mord geschehen ist. Das würde dafürsprechen, sich dort zu postieren. Andererseits kann es gerade da unter Umständen lebensgefährlich werden. Vielleicht wäre ein Treffen in deinem Zimmer erstmal besser?
Nervös trittst du von einem Fuß auf den anderen, raufst dir die Haare und knetest deine Nase.
„Und?", drängelt Kiki mit einem Blick zur offenstehenden Tür.

Du entscheidest dich trotz des Risikos für ein Treffen auf der Galerie bei der Treppe.

⇒ Dann musst du auf Seite 453 weiterlesen!

Du findest ein Treffen in deinem Zimmer sicherer.

⇒ In dem Fall lies auf Seite 460 weiter!

Das ist dir wirklich zu blöd. Erst verplappert sich Kiki und nun sollst du es wieder geradebiegen?

„Musst du schon selber wissen!", antwortest du Kiki knapp, drehst dich um und verlässt die Bibliothek.

„Du kannst doch jetzt nicht einfach gehen!", ruft sie dir entsetzt hinterher, aber du kümmerst dich nicht weiter darum. Irgendwie wirst du diesen Fall schon allein lösen.

Für den Rest des Nachmittags verziehst du dich wieder in dein Zimmer. Dort vertreibst du dir die Zeit mit Lesen, Faulenzen und ganz besonders mit Schlafen, denn du hast vor, in der kommenden Nacht Wache zu halten.

Erst zum Abendessen gehst du wieder hinunter. Dein Onkel ist auch gerade eingetroffen und du packst die Gelegenheit beim Schopf und fragst ihn gleich nach dem Schlüssel für den Vitrinenschrank, bevor Kiki oder Bennet dir womöglich zuvorkommen. Onkel Robert guckt zwar etwas verwundert, als er dir den Schlüssel aushändigt, sagt aber nichts.

Triumphierend drückst du ihn an dich, wobei dir auffällt, dass Kiki und Bennet dich beide heimlich beobachten. Sie versuchen, sich nichts anmerken zu lassen, doch du hast ihre verstohlenen Blicke gesehen. Schnell steckst du den Schlüssel in eine deiner Hosentaschen, setzt dich an den Tisch und tust ebenfalls so, als wäre rein gar nichts.

Beim Essen erzählt dein Onkel, was er alles in der Stadt erledigt hat – du hörst nur mit einem halben Ohr zu – und dass er möglicherweise eine neue Köchin aufgetrieben hat. Jonas wiederum berichtet von seinen Verbesserungen, die er am Baumhaus vorgenommen hat. Und so bemerkt niemand, wie schweigsam Bennet, Kiki und du seid.

Glücklicherweise, findest du! Was du jetzt gar nicht brauchen könntest, wären unangenehme Fragen! Kaum hast du den letzten Bissen hinuntergeschluckt, bittest du um die Erlaubnis, sofort in die Bibliothek gehen zu dürfen und verlässt auf diese Weise vor allen anderen den Tisch. So kann dir aber auch keiner über die Schulter gucken, als du nun mit nervös zitternden Händen den Bücherschrank aufschließt.

Irgendwas ist anders! Das Schloss funktioniert einwandfrei. Die Bücher stehen ordentlich da. Trotzdem stimmt irgendwas nicht! Du bist dir nicht sicher, aber wenn dich nicht alles täuscht, standen die Bücher vorher in einer anderen Reihenfolge da. Sollte es Bennet doch gelungen sein, das Schloss zu knacken? Hat er die Bücher schon durchgesehen und sie beim Hineinstellen anders einsortiert? Möglich wäre es. Leider kannst du ihn schlecht deswegen fragen!

Also konzentrierst du dich wohl oder übel auf die alten Bücher vor dir und hoffst ganz einfach, doch noch einen Hinweis zu finden.

In einem der Bücher – es heißt: „Kleidung der letzten Jahrhunderte" – entdeckst du die Zeichnung eines Kleides, das dem der Geisterfrau sehr ähnlich ist. Dazu steht im Text, dass viele Frauen bis ins 19. Jahrhundert solche Kleider getragen haben. Eine engere zeitliche Eingrenzung ist leider nicht zu finden. Schade!

Da fällt dein Blick auf einmal auf zwei alte Märchenbücher der Gebrüder Grimm. Die passen eindeutig nicht zu den anderen Büchern.

Du schlägst den ersten Band auf und kannst tatsächlich noch die Überreste einer Widmung erkennen: „A. Hofendahl" steht da. Der Rest ist leider verschmiert. Im zweiten Band ist die gesamte erste

Seite so tintenfleckig, dass du nichts mehr daraus entziffern kannst.
Seufzend stellst du die Bücher zurück in den Schrank. Tja, irgendwie hast du dir mehr davon versprochen! Genervt und frustriert verschwindest du wieder in dein Zimmer. Deiner Tante und deinem Onkel erzählst du, dass du deinen spannenden Krimi unbedingt zu Ende lesen musst, in Wirklichkeit bereitest du dich auf eine lange Nachtwache vor. Du polsterst das Kopfteil deines Bettes mit sämtlichen Kissen und Decken als gemütliche Sitzecke, stellst die Nachttischlampe bereit – ärgerlich, dass du deine Taschenlampe zu Hause gelassen hast! – und ziehst dir etwas Bequemes an. Dann liest du tatsächlich noch in deinem Buch weiter, um dir die Zeit zu vertreiben.
Der Detektiv in deiner Geschichte ist dem Mörder ganz dicht auf den Fersen. Es fehlen nur noch ein paar Beweise und hier oder da muss noch eine Ungereimtheit aufgeklärt werden ...
Ein gellender Aufschrei weckt dich. Verwirrt schaust du dich im dunklen Zimmer um. Wieso ist es so finster? Eben war es doch noch hell. Hast du geschlafen? Ja, anscheinend! Du tastest vergeblich nach dem Lichtschalter der Nachttischlampe. Wer hat da geschrien? Kam das vom Flur? Müde stolperst du aus deinem Zimmer. Grelles Deckenlicht blendet dich. Du bist offenbar nicht die einzige Person, die den Schrei gehört hat.
Dein Onkel hetzt gerade im Laufschritt die große Treppe hinunter, dicht gefolgt von deiner Tante und Jonas. Irgendetwas ist passiert ...
Oh, ja, allerdings! Den Anblick wirst du niemals vergessen, als du nun auf die Galerie trittst. Unten am Fuß der Treppe liegt Kiki. Ihr rechtes Bein ist

unnatürlich verdreht, aber trotzdem strahlt sie über das ganze Gesicht. Oben am Kronleuchter der Eingangshalle zappelt Bennet und wartet ungeduldig darauf, dass ihm jemand herunterhilft. Doch auch er strahlt wie ein Honigkuchenpferd!
Wie sich herausstellt, ist Kikis Bein gebrochen, was ihrer guten Laune aber dennoch keinen Abbruch tut.
Sie humpelt auch noch die nächsten Tage und Wochen mit Strahle-Lächeln über den Hof.
Leider bleibt es ein Rätsel für dich, was genau geschehen ist. Kiki und Bennet haben eine längere Unterredung mit deiner Tante und deinem Onkel, die danach ebenfalls wie Honigkuchenpferdchen grienen.
Aber für dich war's das. Niemand erzählt dir irgendetwas über diese Nacht. Und du bist zu stolz, um zu fragen.

Ende

Einfach nur weg hier! Das ist die einzige Chance, die du siehst, denn wenn du dableibst, hat sie dich und du kannst Bennet auch nicht mehr helfen.

Du springst auf, sprintest zur Tür, reißt sie auf und schon bist du draußen. Wohin jetzt? Fast automatisch rennst du zur großen Treppe und hinunter, doch auf halbem Weg fällt dir ein – du befindest dich wirklich genau auf halber Höhe –, dass es ja viel sinnvoller wäre, Hilfe zu holen. Und das Zimmer von deinem Onkel und deiner Tante ist oben auf dem anderen Flur!

Na klasse! Soviel zu dem Thema „Klar denken"! Also kehrt!

Aber kaum setzt du deinen Fuß auf die oberste Stufe, da steht plötzlich die Geisterfrau vor dir – wie aus dem Nichts! Ihr Grinsen wirkt überheblich und voller Schadenfreude, als sie ihre Hand ausstreckt und dich mit unwahrscheinlicher Kraft anstößt. Du kannst nichts mehr tun, nicht einmal schreien, nur fallen und fallen und fallen ...

Beim ersten Aufprall auf die Stufenkanten hörst du ein hässliches Knacken in deinem rechten Arm, dann rollst du mit einer Wahnsinnsgeschwindigkeit die Treppe hinunter. Das muss ein sehr harter Aufschlag unten werden, befürchtest du noch beim Fallen. Aber wider Erwarten landest du beinahe sanft in den Armen von Bennet! Bennet? Er lächelt dir zu, während dir schwarz vor Augen wird ...

Ein kleines Licht blendet dich erst im linken, dann im rechten Auge. Es ist der Lichtkegel einer winzigen Stablampe in der Hand eines Mannes, den du nicht kennst. Er trägt ganz weiße Kleidung. Und da sind noch eine Menge anderer Leute. Einige kennst du, wie deine Tante oder Jonas, andere nicht.

„Bennet?", fragst du beunruhigt und willst dich aufrichten. War es sein Geist, den du gesehen hast?
„Bleib liegen!", meint der Mann mit der Lampe und drückt dich behutsam zurück auf eine Trage. „Wir werden ihm helfen."
Dann wirst du per Krankenwagen abtransportiert.

Wie sich herausstellt, hast du sehr großes Glück gehabt. Dein rechter Arm ist gebrochen, aber sonst fehlt dir nichts. Bei einem Sturz aus der Höhe hättest du dir dein Genick brechen können, doch du weißt, wer dich davor bewahrt hat. Du kannst zwar nicht erklären, warum Bennet auf einmal da war, aber du bist sicher, dass du dich nicht getäuscht hast.

Ihm geht es leider nicht so gut. Es dauert viele Wochen, ehe er aus dieser merkwürdigen Starre erwacht. Fast jeden Tag besuchst du ihn im Krankenhaus, denn irgendwie hast du doch ein schlechtes Gewissen, weil du weggerannt bist. So sitzt du auch an dem Tag an seinem Bett, an dem er aufwacht.

„Ach, Bennet, wenn du mich doch hören könntest ...", seufzt du vor dich hin.

Da kommt prompt die Antwort: „Kann ich!"

Eine Krankenschwester, die eben das Zimmer betreten hat, lässt beinahe ihr Tablett fallen, während dir einfach nur vor Überraschung der Kiefer herunterklappt. Sofort saust die Schwester los, um einen Arzt zu holen.

„Ich bin in Ordnung, glaube ich", sagt Bennet. Seine Stimme klingt allerdings noch ziemlich mitgenommen. „Der Spuk ist beendet. Amanda Hofendahl ist fort – für immer."

„Wie?", fragst du.

„Das erklär ich dir mal irgendwann später", antwortet er schnell, denn in diesem Augenblick kommt ein ganzes Ärzteteam ins Zimmer.
Doch aus diesem „Später-Erklären" wird nichts. Nachdem Bennet endlich aus dem Krankenhaus entlassen ist, trefft ihr euch zwar noch häufig, aber über den Spuk will er nicht mehr reden – nie wieder.

Ende

Du willst Bennet nicht allein mit ihr lassen, und so entscheidest du dich zu bleiben. Das bedeutet nun natürlich auch, dass du dich mit ihr anlegen musst.
Entschlossen reißt du den Brief aus Bennets Tasche und rufst, ohne sie dabei anzusehen: „Weißt du, was das ist?"
Die Antwort ist ein heftiger Stoß. Dazu zerrt jemand – der Kälte nach zu urteilen, ist sie es – an dem Stück Papier. Aber du hältst es fest und fährst fort: „Wir wissen, wer du bist, Amanda Hofendahl, und wir wissen auch, was du getan hast!"
Die Wucht des nächsten Stoßes schleudert dich ein paar Meter weiter beinahe gegen den Schrank. Du zitterst vor Kälte und vor Angst, aber dir ist gleichzeitig bewusst, dass deine Worte Volltreffer gewesen sein müssen. Sorgsam darauf bedacht, sie nicht direkt anzuschauen, beobachtest du sie aus den Augenwinkeln und faltest dabei den Zettel auseinander. Sie rast auf dich zu!
Mit einer geschickten Rolle zur Seite weichst du aus. Damit rettest du sowohl dich, wie auch den Brief, auf den sie es offensichtlich abgesehen hat.
Du beginnst, aus dem Brief vorzulesen: „*... Ernst und ich werden fort sein, wenn Du diese Zeilen liest, denn ...*" Etwas – vermutlich wieder sie – versucht, dir den Brief zu entwinden, aber wiederum weichst du ihr mit einer Seitenrolle aus. Du wirst es wohl nicht schaffen, den gesamten Brief laut vorzulesen.
Also überfliegst du ihn schnell und kommst zum Wichtigsten: „*... Meine kleine Gloria ist nicht zufällig des Nachts die Treppe heruntergestürzt ...*" Eine eisige Kraft wirbelt dich in die Höhe, so dass du irgendwie unkontrolliert schwebst. Dazu braust es in deinen Ohren wie bei einem fürchterlichen Sturm.

Was bleibt dir übrig? Es ist dir, als ob du die ganze Zeit gewusst hättest, dass deine Chancen äußerst schlecht sind. Ein Blick auf Bennet dort am Boden bestätigt dies noch. Und trotzdem machst du weiter, denn so wie es aussieht, hast du ja eh schon verloren.
„*... Du hast ihren Tod auf Dein Gewissen geladen ...*" – Diesen Satz weißt du glücklicherweise auswendig. Unter diesen Umständen zu lesen ist nämlich fast unmöglich.
So plötzlich wie du hochgehoben wurdest, knallst du jetzt mit einem dumpfen Aufprall hinunter. Gleichzeitig herrscht eine Totenstille. Du hörst nur deinen eigenen Atem und dein Herz klopft dir bis zum Hals. Was ist nun? Die Ruhe vor dem Sturm?
Da siehst du sie vor dir stehen, allerdings ein paar Meter entfernt. Am meisten überrascht dich aber, dass ihr schreckliches Grinsen verschwunden ist. Mit ernster, beinahe trauriger Miene schaut sie dich an.
„Lies bitte weiter!", meinst du in deinem Kopf zu hören. Hat sie das gesagt? Du weißt es nicht!
Hoffentlich ist das jetzt richtig, denkst du und folgst der Bitte einfach: „*... Wie schwer es doch auf mir lastet, Dir diese schändliche Tat nicht beweisen zu können, so bin ich mir trotzdem gewiss, dass diese schwere Sünde nicht ungesühnt bleiben mag ...*"
Vorsichtig spähst du zu der Frau hinüber. Sie hält ihren Kopf leicht gesenkt! Dann liest du weiter: „*... Möge Deine Seele niemals die Ruhe finden, nach der Du Dich verzweifelt sehen wirst. Niemals, auch nicht nach Deinem Tode, sollst du erlöst sein, außer Du wagst zu gestehen, dass Du Gloria das Leben genommen hast ...*"
Wieder schielst du hinüber – und erstarrst vor Schreck! Sie starrt direkt in deine Augen! Unfähig, den Blick von ihr abzuwenden, versinkst du in einer

unendlichen Tiefe. Licht und Dunkelheit, Kälte und Wärme, alles scheint eins zu sein. Bilder aus der Vergangenheit ziehen an dir vorüber.
Du siehst ein kleines, blondes Mädchen durch das Haus laufen. Die Kleine lacht unbekümmert und voller Lebensfreude, während sie auf eine junge Frau – wohl ihre Mutter – zustürmt. Eine ältere Frau in einem hochgeschlossenen, schwarzen Kleid – die Geisterfrau – beobachtet die beiden argwöhnisch. Du fühlst ihren Hass und ihre Wut über dieses Glück, das für sie den Verlust ihres Sohnes bedeutet. Der junge Mann, der ihr Sohn sein muss, steht lächelnd da und betrachtet seine Familie voller Stolz. Wieder spürst du in aller Deutlichkeit den Stachel der Eifersucht, der sich in das Herz der Mutter bohrt. Und du fühlst ihren übermächtigen Hass, als du nun siehst, wie sie mitten in der Nacht oben auf der Galerie steht, das kleine Mädchen an den Schultern packt und die Treppe hinunterstürzt.

„Sie hat es tatsächlich getan", hörst du Bennet neben dir sagen. Er ist bei dir! Du kannst ihn zwar nicht sehen, aber du spürst seine Nähe.

„Aber sie muss es selbst gestehen!", wendest du ein.

„Du meinst, sie sollte es aussprechen?", fragt Bennet nach.

„Ja!", antwortest du. „Vielleicht findet sie dann ihren Frieden."

Wieder siehst du sie oben auf der Galerie – diesmal allein.

„Ich habe Gloria getötet!", schallt ihr Geständnis klar und laut, mit einem Echo durch die große Eingangshalle.

Du hältst den Brief in der Hand und stellst mit Erstaunen fest, dass sich das Papier verfärbt. Irgendwie wird es immer heller und strahlender.

Dann beginnt auch noch die Schrift zu leuchten. Geblendet schließt du die Augen.

Als du sie wieder öffnest, sitzt du neben Bennet auf dem Teppich in deinem Zimmer. Er rappelt sich gerade hoch und blinzelt in die aufgehende Sonne, die in dein Fenster scheint. Es ist tatsächlich schon früher Morgen! Verwirrt schaust du dich um. Die Kerze ist heruntergebrannt, ansonsten ist nichts verändert – bis auf eine Kleinigkeit: Der Brief fehlt!

So sehr ihr auch sucht, ihr könnt ihn nicht finden. Der Brief bleibt verschwunden. Dafür könnt ihr nachts wieder ruhig schlafen, denn auch die Geisterfrau ist fort. Und dies erfüllt euch beide, Bennet und dich, mit Stolz, weil ihr diesen Spuk beendet habt. Das, was du in dieser Nacht gesehen hast, war kein Traum. Bennet hat nämlich das gleiche erlebt wie du und er ist wirklich froh, dass du ihn nicht in Stich gelassen hast.

Ende

„Los, lasst uns nachschauen!", forderst du die anderen auf und hast auch schon die Türklinke in der Hand. „Wer weiß, wer in Not ist!"
Bennet und Jonas erheben sich fast gleichzeitig und stellen sich jeweils neben dich, einer links, einer rechts.
„Aber ...", will Kiki einwenden.
„Kein Aber!", unterbricht Jonas sie. „Wir müssen herausfinden, was los ist!"
Ganz deine Meinung! Entschlossen drückst du die Klinke herunter und öffnest die Tür. Trotz der Dunkelheit erkennst du gleich, dass vorne auf der Galerie offenbar merkwürdige Dinge geschehen, denn du siehst schemenhaft die Gestalt einer erwachsenen Person, über der etwas zu schweben scheint. Eilig und ohne weiter zu zögern rennst du den Flur entlang. Du hörst die Schritte der anderen hinter dir. Irgendwie beruhigend! Wie dicht sie hinter dir herlaufen, merkst du einen Moment später, als du plötzlich abbremst, weil du die Person auf der Galerie erkannt hast. Es ist Glorias Großmutter, die du nur sehr ungern und mehr als genug kennengelernt hast.
„Uff!", stöhnt Jonas auf. Er ist glatt gegen dich geprallt.
„Sie ist es!", hörst du Bennet wie zur Bestätigung flüstern.
Schlimmer als der Anblick allein ist jedoch das, was sie dort gerade tut. Das Etwas, das genau über ihr schwebt, ist niemand anderes als Jessika. Hilflos zappelt sie über ihr, mit blanker Panik in den Augen und unfähig zu schreien, obwohl ihr Mund weit geöffnet ist.
Währenddessen dirigiert die Geisterfrau mit ihren Händen in der Luft herum, worauf Jessika wie eine Marionette bewegt wird. Ein teuflisches Grinsen

verzerrt das Gesicht der Frau. Sie genießt ihre Macht! Langsam steuert sie auf die große Treppe zu. Sie wird doch wohl nicht ...?
Anscheinend hat auch Jonas begriffen, was sie vorhat.
„Jessi!", schreit er spitz auf.
Überrascht dreht die Frau ihren Kopf in eure Richtung und schaut euch so hasserfüllt an, dass du das Gefühl hast, du müsstest auf der Stelle festfrieren.
„Ich ... ich kill die!", stammelt Jonas wütend und verzweifelt zugleich und stürmt los. Du weißt, dass du ihn nicht aufhalten kannst. Aber eines kannst du tun: Ihn unterstützen, indem du ihm folgst.
So bist gerade mal einen halben Schritt hinter ihm, als er zu einem Hechtsprung ansetzt und dann tatsächlich auf die Frau zuspringt. Du hast keine Zeit, lange zu überlegen. Wenn Jonas das kann, kannst du es auch ...

Eisige Dunkelheit empfängt dich beim Kontakt mit ihr. Du siehst nur absolute Schwärze, die dich wie in einen Tunnel fortreißt. Die schlimmste Achterbahnfahrt kann nicht derart schrecklich sein. Du rast immer schneller und schneller fort. Wo ist Jonas? Falls er da sein sollte, kannst du ihn nicht sehen. Du schreist, aber dein Schrei bleibt stumm. Du willst diese Höllenfahrt nicht! Du willst zurück!

Plötzlich hört es auf. Du schwebst in der Luft, irgendwo in der Eingangshalle des Hauses. Schräg unter dir ist die Treppe und die Galerie. Spärliches Mondlicht, das durch eines der Fenster fällt, erhellt alles ein wenig. Jemand ruft leise und eindringlich den Namen „Gloria". Das kleine Mädchen stolpert verschlafen auf die Galerie und schaut sich suchend

um, aber niemand ist da. Als Gloria jedoch auf Höhe der Treppe ist, öffnet sich auf einmal eine versteckte Tür genau hinter ihr. Heraus tritt ihre Großmutter. Freudig überrascht strahlt Gloria die Frau an. Nur einen Moment später verwandelt sich dieser Gesichtsausdruck allerdings in fürchterliches Entsetzen. Ihre Großmutter hat sie an den Schultern gepackt und schiebt sie zur Treppe.
Wie gern würdest du jetzt eingreifen, aber du kannst es nicht. Du weißt, dass du nur Zuschauer bist. Und ebenso wie ein Zuschauer in einem Film nur zusehen kann, ohne die Handlung zu beeinflussen, so stehst auch du jetzt oben in der Luft wie festgenagelt und kannst nur hilflos beobachten, wie Gloria mit einem Aufschrei die Treppe herunterstürzt, unzählige Male auf die harten Kanten der Stufen schlägt und schließlich leblos in der Halle liegen bleibt.
Da steht oder vielmehr schwebt die Kleine plötzlich vor dir. Sie lächelt dich an, dann sagt sie: „Jetzt weißt du, was damals passiert ist. Ich weiß es jetzt auch wieder. Es ging alles so schnell. Vielleicht hatte ich es deshalb einfach vergessen ..." Noch einmal lächelt sie dir zu, bevor sie vor deinen Augen verblasst.

„Bist du in Ordnung? Jetzt sag doch was!" Jemand rüttelt dich kräftig durch. Du schlägst die Augen auf und siehst Bennet und Kiki, die dich besorgt anstarren.
Du fröstelst und irgendwie ist dir auch etwas übel. Dein ganzer Körper fühlt sich klamm und klebrig von kaltem Schweiß an.
„Was ...?", bringst du heiser hervor.
„Du bist ja wohl wahnsinnig geworden!", sprudelt Kiki los. „Du bist doch tatsächlich mitten durch sie

durchgesprungen. Jonas ist wenigstens haarscharf an ihr vorbei, aber du ..."

„Wo ist Jonas?", krächzt du. Was ist bloß mit deiner Stimme?

„Ich bin hier!", antwortet er ruhig und gelassen.

Du drehst deinen Kopf ein wenig und siehst ihn ebenfalls. Er hält seine kleine Schwester im Arm und tröstet sie. Anscheinend sind beide aber soweit okay.

„Was ist passiert? Du warst eine ganze Weile bewusstlos", meldet sich Bennet zu Wort.

Gute Frage! Wenn du das wüsstest!

„Ich weiß nicht genau", sagst du, richtest dich auf und schaust dich um. Von Gloria und ihrer Großmutter ist nichts mehr zu sehen. Klar doch! Das, was du erlebt hast, waren Ereignisse aus der Vergangenheit. Moment mal! Die Frau ist aus einer Geheimtür hier oben gekommen!

„Dort muss eine Tür sein!", sagst du bestimmt und deutest auf die Wand gegenüber der Treppe.

„Aber da ist keine!", widerspricht Kiki. „Und überhaupt ..."

„Doch ganz sicher!", beharrst du.

„Woher willst du das denn wissen?", fragt Kiki.

„Ich weiß es eben!", antwortest du ungeduldig und versuchst aufzustehen, lässt es aber gleich wieder, weil deine Beine total wackelig sind.

Egal, denkst du dir, und rutschst seitlich über den Boden zur Wand. Du willst unbedingt die Bestätigung, dass hier eine Tür ist, die du in der Vision – oder was immer es gewesen ist – gesehen hast. Wenn die Tür da ist, stimmt auch der Rest und ist keine Einbildung gewesen. Während du nun selbst die Wand abtastest und abklopfst, beginnt auch Bennet dafür Interesse zu zeigen.

„Du denkst, es ist ungefähr gegenüber der großen Treppe?", fragt er nach.

„Ja!", antwortest du nur ohne eine weitere Erklärung.

Offenbar beeindruckt von deiner Hartnäckigkeit untersucht Bennet ebenfalls die Wand. Systematisch klopft er den oberen Teil der Holzvertäfelung ab und stellt fest: „Der mittlere Bereich klingt tatsächlich irgendwie hohl. Wenn hier eine versteckte Kammer oder dergleichen sein sollte, müsste dementsprechend ein Öffnungsmechanismus zu finden sein."

Plötzlich räuspert sich jemand laut und vernehmlich.

„Oh, oh!", sagt Kiki schwer schluckend und schaut zum anderen Flur hinüber.

„Stören wir gerade?", fragt deine Tante in ziemlich saurem Tonfall.

Ohne dass einer von euch es bemerkt hat, habt ihr wohl deine Tante und deinen Onkel aufgeweckt. Du bist genauso sprachlos wie die anderen.

Bennet ist der erste, der seine Fassung wiedergewinnt: „Ähm, ich glaube wir sind Ihnen eine Erklärung schuldig ..."

„Das glaube ich auch!", meint deine Tante.

Währenddessen tastest du heimlich weiter das Holz ab, denn du willst es unbedingt jetzt sofort wissen.

„Ich denke allerdings, wir sollten mit einer vernünftigen Erklärung bis morgen früh warten", schaltet sich dein Onkel ein, „ich bin nämlich müde."

Da ist ein Stück Fußleiste zwischen deinen Fingern, das ganz wackelig zu sein scheint.

Als du es ein wenig nach oben schiebst, kannst du deutlich ein Klicken hören. Und nicht nur du! Dieses Geräusch ist so ungewohnt, dass alle auf einmal aufhorchen. Fast gleichzeitig damit schwingt ein Teil der Vertäfelung nach hinten auf und gibt den Weg in einen geheimen Raum frei. Eisige Kälte schlägt euch entgegen, ja scheint geradezu aus der Kammer zu strömen.

„Was ist das denn?", meint dein Onkel verblüfft und schlagartig hellwach. „Ich mach' erstmal Licht!"
Doch obwohl er auf den nächsten Lichtschalter drückt, bleibt es dunkel. Nur das Mondlicht schimmert fahl durch eines der Fenster. Wie in jener Nacht damals, kommt es dir in den Sinn, und du musst unwillkürlich an deinen Blick in die Vergangenheit denken. Oder war dies gar eine Reise? Jedenfalls hast du nun den Beweis, den du wolltest, dass alles so gewesen ist, wie du es gesehen hast.

„Da ist bestimmt mal wieder die Sicherung rausgesprungen!", reißt dich Onkel Robert aus deinen Gedanken. „Ich werde wohl mal nachsehen müssen."
Dazu kommt er jedoch nicht mehr. Mit ihrem typischen hämischen Grinsen auf den Lippen tritt sie in diesem Moment aus der geheimnisvollen Kammer: Glorias Großmutter! Die wahnsinnige Kälte, die sie ausstrahlt, raubt dir fast den Atem, zumal du ihr sehr nah bist. Bennet ist einige Schritte zur Treppe hinüber zurückgewichen, du sitzt allerdings genau zu ihren Füßen – so dicht, dass du die altmodischen Schnallen an ihren Schuhen erkennen kannst.

Keiner von euch ist fähig, irgendetwas zu sagen oder zu tun, bis Jessika auf einmal stammelt: „Nein, ... nein, ... Gloria, hilf uns!"

Das wiederum ruft deine Tante auf den Plan. „Raus hier! Lauft! Alle!", brüllt sie in einer Lautstärke, die du ihr nicht zugetraut hättest.

Ihr Kommandoton reißt euch aus eurer Erstarrung. Du rutschst erstmal ein paar Meter von der gruseligen Erscheinung weg. Dein Onkel schnappt sich Kiki, die zitternd dasteht, und zieht sie im

Eilschritt mit, während sich deine Tante gemeinsam mit Jonas um Jessika kümmert. Beide haben jeweils eine Hand der Kleinen genommen und rennen nun nebeneinander die Stufen hinunter.
Bennet hingegen will dir aufhelfen. „Komm!", raunt er dir zu, wobei er dir die Hand reicht, obwohl die Geisterfrau so nur etwa eine Armlänge von ihm entfernt ist. Das ist wirklich mutig, findest du! Du nimmst seine Hand und versuchst, endlich aufzustehen, was dir auch etwas wackelig gelingt.

In diesem Augenblick verschwindet die Frau so plötzlich, wie sie aufgetaucht ist. Das kann ja wohl noch nicht alles gewesen sein, befürchtest du. Schwer schluckend schaust du dich um. Dein Blick trifft Bennet, der ebenfalls wachsam die nähere Umgebung beobachtet. Er scheint dieser Ruhe ebenfalls nicht zu trauen.
Die anderen sind schon fast unten in der Halle, als ihr grausames Lachen durch das ganze Haus schallt – schrill und kreischend. Und da steht sie schon unten am Fuß der Treppe, bereit alle in Empfang zu nehmen!
Wieder seid ihr alle wie gelähmt. Sie will euch in den Wahnsinn treiben, und wie die Dinge zurzeit stehen, wird sie es schaffen. Gibt es denn keine Chance für euch? Doch, eine!
Du weißt, warum sie spukt: Sie ist eine Mörderin! Diese Frau, Glorias Großmutter, hat ihr Enkelkind getötet – grausam, kaltblütig und brutal. Unbeschreibliche Wut kocht in dir hoch. Hat diese Frau noch nicht genug Leid verursacht?
Du gehst zum Rand der Treppe, so dass du ihr genau gegenüberstehst – sie unten, du oben. Laut und deutlich rufst ihr zu: „Ich weiß, was du getan hast!"

Als Antwort kreischt sie auf.
Bevor sie dich womöglich angreift, musst du die Wahrheit unbedingt loswerden.
„Du hast deine Enkeltochter, die kleine Gloria, ermordet, indem du sie eines Nachts diese Treppe hinuntergestoßen hast."
Ihr schreckliches Kreischen verstummt schlagartig. Gleichzeitig erscheint auf der Mitte der Treppe ein bläuliches Licht. Erst ist es nur eine kleine, schwach schimmernde Lichtkugel, aber schnell wird es größer und strahlender. Schließlich formt sich daraus eine vertraute menschliche Gestalt – wie vorhin in deinem Zimmer. Es ist Gloria. Sie blickt zu dir hoch und lächelt. Dann schaut sie zu ihrer Großmutter hinunter.
„Ja, ich weiß es wieder!", sagt sie ziemlich energisch für solch ein kleines, zierliches Mädchen.
Langsam, mit beinahe würdevollen Schritten geht sie die Treppe hinab und auf die sehr entsetzt aussehende Geisterfrau zu. Deine Tante weicht zurück an das Geländer, als sie vorbeischreitet. Jessika lächelt glücklich und bewundernd, als ob sie einer Prinzessin zuschaut. Jonas und Kiki gucken nur mit großen Augen und deinem Onkel klappt der Kiefer hinunter.
„Jetzt gleich", flüstert Bennet leise und andächtig. Er steht schräg hinter dir.
Du nickst, weil du weißt, was er meint. Gleich ist es vorbei. Gloria selbst wird den Spuk ihrer Großmutter für immer beenden.
Wenn du dir vorgestellt hast, sie würde ihre Mörderin vernichten, so hast du dich gründlich getäuscht. Stattdessen reicht sie ihr freundlich die Hand und sagt: „Ich verzeihe dir!"

Bennet ist ebenso überrascht wie du. „Das hätte ich nicht erwartet!", meint er echt beeindruckt.

Die Geisterfrau offenbar auch nicht! Vollkommen verstört starrt sie Gloria an, wobei eine seltsame Wandlung in ihr vorzugehen scheint. Der ehemals hasserfüllte Blick verschwindet und ihr Gesichtsausdruck wird unendlich traurig. Niemals hast du so viel Leid im Gesicht eines Menschen gesehen. Dann sinkt sie vor der kleinen Gloria auf die Knie. Behutsam legt die Kleine ihre Hand auf den gesenkten Kopf ihrer Großmutter. Warmes Licht umstrahlt die beiden, bis sie allmählich vor euren Augen verschwinden.

„Das war großartig", sagt Bennet andächtig. „Woher wusstest du, dass und auf welche Weise sie die Kleine getötet hat?"

„Ich hab' es gesehen, als ich ... als ich..." Irgendwie fehlen dir die passenden Worte.

„Als du kurz weggetreten warst?", vollendet Bennet fragend.

„Ja, so könnte man sagen!", bestätigst du.

„Das war stark!" Nun hat auch Jonas seine Sprache wiedergefunden.

„Und wirklich rührig schön!", seufzt Kiki.

„Rührig?" Jonas zieht eine Grimasse.

„Ja, damit meine ich, dass es zum Heulen schön war", erklärt Kiki ein wenig ärgerlich. „Es rührt zu Tränen, verstehst du's jetzt?"

„Ist ja schon gut! Reg dich nicht auf!", beschwichtigt Jonas. „Hab's ja nicht bös' gemeint. Klang halt komisch."

„Stark ist ja wohl auch nicht der passende Ausdruck!", gibt Kiki zurück, lächelt aber gleich wieder. Sie wirkt ziemlich mitgenommen.

„Ich glaube, jetzt ist etwas mehr als eine Erklärung vonnöten", mischt sich dein Onkel ein. „Was um Himmels Willen war das?"
Die Beantwortung dieser Frage dauert allerdings etwas länger. Bis zur Morgendämmerung sitzt ihr alle bei gemütlichem Kaminfeuer und heißem Kakao im Wohnzimmer und erzählt abwechselnd, während deine Tante und dein Onkel gespannt zuhören.
In der Geheimkammer, die wohlweislich erst am nächsten Tag mit polizeilicher Unterstützung untersucht wird, werden tatsächlich die sterblichen Überreste einer Frau gefunden. Wie sich herausstellt, hat sie Mitte des 19. Jahrhunderts in diesem Haus gelebt und sich dort oben in die Kammer zum Sterben zurückgezogen. Außerdem werden dort noch einige wertvolle Schmuckstücke und ein paar seltene Briefmarken gefunden, die einen erfreulichen Geldsegen für den Ponyhof bringen.

„Das sind echt Ferien nach meinem Geschmack!", erklärt Jonas, als ihr euren Erfolg nachmittags mit einer Riesenportion Eis feiert, die deine Tante und dein Onkel spendiert haben, und spricht aus, was ihr alle denkt.
„So sollten Ferien immer sein!", meint Kiki verträumt.
Und damit hat sie Recht, findest du.

Ende

„Ich denke, das Risiko ist viel zu hoch", sagst du. „Wenn wir jetzt hier rausgehen, werden wir sicherlich Glorias Großmutter über den Weg laufen. Ich sehe das wie Kiki. Wir sollten wirklich besser hierbleiben."
Kiki strahlt dich erleichtert an, während Jonas und Bennet eher missmutig dreinschauen.

„Du gönnst einem aber auch gar nichts!", mault Jonas mit verschmitztem Augenzwinkern und immer noch voller Tatendurst. „Dabei hatte ich mich so auf ein bisschen Gespenstertanz gefreut! Lass uns doch nachsehen, ob da was ist!"

„Ich stimme Jonas zu, auch wenn ich das Ganze doch etwas ernsthafter betrachte!", meint Bennet.

„Ihr seid doch verrückt!", schimpft Kiki.

„Warum?", fragt Bennet ganz direkt. „Wir haben alle gewusst, dass es zu einer gefährlichen Begegnung kommen kann, als wir uns auf dieses nächtliche Treffen eingelassen haben."

„Und nun lassen wir womöglich die einzige Chance, die wir vielleicht nur kriegen, einfach sausen", ergänzt Jonas.

Irgendwie stimmt es, was die beiden sagen, überlegst du dir. Zumindest könnte man ja, ganz vorsichtig ...

Ein gellender Schrei hallt durch das Haus! Es ist der Schrei eines Kindes. Jonas springt als erster hoch und reißt ohne zu zögern die Tür zum Flur auf.

„Warte!", ruft Kiki voller Panik.

„Das war Jessika!", sagt Jonas nur und stürmt hinaus, dicht gefolgt von Bennet und dir und schließlich auch Kiki, die nicht allein bleiben möchte.

Ja, Jonas hat die Stimme seiner Schwester erkannt. Jessika liegt am Fuß der großen Treppe in der Eingangshalle. Sie ist schwer verletzt, aber sie lebt. Mit schwacher Stimme stammelt sie: „Warum seid ihr nicht früher gekommen? Gloria wollte euch doch holen."

„Oh, nein! Oh, hätten wir doch auf sie gehört!", spricht Jonas aus, was ihr wahrscheinlich alle denkt.

„Und sofort gehandelt", fügt Bennet noch hinzu.

Gloria hat also Jessika gemeint. Anscheinend wusste auch Jessika von dem Spuk. Wieso ist eigentlich keiner von euch auf den Gedanken gekommen? Hilflose Wut über dich selbst steigt in dir hoch, während du einfach nur zusehen kannst, wie Jessika von deiner Tante und deinem Onkel, die natürlich auch aufgewacht sind, versorgt und schließlich per Krankenwagen abtransportiert wird. Warum nur hast du gezögert, als jemand deine Hilfe brauchte? Aber aller Ärger über die ganze vertrackte Situation nützt jetzt nichts mehr. Passiert ist passiert! Euch allen ist jedenfalls die Lust auf dieses Abenteuer gründlich vergangen.

Ende

Kiki hat Angst, ebenso Jonas und auch dir ist sehr mulmig zumute. Dazu kommt, dass du Jessika und Bennet für ziemlich leichtsinnig hältst. Du brauchst also nicht lange überlegen.
„Wir verschwinden hier!", bestimmst du. „Es ist viel zu gefährlich."
Jessika will etwas dazu sagen, aber Jonas duldet keine Widerrede mehr. Er packt seine Schwester am Arm und zieht sie mit. Kiki nimmt seine freie Hand und geht dicht neben ihm.
„Wir müssen deine Tante und deinen Onkel wecken", erinnert dich Bennet.
Du nickst ihm zu. Nun hast du es wirklich eilig. Du willst endlich raus aus diesem Haus und musst noch zum Zimmer von Tante Vera und Onkel Robert. Hoffentlich werden die beiden schnell wach!
Als du dich an Jonas und den Mädchen vorbeidrängeln willst, zischt genau in diesem Moment ein weiterer Eissturm zwischen euch hindurch. Obwohl du am liebsten stehen bleiben und zu Atem kommen würdest, treibt die Angst in eurem Nacken euch alle vorwärts. Während du zum gegenüberliegenden Flur läufst, wirfst du einen Blick über die Schulter zurück.
Jonas, Kiki und Jessika sind auf der Treppe. Hastig stolpern sie nebeneinander die Stufen hinunter, wobei sie noch nicht einmal die Hälfte geschafft haben. Bennet steht oben. Offenbar unschlüssig, was er jetzt tun soll, schaut er den dreien hinterher und dann zu dir. Aber du siehst noch etwas anderes. Und das gefällt dir überhaupt nicht! Sämtliche Türen auf dem Flur, von dem ihr gerade geflüchtet seid, schwingen weit auf – alle gleichzeitig! Die Gedanken überschlagen sich in deinem Kopf. Was wird das?

Einen Augenblick später bekommst du die Antwort. Mit einem ohrenbetäubenden Knall fliegen alle Türen auf einmal zu. Bennet sucht Deckung und lässt sich zu Boden fallen, zumal er ja nicht gesehen hat, was diesen Lärm verursacht hat. Du stehst nur da und hältst dir noch nachträglich die Ohren zu, obwohl dir vollkommen klar ist, dass es dafür ein wenig zu spät ist. Trotzdem hoffst du, das immer noch anhaltende Dröhnen so abdämpfen zu können.
Plötzlich tippt dir jemand von hinten auf die Schulter. Du wirbelst herum und schaust direkt in das ziemlich ärgerlich dreinblickende Gesicht deines Onkels.
„Was um alles in der Welt ist hier los?", fragt er müde und genervt.
Natürlich ist er von dem Krach aufgeweckt worden. Und deine Tante ebenfalls! Sie steckt gerade ihren total verschlafenen Wuschelkopf aus dem Schlafzimmer.
„Das würde mich allerdings auch interessieren", meint sie.
Eine einfache, kurze Erklärung für das, was gerade passiert ist, gibt es nicht. Daher bemühst du dich gar nicht erst.
„Wir müssen sofort raus hier!", sagst du knapp.
„Warum sollen wir ...", setzt Tante Vera zu einer Frage an, wird jedoch von deinem Onkel unterbrochen: „Was macht Bennet denn da?"
Tja, gute Frage! Du weißt nur leider keine Antwort drauf. Wie sollst du auch erklären, warum er sich gerade vom Boden hochrappelt und dabei panisch umguckt.
„Kommt jetzt!", ruft er ungeduldig.
„Ja, bitte!", wendest du dich eindringlich an Onkel Robert und Tante Vera. „Jonas, Jessika und Kiki sind schon auf dem Weg nach draußen."

Aber die beiden zögern immer noch. Leider ein bisschen zu lange! Wieder schwingen die Türen auf, diesmal auch einige auf dem anderen Flur – also dem Flur, auf dem sich deine Tante und dein Onkel befinden –, und schlagen gleich danach wiederum mit viel Krach zu. Dir bleibt nicht einmal Zeit, sie vorzuwarnen.

„Was ...?" Weiter stellt Onkel Robert die Frage nicht. Er ist echt schockiert, genauso wie deine Tante. Aber das hat in diesem Fall seine Vorteile: Endlich brauchst du nicht mehr drängeln! Sie treten freiwillig die Flucht an. Erleichtert stürmst du ihnen voraus zur Treppe und dann neben Bennet die Stufen hinunter.

Irgendwie findest du es allerdings nicht schnell genug. Ach, könntest du doch fliegen, denkst du. Und plötzlich fliegst du tatsächlich!

Dieser Flug ist jedoch alles andere als angenehm. Mit irrer Geschwindigkeit rast du im Sturzflug auf Kiki, Jonas und Jessika zu, die gerade die Haustür öffnen.

Glücklicherweise! Das hätte keinen Moment später geschehen dürfen! Du zischst über ihre Köpfe hinweg nach draußen und landest ziemlich unsanft auf einer Rasenfläche dicht vor dem Haus.

Als du zurückblickst, siehst du, wie die anderen nacheinander aus dem Haus kommen – teilweise hektisch rennend, teilweise unsicher stolpernd. Die Fassade des Gebäudes scheint in diesem Augenblick besonders düster auf euch alle herabzuschauen. Täuschst du dich oder steht die Frau im schwarzen Kleid wirklich in der Eingangstür? Sie ist die Herrin dieses Anwesens – und sie wird es immer bleiben! Dessen bist du dir absolut sicher.

Du bist froh, diesem Horror-Haus entronnen zu sein. Wahrscheinlich hattet ihr sowieso niemals eine echte

Chance, etwas gegen den Spuk auszurichten. Schade eigentlich! Aber wenigstens seid ihr alle mit heiler Haut davongekommen.

Ende

„Wir bleiben!", sagst du ganz spontan, einer inneren Eingebung folgend. Vielleicht ist es nur ein Gefühl, vielleicht ist es aber auch einfach richtig so.
Du schiebst Jessika vor dir her in ihr Zimmer und ziehst gleichzeitig Kiki mit, bevor euch der eisige Sturm wieder erwischt. Jonas und Bennet folgen euch sogleich. Das ist auch gut so, denn der Wind pfeift mit dieser Wahnsinnskälte direkt hinter euch den Flur entlang. Gerade noch entronnen!
„Wir können sie besiegen!", sagst du zu den anderen, obwohl du selbst nicht weißt, wie du dermaßen überzeugt sein kannst.
„Was machen wir denn jetzt?", fragt Kiki mit zitternder Stimme.
„Erstmal die Ruhe bewahren, wie ich schon sagte", antwortet Bennet für dich.
Da fällt dir etwas sehr Wichtiges ein: „Wir wollten doch mit Gloria sprechen, oder nicht?" Du schaust zu Jessika. „Nun, dann sollten wir uns vielleicht mal an ihre Freundin wenden", fährst du fort. „Ich hab' das doch richtig verstanden, Jessika? Gloria ist deine Freundin?"
Zuerst sieht es so aus, als ob Jessika vollkommen unbeteiligt in die Gegend schauen will – als wenn sie nichts gehört hätte –, aber unter den Blicken von euch allen, senkt sie schließlich ihren Kopf und nickt zaghaft.
„Ich dachte, wenn jemand davon weiß, müsste ich nach Hause fahren", gesteht sie, „weil das irgendwie nicht so ganz normal ist."
„Nee, allerdings!", sagt Jonas dazu. „So ganz normal ist das echt nicht!"
„Kannst du Gloria rufen?", fragt Bennet Jessika. Als er ihren ängstlichen Gesichtsausdruck sieht, fügt er

hinzu: „Wir möchten nur mit ihr reden. Möglicherweise können wir ihr helfen."
„Du meinst wegen ihrer bösen Großmutter?", fragt Jessika.
„Ja, genau!", bestätigst du.
„Gloria hat Angst vor ihr", erklärt Jessika, „aber trotzdem hat sie mich immer vor ihr beschützt. Ich weiß aber nicht, ob sie euch auch alle beschützen kann."
„Oh, da mach' dir mal keine Sorgen", versuchst du, sie zu beruhigen, „wir sind ja immerhin zu fünft."
„Zu sechst!", verbessert Jessika. „Du darfst Gloria nicht vergessen!"
„Ist sie denn jetzt hier?", fragt Bennet vorsichtig.
„Aber natürlich!" Jessika kichert verschmitzt über eure verdutzten Gesichter. Dann wird sie wieder sehr ernsthaft: „Sie wird jedoch nicht mehr lange bleiben können."
„Warum?", will Jonas wissen.
„Weil ich bald wieder gehen muss. Das ist immer so!", antwortet jemand vom Fenster her. Dort steht sie: schüchtern und verlegen ihr Nachthemdchen knetend – die kleine Gloria.
„Was ist immer so?", fragst du nach.
„Meine Großmutter ruft mich und dann muss ich gehen", erklärt sie.
„Was will sie von dir?", wagt nun Kiki eine Frage zu stellen.
„Ich weiß nicht!", sagt Gloria und zuckt hilflos mit den Schultern.
„Aber ich weiß es!" Das kommt sofort von Jessika in einem Ton, der nicht nur abgrundtief düster, sondern auch sehr grimmig klingt. „Sie will Gloria die Treppe hinunterstoßen, wie sie es jede Nacht tut." Mit flehendem Blick wendet sich Jessika dem Gespenster-

mädchen zu und fährt fort: „Ich hab' es selbst gesehen, Gloria. Du erinnerst dich nicht daran, aber es ist wahr! Bitte glaub' mir endlich!"
Jetzt willst du es genau wissen: „Wann hast du das denn beobachtet, Jessika?"
„Vor drei Nächten war das. Da warst du noch gar nicht hier."
„Sie hat es mir erzählt", sagt Gloria traurig, „aber das kann doch nicht sein. Ich hab' Angst vor meiner Großmutter, trotzdem kann sie nicht so böse sein."
Tränen laufen über ihre blassen Wangen.
„Nur mal angenommen, das wäre wahr", denkt Bennet laut, „dann wäre das allerdings die Erklärung für den gesamten Spuk hier."
Weiter kommt er nicht. Laut scheppernd fällt in diesem Moment ein Bilderrahmen von seinem Haken an der Wand, wobei das Glas in Scherben zerspringt.
„Oh, oh!", meint Jonas schwer schluckend.
„Anscheinend bist du gerade der Wahrheit sehr nahe gekommen, Bennet", sagst du.
Wie zur Bestätigung schießen aus der Kommode nacheinander die Schubladen.
Zwei zielen direkt auf Bennet, eine auf dich. Mit Sprung und Rolle gleichzeitig – du kannst auch nicht genau sagen, wie – gelingt es dir, dem Geschoss auszuweichen. Bennet hat nicht so viel Glück. Als er zur Seite hechtet, kracht er frontal mit Jonas zusammen, so dass sein Versuch zu entkommen vergeblich ist. Die eine trifft ihn an der Schulter, die andere erwischt ihn und auch Jonas jeweils am Schienbein.
„Ich werde gehen, bevor euch noch mehr passiert", meint Gloria. „Vielleicht tut sie euch nichts, wenn ich ..."

„Vergiss es!" unterbricht Jonas sie, während er noch sein schmerzendes Bein reibt. Und auch von Bennet kommt Widerspruch, obwohl er angeschlagen ist: „Wenn meine Annahme richtig ist – und davon gehe ich aus – dann wiederholt sich mit dem Treppensturz Nacht für Nacht das, was zu diesem Spuk geführt hat: ein abscheulicher Mord! Schon deshalb darf das nicht noch einmal geschehen. Der böse Kreislauf muss unterbrochen werden."

„Das würde erklären, wohin Gloria letzte Nacht wollte", ergänzt du.

„Ja, zu ihrem eigenen Tod!", sagt Kiki mit Tränen in den Augen.

„Aber ich muss gehen! Sie ruft mich!" Gloria klingt verzweifelt und doch schicksalsergeben. Mit gesenkten Kopf wendet sie sich der Tür zu.

„Nein!", sagst du fest und stellst dich in den Weg. „Falls es dich beruhigt, Gloria: Du würdest uns damit nicht retten. Deine Großmutter hat mich letzte Nacht noch angegriffen, nachdem du fort warst. Bennet hat Recht! Das muss aufhören, und zwar in dieser Nacht!"

„Wir werden dich beschützen! Du darfst nicht gehen!", bestimmt nun auch Kiki, tritt neben dich an deine linke Seite und nimmt deine Hand.

Ohne dass es weiterer Worte bedarf folgen die anderen ihrem Beispiel. Jonas fasst ihre freie Hand, Jessika die ihres Bruders und Bennet schließt den Kreis um Gloria herum, indem er sich zwischen Jessika und dich stellt und ebenfalls eure Hände nimmt. Keinen Augenblick zu früh!

Der eisige Wind zieht mit einer solchen Kraft vom Flur herein, dass es euch beinahe von den Füßen reißt. Trotzdem kommt er nicht in den von euch gebildeten

Ring hinein. Er zerrt an euren Rücken, Schultern, Haaren und Händen, während er um euch herumwirbelt. Ihr hört es hinter euch Krachen und Klirren. Du siehst, wie schräg hinter Jonas eine Vase von der Fensterbank heruntergeschleudert wird und ein Kissen gegen die Wand fliegt. Aber im Kreis steht Gloria vollkommen ruhig und unversehrt, als ob nichts Böses an sie herankönnte. Wie im Auge eines Tornados herrscht dort absolute Stille, außerhalb jedoch wirbeln unbeschreibliche Kräfte. Du spürst, wie diese versuchen, eure Hände auseinanderzureißen und damit den Kreis zu zerstören.

In Jonas' und Jessikas Gesichtern steht Panik und unglaubliche Anstrengung geschrieben – die anderen beiden kannst du nicht so gut sehen. Doch ausgerechnet die kleine Jessika brüllt jetzt gegen den tosenden Sturm an: „Wir müssen festhalten!"

Und das tut ihr! Jeder von euch mobilisiert seine letzten Kraftreserven, um Gloria zu schützen.

Eine Ewigkeit scheint zu vergehen, bis plötzlich von einem Moment zum anderen absolute Ruhe einkehrt. Stöhnend lasst ihr alle euch auf eure weichen Knie sinken, wobei ihr allerdings Mühe habt, den Kreis aufzulösen, denn eure Finger sind durch die Anstrengung derart ineinander verkrampft, dass es schwierig ist, sie voneinander los zu bekommen.

In eurer Mitte steht immer noch Gloria, die nun erleichtert lächelnd verkündet: „Sie ist fort!"

„Dann haben wir tatsächlich den Bann gebrochen, oder wie man das nennt?", meint Kiki ungläubig. „Ich versteh' nicht ganz."

„Aber ich!", sagt Bennet. „Wir haben diese Nacht das verhindert, was sich vermutlich Nacht für Nacht wiederholt hat: Das schreckliche Ereignis, das zu

diesem unseligen Spuk geführt hat, nämlich den Mord an Gloria, den Jessika beobachtet hat!"
„Und Gloria ist jetzt frei und kann hingehen, wohin sie möchte", ergänzt Jonas.
„Gehst du jetzt weg?", fragt Jessika sogleich besorgt.
Aber Gloria beruhigt sie verschmitzt schmunzelnd: „Vielleicht, wenn deine Ferien zu Ende sind! Jetzt doch noch nicht!"
„He, das find' ich toll!", meint Jessika glücklich.
„Und jetzt können wir alle zusammen viel Blödsinn machen", sagt Jonas grinsend und reibt sich erwartungsvoll die Hände.
„Schön!", packst du die Gelegenheit gleich beim Schopfe, etwas Unangenehmes anzusprechen. „Dann sollten wir vielleicht hier anfangen."
Schwer seufzend schaut ihr euch in Jessikas Zimmer um. Der Sturm hat ganze Arbeit geleistet. Den Rest dieser Nacht habt ihr eine Menge zu tun. Mit der Aussicht auf viele lustige Streiche zusammen mit einem Gespenstermädchen ist's aber nur halb so schlimm.

Ende

Du findest, Tante Vera sollte die Wahrheit erfahren. „Also gut, ich werde versuchen, es zu erklären", beginnst du etwas zögerlich. „Ich fürchte, ich habe herausgefunden, was hier los ist und warum so viele Leute abgereist sind."

„Tatsächlich?" Du siehst Angst in ihrem Blick, aber auch Hoffnung.

Langsam und ein wenig stockend erzählst du ihr von der letzten Nacht. Sie unterbricht dich nicht, obwohl sie dich ziemlich entsetzt anstarrt, als du von der Geisterfrau, der kleinen Gloria und von den anschließenden Attacken ihrer Großmutter berichtest.

Nachdem du geendet hast, sagt sie mit besorgter Miene: „Wenn ich das mit der Pfanne eben nicht selbst erlebt hätte, würde ich wahrscheinlich denken, du hättest einfach eine blühende Fantasie. Aber unter diesen Umständen ..." – Niedergeschlagen senkt sie ihren Kopf. – „... sollten wir wohl besser diesen Ponyhof aufgeben."

„Nein, Tante Vera!", widersprichst du ihr. „Vielleicht gibt es die Möglichkeit, diesen Spuk zu beenden."

Müde schüttelt sie den Kopf. „Das ist einfach zu gefährlich. Wir setzen ja schließlich nicht nur uns selbst dieser Gefahr aus, ich meine, Robert und ich haben eine Verantwortung zu tragen. Schau, dir kann etwas passieren oder den anderen Kindern! Wir müssen einen Schlussstrich ziehen, egal wie sehr ich an all dem hänge, und zwar noch heute!"

„Warte doch noch damit!", versuchst du, sie zu beschwichtigen. „Vielleicht wird alles gut! Gib mir eine Chance, dieses Problem zu lösen, ja? Nur ein paar Tage!"

„Weißt du denn schon, wie?", fragt sie dich und klingt dabei so verzweifelt, als wärest du wirklich ihr allerletzter Strohhalm, an den sie sich klammert.

„Ich hab' da eine Idee!", antwortest du ausweichend. Gut, das entspricht nicht ganz der Wahrheit, denn eigentlich hast du keinen blassen Schimmer, was du machen sollst, aber diese Notlüge muss sein. Sonst würde sie wohl tatsächlich gleich aufgeben. So hast du wenigstens etwas Zeit herausgeschunden.

„Na gut!", gibt sie nach. „Aber bitte, bitte sei vorsichtig!"

„Klar doch!", versprichst du ihr selbstbewusst lächelnd, obwohl dir eher mulmig zumute ist. Trotzdem ist es erstmal viel wichtiger, deine Tante zu beruhigen, findest du. Was du gegen die Spukerei unternehmen willst, kannst du dir später immer noch überlegen.

Nachdenklich schaut sie dich an. „Was ...?" setzt sie an, aber du unterbrichst sie gleich: „Keine Fragen, Tante Vera! Lass mich mal machen!" Und schon gar keine Fragen, die du nicht beantworten kannst, fügst du in Gedanken hinzu.

„Dann geh' ich ein bisschen nach draußen an die frische Luft", meint deine Tante, „das brauche ich jetzt. Aufräumen kann ich ja nachher immer noch."

„Das mach' ich schon!", sagst du und wunderst dich beinahe darüber, dass diesmal keine Widerrede von deiner Tante kommt. Sie ist wirklich vollkommen von der Rolle.

Während sie nun ihren Spaziergang macht, siehst du dich in der Küche um und hebst als erstes die Pfanne vom Boden auf, putzt sie ein bisschen ab und stellst sie in den Schrank. Bloß weg damit! Das war eindeutig ein Angriff von Glorias Großmutter, ebenso wie die Glühbirne, um deren Splitter du dich als nächstes kümmerst.

Du bist fast fertig mit dem Fegen, da findest du hinter einem der Tischbeine den Deckel der Zuckerdose. Er muss von der Arbeitsplatte bis dorthin gerollt sein. Ob dafür auch die Geisterfrau verantwortlich ist? Ziemlich unwahrscheinlich! Das sah eher so aus, als wenn jemand versucht hätte zu naschen. Und das passt nun wirklich nicht zu ihr! Aber zu Gloria! Das wiederum würde bedeuten, dass erst Gloria da war und dann ihre Großmutter – genauso wie letzte Nacht, einschließlich einiger Attacken. Irgendwie scheint Gloria der Schlüssel zu sein, zumal ihre Großmutter offenbar jeden näheren Kontakt zu verhindern versucht.

Also musst du an Gloria herankommen – trotz des damit verbundenen Risikos. Die Frage ist nur, wie? Vielleicht ist sie ja noch in der Nähe. Und vielleicht möchte sie immer noch etwas von dem Zucker.

Nachdenklich nimmst du den Zuckertopf und beobachtest dabei vorsichtig deine Umgebung. Bewegt sich die Gardine oder der Stuhl? Leider nicht! Du schaust in die Dose hinein und stellst fest, dass sie noch fast voll ist, und zwar mit Zuckerwürfeln. Umso besser! Dann kannst du ja versuchen, sie mit einem Zuckertürmchen anzulocken. So beginnst du damit, zwei Stückchen nebeneinanderzulegen und eins darüber. Das Ganze wiederholst du noch einige Male und baust danach darüber Verbindungswürfel für ein nächstes Stockwerk, als würdest du mit Bauklötzen spielen.

Nachdem du den letzten Würfel als Spitze auf deine pyramidenförmige Konstruktion gesetzt hast, nimmst du dir einen weiteren und schiebst ihn genüsslich in deinen Mund, während du dein Bauwerk betrachtest.

Da bemerkst du, dass sich im unteren Teil in der Mitte eines der Stückchen bewegt, als würde es herausgezogen werden. Wie nicht anders zu erwarten, fällt die Pyramide in sich zusammen, aber du ärgerst dich darüber nicht im Geringsten. Ganz im Gegenteil freust du dich darüber, dass dein Plan geklappt hat. Gloria ist da! Dessen bist du dir sicher, auch wenn du sie nicht siehst.

„Hallo, Gloria!", sprichst du sie einfach an oder vielmehr in die Richtung, in der du sie vermutest.

Doch du erhältst keine Antwort. Vielleicht will sie nichts sagen und sich schon gar nicht zeigen aus lauter Angst vor ihrer Großmutter – jedenfalls nicht hier in der Küche.

„Wollen wir uns gleich in meinem Zimmer treffen?", fragst du deshalb.

Zwei Zuckerwürfel fallen von der Arbeitsplatte, als hätte sie jemand geschubst. Anscheinend gefällt ihr dieser Vorschlag nicht. Ist es nun der Ort oder der Zeitpunkt, den sie nicht will? Du versuchst es mit einem weiteren Angebot: „Bei den Ställen?"

Gespannt beobachtest du die verstreuten Zuckerstücke, da spürst du einen leichten Windhauch an deinem Ohr. Irgendwie klingt das wie ein „Ja!", denkst du spontan, dann ist der Luftzug schon vorbei.

Natürlich ist das eine sehr vage Verabredung, zumal du dich ganz einfach getäuscht haben kannst, aber es ist der einzige Anhaltspunkt, den du hast. Also sammelst du schnell die Würfel ein und machst dich auf den Weg zu den Ställen.

Dort angekommen schaust du dich suchend um und raufst dir gleichzeitig die Haare. Irgendwie war deine Ortsbeschreibung nicht besonders sinnvoll. Ist Gloria

jetzt hinter, neben oder gar in den Ställen? Egal, du wirst sie schon finden!
Zuerst schlenderst du an der Vorderseite der Stallungen längs, immer wachsam, ob du nicht irgendwo etwas von ihr entdeckst. Leider Fehlanzeige! Dann gehst du langsam an der Seitenfront entlang, um die Rückseite und schließlich die andere Seite herum. Aber nirgends ist eine Spur von ihr! Nun ja, da musst du wohl mal drinnen nachschauen!
Mit einem seltsamen, mulmigen Gefühl betrittst du das Gebäude durch eine der vorderen Türen. Eigentlich wirkt alles ganz friedlich. Das Sonnenlicht fällt gedämpft durch die oberen Fenster, so dass es golden erscheint, es duftet nach Heu und Hafer und von draußen hörst du das Wiehern der Ponys und Kikis lustiges Geplapper – und trotzdem bist du nervös. Niemand ist da, bei dem Wetter nicht mal die Ponys. Vielleicht kommt Gloria ja doch noch. Du setzt dich in eine etwas dunklere Ecke auf einen Heuballen und wartest. Wenigstens hast du jetzt Ruhe zum Nachdenken.
Plötzlich hörst du jedoch neben dir ein leises Rascheln. Du schluckst. Was ist, wenn es nicht Gloria, sondern ihre Großmutter ist? Da siehst du schon des Rätsels Lösung: Eine kleine graue Maus huscht fiepend durch ein Loch ins Freie!
Gerade als du erleichtert vor dich hin lachst, sagt auf einmal jemand hinter dir: „Ist süß, die Maus, nicht wahr?"
Du zuckst zusammen, als hätte dich eine Dolchspitze im Rücken berührt. Allerdings fasst du dich auch gleich wieder und riskierst einen Blick nach hinten. Etwas über dir auf einem höher gestapelten Heuballen sitzt die kleine Gloria und lässt die Beine

baumeln. Sie trägt wieder das geblümte Nachthemd und ist barfuß, was sie aber keineswegs zu stören scheint, denn sie zupft munter an ein paar Rüschen herum, als wäre es ein Ballkleid, und wackelt dazu mit den Zehen.
Endlich findest du deine Sprache wieder: „Äh, hallo Gloria! Bist du schon lange hier?"
„Nein, gerade erst", antwortet sie, wobei sich ihr Gesicht verfinstert, während sie fortfährt: „Es ist gar nicht so leicht, sich wegzuschleichen, ohne dass meine Großmutter etwas merkt."
„Sie ist sehr streng mit dir und sie will nicht, dass wir miteinander sprechen, richtig?", hakst du gleich nach.
Einen Moment lang überlegst du, ob du ihr etwas von den Angriffen der letzten Nacht erzählen sollst, lässt es dann aber lieber. Gloria sieht schon betrübt genug aus, wie sie jetzt mit gesenktem Kopf nickt.
„Sie ist voll Hass und Wut und ..." – Ängstlich schaut sich Gloria um. – „... sie ist wirklich böse!"
„Warum bist du letzte Nacht so plötzlich weggegangen?", fragst du.
„Ich musste gehen! Sie hat mich gerufen!", antwortet sie.
Ohne lange nachzudenken fragst du: „Warum? Was wollte sie denn?"
Gloria guckt dich mit großen Augen an. „Ich weiß nicht mehr. Ich kann mich nicht erinnern ..."
Nachdenklich oder verträumt – so genau kannst du es nicht sagen – zieht sie einen Halm aus dem Heuballen, auf dem sie sitzt, und spielt damit. Dann meint sie: „Aber ist ja auch egal! Wenn sie nach mir ruft, muss ich kommen. Man muss Erwachsenen immer gehorchen! Das hat mir meine Mutter erklärt!"

Kaum hat sie dies ausgesprochen, da weißt du, dass es falsch ist. Irgendwie ist es sogar eine wahre Horror-Vorstellung, Gloria würde immer das tun, was ihre Großmutter von ihr verlangt. Nur wie bringst du Gloria bei, dass es Ausnahmen gibt und dass blinder Gehorsam auch sehr gefährlich sein kann? Hat sie nicht eben selbst gesagt, ihre Großmutter wäre böse?

Vorsichtig wagst du einen Einwand: „Aber deine Mutter hat dir doch sicherlich auch erklärt, dass das nicht für böse Leute gilt?"
Gloria wirkt verwirrt. „Wie? Ich verstehe nicht ..."
Jetzt drückst du es nochmal ganz klar und deutlich aus: „Bösen Erwachsenen muss man nicht gehorchen! Und du findest doch auch, dass sie böse ist!"
„Oh, äh, ja ..." Nun ist Gloria irgendwie vollkommen durcheinander. Sie betrachtet den Halm in ihrer Hand, schaut dich an, blickt ziellos im Stall umher, als suche sie verzweifelt nach der Lösung eines Problems, dreht gedankenverloren mit den Fingern Löckchen in ihr Haar und streicht es danach wieder glatt.
Schließlich sagt sie: „Ich glaube, meine Großmutter sucht mich schon. Ich geh' jetzt besser."
„Gloria, bitte!", versuchst du, sie aufzuhalten, während sie langsam vor deinen Augen verschwindet.
„Ich komme heute Nacht in dein Zimmer, dann können wir weiterreden", verspricht sie, „und ich werde deine Worte nicht vergessen!"
Dann ist sie weg! Es hätte noch viele Fragen gegeben, die du ihr gern gestellt hättest, und noch viele Dinge, die du ihr hättest sagen wollen, doch dir bleibt nur noch die Möglichkeit, auf einen weiteren Besuch von

ihr in der nächsten Nacht zu hoffen – und darauf, dass sie verstanden hat, was du ihr begreiflich machen wolltest. Ein Schauer läuft dir über den Rücken bei dem Gedanken daran, wie brav sie auf ihre Großmutter hört, vollkommen davon überzeugt, es müsste so richtig sein, nur weil sie es nicht anders kennt. Du brauchst dringend frische Luft und Sonnenschein, um dieses schreckliche Gruseln abzuschütteln.

So verbringst du fast den gesamten Rest des Tages draußen beim Baumhaus, bei den Ponys oder einfach zusammen mit den anderen Kindern. Nur die Kochkünste deiner Tante ändern dies kurzzeitig. Aber auch beim Essen hältst du dich nicht unnötig auf, zumal dich die fragenden Blicke deiner Tante ziemlich nervös machen, denn du hast keine Lust, ihr etwas von dem Treffen mit Gloria zu erzählen. Womöglich käme sie noch auf die Idee, nachts dabei sein zu wollen!

Im Großen und Ganzen gelingt es dir jedenfalls recht gut, dich tagsüber von all dem Unheimlichen abzulenken. Als du jedoch abends kurz vor dem Dunkelwerden durch die Eingangstür in die Halle trittst, ist auf einmal alles wieder da: das mulmige Gefühl, die Gänsehaut und der Eindruck, ständig beobachtet zu werden. Trotzdem weißt du, dass du nur dann etwas gegen den Spuk unternehmen kannst, wenn du die Nerven behältst.

Du beschließt, gleich nach oben in dein Zimmer zu gehen, insbesondere weil der neugierige und gleichzeitig besorgte Gesichtsausdruck deiner Tante deine leicht aufkommende Panik noch verstärkt.

Nachdem du die Zimmertür hinter dir geschlossen hast, schaust du dich in dem hell erleuchteten Raum

um. Mit der Beleuchtung musst du dir was einfallen lassen. Die kleine Nachttischlampe sollte wohl genügen und falls es immer noch zu hell ist, kannst du den Strahler ja wegdrehen. Gloria dürfte das nicht davon abhalten zu erscheinen. Schließlich herrschte im Stall auch Dämmerlicht. Es dauert ein bisschen, bis du die Lampe so eingestellt hast, dass es dir gefällt, aber dann bist du sehr zufrieden mit dir. Nicht zu hell und nicht zu dunkel! Ob Gloria wohl bald kommt? Hoffentlich nur Gloria!
Dir wird kalt, was an dem geöffneten Fenster liegen könnte. Du schließt es besser, bevor Mücken ins Zimmer schwirren oder du anfängst, richtig zu frieren. Danach ziehst du dir eine bequeme Jogginghose und den kuscheligsten Pulli an, den du zwischen deinen Sachen finden kannst.
Es klopft an der Tür! In Windeseile schnappst du dir deinen Krimi vom Nachttisch, flegelst dich aufs Bett und rufst: „Herein!"
„Ich wollte nur wissen, ob alles in Ordnung ist und Gute Nacht sagen!" Es ist deine Tante.
„Oh, alles bestens!", antwortest du.
Mit gerunzelter Stirn entdeckt sie das Buch in deiner Hand.
„Es ist hier aber viel zu dunkel zum Lesen!", meint sie, steuert schnurstracks auf die Nachttischlampe zu und dreht den Strahler in Richtung Zimmer.
Tausend Flüche toben in diesem Moment durch deinen Kopf, aber das Gemeine ist, dass du dir nichts anmerken lassen darfst. Deine Tante wäre wohl kaum mit dieser geisterhaften Verabredung einverstanden. Also lächelst du das strahlendste Lächeln, das du aufbringen kannst, und sagst: „Danke, Tante Vera! Ist mir gar nicht aufgefallen, wie dunkel es schon ist."

„Dann schlaf gut, wenn du mit deinem Buch fertig bist." Sie zögert, als ob sie dich noch etwas fragen will, lässt es jedoch und beschränkt sich auf ein freundliches „Gute Nacht!", bevor sie hinausgeht.
Du atmest auf, hechtest zur Lampe und verdrehst sie schnell wieder. Hoffentlich hat sie die kleine Gloria jetzt nicht verschreckt!
Aber diese Sorge erweist sich als unbegründet. Es dauert zwar noch fast volle zwei Stunden, doch dann sitzt sie dir gegenüber – du auf deinem Bett, sie mit dem Rücken an die Wand gelehnt auf dem Boden. Mit ihren großen Augen schaut sie dich aufmerksam an.
„Ich habe nachgedacht", beginnt sie ohne Umschweife. „Du hast gesagt, ich brauch' meiner Großmutter nicht gehorchen, weil sie böse ist ..."
„Ja, das stimmt!", bestätigst du.
„Aber das geht nicht!", wendet Gloria ein. Sie wirkt ratlos, beinahe verzweifelt.
„Warum nicht?", fragst du vorsichtig.
Da sprudelt sie los: „Weil ich ganz alleine bin! Und weil sie viel stärker ist als ich! Und weil ich doch nicht einfach sagen kann: Nein, ich komme nicht, wenn du mich rufst!" Ihre kleine Rede endet in einem Schluchzer. Niedergeschlagen senkt sie den Kopf. Du spürst einen Kloß in deinem Hals. Wie kannst du ihr nur helfen?
Mit fester Stimme sagst du: „Du bist nicht allein! Ich bin doch da!"
Gloria blickt dir direkt in die Augen.
„Meinst du das wirklich ernst?", fragt sie dich zweifelnd.
„Ja, natürlich!", antwortest du etwas unsicher, weil du nicht weißt, was sie von dir erwartet.

Das erfährst du jedoch sogleich: „Meine Großmutter wird mich bald wieder rufen, wie sie es jede Nacht tut. Wirst du mir helfen und mit mir gehen?"
Diese Frage verschlägt dir glatt die Sprache – zumindest für den ersten Moment. Was sollst du ihr denn jetzt antworten?

Du sagst ihr, dass du zu deinem Wort stehst und mit ihr gehst.

⇒ Lies weiter auf Seite 474!

Das Risiko ist dir viel zu groß und du versuchst, ihr das klarzumachen.

⇒ Dann musst du auf Seite 478 weiterlesen!

Du findest es besser, diese Bratpfannensache runterzuspielen und dir eine Ausrede auszudenken, denn Aufregung hat deine Tante nun wirklich genug gehabt. Vorerst stellst du dich also einfach dumm, zumindest bis dir eine gute Erklärung einfällt.

„Was meinst du, Tante Vera?", fragst du deshalb mit unschuldigem Augenaufschlag.

Verwirrter als sowieso schon schaut sie dich an. „Ich meine die Pfanne, die uns, dir oder mir, eins überbraten wollte."

Übel! Sie hat tatsächlich alles sehr genau mitgekriegt. Vielleicht solltest du es auf die humorvolle Art versuchen ...

„Tja ‚braten' tut man ja wirklich mit einer Pfanne ..."

„Sag mal, willst du dich über mich lustig machen?", fragt sie nur kopfschüttelnd und anscheinend richtig ärgerlich.

„Ähm, nein!", wiegelst du sofort ab und überlegst gleichzeitig fieberhaft, was du ihr sagen könntest. Vielleicht doch lieber so tun, als ob gar nichts passiert wäre ...

„Also, ehrlich gesagt, weiß ich gar nicht, wovon du überhaupt sprichst, Tante Vera ..."

Wütend kracht ihre Faust auf die Tischplatte, so dass die Teetasse einen kleinen Satz macht.

„Willst du damit sagen, ich sei verrückt, ich hätte mir das alles nur eingebildet oder sowas in der Art?", schnaubt sie.

„Nein, natürlich nicht!", versuchst du, schnell einzulenken. „Aber manchmal ist man einfach überarbeitet ..."

Weiter kommst du nicht mehr. Polternd fällt der Stuhl um, als sie jetzt aufspringt.

„Ich weiß nicht, was du damit bezweckst", sagt sie in scharfem, eisigem Tonfall, „aber es ist mir eigentlich auch vollkommen schnuppe. Ich weiß sehr wohl, was ich gesehen habe, und ich weiß auch, dass du das ebenfalls gesehen hast. Ich hatte gehofft, du könntest eventuell helfen, die merkwürdigen Geschehnisse hier zu klären, auch wenn ich nicht gewagt habe, dich zu fragen, weil ich dich damit nicht belasten wollte. Aber mir hier zu unterstellen, ich hätte womöglich nicht mehr alle Tassen im Schrank, ist eine absolute Frechheit! Ich verzichte dankend auf deine Hilfe!"

Du weißt wirklich nicht, was du dazu noch sagen kannst, zumal sie dir jetzt die kalte Schulter zeigt und dir keinerlei Beachtung mehr schenkt. Sie räumt die Pfanne weg, fegt die Scherben zusammen und behandelt dich wie Luft.

„Tante Vera ...", setzt du an.

„Lass mich in Ruhe!", zischt sie.

„Aber ..."

„Du kannst gehen!"

„Du meinst ‚abreisen'?", fragst du nach.

„Ja! Wenn du willst ..."

Da brauchst du nicht mehr lange zu überlegen. Es sieht nicht so aus, als ob sich das Verhältnis zwischen deiner Tante und dir in nächster Zeit wieder bessern könnte. Also reist du ab!

Besonders ärgerlich findest du dabei allerdings, dass du es doch eigentlich gut gemeint hattest, als du die Pfannengeschichte herunterspielen wolltest. Irgendwie ist dabei alles falsch gelaufen. Pechsache!

Ende

„Ich finde, wir sollten die Sachen jetzt gleich übergeben", sagst du. „Schließlich gehören diese Schätze ihnen, wie Bennet vorhin grad' erklärt hat."
Damit ist die Entscheidung gefallen. Jonas guckt zwar etwas enttäuscht, während Bennet kurz aufseufzt, aber beide nicken.
„Dann lasst uns gehen!", meint Bennet und wendet sich wieder der Tür zu, durch die er ja gerade erst hereingekommen ist.
„Nimm du die Briefe und die Briefmarken!", forderst du Bennet auf und zu Jonas gewandt sagt du: „Und du das Schmuckkästchen!"
„Und du den Zettel oder vielmehr Abschiedsbrief, wie sich herausgestellt hat!", findet Jonas.
So schreitet ihr beinahe feierlich nur wenige Augenblicke später nebeneinander die große Treppe herunter, du in der Mitte, links von dir Bennet und rechts Jonas.
Das muss irgendwie beeindruckend aussehen, denn Jessika und Kiki, die gerade ins Haus kommen, fallen die Unterkiefer herunter und sie bleiben beide mit offenen Mund stehen, während sie jeden einzelnen eurer Schritte beobachten. Kaum seid ihr an ihnen vorbeigegangen – ihr steuert zielsicher auf die Küche zu –, da folgen sie euch neugierig. Hoffentlich ist wenigstens Tante Vera da, sonst wirkt das hier sehr albern, denkst du noch, als Bennet als erster die Küche betritt. Aber deine Befürchtungen sind unbegründet. Sie ist da und wundert sich doch ziemlich über euer feierliches Aufgebot.
„Ist irgendwas los?", fragt sie sogleich.
Bennet nickt dir auffordernd zu. Dir bleibt auch nichts erspart! Jetzt sollst du das auch noch alles erklären. Du räusperst dich nervös, bevor du beginnst: „Wir

haben etwas gefunden, von dem du unbedingt wissen solltest ..."

Es dauert eine ganze Weile, bis du ihr einigermaßen plausibel von eurer zufälligen Entdeckung der Geheimkammer berichtet hast, und zwar ohne den Spuk zu erwähnen. Über die Schätze ist sie natürlich überrascht und höchst erfreut.

Als du allerdings andeutest, dass in der erwähnten Kammer auch die Knochen eines Menschen liegen, erinnert dich ein entsetzter Quiekser erstmal daran, dass da noch mehr Zuhörer sind: Kiki, die diesen Laut von sich gegeben hat, und Jessika, die euch mit großen Kulleraugen anstarrt. Deine Tante ist jedoch nicht weniger geschockt.

„Oh, was mach' ich denn nun?", meint sie ratlos.

„Robert ist gar nicht da. Er ist in die Stadt gefahren und kommt erst heut' Abend wieder."

„Na ja, wir können es ihm doch dann erzählen!", schlägst du vor.

„Aber ich kann doch nicht bis dahin hier im Haus ein Skelett herumliegen lassen!", protestiert Tante Vera.

„Ich glaub' kaum, dass es auf die paar Stunden noch ankommt. Schließlich muss es dort schon sehr viele Jahre gelegen haben!", gibst du zu bedenken. Eigentlich willst du sie damit beruhigen. Leider erreichst du das vollkommene Gegenteil.

„Ich muss telefonieren!", stößt sie knapp hervor, rennt fast hektisch aus der Küche und schnappt sich dann das Telefonbuch und gleichzeitig den Telefonapparat. Dabei fällt der Hörer hinunter, doch sie schafft es gerade noch, ihn festzuhalten, bevor er auf dem Boden landet. Dafür rutscht ihr das Telefonbuch weg. Mit zitternden Händen hebt sie es wieder auf, blättert darin herum und wählt

schließlich eine Nummer, wobei sie sich mindestens zweimal verwählt und von vorne anfängt.
„Wen sie wohl anrufen will?", meint Jonas leise fragend.
„Das werde ich gleich feststellen!", sagt Bennet entschlossen und geht zu ihr.
Sie bemerkt ihn jedoch überhaupt nicht, so dass er ihr sogar frech über die Schulter schauen kann. Dann kommt er zu euch zurück und erklärt: „Also aufgeschlagen hat sie die Seite von der Stadtverwaltung! Ob die ihr weiterhelfen können, wage ich allerdings zu bezweifeln!" Seine Zweifel scheinen durchaus begründet, wie ihr wenige Minuten später hören könnt.
„Jetzt passen Sie mal gut auf ...", regt sich deine Tante auf, „Frau ... – wie war noch mal Ihr Name? – ..., also: Frau Bicks-Stolze, ich brauche kein Beerdigungsinstitut! Es handelt sich um ein Skelett, das hier wohl schon sehr lange versteckt war. Verbinden Sie mich jetzt endlich mit jemandem, der dafür zuständig ist! Und wenn Sie mir den Bürgermeister persönlich geben!"
„Meinst du, wir finden hier irgendwo 'n Beruhigungsmittel?", fragt Jonas dich.
„Nein", antwortest du, „aber ich denke, ein Bennet-Spezial wäre genau richtig."
Und du nickst Bennet zu.
„Ich glaube, den können wir jetzt alle brauchen!", sagt der und schaut besorgt zu Kiki und Jessika, die beide ziemlich blass um die Nase aussehen. Ganz besonders deine Tante kann den allerdings brauchen, denn sie ist auch nach dem Telefonat immer noch stinksauer über die „eingebildete Ziege" – wie sie ihre Gesprächspartnerin nennt – von der Zentrale der Stadtverwaltung.

So sitzt ihr alle kurz darauf, einschließlich deiner Tante, im Esszimmer bei einem Spezial-Kakao von Bennet und wartet auf den Bürgermeister, die Polizei und Wer-weiß-wen-noch.
Bei letzterem handelt es sich insbesondere um einige Neugierige aus der Stadtverwaltung, Journalisten von mindestens drei verschiedenen Zeitungen und sogar ein kleines Fernsehteam. Alle treffen nach und nach ein und halten sowohl deine Tante, wie auch Bennet, Jonas und dich – die glorreichen Entdecker – den ganzen Tag auf Trab. Selbst als dein ahnungsloser Onkel nach Hause kommt, herrscht noch ein unglaublicher Trubel, obwohl die Kammer bereits restlos von der Polizei auf den Kopf gestellt und die sterblichen Überreste der Geisterfrau abtransportiert worden sind.
„Was um alles in der Welt ist hier denn los?", meint er eher entsetzt als erfreut.
„Ja, das frage ich mich langsam auch", ergänzt Bennet leise und zieht dich und Jonas beiseite.
„Ist doch eigentlich ganz cool!", findet Jonas.
„So allmählich wird's aber nervig!", widersprichst du. Ihr habt nämlich alle seit Stunden keine ruhige Minute mehr gehabt, sowohl durch Fragen über Fragen von den Polizisten, Zeitungsleuten und irgendwelchen Neugierigen, als auch durch fotografierende oder einfach ständig in der Gegend herumstehende Reporter.
„Vor allen Dingen würde mich interessieren, wie die ganzen Zeitungen und der Fernsehsender davon erfahren haben!", meint Bennet nachdenklich.
Da kommt Kiki um die Ecke und sagt ein wenig schuldbewusst: „Tut mir leid. Ich wollte eigentlich nicht lauschen, aber mich nervt das hier auch und die armen Ponys sind schon ganz nervös. Schneeflocke

wollte vorhin noch nicht mal 'nen Apfel haben. Jedenfalls hab' ich mir die gleichen Gedanken gemacht wie ihr."
„Und zu welchem Schluss bist du gekommen?", fragt Bennet neugierig.
„Ja, los, erzähl!", fordert Jonas sie auf.
Über das Interesse leicht verlegen antwortet Kiki: „Also, es hat nur einen einzigen Anruf gegeben, nämlich den bei der Stadtverwaltung. Vorhin war auch tatsächlich der Bürgermeister da, ein ganz netter Mann, finde ich. Und der hat einen Historiker, einen der sich mit alten Gebäuden und so auskennt, mitgebracht. Und er hat gesagt, dass er es war, der die Polizei informiert hat. Von den ganzen anderen Leuten hat er nichts gesagt. Und er schien echt verwundert darüber, was hier los ist."
„Du meinst also, dass er wohl eher nicht dafür verantwortlich ist?", hakt Bennet nach.
„Genau!", bestätigt Kiki. „Mir ist da aber so 'ne komische Frau aufgefallen, 'ne richtige eingebildete Ziege, die immer bei den Fernsehtypen rumläuft und sich von den Zeitungsfotografen hat knipsen lassen."
„'Ne ganz aufgetakelte mit 'nem knallroten Lippenstift und 'ner hypergammamodernen Brille?", fragt Jonas dazwischen.
„Ja, genau die!" Kiki nickt eifrig. „Jedenfalls tut die so, als ob sie 'n Filmstar wär', gibt Interviews und so."
„Was erzählt sie den Leuten denn?", fragst diesmal du dazwischen.
„Weiß auch nicht." Kiki zuckt mit den Schultern. „Ich hab' nur mitgekriegt, wie sie 'n paar Reporter hier rumführen wollte."
„Moment mal!", schaltet sich Bennet ein. „Du hast diese Frau als ‚eingebildete Ziege' bezeichnet. Kommt euch das nicht bekannt vor?"

„Stimmt!", fällt dir ein. „Meine Tante hat die Frau von der Stadtverwaltung so genannt."
„Meint ihr nicht, dass das Zufall ist?" Jonas ist skeptisch.
„Was glaubst du, wie viele eingebildete Ziegen herumlaufen?", fragst du verschmitzt.
„Leider immer noch viel zu viele!", kontert Jonas.
„Aber wir sollten dem trotzdem nachgehen."
„Oh ja, allerdings!", pflichtet Bennet bei.
„Sie ist bestimmt noch irgendwo hier", meint Kiki.
Und tatsächlich braucht ihr nicht sehr lange suchen. Nicht weit entfernt vom Haus, etwa auf halbem Weg zum Parkplatz könnt ihr vier beobachten, wie eine ziemlich aufgetakelte Frau – die Beschreibung von Jonas passt genau – eine kleine Gruppe von Leuten mit Fotoapparaten zu den Stallungen führt.
„Los, hinterher!", raunt Jonas euch zu.
Wie Indianer auf dem Kriegspfad folgt ihr ihnen leise und vorsichtig. Direkt vor den Ställen lässt sich die Frau etliche Male fotografieren, während sie stolz auf die hinter ihr liegenden Gebäude deutet.
„Das darf doch echt nicht wahr sein!", sagt Jonas gepresst. „Was zieht die denn da für ´ne Nummer ab?"
„So wie das aussieht, präsentiert sie sich dort gerade als die Heldin des Tages!", meint Bennet mit sehr scharfem Unterton.
Dir gefällt das ebenfalls nicht. Nach allem, was ihr durchgestanden habt, versucht diese eingebildete Ziege aus sich eine Titelheldin in den Zeitungen zu machen!
„Nun langt's aber!", findest du und marschierst aus eurer Deckung.
Die Frau und die Fotografen sind jedoch viel zu beschäftigt, um dies zu bemerken. Noch während du

auf dem Weg zu ihnen bist, betreten sie die Stallungen. Trotzdem gehst du mit eiligen Schritten hinterher und hörst, dass Bennet, Jonas und Kiki dir folgen.

Im Stall selbst spielt sich Ähnliches ab wie schon draußen, nur dass die Frau diesmal auch noch große Reden schwingt. „... und ich habe die vollkommen verstörte Frau dann beruhigt, als sie angerufen hat ..."

„Ach, tatsächlich?", unterbrichst du sie. „Sie sind doch Frau Bicks-Stolze von der Stadtverwaltung, nicht?" Glücklicherweise ist dir gerade noch der komische Name eingefallen!

„Äh, ja!", antwortet sie verwirrt.

„Dann sind Sie ja diejenige, die meiner angeblich so verstörten Tante empfohlen hat, sich einfach an ein Beerdigungsinstitut zu wenden!" Auf diese Worte von dir war sie eindeutig nicht gefasst. Mit einem Schlag verschwindet ihr kameragerechtes Lächeln aus ihrem Gesicht.

„Stimmt das?", fragt sofort einer der Reporter nach.

„Ich ... ähm ...", stammelt sie verlegen.

Plötzlich wird ihr Blick starr, als ob sie durch dich hindurchsehen würde. Sie schluckt und antwortet: „Ja, es tut mir leid, ich ... ich habe gelogen. Ich habe die Besitzerin dieses Hauses nur an den Bürgermeister weitervermittelt. Sonst ... „– Sie japst nach Luft. – „... sonst stimmte nichts, was ich erzählt habe. Ich habe alles nur erfunden, weil ich in die Zeitung wollte."

Kaum hat sie zu Ende gesprochen, da schluchzt sie hysterisch auf, bahnt sich panisch einen Weg durch die Reporter und rennt hinaus.

„Na, dann eben nicht!", meint einer von den Zeitungsleuten schulterzuckend und auch diese kleine Gruppe verlässt den Stall.
„War ich so überzeugend?", fragst du verblüfft.
Während die anderen wohl ebenso verdutzt dreinschauen wie du, schallt von einem Querbalken fast unter der Decke her: „Na ja, nicht ganz. Ich glaub', Gloria hat ihr den Rest gegeben!"
Da oben sitzt Jessika – wie auch immer sie da hochgeklettert ist – und neben ihr das Geistermädchen, das du letzte Nacht gesehen hast.
„Darf ich vorstellen? Meine Freundin Gloria!", sagt Jessika strahlend.
Und beide grinsen frech zu euch hinunter!

Ende

Nach kurzer Überlegung sagst du: „Wir warten noch – zumindest noch etwas, weil wir sonst bestimmt eine Menge Fragen zu beantworten haben."
„Noch dazu welche von der echt unangenehmen Sorte!", ergänzt Jonas.
„Einige Dinge dürften in der Tat schwierig zu erklären sein!", findet auch Bennet.
„Dann sind wir uns ja einig", stellst du fest. „Ich bin dafür, dass wir erst einmal versuchen sollten, diesen Fall zu lösen."
„Klingt, als wären wir Detektive!", meint Jonas.
„Auf irgendeine Art sind wir das ja auch", erklärst du, „jedenfalls sollten wir jedem noch so kleinen Hinweis nachgehen, denke ich."
„Zum Beispiel?" Jonas macht ein ratloses Gesicht.
„Na, den Briefen zum Beispiel!", schlägst du vor und deutest auf das kleine Päckchen aus der Schublade das Sekretärs.
„Gute Idee! Die hatte ich schon fast wieder vergessen!", sagt Bennet, nimmt den Packen und versucht vorsichtig das Band, das drum herumgebunden ist, zu lösen.
Da das alte Band schon sehr brüchig ist, erweist sich dies nicht als besonders schwierig, wenn es auch nicht am Knoten aufgeht, sondern an einer der Seiten fast von allein auseinanderfällt.
„Wie viele sind es denn nun?", fragt Jonas neugierig.
„Kann ich noch nicht genau sagen", antwortet Bennet, während er sich bemüht, die einzelnen Briefe so behutsam wie möglich voneinander zu lösen. Durch die lange Zeit, die die Briefe zusammengepresst gelegen haben, haften sie nämlich ziemlich fest aneinander, so dass er viel Fingerspitzengefühl beweisen muss, um sie nicht ernsthaft zu beschädigen. Doch wie sich zeigt, ist Bennet sehr

geschickt und schon bald liegen sechs Kuverts zwischen euch auf dem Teppich.
„Geschafft!", meint Bennet erleichtert. Als er nun die Umschläge nacheinander betrachtet, stellt er fest: „Also die Adresse ist bei allen gleich, ebenso wie der Absender!"
Obwohl die Schrift teilweise stark verblasst ist, kann man tatsächlich beides noch sehr gut erkennen. Der Absender lautet Ernst Hofendahl, adressiert sind die Briefe an eine Frau Amanda Hofendahl.
„Von dem Abschiedsbrief wissen wir, dass der Sohn der Frau im schwarzen Kleid Ernst hieß", kombiniert Bennet.
„Demnach wäre dann wohl der Name der Geisterfrau Amanda Hofendahl", ergänzt du.
„Ja, jetzt wissen wir doch zumindest schon mal ihren Namen", meint Bennet in kampfeslustigem Tonfall und nimmt einen der Briefe in die Hand. „Ich schätze, sie waren der Reihenfolge nach verschnürt, so dass dies dann chronologisch gesehen der erste sein dürfte."
„Chronowas?", fragt Jonas mit gerunzelter Stirn.
„Zeitlich geordnet!", erklärt Bennet.
Jonas lehnt sich entspannt zurück. „Ach so! Kannst du das nicht gleich sagen? Ich bin übrigens dafür, dass du vorliest, Bennet. Diese alten Schriften sind fürchterlicherweis, ganz zu schweigen von dem Schreibstil. Und es reicht vollkommen, wenn du dich auf das Wesentliche konzentrierst. Irgendwelche Abhandlungen über das Wetter oder so kannst du gerne weglassen."
Bennet lächelt, dann schaut er dich fragend an. Du nickst ihm auffordernd zu, denn auch du hast keine Lust, dich mit den verschnörkelten und schlecht leserlichen Buchstaben abzuquälen.

„Gut", meint er schlicht und zieht vorsichtig den ersten Brief aus dem Umschlag. Nachdem er ihn kurz überflogen hat, berichtet er: „Er beginnt mit ‚*Meine liebe Mutter!* ', also stimmt das wohl mit den Familienverhältnissen. Dann schreibt er, ..." – Bennet zögert und lässt angestrengt seine Augen über die Zeilen auf dem Papier wandern. – „..., dass er gut angekommen ist und in einem sehr guten Gasthof namens ‚Das Goldene Hufeisen' wohnt. Danach folgen irgendwelche Ausführungen über die Reise dorthin, das Essen im Gasthaus und das Wetter." – Bennet grinst Jonas an. – „Genau das, was du nicht hören wolltest. Interessant ist eigentlich nur noch, dass er mindestens ein halbes Dutzendmal versichert, wie gut es ihm geht, und immer wieder erklärt, sie solle sich keine Sorgen machen."

„Uah!", gähnt Jonas gelangweilt. „Pack bloß weg! Klingt voll nach Mamisöhnchen!"

„Vor allem scheint er nicht oft weg gewesen zu sein", wirfst du ein.

„Mal sehen, ob das so weitergeht", meint Bennet und nimmt den nächsten Brief.

Nachdem er das Papier auseinandergefaltet und kurz studiert hat, sagt er: „Auch hierin lässt sich dieser Ernst lang und breit darüber aus, dass es ihm gut geht und dass sie sich keine Gedanken zu machen braucht. Dann berichtet er noch, was er alles bekommen hat, offenbar von irgendwelchen Besorgungen, die sie ihm aufgetragen hatte, wie zum Beispiel ein besonderes Nähgarn, spezielle Federhalter und ein Duftwasser ..."

„Ist doch alles langweiliger Kram!", findet Jonas.

„Ja, eigentlich schon", stimmt Bennet leicht enttäuscht zu, überfliegt weiter den Brief uns stutzt auf einmal, „bis auf diese Nebenbemerkung am

Schluss: ‚... *anläßlich einer Festivität auf dem Gute der Steinhoffs wurde mir eine außerordentlich sympathische junge Frau vorgestellt ...'.*"
„Vielleicht ist das die Schwiegertochter, die sie so sehr gehasst hat!" Jetzt ist Jonas wieder hellwach.
„Du meinst die Frau, die mal die Schwiegertochter wird", verbessert Bennet und fügt nachdenklich hinzu: „Es könnte sein."
Beim nächsten Brief, den er aus dem zugehörigen Kuvert zieht, kann auch er nun kaum seine Unruhe verbergen. So zittern seine Hände leicht, als er ihn beim Lesen hält.
Wieder verschafft er sich einen kurzen Überblick, bevor er berichtet: „Also zuerst erzählt er wieder das Übliche, aber dann wird es ... – Ja, wie soll ich sagen? – ... anders! Der Tonfall ändert sich von unterwürfig zu beinahe vorwurfsvoll. Passt auf: ‚... *Mutter, da ist etwas, das mir schwer auf dem Herzen lastet. Voller Entsetzen las ich in dem Deinigen letzten Briefe, wie hart Du über die Frau, die mir vorgestellt wurde, urteilen magst, obgleich Dir das Vergnügen einer Begegnung bisher versagt geblieben und sie Dir vollkommen unbekannt ist. So muß ich Dich dringlichst bitten, auf meine Versicherung zu vertrauen, daß sie eine sehr ehrbare Person ist...'.*"
„Wow!", stößt Jonas hervor. „Vom Mamisöhnchen zum ritterlichsten aller Ritter!"
„Das wir wohl tatsächlich seine zukünftige Ehefrau sein, die er da verteidigt!", findest auch du. „Steht da noch mehr in der Art im Brief?"
„Nein, das war leider alles", bedauert Bennet, „aber vielleicht geht es ja im nächsten so weiter." Und er nimmt sich Brief Nummer vier vor.

Während seine Augen geradezu über die Zeilen fliegen, wirken seine Gesichtszüge noch angespannter als zuvor.

„Hier ist die Bestätigung unserer Annahme!", verkündet er schon sehr bald. „Hier steht: ‚... *Gedankt sei Dir, Mutter, daß Du Dein Urteil überdenken magst. So will ich Dir denn gern von ihr berichten, der Frau, die mein Herz so sehr berührt. Voll Kummer war sie noch vor kurzer Zeit, da ihr der Gatte vom Schicksal fortgenommen, sie allein war und nur Trost im Lächeln ihrer einz'gen Tochter fand. Nun will ich Dir auch gern gestehen, daß ich sie bat um ihre Hand, um einzugehen den Ehebund'.*"

Bennet räuspert sich, dann erklärt er: „Er schwärmt noch eine ganze Weile von ihr weiter. Ich glaube, den Rest können wir uns jedoch schenken. Irgendwann erwähnt er ihren Namen: *‚Johanna Steinhoff'*, aber das ist an Informationen auch alles."

„Der ist echt verknallt bis über beide Ohren, so blumig, wie der schreibt!", meint Jonas und verdreht die Augen.

„Und wir wissen jetzt, dass er tatsächlich von seiner zukünftigen Ehefrau spricht", ergänzt du. „Außerdem erzählt er, dass sie eine Tochter hat. Das ist bestimmt das Mädchen, das ich gesehen hab'."

„Das denke ich ebenfalls", sagt Bennet. „Vielleicht finden wir in den beiden restlichen Briefen noch Hinweise auf die Kleine."

„Komisch finde ich, dass seine Mami anscheinend eingelenkt und ganz nett nachgefragt hat, aber wahrscheinlich hat sie gedacht, sie verkracht sich sonst womöglich noch mit ihrem Sohnemann", spekuliert Jonas. „Ich könnte mir vorstellen, dass sie über eine bevorstehende Heirat jedenfalls tierisch sauer sein wird!"

„Seiner Reaktion nach ist sie das allerdings!", bestätigt Bennet, gleich nachdem er nur wenige Blicke auf den fünften Brief geworfen hat. „Er hat ziemlich unterkühlt geantwortet und – wie man so schön sagt – seine Mutter vor vollendete Tatsachen gestellt. Ich lese euch das am besten mal vor: ‚... *Hiermit teile ich Dir mit, daß ich der Stimme meines Herzens gefolgt bin, indem ich jene Johanna Steinhoff geehelicht habe. Sobald hier die letzten Formalitäten erfüllt sind, werde ich mit meiner Gattin und mit meiner angenommenen Tochter heimkommen. Ich erwarte, daß Du, Mutter, meiner Familie den nötigen Respekt erweisen wirst!* ...'. Damit endet der Brief schon. Noch knapper ging es wirklich kaum."

„Hammerhart, wie er mit der Faust auf den Tisch haut – bildlich gesprochen!", meint Jonas.

„Allerdings!", stimmst du zu. „Leider wissen wir nicht, was seine Mutter ihm vorher an den Kopf geknallt hat, aber so wie er antwortet, dürfte das eine sehr nette Stimmung ergeben, wenn er mit seiner neuen Familie ankommt."

„Wahrscheinlich ähnlich herzlich und liebevoll wie ´n Eisschrank!", witzelt Jonas.

„Wir werden sehen, ein Brief ist noch übrig", erinnert Bennet und betrachtet nachdenklich den Umschlag. „Dieser ist irgendwie anders!", stellt er fest. „Das Papier scheint etwas heller zu sein und er ist schlichter ohne die Zackenkante zur Verzierung."

„Vielleicht hat er ihn viel später geschrieben", vermutest du.

„Überhaupt!", stutzt Bennet. „Ich habe ja gar nicht darauf geachtet, ob irgendwo ein Datum auf einem der Briefe zu finden ist." Eilig wirft er prüfende Blicke auf die bereits gelesenen Schriftstücke und sagt schließlich: „Da sind tatsächlich überall Daten, die ich

einfach übersehen habe. Diese Briefe sind in einer Zeitspanne von März bis August im Jahre 1854 verfasst worden."
„'Ne länger dauernde Reise!", meint Jonas.
„Oder 'ne schnelle Hochzeit!", fügst du hinzu.
„Ich schätze, dass seine Mutter daran wohl nicht ganz unschuldig war", sagt Bennet dazu, „sowohl was die etwas in die Länge gezogene Reise betrifft, wie auch die eilige Heirat. Beides dürften wohl zumindest zum Teil Trotzreaktionen auf irgendwelche hässlichen Äußerungen von ihr sein."
„Nun lies endlich!", fordert Jonas ihn leicht genervt auf.

Bennet lässt sich jedoch von Jonas' Ungeduld nicht beirren und zieht ebenso sorgsam wie auch bei den anderen Briefen das Papier aus dem Umschlag
Wieder überfliegt er die Zeilen, wobei sich diesmal allerdings sein Blick verfinstert.

„Also", krächzt er mit belegter Stimme, räuspert sich und beginnt noch einmal: „Also, das Datum ist leicht verwischt, aber man kann noch recht deutlich erkennen, dass die Jahreszahl 1856 heißen soll. Die Vermutung, er wäre später als die anderen geschrieben, ist demnach richtig. Ich sollte das besser vorlesen, was hier steht:

,... Mutter, Du vermagst nicht zu verstehen, welch schwere Trauer uns erfaßt hat, in dem Augenblicke, da unsere Gloria uns genommen. Umso entsetzter hat mich zudem getroffen, wie wenig Mitgefühl dem Deinen Herzen hierzu entsprang. Geradezu Kälte verströmtest Du. Dieser Umstand und den Ort des Todes selbst immer vor Augen gab für uns den Anlaß, fortzugehen und nimmer wiederzukehren. Ebenso schwer lastet zudem auf mir der Verdacht, Du könntest bezüglich Glorias Tode Schuld auf Dich

geladen haben, besonders da sich mir ein vertrauliches Gespräch zwischen uns ständig in Erinnerung drängt. So waren die Deinen Worte voller Haß, als Du sagtest, wie sehr Du wünschtest, Johanna würde mit Gloria für immer gehen und niemals wieder einen Fuß über die Schwelle Deines Hauses setzen. Hierbei vergaßest Du, daß dieses Hause auch das meinige Heim ist. Zum Angedenken an unsere Gloria habe ich daher vor unserer Abreise im Amte veranlaßt, daß dieses Haus zukünftig den Namen Gloria tragen möge ...'."
Schweigend schaut ihr euch eine ganze Weile an, dann sagst du schließlich: „Die Kleine heißt also Gloria."
„Deshalb hat dieses Haus diesen ungewöhnlichen Namen", stellt Bennet fest.
„Ist euch was aufgefallen?", fragt Jonas, wartet aber keine Antwort ab, sondern fährt gleich fort: „Dieser Ernst hatte den gleichen Verdacht wie wir, nämlich dass die Schreckschraube bei dem tragischen Unfall – klingt jedenfalls wie 'n plötzlicher Unglücksfall – ihre Finger im Spiel hatte!" – Wütend ballt er seine Hände zu Fäusten. – „Wenn er seiner Mutter schon sowas zutraut, ..."
„... dann dürften wir wohl nicht so verkehrt liegen", vollendest du.
„In den Briefen stecken mehr Informationen als ich erwartet habe", sagt Bennet und blättert nachdenklich die Papierbögen durch.
„Ja, ich finde, wir sollten ...", beginnt Jonas, bricht aber auf einmal mitten im Satz ab und starrt mit offenem Mund zum Fenster.
„Was ist?", fragst du und drehst dich gleichzeitig in die Richtung um, weil du sehen willst, warum er

derart versteinert dorthin stiert. Doch du kannst nichts Ungewöhnliches entdecken.
Endlich schafft Jonas es, seinen Blick loszureißen und berichtet: „Die Gardine hat sich bewegt."
„Natürlich hat sie das!", antwortet Bennet ganz ruhig. „Ich habe vorhin das Fenster geöffnet und bei einem Windzug pflegt eine Gardine durchaus ab und zu hin- oder herzuwehen."
Jonas zieht eine Grimasse. „Eben nicht hin und her!", erklärt er. „Eher so, als hätte jemand sie ein ganzes Stück hochgehoben!"
„Ah, ja!", meint Bennet und starrt ebenfalls dorthin, obwohl alles bereits wieder normal ist.
Dafür fesselt etwas anderes deine Aufmerksamkeit. Die Tür von Bennets Kleiderschrank ist soeben aufgegangen, schließt sich danach aber gleich wieder ganz langsam.
„Du hast ja tatsächlich ein Bügeleisen hier!", bemerkst du trocken. Aus irgendeinem Grunde erschreckt dich das merkwürdige Verhalten der Schranktür überhaupt nicht.
Überrascht dreht Bennet sich zu seinem Schrank um und sieht gerade noch, wie sich die letzten Zentimeter des Türspalts wieder schließen.
Da du nicht den Eindruck hast, etwas Gefährliches sei in eurer Nähe, sagst du spontan: „Ich tippe auf Gloria!"
Wie zur Antwort klopft es!
„Das kam nicht von der Zimmertür, sondern eher vom Schrank her!", stellt Bennet fest. Er wirkt leicht angespannt aber ruhig, während Jonas hingegen mit dem Rücken zur Wand rutscht und sich nervös umschaut.
„Bist du das, Gloria?", fragst du nach.

Wieder hört ihr ein Klopfen, diesmal aus Richtung Kommode.

„Wir würden gern mit dir reden. Ist das möglich?", packt Bennet die Gelegenheit beim Schopf.

„Würden wir gern?", bibbert Jonas und sieht nicht so aus, als würde er das für eine gute Idee halten. Diesmal dauert es ein bisschen bis zum Antwortklopfen und es klingt etwas zaghafter.

„Vielleicht ist es hier zu hell", vermutet Bennet, „eigentlich taucht sie ja wohl eher nachts auf."

Eilig zieht er die Vorhänge vor das Fenster. So ist das Sonnenlicht wenigstens abgedämpft, wenn es auch immer noch nicht richtig dunkel ist. Dann schaut er euch fragend an. Du nickst ihm zu – in der Hoffnung, dass seine Maßnahme ausreicht. Jonas schluckt, zieht eine nicht gerade begeisterte Schnute und nickt schließlich ebenfalls. Jetzt heißt es warten.

Zunächst passiert nichts, doch plötzlich klappt der Deckel des Schmuckkästchens auf und die silberblaue Brosche, die wie ein Schmetterling geformt ist, schwebt heraus.

„Ist das deine, Gloria?", fragst du neugierig.

Klirrend fällt sie wieder auf die anderen Schmuckstücke.

„Na klasse!", mault Jonas. „Nu haste sie verschreckt!"

Es ärgert dich, dass er Recht haben könnte. Trotzdem antwortest du: „Das hoffe ich doch nicht."

Kaum hast du dies ausgesprochen, da hört ihr ein Flüstern – so leise, dass ihr es gerade noch verstehen könnt: „Sie gehört meiner Großmutter."

Gloria! Aufgeregt schaut ihr euch an. Jonas rutscht von seiner Wand weg und versucht offensichtlich, euch mit Grimassen und Zeichensprache darauf aufmerksam zu machen, dass er nicht geringste

Ahnung hat, woher diese Antwort kam. Auch Bennet blickt schulterzuckend umher.
Während du nun fieberhaft überlegst, was du sagen oder tun könntest, vernehmt ihr wiederum das zarte Flüstern: „Sind die Briefe von meinem Vater?"
„Ja ...", antwortest du zögerlich. Wieviel hat sie vom Inhalt der Briefe mitgekriegt? Bennet beschäftigt anscheinend die gleiche Frage, denn er hakt nach: „Du hast gehört, was ich vorgelesen habe?"
„Ja, aber alles habe ich nicht verstanden", kommt die Antwort aus der Ecke neben der Kommode. Dort steht sie! Verlegen kringelt sie eine Strähne ihres schulterlangen Haares um einen ihrer Finger. Dann sagt sie: „Ich verstehe nicht, warum meine Eltern fortgegangen sind. Ich bin doch hier! Aber es stimmt, wenn mein Vater schreibt, dass meine Großmutter voller Hass ist."
Betreten schaut ihr euch an. Sollte Gloria gar nicht begriffen haben, dass ihre Eltern über ihren Tod getrauert haben? Du spürst einen Kloß im Hals.
Da erzählt die Kleine schon beinahe munter weiter: „Ich glaube, es war gut, dass ihr die Briefe gefunden und auch vorgelesen habt. Jetzt kommen meine Eltern bestimmt nächste Nacht und holen mich ab."
Sie wirkt in diesem Moment einfach nur unbeschwert und fröhlich – voller Vorfreude auf ihre Eltern. Wie kann sie sich nur so sicher sein, dass ihre Eltern nach ungefähr 150 Jahren ausgerechnet jetzt herkommen, um sie abzuholen? Was ist, wenn sie nicht erscheinen? Du magst dir diese Enttäuschung nicht mal annähernd vorstellen. Vorsichtig meldest du Bedenken an: „Warum denkst du, dass deine Eltern in der nächsten Nacht herkommen?"
Jonas wirft dir für diese Frage einen bitterbösen Blick zu, aber das stört dich nicht weiter. Viel zu groß ist

deine Angst, die Hoffnungen der Kleinen könnten wie eine Seifenblase zerplatzen, weil sie sich etwas wünscht, das nicht geschehen wird. Nachdenklich zieht Gloria ihre Stirn kraus.
Schließlich sagt sie: „Ich weiß es einfach. Sie werden bald kommen. Und sie werden mich vor meiner Großmutter beschützen."
Wieder lächelt sie sehr zuversichtlich. Doch plötzlich weiten sich ihre Augen und das Lächeln verschwindet schlagartig. Du spürst eine eisige Kälte. Gleichzeitig erfüllt eine hohe, zischende Stimme die Luft: „Dich beschützt niemand!"
Du zuckst zusammen, dann drehst du dich ruckartig um. Irgendwie hast erwartet, die Frau im schwarzen Kleid zu sehen, aber nicht das, was sich jetzt vor deinen Augen abspielt.
Am Fußende von Bennets Bett bildet sich ein merkwürdiger Luftwirbel aus dunklem Nebel, der immer größer und bedrohlicher wird. Mit ungeheurer Kraft saugt er ein Buch und ein Kissen, die in seiner Nähe gelegen haben, in sich hinein, um sie einen Moment später wieder auszuspucken – natürlich in eure Richtung.
Jonas wirft sich auf den Boden, Bennet reißt schützend die Arme hoch und du versuchst dem Kissen, das genau auf dich zufliegt, auszuweichen, was dir aber nicht ganz gelingt. Es streift dein Ohr und du bist froh, dass es nicht das Buch gewesen ist. Das klatscht zwischen Bennet und dir an die Wand. Mit einem gewaltigen Brausen zieht der Wirbel sofort die nächsten Gegenstände in sich hinein. Du erkennst flüchtig, dass es mindestens sechs oder sieben Stück sein müssen, darunter ein Paar Schuhe, ein Kamm und ein Kartenspiel. Die Karten prasseln als erstes auf euch nieder, während sich das Gebilde nun direkt auf

Gloria zu bewegt. Angstvoll kreischend flüchtet sie durch die Kommode hindurch auf die Zimmertür zu, sieht sich noch einmal zu euch um und gleitet dann durch das Holz. Der Wirbelwind rast hinter ihr her, wobei er allerdings nicht durch die Kommode hindurchfegt, sondern diese von ihrem Platz schleudert. So aufrecht wie sie gestanden hat, landet sie mit einem dumpfen Aufprall genau neben Jonas. Leider hat sie so viel Schwung drauf, dass sie umkippt und Jonas' rechtes Bein unter sich begräbt.
Währenddessen ist die Windhose schon an der Tür. Bevor sie allerdings wie Gloria durch die Tür taucht, schießt sie die aufgesaugten Dinge von sich. Ein Kugelschreiber fliegt haarscharf an dir vorbei. Bennet hat nicht so viel Glück. Er wird von seinen Schuhen getroffen, und zwar von beiden hintereinander. Mit einem Aufstöhnen sackt er zu Boden und bleibt dort regungslos liegen.
„Los hinterher!", knirscht Jonas mit schmerzverzerrtem Gesicht. „Du hilfst Gloria! Ich kümmere mich um Bennet!" Und er schiebt entschlossen die Kommode von seinem Bein.
Du zögerst. Solltest du nicht lieber bei Bennet und Jonas bleiben? Wenn du jetzt Gloria folgst, bist du diesem merkwürdigen Wirbelwind und Wer-weiß-was-noch ganz allein ausgeliefert. Was tust du?

Du rennst hinter Gloria her, um ihr beizustehen.

⇒ Dann musst du auf Seite 480 weiterlesen!

Du bleibst bei Bennet und Jonas.

⇒ In dem Fall geht es auf Seite 482 weiter!

Vielleicht ist dies jetzt die einzige Chance, die ihr habt, um Gloria je kennenzulernen. Das bedeutet, dass dies auch gleichzeitig der absolut schlechteste Zeitpunkt ist, sich irgendwie in die Haare zu kriegen. Also musst du Jonas unbedingt dazu bringen, hierzubleiben.

„Hey, Jonas, warte mal!", hältst du ihn auf und einem Geistesblitz folgend schlägst du vor: „Wir könnten Gloria doch ein paar Fragen stellen. Wenn sie wirklich da ist, wird sie uns doch sicher antworten können. Ist doch egal, ob sie selbst oder Jessika die Antworten gibt!" Dabei zwinkerst du Jonas zu.

Und er begreift, was du willst, denn er zwinkert zurück und grinst. Aber klar: Testen, ob sie da ist! Es wäre eindeutig ein Beweis, wenn Jessika euch Dinge sagt, die nur Gloria wissen kann.

Herausfordernd hat er auch gleich die erste Frage parat: „Wie ist der Name von Glorias Mutter?"

Stimmt, der Name stand in Glorias Bibel. Jessika kann das also eigentlich nicht wissen.

Lange Zeit herrscht Schweigen. Jessika wirkt unsicher. Schließlich sagt sie zögerlich: „Mutti?"

Jonas prustet los. „Ja, klar doch!", meint er lachend.

„Kann doch sein, dass Gloria das wirklich nicht weiß", wendest du ein. „Sie ist vielleicht noch ein bisschen jung dafür."

Dann fragst du: „Wie alt bist du, Gloria?"

„Sieben!", folgt die prompte Antwort aus Jessikas Munde.

Du schaust Jonas an. Er nickt anerkennend und stellt gleich die nächste Frage: „Was befindet sich in der kleinen Porzellandose, die eine Melodie spielen kann?"

Wiederum scheint Jessika auf jemanden zu lauschen und antwortet danach: „Eine silberne Kette und daran ist ein Kreuz-Anhänger!"

„Wow!", stößt Jonas hervor und setzt sich wieder hin.

„Nun bin ich fast überzeugt. Allerdings ..." – Er zwinkert dir listig zu. – „... wäre es besser, sich direkt mit deiner Freundin zu unterhalten."

„Sie hat aber Angst, dass sie Ärger mit ihrer Großmutter kriegt!", erwidert Jessika.

Jetzt wirst du hellhörig. „Mit wem?"

„Mit ihrer Großmutter! Die ist sowieso sehr böse!", erklärt sie, wobei ihre Stimme leicht zittert.

„Kennst du die etwa auch?", fragt Jonas entsetzt.

„Nein, ich habe sie zum Glück noch nicht näher kennengelernt, aber nur weil Gloria mich beschützt."

Jonas wirkt erleichtert.

„Dann dürfte die Frau, die mich letzte Nacht besucht hat, wohl Glorias Großmutter sein", folgerst du laut und es ist dir egal, dass Jessika das jetzt hört.

Kaum hast du diese Worte ausgesprochen, da hört ihr plötzlich ein herzzerreißendes Schluchzen mitten in eurer kleinen Runde. Es ist jedoch nicht Jessika, sondern ein kleines, schmächtiges Mädchen genau neben ihr, das erst noch recht durchscheinend, aber schnell sehr viel deutlicher auszumachen ist. Still und fasziniert beobachtet ihr, wie die Kleine erscheint und ihr jede Einzelheit erkennen könnt: die hellen, schulterlangen Haare, die dünnen Ärmchen, das Nachthemd mit Blümchenmuster, ja selbst die Tränen, die ihre Wangen herunterkullern, und die unglaublich traurigen Augen, mit denen sie dich ansieht.

Schließlich sagt sie: „Ich möchte nicht, dass sie immer Leute erschreckt und verjagt."

„Warum tut sie das denn?", wagst du eine Frage.

Nachdem sie die Tränen mit einem Zipfel ihres Nachthemds weggewischt hat, antwortet sie: „Weil sie keine Fremden in ihrem Haus haben will, schimpft sie immer."

„Ihr Haus?" Jonas zieht eine verächtliche Schnute.

„Ja, mein Haus!", zischt eine Stimme messerscharf durch den Raum.

Jessika reißt die Augen auf, Gloria duckt sich wimmernd und Jonas entfährt ein schlichtes „Ups!". Aber irgendwie hat er Recht ...

„Dieses Haus haben meine Tante und mein Onkel rechtmäßig gekauft!" Du wunderst dich über dich selbst, mit welch einem Nachdruck du diese Worte sagst, obwohl du weißt, dass sie jeden Moment auftauchen wird.

Ein eisiger Luftzug weht um euch herum, während die Stimme hasserfüllt antwortet: „Ihr seid alle Fremde in meinem Haus!"

„Großmutter, bitte!", fleht Gloria ängstlich.

„Nenn mich nicht so!", fegt die Stimme über euch hinweg und reißt dabei Gloria um, so dass sie genau zwischen euch purzelt.

„Lass sie in Ruhe!", quiekst Jessika auf, während du langsam richtig sauer wirst.

Jonas schnaubt ebenfalls vor Wut und sagt aufmüpfig: „Wieso soll sie nicht ‚Großmutter' sagen? Übrigens ist es, wenn schon, denn schon ja wohl auch ihr Haus!"

Jetzt müsst ihr euch alle ducken, denn ein wahrer Eissturm bricht los.

„War wohl ´n falscher Text!", bibbert Jonas flach auf dem Boden liegend.

„Ich denke, du hast eher den Nagel auf den Kopf getroffen!", antwortest du ihm.

Tatsächlich scheint sie immer dann wütend zu werden, wenn ihr irgendwas Goldrichtiges sagt.

„Was machen wir jetzt?", fragt Jonas mit klappernden Zähnen.

Du spürst, wie deine Hände, deine Arme und auch dein Gesicht – obwohl du versuchst, es zu schützen – klamm vor Kälte sind. Den anderen geht es mit Sicherheit ebenso – außer Gloria natürlich. Ihr müsst euch also schnell etwas einfallen lassen. Und eigentlich dürfte es ziemlich egal sein was, denn schlimmer kann es kaum werden.

„Weißt du, was sie gegen Gloria hat?", raunst du Jessika zu und hoffst, dass nur Jonas und Gloria das auch hören, nicht aber die Geisterfrau.

„Ich hab' doch keine Ahnung", antwortet Jessika verzweifelt, „aber sie hasst Gloria fürchterlich. Ich hab' nämlich gesehen, wie sie Gloria die Treppe runtergeschubst hat – ich weiß, du glaubst mir das nicht, Gloria, aber ich weiß, was ich gesehen hab'!"

Auch Jessika hat im Flüsterton gesprochen, Jonas hat aber trotzdem alles mitgekriegt.

„Das 'n Ding!", meint er. „Aber wieso glaubst du das nicht, Gloria? Das musst du doch gemerkt haben! Sowas tut normalerweise echt weh!"

Gloria kann gerade noch „Ich kann mich aber gar nicht daran erinnern!" sagen, da flackert das Licht und die Glühbirne schießt wie eine Rakete auf euch herab.

Geistesgegenwärtig schlägst du sie mit dem Arm weg, bevor sie zwischen euch landet oder einen von euch treffen kann. Das war der letzte Funke, den ihr gesehen habt. Jetzt ist es stockduster!

„Guter Schlag!", lobt Jonas dich, kann dabei jedoch seine Unsicherheit nicht verbergen. Du hörst ihn fast schnaufend neben dir atmen, sehen kannst du leider

im Moment gar nichts, weil sich deine Augen noch nicht an die plötzliche Dunkelheit gewöhnt haben. So hörst du auch mehr als du es siehst, wie die Tür aufgerissen wird, und dann ist da wieder die Stimme, scharf und kalt: „Verlasst mein Haus!"
„Sind wir brav oder widerspenstig?", fragt Jonas dich. Er versucht, witzig zu sein und du verstehst, warum. Schemenhaft kannst du nämlich erkennen, wie er seine kleine Schwester tröstend an sich drückt, die wiederum eine Hand von Gloria hält. Sowohl Jessika, als auch Gloria wimmern leise vor sich hin.
Trotz allem sagt Jessika nun tapfer: „Wir können nicht weggehen! Dann müssten wir ja Gloria allein lassen. Sie kann doch nicht mit!"
Wenn du nur etwas mehr Zeit zum Nachdenken hättest, denn alle möglichen Gedanken schießen durch deinen Kopf. Die Lösung ist ganz nah, das fühlst du. Irgendwie passen die Puzzleteile zusammen ...
„Jonas, erinnerst du dich? Gloria soll hier im Haus tödlich verunglückt sein!", sagst du aufgeregt.
„Äh, ja!", bestätigt er verwirrt.
„Was ist, wenn es gar kein Unfall war? Wenn Jessika Zeuge dessen war, wie es wirklich gewesen ist? Wenn sich die Geschichte immer wiederholt? Vielleicht kann sich Gloria nicht daran erinnern, weil das nie aufgeklärt wurde!"
„Dann", unterbricht Jonas deinen Redeschwall, „ist ihre Großmutter eine Mörderin!"
Ein schriller Aufschrei schallt durch den Raum, vermutlich durch das gesamte Haus und durch eure Köpfe – zumindest kommt es euch so vor.
Ihr haltet euch die Ohren zu, obwohl dieses fürchterliche Gekreische dadurch kaum abgedämpft wird. Ein Schatten löst sich von der Wand gegenüber

der Tür und rast über euch hinweg, wobei er eine eisige Kälte zurücklässt.

Dann flüchtet er durch die geöffnete Tür zum Flur in Richtung der Galerie, bis er aus eurem Blickfeld verschwindet.

„Was ...?", stammelt Jonas.

„Das war schätzungsweise gerade die reine Wahrheit, die du ihr an den Kopf geschleudert hast!", erklärst du geschockt, aber irgendwie voller Tatendurst. „Lass uns hinterher!" Und du springst auf.

„Bist du verrückt?", fragt Jonas immer noch bibbernd.

„Nein, aber ich denke, das war's! Außerdem könnte es interessant sein, wohin sie geflohen ist!", sagst du, ohne lange zu überlegen.

„In ihr Zimmer vielleicht!", antwortet auf einmal Gloria.

„Die hat hier ´n Zimmer?", keucht Jonas fassungslos.

„Ja!", antwortet Gloria schlicht. „Ich führe euch hin."

Gerade in dem Moment, als ihr Jessikas Zimmer verlasst, flammt auf der Galerie und auf den Fluren das Licht auf. Natürlich sind alle im Haus von dem Lärm wach geworden. Gloria verschwindet schnell, aber sie braucht euch das Zimmer sowieso nicht mehr zu zeigen, denn für alle sichtbar hat sich oben auf der Galerie direkt gegenüber der Treppe eine versteckte Tür geöffnet. Dein Onkel steht davor und rauft sich verschlafen die Haare.

Als er dann allerdings einen Blick in diese Kammer riskiert hat, lässt er keinen von euch noch dort hinein. Stattdessen ruft er sofort die Polizei, da sich in diesem Geheimraum die sterblichen Überreste einer Frau befinden – ein paar verblichene Knochen in einem schwarzen Kleid.

„Dann war dieses Haus nicht nur ihr Lebenswerk, sondern auch ihr Grab!", meint Jonas, während ihr drei – Jonas, Jessika und du – unten in der Eingangshalle herumsteht und die eingetroffenen Polizisten bei der Arbeit beobachtet, soweit das möglich ist.

„Ich weiß zwar nicht, wovon du gerade sprichst, Jonas, aber irgendwie habt ihr was mit der Entdeckung dieser Kammer zu tun! Ihr wart einfach zu schnell da!", sagt dein Onkel plötzlich. Er hat sich genähert, ohne dass ihr es bemerkt habt.

Aber er lächelt beinahe verschwörerisch, als er fortfährt: „Ihr braucht mir nichts zu erklären. Ich will lieber nicht wissen, wie ihr das gefunden habt, glaub' ich. Jedenfalls hab' ich mir da mal eben was ausgeborgt, von dem ich denke, dass es euch interessieren dürfte. Muss ich gleich wieder zurückbringen." – Er wedelt mit einem Zettel in der Luft herum. – „Das lag da in der Kammer. Scheint ein Abschiedsbrief der Verstorbenen zu sein. Ich versteh' zwar nicht, worum es dabei genau geht, aber vielleicht wisst ihr das ja. Also, ich les' das mal vor: *Mein lieber Sohn Ernst! Vielleicht entschließt Du Dich eines fernen Tages in das Haus Deiner Geburtsstätte zurückzukehren, obgleich ich dies nicht glauben kann. So sehr hatte ich gehofft, Du würdest die Frau, die Du zur Gattin genommen hast, allein fortgehen lassen. Sie war diejenige, die immerwährend zwischen uns gestanden hat. Niemals vermochte ich zu verstehen, warum Du sie geehelicht hast, zumal es den Umstand mit sich führte, ihr Kind aufzunehmen. Wie konntest Du dieses Mädchen als Deine Tochter annehmen? Nach dem Tode des Mädchens hatte ich vermutet, diese Frau würde Dich verlassen, und Du wärest wieder mein Sohn. Doch nun, da alle meine Hoffnungen zerschlagen wurden, möge der Schlaftrunk seine Wirkung tun."*

„Deswegen wollte die nicht, dass Gloria sie ‚Großmutter' nennt!", platzt Jonas heraus.

„Wovon sprichst du?", fragt dein Onkel verwundert.

„Och, nix!", murmelt Jonas verlegen und wird knallrot.

„Schon gut, ich will's eh nicht wissen!", beruhigt Onkel Robert ihn sogleich, faltet den Zettel zusammen und geht wieder nach oben zu den Polizisten.

„Sie war gar nicht wirklich Glorias Großmutter", vollendest du Jonas' Erklärung, als dein Onkel außer Hörweite ist. „Und sie hat Gloria gehasst!"

„Oh, ja, das hat sie!", bestätigt Jessika. „Aber jetzt ist Gloria endlich frei!"

„Ist sie jetzt hier?", fragst du leise.

„Ja! Genau neben mir!", sagt sie grinsend.

„Was heißt: Sie ist frei? Wird sie jetzt weggehen?", will Jonas wissen.

Jessika lauscht einen Augenblick, dann antwortet sie: „In diesen Ferien sicher noch nicht! Jetzt kann sie doch endlich richtig Spaß haben!"

Ende

Morgen ist auch noch ein Tag, denkst du dir, mal abgesehen davon, dass du keine Lust mehr hast, ständig Schiedsrichter zwischen Jonas und seiner Schwester zu spielen. Das nervt einfach! Ganz besonders, wenn Jessika sich benimmt, als wäre sie ein Hollywood-Star oder sowas!
Also antwortest du Jonas: „Ich komme!"
Bevor die verdutzte Jessika irgendetwas sagen kann, seid ihr beide schon auf dem Flur, wobei du die Tür wieder sorgfältig hinter euch schließt.
„Damit hat sie nicht gerechnet", meint Jonas voller Genugtuung, „aber irgendwann ist das Maß mal voll! Die wird ja immer nervkeksiger!"
Obwohl ihr nun wieder im Dunkeln dasteht, bemerkst du ein Glitzern in seinen Augen, dass dir überhaupt nicht gefällt. Irgendwie böse, findest du. Du fröstelst. Es ist merkwürdig, du kannst es dir nicht erklären, aber etwas scheint hier vorzugehen. Täuschst du dich oder ist da wirklich ein ganz leises Flüstern? Du verstehst keine Worte, doch es klingt einschmeichelnd und gleichzeitig aggressiv – wie ein Aufhetzen.
„Eigentlich hätte ich ihr den Hintern versohlen sollen", sagt Jonas in diesem Moment.
Das ist eindeutig nicht so ganz der Jonas, den du kennst, denn seine Stimme ist hasserfüllt und verbittert. Jemand stachelt ihn auf und du weißt auch genau, wer: die Frau im schwarzen Kleid. Wahrscheinlich ist oben auf dem Dachboden das gleiche passiert, als Jonas und Jessika sich gestritten haben, nur dass du dieses Flüstern nicht gehört hast. Die beiden waren ja auch laut genug!
„Jonas, lass uns in mein Zimmer gehen, ja?", fragst du vorsichtig, weil du dringend etwas gegen dieses immer mehr anschwellende Flüstern tun musst.

„Was? Wie?" Jonas schaut dich verwirrt an.
„Wir gehen jetzt in mein Zimmer!", wiederholst du eindringlich.
„Wir ..." Er zögert. Du hörst ein giftiges Zischen, als wenn eine Schlange angreifen will. Es ist diese Flüsterstimme.
„Du wagst es, mir Befehle zu erteilen?", donnert er los.
„Ich ... nein", stammelst du verdattert und fügst gleich hinzu: „Du verstehst nicht!" Aber auch diese nett gemeinte Erklärung kommt irgendwie falsch bei ihm an.
„Willst du damit sagen, ich bin blöd, oder was?"
Du zuckst zusammen, zum einen, weil er in einer Lautstärke brüllt, die schätzungsweise gerade jeden in diesem Haus aufgeweckt hat, zum anderen, weil sein Gesicht sich zu einem hämischen Grinsen verzerrt, das du allzu gut kennst.
Da gibt's nur eins: Du knallst ihm links und rechts ´ne Ohrfeige, um ihn zur Vernunft zu bringen und ihren Einfluss zu vertreiben!
Jonas schreit auf. Deine Hand brennt, so sehr hast du zugeschlagen. Und wieder schlägst du zu, und nochmal! Sie soll endlich verschwinden! Jonas hält deine Handgelenke fest, aber du schaffst es, dich loszureißen, und hämmerst jetzt mit deinen Fäusten auf ihn ein. Sie soll Jonas in Ruhe lassen!
Der nächste, der dich packt, ist nicht Jonas, sondern dein Onkel. Eisern umklammert er mit seinen großen Händen deine Arme, während sich deine Tante schützend vor Jonas stellt. Das Deckenlicht blendet grell in deinen Augen. Trotzdem bemerkst du, dass sie alle dich anstarren: Tante Vera und Onkel Robert, Jessika, Kiki, Bennet und Jonas, der stark an der Augenbraue blutet. Warst du das etwa?

Ja, leider! Es dauert etwas, bis dir das richtig bewusstwird. Nicht nur Jonas war irgendwie seltsam beeinflusst, auch du hast deinen Teil abgekriegt.

Natürlich kannst du dir sämtliche Erklärungsversuche schenken, denn das, was alle gesehen haben, ist, dass du ausgeflippt bist und wie wild auf Jonas eingeprügelt hast. Und auch Jonas kann kaum etwas anderes sagen, zumal er sich an die merkwürdige Veränderung ihn selbst betreffend nicht erinnert. Tja, vielleicht hättest du doch noch in Jessikas Zimmer zwischen den Geschwistern vermitteln sollen, aber hinterher ist man ja immer schlauer.

Nun bleibt die leider nichts anderes übrig, als deine Koffer zu packen und abzureisen, da dich jetzt garantiert alle für nicht ganz richtig im Kopf und gemeingefährlich halten. Dabei hättest du so gern Gloria kennengelernt!

Ende

„Wir sehen uns oben auf der Galerie!", sagst du zu Kiki und fügst erklärend hinzu: „Ich denke, da sparen wir uns einen Weg, denn dort müssen wir ja sowieso hin."
Kiki seufzt tief und zieht ihre Stirn in krause Falten.
„Gut, wenn du meinst!", antwortet sie und wirkt dabei eher besorgt als begeistert.
Aber du hast leider keine Gelegenheit mehr, sie nach ihrer Meinung zu fragen, weil deine Tante hereinkommt.
„Ich geh' dann mal zu Schneeflocke!" Mit diesen Worten rennt Kiki nach draußen.
„Und du?", fragt dich Tante Vera.
„Ich wollte eigentlich zum Baumhaus", sagst du schnell.
Deine Tante schmunzelt. „Dort sind schon Jonas und Robert. Sie wollten noch was basteln." Lachend schüttelt sie den Kopf. „Diese Baumhaus-Verrücktheit hätte ich nicht erwartet."
Du grinst zurück und suchst eilig das Weite, bevor deiner Tante noch irgendwelche unangenehmen Fragen einfallen. Nur zu gut erinnerst du dich in diesem Moment nämlich an ihre misstrauischen Blicke eben beim Abendessen!
Tatsächlich verbringst du den Rest des Abends beim Baumhaus und bastelst zusammen mit deinem Onkel und Jonas an vielen Kleinigkeiten herum. Da müssen die Zierleisten am Fenster verstärkt, ein kleiner Schrank gebaut und eine Verriegelung an der Falltür – gegen ungebetenen Besuch – installiert werden. Schließlich ist es schon fast stockfinster, als ihr endlich müde, aber sehr zufrieden das Werkzeug zusammenpackt.
Dementsprechend erschöpft schleppst du dich dann auch die Treppe hoch zu deinem Zimmer, um zu Bett

zu gehen – zumindest ist das die Version für deine Tante und deinen Onkel.

Dein Wecker zeigt halb zehn an. Das bedeutet, dass es noch ungefähr zwei Stunden bis zu eurem Treffen sind. Kurz vor Mitternacht hattet ihr ausgemacht. Wenn du um halb zwölf aus deinem Zimmer schleichst, sollte das also reichen. Du gähnst so sehr, dass deine Ohren dröhnen und deine Augen tränen. Wie kann man nur so müde sein? Irgendwie aber auch logisch, überlegst du.

Letzte Nacht hast du ja nicht viel geschlafen. Und dann war schließlich den ganzen Tag irgendwie Trubel, jedenfalls nachmittags und abends. Wie auch immer – es bleibt dir kaum etwas anderes übrig, als dich noch auszuruhen, sonst schläfst du nachher glatt im Stehen ein.

Du stellst deinen Wecker auf kurz vor halb zwölf ein und sicherheitshalber nur auf ein leises Schnarren als Weckton, damit du nicht das ganze Haus wachklingelst. Dann schaltest du die kleine Nachttischlampe ein und das grelle Deckenlicht aus, murmelst dich ins Bett und machst die Augen zu. Deine Träume sind allerdings nicht besonders erholsam.

Da sind Bennet, Jonas und Kiki. Bücher flattern auf euch zu und klappern angriffslustig schnarrend mit den Buchdeckeln. Dann stehst du auf einmal in der Küche vor der offenen Geschirrspülmaschine. Du stellst Teller hinein, und egal wie oft du versuchst, sie ordentlich einzusortieren, jedes Mal stehen sie schief und krumm. Aus Protest fangen sie plötzlich an zu wackeln und leise aneinanderzuklirren. Deine Tante sieht das und fängt schnarrend an zu lachen, was allerdings sehr ähnlich wie das Klirren klingt.

Ein schwarzer Schatten löst sich von der Wand und entpuppt sich als die Geisterfrau mit ihrem hämischen Grinsen. Auch sie lacht schnarrend und gehässig. Aber ihr Bild verschwimmt vor deinen Augen und stattdessen steht Bennet da.
Eindringlich schaut er dich an und du hörst, wie er sagt: „Wach auf! Wir brauchen dich!" Und im Hintergrund ist immer noch dieses schnarrende Lachen. Das ist kein Lachen! Das ist dein Wecker!
Du schlägst die Augen auf. Vor dir steht Bennet mit seinem eindringlichen Blick wie in deinem Traum. Allerdings sagt er nichts. Dafür schnarrt der Wecker auf Hochtouren!
Wie versteinert starrst du auf die Anzeige. Es ist bereits zehn Minuten nach Mitternacht! Du springst aus dem Bett. Verwirrt stellst du dabei fest, dass Bennet schon wieder weg ist. Wo ist er so schnell hin? Die Zimmertür ist zu. Wie konnte er dann derart schnell verschwinden? Du hast keine Zeit, darüber nachzudenken.

Mit drei Schritten bist du an der Tür und reißt sie auf. Es ist dunkel, die Galerie weit vorn ist jedoch durch fahles Mondlicht erhellt.
Und dort steht sie: die Frau im schwarzen Kleid! Ihr Blick ist zur Treppe und in die Eingangshalle gerichtet, wobei sie ihre Arme beschwörend dorthin streckt. Was tut sie da? Das kann nichts Gutes bedeuten! Die anderen müssen in Gefahr sein! Du wetzt los.
Scharf bremst du ab, als der Flur endet. Es sind nur noch wenige Meter, die dich von der Frau trennen. Nun ist aber auch der Blick auf das frei, was dort geschieht.
Unten am Fuß der Treppe liegt Bennet. Er hält sich den rechten Arm und versucht gleichzeitig auf die

Beine zu kommen, doch sein Knöchel scheint verletzt zu sein, so dass er nicht richtig auftreten kann.
Oben am Kronleuchter mitten in der Eingangshalle hängen Jonas und Kiki, die sich verzweifelt an irgendwelchen Verzierungen festklammern, denn ein heftiger Sturm schüttelt die beiden samt Leuchter durch. Dieser Sturm scheint von der Frau auszugehen, zumindest kommt er genau aus ihrer Richtung und mit jeder Bewegung ihrer Hände wird er stärker.
Jonas und Kiki schreien aus Leibeskräften – so sieht es jedenfalls aus. Hören kannst du nämlich nichts, außer einem leichten Brausen.
Die Geisterfrau wirkt in diesem Moment unglaublich mächtig, geradezu unbesiegbar. Aber irgendetwas musst du tun! Der einzige Vorteil, den du hast, ist die Tatsache, dass sie dich offensichtlich noch nicht bemerkt hat.
Nur Bennet hat dich entdeckt. Das erkennst du eindeutig an seinen flehentlichen Blicken zu dir hoch.
Dir muss schnell etwas einfallen, denn Jonas und Kiki können sich da oben bestimmt nicht mehr lange halten.
Als ob du es geahnt hättest, rutscht Kiki plötzlich mit der einen Hand ab und baumelt hilflos zappelnd an gerade mal drei Fingern in schwindelnder Höhe. Jetzt wird's brenzlig! Eine Idee muss her, aber schnell! Wie meinte Bennet? Man sollte die Frau mit der Wahrheit konfrontieren? Ärgerlich, dass Bennet den Brief eingesteckt hat! Den könntest du jetzt gut gebrauchen.
Vielleicht kriegst du ihn trotzdem einigermaßen zusammen ...
Laut und deutlich, als würdest du ein Gedicht aufsagen, sprichst du Wort für Wort des Briefes:

„Amanda Hofendahl, meine Schwiegermutter. Ernst und ich werden fort sein, wenn du diese Zeilen liest, ..."
Mit einem Ruck wendet sich die Frau zu dir um, wobei der Sturm schlagartig aufhört. Sie sieht allerdings nicht besonders erfreut aus. Nun hast du jedoch keine andere Wahl mehr als weiterzumachen. In der Hoffnung, dass dir der Text einfallen möge, fährst du fort: *„... denn jetzt nach dem Tode meiner über alles geliebten Tochter ..."* – Wie ging es nur weiter? Blöd, dass du ausgerechnet jetzt ins Stocken gerätst!
Da hörst du hinter dir eine Stimme, die dir zuflüstert: „Ich bin's, Bennet, dreh' dich nicht um, sprich mir einfach nach!"
Du bist freudig überrascht und geschockt zugleich, tust aber, was er sagt, und wiederholst die Worte, die er dir nun vorgibt.
Währenddessen lässt du die Frau vor dir nicht aus den Augen. Sie starrt dich hasserfüllt an, geht zwar einen Schritt auf dich zu, bleibt dann aber doch stehen, als du zu der Zeile *„Meine kleine Gloria ist nicht zufällig des Nachts die Treppe heruntergestürzt"* kommst. Bei diesen nun folgenden klaren Anschuldigungen zuckt sie zusammen. Ihr Gesicht verzerrt sich wie unter starken Schmerzen.
Schließlich beim *„So sei es."* jault sie auf und flüchtet durch die Wand gegenüber der Treppe, wobei es knallt, als würde eine Tür mit voller Wucht zugeschlagen werden. Und tatsächlich scheint dort eine Tür verborgen zu sein, denn die Wandvertäfelung ist eine Handbreit tief eingedrückt.
Doch dafür hast du jetzt keine Zeit. Oben vom Kronleuchter schreit Kiki verzweifelt um Hilfe, unten an der Treppe stöhnt Bennet und vom anderen Flur

kommen eilige Schritte auf dich zu. Es ist dein Onkel, der von dem Lärm aufgewacht sein muss. Er erfasst die Situation sehr schnell und weiß, was zu tun ist – auch wenn er sich sicherlich keinen Reim darauf machen kann, wie das passiert ist.

Wenig später klettern Jonas und Kiki mit wackligen Beinen an einer Leiter herab, deine Tante kümmert sich um Bennet und ein Krankenwagen für ihn ist unterwegs.
Nachdem dein Onkel dann einen Blick in die versteckte Kammer hinter der Wandvertäfelung geworfen hat, ruft er auch noch die Polizei, denn – wie er versucht, euch schonend beizubringen – befinden sich da drinnen die sterblichen Überreste einer Frau, die grob geschätzt schon mindestens hundert Jahre alt sein dürften.

Mit dieser Schätzung liegt er sogar recht gut. Wie sich nämlich herausstellt, hat Amanda Hofendahl vor ungefähr 150 Jahren ihrem Leben ein Ende gesetzt – einsam, verlassen und sich keiner Schuld bewusst, trotz ihrer grausigen Tat. Das jedenfalls ist einem kurzen Abschiedsbrief zu entnehmen, der dort ebenfalls gefunden wird.
„Das wundert mich überhaupt nicht!", sagt Bennet, als ihr alle wieder zusammensitzt. Sein Arm ist in Gips, aber sonst ist er wohlauf.
„Mich auch nicht!", stimmt Jonas zu. „Jemand, der so vergrätzt ist und nur an sich selber denkt, kann nur einsam sein."
Bei allem munteren und erleichtertem Geschwatze – immerhin habt ihr den Fall aufgeklärt – brennt dir allerdings eine Frage auf der Zunge: „Eins würde mich

ja noch interessieren, Bennet, wie hast du es geschafft, an zwei Orten gleichzeitig zu sein?"

„Hä?" Kiki guckt mit großen Augen.

Bennet schaut sehr verlegen drein, aber das ist dir jetzt egal, denn du willst dieses Geheimnis endlich lüften. So erklärst du: „Bennet hat mir oben auf der Galerie Wort für Wort des Brieftextes gesagt, obwohl er mit gebrochenem Arm und verstauchtem Knöchel unten an der Treppe lag."

„Das´n Ding!", meint Jonas verblüfft.

„Und vorher hat er mich sogar noch geweckt", fügst du hinzu und gestehst: „Ich hatte nämlich verschlafen!"

„Ja, das stimmt!", gibt Bennet zu. „Wie das jedoch funktioniert, kann ich euch auch nicht genau erklären. Das geht nur manchmal, besonders in Extremsituationen. Dann kann ich eventuell meinen Körper in einer Ruheposition zurücklassen und geistig auf Reisen gehen." Er guckt unsicher von dir zu Kiki und von Kiki zu Jonas. „Nicht, dass ihr euch jetzt vor mir fürchtet", meint er.

„Ach nö!", antwortet Jonas. „Das ist doch cool! Wenn uns jetzt irgendwie langweilig werden sollte, weil die Frau nicht mehr herumgeistert, kannst du ja spuken!"

„Das könnten noch sehr interessante Ferien werden", sagst du grinsend.

Ende

Du entscheidest dich für die hoffentlich sichere Lösung und sagst zu Kiki: „Ich glaube, dass es besser ist, in diesem Fall kein Risiko einzugehen, also sollten wir erstmal mein Zimmer als Treffpunkt nehmen."
„Oh ja!", meint sie erleichtert seufzend. „Das ist eine gute Entscheidung!"
Dann strahlt sie dich an, zwinkert vergnügt und saust aus der Küche.
„Na, Kiki hat's ja eilig", findet deine Tante, die in diesem Moment hereinkommt. „Wahrscheinlich will sie jede Minute bei den Ponys ausnutzen. Und was willst du jetzt machen?"
Ihr Blick ist eindringlich und beinahe sogar neugierig. Was will sie von dir hören? Das gefällt dir gar nicht, zumal du nicht weißt, was sie womöglich vorhin in der Bibliothek noch aufgeschnappt hat.
So sagst du schnell: „Ich bastle noch 'ne Runde mit Jonas zusammen am Baumhaus."
Lächelnd antwortet sie darauf: „Ja, mach' das mal! Robert ist auch schon bei Jonas und will da rumwerkeln. Ihr Baumhaus-Verrückten!"
Diese Bezeichnung passt wirklich auf Jonas und auch auf deinen Onkel und vielleicht auch ein kleines bisschen auf dich.
Voller Eifer machst du dich kurz darauf mit Jonas an die Arbeit und sägst Bretter für einen kleinen Schrank zurecht, den ihr oben im Baumhaus einbauen wollt.
„Darin können wir Keksdosen und so 'nen Futterkram unterbringen", erklärt Jonas.
Kiki, die sich gerade zu euch gesellt, fragt ihn schmunzelnd: „Denkst du eigentlich auch mal an was anderes als ans Essen?"
Jonas grinst, dann setzt er eine Oberlehrer-Miene auf, hüstelt und sagt feierlich: „Das ist ein außerordentlich wichtiges Thema, meine Liebe ..."

„Oh nein! Nicht die Nummer! Ich verschwinde ja schon!", meint Kiki entsetzt. Als sie deinen fragenden Blick sieht, erklärt sie kurz: „Mit der Lehrer-Nummer kann er einen echt zur Verzweiflung bringen. Neulich hatte ich Bauchschmerzen vor Lachen." Im Flüsterton, damit dein Onkel es nicht hört, fügt sie hinzu: „Außerdem wollte ich zu Jessika. Die ist gerade bei Bella. Vielleicht krieg' ich ja was darüber raus, was sie von Gloria weiß. Einverstanden?"
„Klar!", sagst du und Kiki sucht eiligst das Weite.
„Schade!", findet Jonas, während er der flüchtenden Kiki hinterherschaut. „Dabei macht das so einen Spaß, ihr 'nen Kicheranfall zu verpassen!"
„Na, du bist mir vielleicht ein Clown, Jonas!", meint dein Onkel dazu und schüttelt lachend den Kopf.
Ja, Jonas ist wirklich ein absoluter Witzbold. Irgendwie kannst du langsam verstehen, warum Kiki ihn unbedingt dabeihaben wollte. Deine Gedanken schweifen ab zu Kiki und Jessika. Wäre ja toll, wenn Kiki tatsächlich etwas herausfinden würde!
Leider musst du auf ihren Bericht jedoch noch warten, denn sie taucht nicht mehr bei euch am Baumhaus auf. Auch später, als ihr noch alle zusammen im Gemeinschaftsraum sitzt und mit Klönen oder Spielen beschäftigt seid, winkt sie auf deinen fragenden Blick kurzerhand mit „Nicht jetzt!" ab. Dadurch wird deine Neugier aber erst recht angestachelt. Was um alles in der Welt hat sie rausgekriegt? Solltest du womöglich mit deiner Vermutung, Jessika könnte das Geistermädchen ebenfalls gesehen oder sogar näheren Kontakt haben, richtiggelegen haben? Du bist so aufgeregt, dass du Mühe hast, deine Unruhe zu verbergen. Das ist natürlich gar nicht gut, zumal deine Tante, die mit Kiki Mau-Mau spielt, öfter über ihren Kartenrand zu

dir hinüberschielt. Sie beobachtet dich und wohl auch die anderen immer noch. Um dem zu entgehen, gibst du schließlich vor, furchtbar müde zu sein, und verschwindest nach oben in dein Zimmer.
Dort angekommen schnaufst du erstmal erleichtert durch. Dann setzt du dich auf dein Bett und schaust dich um. Vielleicht solltest du noch die herumliegenden Schuhe wegräumen und ein paar Kissen zum Sitzen hinlegen ... Du gähnst. Der Tag war ganz schön anstrengend, allein die Arbeiten vorhin am Baumhaus ... Es ist kalt. Du wickelst dich in deine Decke ein. Wie lange die da unten wohl noch spielen ...

Es klopft. Du schreckst hoch. Da bist du doch tatsächlich im Sitzen eingenickt. Die Klinke wird heruntergedrückt und die Tür öffnet sich langsam. Jonas steckt seinen Kopf herein, guckt dich an, grinst und schlüpft ins Zimmer.
„Bist eingeschlummert, was?", meint er und schließt die Tür wieder leise hinter sich.
„Glaub' schon!", antwortest du verwirrt. „Wie spät ist es?"
„Kurz nach halb zwölf. Die anderen kommen bestimmt auch gleich."
Und Jonas tippt richtig. Nur wenige Minuten später – du schaffst es mittlerweile, etwas wacher auszusehen – sind Kiki und Bennet fast gleichzeitig da.
„Hereinspaziert, meine Herrschaften!", lädt Jonas sie ein – glücklicherweise im Flüsterton. Kaum ist die Tür wieder zu, fragt er ohne Umschweife: „Was hat unsere Spürnase denn nun herausbekommen?"
Kiki lächelt geheimnisvoll. „Tja, die Spürnase war sehr erfolgreich!", meint sie frech.

Dann schnappt sie sich ein kleines Kissen vom Bett und macht es sich auf dem Teppichboden bequem, wobei sie das Kissen ziemlich umständlich zurechtklopft. Jonas und Bennet machen's nicht derart kompliziert. Sie setzen sich einfach im Schneidersitz hin. Du rutschst auch von deiner Bettkante herunter und ihr habt eine einigermaßen gemütliche Runde.

Nun ist Kiki bereit zu erzählen: „Also, das war so: Ich bin zu Jessika hingegangen und hab' nochmal danke gesagt, weil sie mich doch getröstet hat, als ich so geschockt war. Und dann hab' ich ganz frech gesagt, dass ich die Gloria, die uns beschützt hat, leider nicht gesehen hab'. Da hat sie gleich losgeplappert und gemeint, sie wäre aber da gewesen! Ich hab' ihr versichert, dass ich ihr glaube, und hab' sie gefragt, ob sie Gloria gut kennt. Das wollte sie zuerst gar nicht zugeben, aber da hab' ich ihr erzählt, wie die kleine Gloria letzte Nacht mit meinen Pferdefiguren gespielt hat. Ich weiß, das war 'n Risiko, aber das hat sich gelohnt, denn da hat sie gestrahlt und hat ganz leise geflüstert, sie wäre ihre Freundin."

Jonas pfeift durch die Zähne. „Das 'n Hammer! Da freundet die sich mit 'm Gespenst an."

„Ja, drollig, nicht?", findet Kiki.

Jonas jappst nach Luft. „Drollig? Du hast 'ne merkwürdige Auffassung von ‚drollig'!"

„Na ja, gut, ein bisschen ungewöhnlich ist es schon", lenkt Kiki ein, dann fragt sie dich auf einmal: „Du, sag' mal, kann ich deine Decke haben? Ich frier' irgendwie."

Sie reibt sich fröstelnd die Arme, obwohl sie einen langärmligen Pulli trägt.

„Mir geht es genauso", sagt Bennet. „Es scheint einen urplötzlichen, dramatischen Temperatursturz gegeben zu haben! Das gefällt mir überhaupt nicht!"
„Mir auch nicht, weil's kalt ist!", bestätigt Jonas schlicht.
Und auch du kannst nur zustimmend nicken. Es ist tatsächlich auf einmal bitterkalt geworden.
Kiki guckt Bennet mit großen Augen an. „Du meinst, es könnte vielleicht, unter Umständen ...?" Sie spricht es nicht aus, schaut sich aber nervös um.
Ihre Nervosität ist berechtigt, wie ihr einen Moment später feststellen müsst, denn plötzlich sitzt ihr im Dunkeln da.
„Was ... was machen wir jetzt?", fragt Jonas unsicher. Du hörst leichte Panik heraus und kannst das sehr gut verstehen. Dir ist nämlich ebenfalls nicht wohl in deiner Haut, die zurzeit eher eine Gänsehaut ist.
Bennet versucht, ruhig und sachlich zu bleiben. „Wir sollten zuerst den Lichtschalter ausprobieren und dann ..." Weiter kommt er nicht.
Kiki quiekst auf. „Da ist jemand! Meine Schulter! Jemand hat mir die Hand auf die Schulter gelegt! Eine hässliche, hagere Hand! Ich konnte die Finger sehen!" Ihre Stimme schnappt fast über.
Deine Augen haben sich zwar noch nicht richtig an die Dunkelheit gewöhnt, doch du siehst, wie die zitternde Kiki schutzsuchend näher zu euch krabbelt. Dabei fällt dir ein großer, pechschwarzer Schatten auf, der hinter ihr steht. Du erkennst die schemenhafte Gestalt nur zu gut als die der Frau im schwarzen Kleid. Da blendet dich ein grelles Licht.
„Ich weiß schon, warum ich den Scheinwerfer mitgenommen habe!", meint Bennet grimmig.

Er hält mit dem Lichtstrahl seiner ziemlich großen Taschenlampe dorthin, wo du die Frau gesehen hast, doch sie ist verschwunden.
„War sie das? Wo ist sie hin?", sprudelt Jonas los und rutscht gleichzeitig dichter zu Kiki heran.
„Ja, das war sie allerdings!", bestätigt Bennet. „Aber ich glaube kaum, dass es schon vorbei ist. Die Eiseskälte ist schließlich noch da. Vorsicht!"
Er brüllt es dir zu und du duckst dich instinktiv, so dass das Licht über dich hinwegfegt und Was-auch-immer treffen kann. So genau willst du es gar nicht wissen, doch, was das angeht, ist Bennet schonungslos.
„Das war sie. Sie wollte nach dir greifen!", erklärt er kurz.
In diesem Augenblick bemerkst du die Bewegung eines Schattens hinter ihm.
„Pass auf! Hinter dir!", warnst du ihn.
Geschickt rollt er sich herum und leuchtet in die Richtung, aber wieder ist sie bereits fort. Nun scheint sie jedoch richtig wütend zu werden, denn ein schaurig kalter Wind saust um euch herum.
„Was sollen wir tun?", jammert Kiki verzweifelt.
„Vielleicht sollten wir der Schreckschraube sagen, dass sie sich gefälligst verdünnisieren soll?", meint Jonas.
Auch wenn es mehr nach einem Aufmunterungsversuch für Kiki klingt, könnte das klappen, überlegst du, während ihr vier dicht zusammengekauert dahockt und Bennet seinen Scheinwerfer über euch kreisen lässt, um wenigstens schlimmere Attacken abzuwehren.
„Einen Versuch ist's wert!", rufst du Jonas zu, dann sagst du mit lauter, fester Stimme: „Amanda Hofendahl! Hast du gehört, was du bist? Du bist ´ne

Schreckschraube!" – Du wunderst dich über deinen eigenen Mut. Oder ist es nicht vielmehr absoluter Wahnsinn, was du gerade tust? – „Lass uns gefälligst in Ruhe!" – Tatsächlich scheint der Wind nachzulassen. Die Frage ist nur, ob das ein gutes oder ein schlechtes Zeichen ist. – „Wir wissen, was du getan hast! Wir haben den Brief gefunden!" – Der Wirbelsturm um euch herum lässt schlagartig nach. – „Verschwinde endlich! Du hast genug Schaden angerichtet!"

Bennet legt seine Hand auf deinen Arm. „Ich glaube, sie ist weg, zumindest erstmal", stellt er fest. „Das war zwar risikoreich, aber wirkungsvoll!"

„Das war klasse!", haucht Kiki beeindruckt.

„Find' ich auch", stimmt Jonas zu. „Leuchte mal zum Lichtschalter, Bennet, ich will mal sehen, ob er vielleicht, mit ein bisschen Glück funktionuckelt."

Gesagt, getan! Mit einem Klick lässt Jonas das Deckenlicht wieder aufflammen.

„Puh! So ist's besser!", meint er erleichtert, zuckt aber gleich darauf zusammen, weil es leise an der Tür klopft. Vorsichtig rückwärtsgehend zieht er sich von dort zurück.

„Wer kann das sein?", flüstert Kiki.

Langsam, wie in Zeitlupe wird die Klinke heruntergedrückt und noch langsamer wird die Tür geöffnet – Zentimeter um Zentimeter. Schließlich steht sie ungefähr einen halben Meter offen. Und nichts weiter passiert – zumindest zunächst!

„Es ist dein Zimmer. Sag was!", fordert Kiki dich leise auf.

Du räusperst dich, dann sagst du möglichst freundlich: „Komm doch herein!"

Nun erst schiebt sich eine kleine, ängstlich dreinschauende Person ins Zimmer: Jessika.

„Hallo!", begrüßt sie euch, schüchtern den Gürtel ihres Bademantels knetend.
Jonas fühlt sich als erster berufen, der Sache auf den Grund zu gehen.
„Hi, Jessi! Wieso schläfst du denn nicht schon längst?"
„Gloria schickt mich", antwortet seine Schwester, „sie meinte, ihr seid in Schwierigkeiten."
„War'n wir auch!", gibt Jonas verblüfft zu.
„Ist Gloria jetzt auch da?", fragt Kiki.
„Ich bin hier!", meldet sich eine zarte Stimme neben Jonas' Schwester und vor euren Augen erscheint ein kleines Mädchen, erst sehr undeutlich bis es schließlich ebenso klar zu erkennen ist wie Jessika – nur ein ganz kleines bisschen durchsichtig.
Sie ist vielleicht ein oder zwei Zentimeter kleiner als Jessika. Ihr Haar ist blond und glatt und fällt locker auf die schmalen Schultern. Ihre ganze Gestalt ist schmächtig und sie wirkt noch schüchterner als Jessika, wie sie da verlegen mit der einen Hand an ihrem Blümchen-Nachthemd zupft und die andere hilfesuchend nach ihrer Freundin ausstreckt. Die nimmt bereitwillig ihre Hand und schenkt ihr ein Lächeln, das man beinahe als mütterlich bezeichnen könnte.
Mit neugierigen, aber auch unendlich traurigen Augen schaut Gloria euch der Reihe nach an.
„Meine Großmutter ist immer so böse", sagt sie bedrückt. „Immer macht sie Leuten Angst. Ich weiß nicht, warum sie das tut."
Anscheinend weiß Gloria nicht, dass die Frau gar nicht ihre Großmutter ist. Das fällt dir als erstes auf! Was weiß die Kleine überhaupt von ihr? Ein schlimmer Verdacht kommt in dir auf. Sollte Gloria womöglich gar nicht wissen, dass diese Frau, die sie

für ihre Großmutter hält, für ihren Tod verantwortlich ist? Es ist Zeit für die Wahrheit, findest du, auch wenn es schwierig wird, das zu erklären.

„Nun, vielleicht hat sie Angst, jemand könnte hinter ihr böses Geheimnis kommen", beginnst du vorsichtig.

„Ja? Was denn?", fragt Gloria naiv.

„Du musst es ihr sagen!", meint Kiki zu dir gewandt.

„Warum ich?", wendest du ein.

„Weil du das bestimmt am besten kannst", kommt die prompte Antwort von Kiki.

Du schaust zu Jonas und Bennet. Beide nicken dir aufmunternd zu.

All deinen Mut zusammennehmend atmest du tief ein und hoffst, behutsam genug vorzugehen, als du sagst: „Soweit wir herausgefunden haben, ist diese Frau gar nicht wirklich deine Großmutter. Das ist aber nicht so wichtig. Wir haben entdeckt, dass sie wohl auch früher schon sehr böse war. Sie hat einen Menschen getötet." Du zögerst und wartest auf eine Reaktion von Gloria, doch sie schaut dich nur aufmerksam an. Also sprichst du weiter: „Du bist dieser Mensch, Gloria! Sie hat dich die Treppe heruntergestoßen!"

„Ja?" Gloria reißt ihre Augen weit auf.

„Ja, ganz bestimmt!", bestätigt auf einmal Jessika.

„Ich hab's dir doch gesagt, dass ich die eine Nacht gesehen hab', wie sie dich die Treppe runtergeschubst hat, aber du wolltest es ja nicht glauben."

Da meldet sich Bennet zu Wort: „Eine Wiederholung der Ereignisse, schätze ich. Möglicherweise passiert dies sogar Nacht für Nacht!"

Gloria senkt ihren Blick.

„Glaubst du mir jetzt?", fragt Jessika nach.

Die Antwort ist ein seufzendes Nicken.
„Wir sollten der Schreckschraube mal an den Kopf werfen, was sie getan hat!", meint Jonas wütend und voller Tatendrang. „Die hat ´n unschuldiges Kind umgebracht! Wird Zeit, dass wir sie uns schnappen – falls sie überhaupt noch da ist."
„Sie hat sich sicherlich in ihre Kammer verkrochen", erklärt Gloria. „Das tut sie immer, wenn sie allein sein will."
Jonas kriegt fast einen Hustenanfall. „Ihre Kammer? Die hat hier ´n eigenes Zimmer?"
„Ist es ein ganz normales Zimmer?", hakt Bennet gleich nach.
„Ich darf es nicht betreten, sonst wird sie zornig", antwortet Gloria. „Deswegen weiß ich nicht, wie es darin aussieht, aber ich weiß, wo es ist."
„Ja? Wo?" Jonas kann es kaum abwarten.
„Es ist gut versteckt, da wo die Treppe nach unten führt."
Diese Antwort überrascht euch alle. Oben auf der Galerie? Seid ihr dauernd daran vorbeigelaufen?
„Wo das denn?", will Jonas genau wissen.
„Hinter dem Holz!", erklärt Gloria. „Man muss sich hinunterbücken, um es aufzumachen."
„Das hört sich nach einem verborgenen Mechanismus in der Holzvertäfelung an", stellt Bennet sachlich fest.
Nun ist Jonas nicht mehr zu halten. Ungeduldig meint er: „Okay! Dann lasst uns mal der Dame die Hölle heiß machen, dann kann sie darin schmoren!"
„Moment!", hältst du ihn auf. „Wir sollten uns alle einig sein und alle zusammengehen. Will jemand nicht mit?"
Nein, alle wollen! Damit ist alles klar. Gemeinsam tretet ihr auf den Flur hinaus. Jonas und Bennet

gehen voran, ihnen folgen Jessika und Gloria. Das Schlusslicht bildest du mit Kiki. Auf der Galerie, oben an der Treppe stoppt euer Zug.

Das Mondlicht, das durch eines der Fenster fällt, lässt die Eingangshalle, sowie die Galerie in einem fahlen, gespenstischem Blau erscheinen. So ist es zwar möglich, alles einigermaßen genau zu erkennen, trotzdem nimmt Bennet seinen Scheinwerfer zur Hilfe, als er die Vertäfelung untersucht.

„Irgendwo hier unten muss es sein", murmelt er nachdenklich, während er den Bereich über der Fußleiste abtastet.

„Nein, noch weiter unten!", entgegnet Gloria. „Sie hat sich ganz, ganz tief nach unten gebeugt."

„Also die Fußleiste selbst!", folgert Bennet überrascht und sucht jetzt dort.

„Klack!"

Laut und überdeutlich hört ihr, wie er den Öffnungsmechanismus findet. Bennet schaut euch ernst an, dann legt er warnend den Finger an seine Lippen und stößt die nun angelehnte, perfekt getarnte Tür auf.

Modriger Geruch schlägt euch entgegen. Riesige Staubweben verhängen euch die Sicht, so dass ihr im hinteren Bereich der Kammer nur die Umrisse von ein paar Möbeln ausmachen könnt, obwohl Bennet alles ausleuchtet.

Doch auf einmal lässt er den Lichtstrahl seiner Lampe starr auf einen Punkt ausgerichtet. An der rechten Seite ganz vorn steht ein Bett. Und auf diesem Bett liegt ein sehr gut erhaltenes Skelett, dessen Knochen zum Teil durch ein altmodisches, schwarzes Kleid bedeckt sind.

Bevor ihr allerdings den ersten Schreck überwunden habt, kommt ein viel größerer hinzu. Das Skelett bewegt sich! Zuerst sind es nur die Fingerknochen, die leicht zu zucken scheinen, aber schon einen Moment später erhebt sich die ganze Gestalt von ihrem Schlaflager. Dann marschiert sie geradewegs in eure Richtung. Geschockt weicht ihr zurück, Jonas und Bennet zum anderen Flur hinüber, ihr übrigen vier zu der Seite, von der ihr eben noch gekommen seid. So steht sie mitten auf der Galerie zwischen euch. Plötzlich wendet sie sich abrupt Jonas und Bennet zu, verharrt in dieser Haltung eine Weile und dreht sich schließlich ebenso ruckartig zu euch um.

Mit leeren, dunklen Augenhöhlen mustert sie euch – zumindest hast du den Eindruck, sie würde das tun. Eigentlich dürfte sie euch als Skelett ja gar nicht sehen können! Aber eigentlich haben Skelette auch nicht die Angewohnheit herumzulaufen!
Jedenfalls schlotterst du ganz fürchterlich vor Kälte, als dich ihr Blick trifft.
Doch ihr Interesse gilt nicht dir, sondern offenbar Gloria. Mit einer blitzschnellen Bewegung, die du ihr nicht zugetraut hättest, packt sie die Kleine und zerrt sie von euch weg zur Treppe. Selbst Gloria hat wohl nicht damit gerechnet, denn von ihr kommt keinerlei Gegenwehr.
Mit stockendem Atem siehst du, wie die beiden sich gegenüberstehen. Du weißt, was jetzt geschehen wird. Sie wird Gloria wieder die Treppe hinunterstoßen, wenn ihr es nicht verhindert. Nur wie?
Hilfesuchend schaust du zur anderen Seite hinüber. Dort versucht Jonas gerade, dich auf sich aufmerksam

zu machen, indem er wild in der Gegend herumfuchtelt.

Als er bemerkt, dass ihr Blickkontakt habt, zeigt er erst auf dich und auf Gloria, dann auf sich selbst und auf die Skelett-Frau. Du hast verstanden. Demnach sollst du dir irgendwie Gloria greifen, während er sich um die Frau kümmern will, wie auch immer er sich das vorstellt.

Es gefällt dir zwar nicht, aber dir bleibt keine Wahl. Schließlich wollt ihr Gloria retten!

Da quiekst Kiki auf. Die Frau hat ihr Opfer zur Kante der obersten Stufe geschoben. Jetzt oder nie! Mit zwei schnellen Schritten nimmst du Anlauf und springst mit den Armen voran auf Gloria zu. Du erwischst sie tatsächlich mit beiden Händen und reißt sie mit dir zu Jonas' und Bennets Seite. Der Aufprall vor Bennets Füßen ist etwas unsanft, aber du hast es geschafft.

Jetzt tritt Jonas zu! Als würde er beim Fußball einen Ball aus der Luft annehmen, so reißt er seinen rechten Fuß hoch und trifft die Frau im Kreuz. Das hässliche Geräusch von knackenden alten Knochen erscheint unglaublich laut. Dann kippt sie vornüber und stürzt hinab. Etliche Male prallt sie hier oder da auf die Stufen oder gegen das Geländer, wobei die Knochen in kleinste Splitter zerbersten. Der größte Überrest dessen, was letztendlich unten am Fuß der Treppe ankommt, ist das noch einigermaßen erhaltene Kleid.

„Yeah!" Triumphierend streckt Jonas seine Faust in die Höhe.

„Es ist vorbei!", seufzt Gloria erleichtert.

„Gehst du jetzt weg?", fragt Jessika ängstlich.

„Nein, noch nicht!", beruhigt Gloria ihre Freundin. „Jetzt können wir doch endlich deine Ferien genießen." Plötzlich guckt sie überrascht an Bennet vorbei und verschwindet augenblicklich vor euren Augen – gerade noch rechtzeitig, denn auf einmal flammt das Deckenlicht hell auf und ihr schaut in die verschlafenen Gesichter von deiner Tante und deinem Onkel.

„Ist irgendwas passiert?", fragt Tante Vera. „Wir dachten, wir hätten jemanden schreien gehört." Das dürfte wohl Kikis Quieksen gewesen sein.

„Och, eigentlich ist schon alles wieder in Ordnung", erklärst du den beiden, trittst ein wenig beiseite und deutest grinsend auf die Knochentrümmer am Ende der Treppe. „Wir haben da allerdings eine Kleinigkeit gefunden ..."

Ende

Dir schlägt das Herz bis zum Halse, aber du hast versprochen, zu ihr zu stehen. Dass das nicht einfach wird, ist dir klar. Trotzdem kannst du jetzt schließlich keinen Rückzieher machen!
Deshalb antwortest du ihr: „Ich komme mit dir, Gloria! Zusammen kriegen wir das schon hin!" Das klingt zuversichtlicher als dir zumute ist, doch irgendwie musst du Gloria und auch dir selbst ein wenig Mut machen.
„Ich habe Angst!", haucht sie dennoch ganz leise.
„Ich bin bei dir!", wiederholst du noch einmal, um sie zu beruhigen.
„Gut, dann lass uns jetzt gehen!", sagt Gloria mit leicht zitternder Stimme. „Sie ruft mich!"
Obwohl du von dieser Aussage etwas schockiert bist, so plötzlich hattest du damit noch nicht gerechnet, lächelst du ihr aufmunternd zu, während du aufstehst, und reichst ihr deine Hand. Sie legt ihre hinein. Ein seltsames Gefühl! Du kannst ihre Hand tatsächlich wie eine ganz normale Kinderhand spüren. Trotzdem ist es irgendwie anders, vielleicht weil du weißt, dass es die Hand eines Geistes ist.
„Gehen wir?", forderst du sie unnötigerweise auf.
Vor Nervosität bist du ganz heiser, wie du feststellen musst. Umso energischer gehst du jetzt zur Tür und öffnest sie. Du kannst ja schließlich nicht wie Gloria hindurch. Der Flur liegt vor euch: stockdunkel und endlos wirkend.
Die aufkommende Panik unterdrückst du schnell, indem du tief ein- und ausatmest. Dann tust du den ersten Schritt. Wenn du allerdings gedacht hast, danach wäre es leichter, hast du dich getäuscht. Bei jedem weiteren Schritt sind deine Beine schwer wie Blei. Und jeder Schritt kostet dich Überwindung, weil irgendwo da vorn der blanke Horror auf dich wartet.

Doch als ihr auf der Galerie ankommt, ist dort niemand. Ratlos schaut ihr beide euch um. Hier ist es nicht ganz so dunkel wie auf dem Flur, denn fahles Mondlicht scheint durch eines der Fenster in der Eingangshalle. Dadurch ist es so hell, dass ihr sogar die einzelnen Stufen der großen Treppe erkennen könnt, die direkt vor euren Füßen ins Erdgeschoss führt.

Da knarrt es plötzlich hinter euch! Ein Teil der Wandtäfelung der Galerie bewegt sich und aus einer geheimen Tür tritt Glorias Großmutter. Sie ist offenbar genauso überrascht wie ihr, denn ihr hämisches Grinsen scheint in ihrem Gesicht festzufrieren und auf ihrer Stirn bildet sich eine steile Falte, als sie dich erblickt. Gloria drückt deine Hand fester.

Nach kurzem Zögern geht die Frau auf euch zu, wobei sie ihre Hand nach Gloria ausstreckt – allerdings weniger, um ihr diese zu reichen, als vielmehr um sie zu packen. Leider habt ihr keine Möglichkeit, auch nur einen Schritt zurückzuweichen, weil dort schon die Treppe ist und euch zudem nur noch eine Armlänge von ihr trennt.

Obwohl eure Situation jetzt wirklich aussichtslos erscheint, wirkt Gloria absolut ruhig, während sie vor sich hinmurmelt: „Ich verstehe ..., ich erinnere mich ..., so war es jede Nacht ..."

Laut sagt sie: „Nein! Nicht dieses Mal!"

Die Geisterfrau erstarrt mitten in der Bewegung. Ihr Gesicht verzerrt sich zu einer gehässigen Fratze. Du musst etwas tun! Ohne lange zu überlegen, tust du das einzige, das dir einfällt, um Gloria zu schützen: Du gehst einen Schritt auf die Frau zu, so dass nur noch wenige Zentimeter zwischen euch sind, und stellst dich vor die Kleine. Die eisige Kälte, die die Frau ausstrahlt, raubt dir fast den Atem. Du rechnest fest damit, dass sie nun dich packen wird, aber der befürchtete Angriff bleibt aus. Stattdessen weicht sie auf einmal zurück!

Dadurch ermutigt sagst du mit einigermaßen fester Stimme: „Lass Gloria in Ruhe!"

Da tritt Gloria, die immer noch deine Hand hält – wenn auch etwas verdreht –, neben dich und fügt hinzu: „Und stoße mich niemals wieder die Treppe hinunter!"

Entsetzt zieht sich die Geisterfrau bis zur Wand zurück.

„Ja, ich weiß wieder, was passiert ist!", erklärt Gloria. „Jede Nacht hast du mich runtergeschubst. Nachdem du das das erste Mal getan hast, waren meine Eltern ganz traurig und seitdem bin ich ..." – Sie zögert, als wenn sie nach dem richtigen Wort sucht – „... ein Geist! Und dann hast du das immer wieder gemacht! Jede Nacht! Als ob einmal nicht gereicht hätte! Du bist böse!"

Jetzt wird dir schlagartig klar, warum es in diesem Haus spukt! Die Frau hat Gloria ermordet. Deshalb findet sowohl die Mörderin, wie auch ihr Opfer keine Ruhe, und anscheinend spielt sich die Tat Nacht für Nacht wieder ab. Nun ist es allerdings anders, denn Gloria hat sich diesmal gewehrt.

Die Geisterfrau flüchtet durch die Tür in der Holzvertäfelung, die sich gleich darauf mit einem leisen Klacken wieder verschließt. Das musst du unbedingt noch näher untersuchen – aber nicht mehr in dieser Nacht!

Im Moment ist es dir nämlich vollkommen egal, was hinter der Tür ist. Es gibt schließlich etwas zu feiern: Glorias Freiheit!

Nie zuvor hättest du gedacht, dass die Kleine so herzlich und ausgelassen lachen kann. Dies zeigt sich nun endlich, als ihr gemütlich in deinem Zimmer beisammensitzt und euch über alles unterhaltet, was euch in den Sinn kommt.
So vergeht die Nacht wie im Fluge, ohne dass du irgendwie müde wärst. Erst in der Morgendämmerung merkst du, welche Riesenportion Schlaf dir fehlt, weil du kaum noch die Augen offenhalten kannst. Trotzdem darfst du dich jetzt noch nicht ausruhen, denn etwas sehr Wichtiges hat Vorrang: Deine Tante informieren, sowohl über das Ende des Spuks – zumindest, was diese grässliche Frau und Mörderin betrifft –, als auch über diese mysteriöse geheime Tür oben auf der Galerie – was auch immer dahinter sein mag.
Das stellt sich dann allerdings als nicht so angenehm heraus, zumal deine Tante dort über die sterblichen Überreste von Glorias Großmutter stolpert.
Aber dann, endlich, kannst du das tun, wonach du dich am meisten sehnst: schlafen, schlafen und nochmals schlafen!

Ende

Das kann nicht gut gehen, denkst du dir und wendest vorsichtig ein: „Aber kannst du nicht einfach hierbleiben, wenn sie dich ruft?"
„Dann wird sie hierherkommen und mich holen!", meint Gloria.
Diese Aussichten sind mindestens genauso schlecht, findest du. Du schluckst und schweigst. Wenn du doch nur wüsstest, was du ihr sagen sollst!
„Ich geh' dann jetzt!", sagt Gloria auf einmal und bewegt sich in Richtung Tür. „Sie ruft mich bereits!"
„Warte!", hältst du sie auf. „Hör' mal, ich denke, wir sollten uns morgen treffen und einen Plan machen, wie wir gegen deine Großmutter ankommen könnten."
Hoffentlich war das jetzt so richtig ...
Doch Gloria schaut dich sehr lange und sehr traurig an, so dass dir jedes mögliche weitere Wort im Halse stecken bleibt.
Schließlich sagt sie: „Schade! Ich hab' dich für mutiger gehalten."
Mit einem müden, beinahe bedauernden Lächeln zu dir zurück geht sie nun direkt durch die Zimmertür hinaus.
Tränen brennen in deinen Augen. Sie hält dich tatsächlich für feige. Dabei wolltest du doch nur kein zu großes Risiko eingehen. Was hättest du denn tun sollen? Es ist einfach nicht sinnvoll, sich derart in Gefahr zu begeben. Ob sie das wohl verstehen wird? Vielleicht kannst du ihr das bei eurem nächsten Treffen nochmal erklären – falls es überhaupt ein nächstes Treffen geben wird.
Sie wirkte so furchtbar enttäuscht. Immer wieder siehst du diesen letzten Blick von ihr vor dir. Es ist schrecklich. Dir ist, als würde sich dein Herz zusammenkrampfen. Das hältst du nicht mehr aus!

Vielleicht ist es Wahnsinn, aber du musst einfach versuchen sie zu finden. Mit wenigen Schritten bist du an der Tür und reißt sie auf. Vor dir liegt der stille, dunkle Flur. Irgendwo da vorn auf der Galerie wird es etwas heller. Du rennst, um gar nicht erst über eine aufkommende Angst nachdenken zu müssen.

Als du die Galerie erreichst, schnaufst du kurz durch. Das Mondlicht, das durch eines der Fenster scheint, gibt allem einen unheimlichen Glanz: dem riesigen Kronleuchter in der Eingangshalle, den holzvertäfelten Wänden, der großen Treppe und ...
Dir stockt der Atem. Unten am Fuß der Treppe liegt Gloria!
Ihr Körper ist unnatürlich verdreht. Wäre sie kein Geist, so wäre ihr Genick mit Sicherheit gebrochen. Sollte sie auf diese Weise gestorben sein?
Entsetzt weichst du zurück, machst auf dem Absatz kehrt und läufst zurück in dein Zimmer. Dort vergräbst du dich im wahrsten Sinne des Wortes unter deiner Bettdecke und magst nichts mehr sehen und nichts mehr hören. Du weißt, dass du deine Chance verpasst hast, ihr zu helfen.
Deshalb reist du am nächsten Tag ab, denn selbst wenn sie noch einmal vor dir stände, du könntest ihr nicht mehr in die Augen sehen.

Ende

Gloria braucht deine Hilfe. Jonas und Bennet kommen schon klar. Auch wenn es gefährlich werden könnte, du musst einfach hinterher.

„Ist gut!", antwortest du Jonas und stürmst hinaus.

Vorn auf der Galerie bewegt sich irgendetwas. Als du näherkommst, erkennst du, dass es tatsächlich dieser seltsame Wirbelwind ist, obwohl er sich nun mehr und mehr zu einem großen Schatten verändert. Davor steht Gloria wie angewurzelt mit ängstlich aufgerissenen Augen und wimmert: „Nein, bitte nicht!"

Doch alles Bitten und Flehen scheint keinerlei Eindruck auf die schemenhafte Gestalt zu machen. Immer deutlicher werden ihre Umrisse und auch die einer Hand, die nach Gloria greift. Es ist eindeutig die Frau im schwarzen Kleid, Amanda Hofendahl. Du hörst ein gehässiges Lachen von ihr. Du musst etwas tun, auch wenn dir vor Angst beinahe die Zähne klappern.

„Lass sie in Ruhe!", brüllst du deshalb. Etwas anderes fällt dir so schnell nicht ein.

Das zeigt allerdings Wirkung, denn die Frau stockt mitten in der Bewegung, dreht ihren Kopf in deine Richtung und starrt dich an.

„Du wagst es?", schallt ihre schrille Stimme zu dir herüber. „Du willst mich aufhalten?"

Die Antwort erhält sie jedoch vom Fuß der Treppe: „Ich wage es und ich werde dich aufhalten, Mutter!"

Ein junges Paar in altertümlicher Kleidung schreitet die Treppe hoch. Glorias Eltern! Sie müssen es sein! Mit einem entsetzten Aufschrei weicht die Angreiferin zurück und verschwindet durch die Wandtäfelung in ihrer Kammer, während sich Gloria voller Freude ihren Eltern in die Arme stürzt.

„Sie sind doch gekommen, um Gloria abzuholen", sagt auf einmal Bennet neben dir.

Ohne dass du es bemerkt hast, sind Jonas und Bennet gegenseitig gestützt herangehumpelt. Beide beobachten nun zusammen mit dir fasziniert diese Wiedersehensszene.

Aber ihr seid nicht die einzigen Zuschauer. Unten in der Halle stehen Kiki, Jessika und deine Tante und gucken mit offenen Mündern, was dort auf der Treppe Unglaubliches geschieht.

„Seid ihr in Ordnung?", fragst du Bennet und Jonas leise.

„Ja, schon okay!", antwortet Jonas. „Wir haben wohl 'n paar blaue Flecken gekriegt, aber dieser Anblick entschädigt für alles."

„Und für deine Tante brauchen wir auch nicht noch irgendwelche Erklärungen finden", fügt Bennet hinzu, „da sie das hier jetzt mit eigenen Augen sieht."

„Was meint ihr, was sie erst für Augen macht, wenn wir ihr nachher die Schätze zeigen!", sagst du und lächelst bei dem Gedanken daran.

Ende

Du findest es sicherer, bei Bennet und Jonas zu bleiben. Außerdem können die beiden im Moment auch deine Hilfe brauchen.

Fürsorglich beugst du dich über Bennet und fühlst seinen Puls. Gleichzeitig fragst du Jonas: „Was ist mit deinem Bein?"

„Verdammt!", flucht der und rappelt sich halbwegs auf. „Renn hinterher! Ich krieg' das hier schon in den Griff. Gloria braucht dich jetzt echt dringender!"

„Klar doch! Ich lass euch hier verletzt rumliegen und prügle mich 'ne Runde mit der Geisterfrau, Wirbelstürmen oder irgendwelchen anderen Nettigkeiten!", konterst du.

Etwas unbeholfen steht Jonas nun vollends auf, schüttelt seine dunklen Locken und meint: „Kannst ruhig zugeben, dass dir beim Gedanken, da rauszugehen, das Herz in die Hose rutscht."

Du willst protestieren, aber Jonas grinst einfach nur absolut entwaffnend über dein entsetztes Gesicht. Dann humpelt er ebenfalls zu Bennet, lässt sich dort wieder zu Boden sinken und betrachtet ihn prüfend.

„Das war echt 'n astreiner K.O.!", stellt er seufzend fest.

„Noch dazu durch die eigenen Schuhe!", ergänzt du.

„Tja, sowas nennt man dann wohl Mega-Pechsache!", meint Jonas und klopft vorsichtig Bennets Wangen. „He, aufwachen, du Pennmütze!"

Bereits nach wenigen Klopfern schlägt Bennet die Augen auf und sitzt einen Moment später kerzengerade da.

„Ich schätze, ich bin am Kopf getroffen worden, nicht wahr?", fragt er nach, erwartet jedoch keine Antwort darauf, denn er schaut sich um und will gleich wissen: „Was ist mit Gloria? Wo ist dieser örtlich begrenzte Wirbelsturm?"

„Die sind beide raus", erklärt Jonas und deutet mit einer Kopfbewegung zur Tür hin. „Und ihr seid nicht hinterher?", Bennet wirkt echt schockiert.
„Nee, ich hatte da ein kleines Problem mit einer Kommode, die mich nicht gehen lassen wollte, und allein da raus ist bestimmt nicht das Wahre", sagt er mit einem Seitenblick zu dir.
„Ich fürchte, jetzt haben wir unsere Chance verpasst!", stellt Bennet bedauernd fest
Irgendwie hast du den Eindruck, dass er leider Recht hat. Doch hättest du das Risiko eingehen sollen?
Während ihr noch schweigend vor euch hinstarrt, klopft es auf einmal an der Tür.
Ohne auf ein „Herein!" zu warten, wird die Tür aufgerissen und Kiki steht vor euch.
„Ach hier seid ihr!", sprudelt sie aufgeregt los. „Ihr ahnt nicht, was passiert ist! Da eben auf der Treppe in der Halle! Und ich hab' mir das bestimmt nicht eingebildet, denn deine Tante ..." – Sie schaut dich an. – „... und auch deine Schwester ..." – Jetzt guckt sie zu Jonas. – „... haben das auch voll mitgekriegt. Da war 'n echtes Gespenst! Ein kleines, niedliches Mädchen und die wurde von 'ner ganz merkwürdigen Schattengestalt – so kann man das wohl nennen – bedroht. Und dann ist Jessika todesmutig die Treppe raufgestürmt und wollte dem Mädchen helfen. Anscheinend kannte sie die Kleine. Jedenfalls hat sie sie Gloria genannt. Jessika ist also nach oben gerannt, denen entgegen, aber dieser Schatten hat sie einfach mit 'ner Armbewegung hochgeschleudert ..." – Kikis Stimme macht ein paar nervöse Kiekser. – „... Aber ein Mann hat sie aufgefangen, so dass ihr nichts passiert ist. Der war auch 'n Geist, so wie seine sehr hübsche Frau, die auch da war. Die beiden waren anscheinend die Eltern von der Kleinen und haben sie

gerettet. Und sie sind alle zusammen weggegangen. Jessika ist jetzt 'n bisschen von der Rolle, aber ganz glücklich, glaub' ich."
Kiki schnauft erleichtert, als sie nun geendet hat, und schaut euch strahlend und ebenfalls 'n bisschen von der Rolle an.
Eure Gesichter sind allerdings nicht so begeistert, denn ihr habt leider den ganz großen Moment verpasst und das einzige, was euch davon bleibt, ist Kikis spannender Bericht.

Ende

Außerdem bisher erschienen:

Die Teenager Lisa, Chris und Georg gehen in eine Klasse, wobei sie allerdings nicht besonders viel miteinander zu tun haben. Lisa hasst die Schule. Dort gibt es nichts, was sie auch nur annähernd interessiert, zumal sie auch gern mal von anderen geärgert wird, was ihrem ohnehin mangelndem Selbstbewusstsein nicht gerade förderlich ist. Für Chris ist die Schule bis auf die Sportstunden zwar langweilig, aber mit seinem frechen Mundwerk ist er immer obenauf. Georg dagegen ist alles andere als schlagfertig. Er ist verschlossen und lasst niemanden an sich heran, wodurch er manchmal recht arrogant wirkt. Und ausgerechnet diese drei schlittern unfreiwillig zusammen in ein gefährliches Abenteuer ...

Der 15-jährige Dave lebt zusammen mit seiner Ma in einem Zwei-Personen-Haushalt – zumindest dachte er dies ... Eines Tages taucht plötzlich ein Kobold auf. Dieser kleine Kerl stellt unverschämterweise auch gleich ein paar Ansprüche und weiß dabei sehr genau, wie er seinen Wünschen Nachdruck verleihen kann. Dann ist der Kobold namens Twinkle ebenso schnell wieder verschwunden, wie er erschienen ist. Doch wenn Dave geglaubt hat, nun hätte er wieder seine Ruhe, hat er sich gründlich getäuscht. Schon bald taucht Twinkle zusammen mit seinen Freunden auf und bald schon mit einer ganzen Schar. Nur mühsam erfährt Dave dabei, dass es Gründe für diese Besuche gibt, die eher unerfreulich sind. Offenbar gibt es Probleme in der Welt der Kobolde, aber bevor Dave dazu näheres erfahren kann, werden ihm Twinkle & Co. buchstäblich aus den Händen gerissen. Da bricht Dave zu einem waghalsigen Abenteuer in Twinkles Welt auf, um seine nervigen kleinen Besucher zu retten ...